I0612767

IM PRESS

Зоя Мастер

Концерт для Гретхен

БОСТОН • 2021 • BOSTON

Зоя Мастер. *Концерт для Гретхен (рассказы и повести)*
Zoya Master. *Concert for Gretchen (short stories)*

ISBN 978-1950319442 (pbk)
ISBN 978-1950319459 (hardcover)
Library of Congress Control Number: 2021935620

Published by M·Graphics | Boston, MA
  ✉ mgraphics.books@gmail.com
  💻 mgraphics-books.com

Book Design by M·Graphics © 2021
Cover Design by Eugene Master © 2021

При подготовке издания использован модуль расстановки переносов русского языка **batov's hyphenator**™ (www.batov.ru)

Отпечатано в США

Моим близким

*Без вас не было бы смысла
заниматься писательством.*

Рассказы Зои Мастер — о разном: о детстве и старости, о расцвете и угасании, о любви, об ожиданиях и разочарованиях, но в каждом присутствует тонкая, размытая, дрожащая черта: та сумеречная жемчужная область, где смешиваются реальность и сон, далекое прошлое и вот эта, сегодняшняя минута.

Персонажи ее рассказов — люди здравые, трезвые, разумные, они понимают, что чудес не бывает и не хотят попасться на удочку шарлатанам; на всё должно быть простое объяснение, верно?

Но, хотят они этого или не хотят, тонкий холодок чуда, чего-то нездешнего веет над их жизнью, залетает с синего моря, из окна, открытого в осенний парк, просачивается сквозь дверь. А еще чудо прилетает с музыкой, и музыка звучит во всех рассказах: то открыто, то чуть слышно, издалека.

Есть язык слов, и есть язык музыки, к словам несводимый. Зое Мастер знакомы они оба, и она по своей прихоти, или же подчиняясь некоему императиву, то свивает их вместе, то дает солировать одному, чистому и немного печальному голосу флейты.

И в этом голосе есть некая недоговоренность, заставляющая нас листать и листать эти прекрасные страницы: договори же, договори...

Татьяна Толстая

Концерт для Гретхен

(рассказы и повести)

СЫГРАТЬ ДЖУЛЬЕТТУ

1

Тоня была городской сумасшедшей. Её знали все и звали Джульеттой из-за чудаковатого покроя платьев и расшитой стеклярусом сеточки на распущенных волосах. Ей было чуть за тридцать. Похоже, её странный вид и приплясывающая походка смущали прохожих. Некоторые опускали глаза, другие, ухмыляясь, спрашивали, почему она гуляет одна, без Ромео, а Тоня терпеливо начинала рассказывать о себе и своём ромео, которого звали Костиком, и который тоже умер совсем юным, правда, не от любви. А вот она осталась жить, потому что непременно должна была сыграть Джульетту. Но люди почему-то поспешно скользили мимо, не хотели слушать. Наверное, их отпугивала её откровенность. А ведь сами спрашивали. Странные...

Она очень изменилась. Из прежней жизни осталась только сеточка-ретичелла в светлых, с нитками ранней седины волосах. Мама смастерила ей эту сеточку-шапочку, когда с третьего раза Тоня поступила в театральное училище. Мама, служившая в театре костюмершей, считала, что Тоню, с её великолепной памятью и безупречной дикцией, ждёт грандиозная сценическая карьера, вершиной которой станет роль Джульетты. Так было всегда: мама умела внушить то, во что верила сама, и эту свою несбывшуюся мечту передала дочке — вместе с ретичеллой, почти такой же, как у Оливии Хасси в фильме «Ромео и Джульетта».

Театр — это данность, в которой Тоня выросла: спёртый запах тесных гримёрок и пропитанных потом костюмов, пыльные декорации, уют огромного, с растопыренными ногами кресла в костюмерной, где она ждала окончания спектакля. Говорили, что это чёрное кожаное кресло с золочёными гвоздиками по периметру, когда-то принадлежало известному врачу, лечившему необычные заболевания, что сохранилось оно ещё с революции, и что доктор так и умер, сидя в нём — задремал между приёмом больных и не проснулся. После его смерти соседи по коммуналке отдали кресло на реквизит — в театр, находившийся практически в соседнем доме. Когда ставили Чехова или Островского, кресло вытаскивали на сцену, а в остальное время оно стояло в костюмерной, задрапированное наваленными на его спинку нарядами. Складки тюля и шёлка свисали на подлокотники, обволакивая Тонино лицо и плечи.

«Моё лицо покрыто маской ночи/Иначе ты б увидел, как оно/Зарделось от стыда за те слова/Признания, что ты сейчас подслушал», — с надрывом читала Тоня.

Такой я её запомнила с детства, как фото в рамочке: под кипой разноцветных тряпок с книжкой Шекспира в руках.

Мы были одноклассницами, жили в одном дворе. Отец Тони всю жизнь проработал осветителем в театре. Будучи весьма общительным человеком, он, тем не менее, ненавидел шумные компании, потому гостей в их дом приглашали только раз в год — в день рождения дочери. Шестнадцатого сентября, в единственной комнате, переходящей в кухню, сдвигали столы, а мы с Тоней заставляли их бутылками с лимонадом, тарелками с пончиками, песочными пирожными и конфетами Белочка. Я завидовала подружке, потому что мой день рождения приходился на время летних каникул и поздравлять меня было некому, кроме нескольких ещё не уехавших или уже вернувшихся с моря родственников. Обычно мы шли на озеро и загорали на берегу, умирая от июльской жары, но опасаясь заходить в мутную от взбаламученного песка воду. Взрослые вяло жевали принесённые в пластиковых кошёлках салаты и курицу, дети торопливо ловили ртами тающие куски пломбира, шумно втягивая белую массу, капавшую на наши купальники и голые животы. Потом мы бегали к фонтану смывать с себя липкие подтёки и приставший к пяткам серый пляжный песок.

Тоня на мои дни рождения не приходила: летом театр уезжал на гастроли, и она с родителями возвращалась только в августе, уже перед самым началом школы. А ещё через две недели весь класс собирался в нашем дворе, и почему-то именно Тонин день рождения, а не первое сентября, становился общим праздником. В центре двора чертили круг, где мы по очереди читали стихи, пели, дурачились. Тоня всегда декламировала Шекспира. У неё был звонкий, сильный голос и прекрасная дикция. Вспоминая, я вижу другую фотографию: моя подружка в пышном, белом в жёлтый горох платье, выгоревшие до белизны косички, полуприкрытые веками глаза, страдальчески изогнутые брови, неестественно заломленные над головой руки... Это было смешно, но я завидовала её непогрешимой уверенности в своём таланте. Она уже знала, чего хочет, а я — нет.

Признаться, я долго не могла понять Тониной страсти к театру, тем более что лучше всего ей давались точные предметы. Она мыслила цифрами и часто говорила, что словам верить нельзя. Кроме того, её внешность цветущего одуванчика никак не вязалась с одержимым желанием стать драматической актрисой. Потому в душе я соглашалась с её папой, укорявшем жену, которая всю жизнь обшивала этих богемных гопников в том, что та заразила Тоню микробом безумия. В один из тёплых летних вечеров, когда окна были открыты настежь, мы с Тоней слышали, как отец скандалил с матерью, мерно стуча кулаком по столу:

— Ты пойми, разве ж это люди?! Это ж самовлюблённые куклы. В лицо слюной брызжут — старик, ты гений, а за спиной — бездарь, неудачник. Думаешь, они талант уважают? Щас! Чем талантливее, тем жалоб и анонимок на этот талант больше. А вот когда кто спился или помер, тут они слёз своих актёрских не пожалеют. И ты собственную дочку в эту свору пихаешь Джульетту изображать! Ради чего?

— Мне не надо изображать Джульетту, — прошептала тогда Тоня, — я и есть Джульетта.

Самое странное, что на какой-то миг она заставила меня в это поверить. Двенадцатилетняя круглолицая, голубоглазая, курносая толстушка — такой мне запомнилась Тоня в нашу последнюю встречу. А потом мы расстались и встретились уже через много лет недалеко от дома, где прошло наше детство. По улице шла полноватая, странно одетая женщина с ридикюлем в одной руке и веером в другой. Она улыбалась каждому встречному — глазами, а уголки губ оставались опущенными, и от этого выражение лица было приветливо-скорбным. Поравнявшаяся с нами старушка жалеючи покачала головой.

13

— Тоня? — Я подошла к ней вплотную и ощутила запах нафталина и сладких духов.

— Ты с репетиции, — спросила я, — не успела переодеться?

— С какой репетиции, — встряла замедлившая шаг бабушка, — кто ж её такую на сцену выпустит? Была актёрка, да сплыла.

— Пойдём ко мне, — сказала Тоня так, словно мы уже встречались этим утром.

Мы шли по улице: моя сильно повзрослевшая подружка, слегка подпрыгивая, и я, прихрамывая из-за натиравших ноги туфель. Прохожие оборачивались вслед нам обеим. Во дворе пахло ремонтом. Дверь нашей бывшей квартиры была выкрашена ярко-оранжевой краской. На ней болталась вывеска «Уехали в отпуск. Ценностей нет». Дверь соседней квартиры была снята с петель, рядом валялись ржавые батареи. Как раз на том месте, где каждый год шестнадцатого сентября очерчивали меловой круг, стояло обшарпанное кожаное кресло с потускневшими гвоздиками по периметру, и в нём в позе филина дремал обрюзгший мужчина неопределённого возраста в очках с толстыми линзами. Прижатой к животу рукой, он удерживал полупустую бутылку пива.

— Узнаёшь папу? — бросила Тоня, не замедляя шага. — Он теперь тут живёт, в театральном кресле. Видишь, даже пижаму не снял. То болтает без умолку, то спит. И вот так всё лето. Надеется прямо в кресле и умереть, как тот доктор. Смешно, да?

И вот это «смешно, да?» настолько диссонировало с трагическими обертонами её голоса, что я непроизвольно поморщилась.

— А помнишь Костика, — спросила Тоня деловым тоном, когда мы уселись за кухонный стол, — ну, того, который сказал математичке, что я в уме считаю быстрее неё? Он умер, давно уже. Пил много. А у меня после него никого не было. Сама подумай, можно ли менять мужчин и при этом играть Джульетту? Но дело не в этом. Недавно я устроилась на замечательную работу, целый день считаю деньги — отрываю билетики, отсчитываю сдачу.

— А как же театр? Ты сыграла Джульетту?

Тоня загадочно улыбнулась, кокетливо поправила прядь желтоватых волос и кукольным голосом, словно под диктовку суфлёра, продекламировала: «*В узких переулках Вероны иногда появляются два призрака — юноши и девушки. Взявшись за руки, они плывут на уровне окон, но растворяются, как только люди пытаются их окликнуть*».

— Это что, из какой-то пьесы, из несыгранной роли? Зачем ты придуриваешься? Мы ведь уже взрослые тётки, а ты всё о том же. Лучше расскажи о себе.

— А я и говорю о себе, потому что Джульетта — это я. Только она была вовсе не смуглой изящной брюнеткой, а наоборот, аппетитной блондинкой вроде меня. Я так и сказала об этом нашему главному, когда он дал мне роль кормилицы, а роль Джульетты — Оксане Земцовой, она тоже в нашей школе училась, на два класса старше. Зем-цо-ва! Звонкое имя, да? И сама она звонкая, яркая. Была...

Тоня лучезарно улыбнулась, зевнула и сказала неожиданно нормальным голосом: «Ты знаешь что, уходи. Мне ещё вот эту сумочку надо расшить. Мама смастерила. Видишь, один цветок она красным бисером вышила, а на втором мы её похоронили».

2

Я ХРОМАЛА ПО ПЛАВЯЩЕМУСЯ АСФАЛЬТУ, задыхаясь от запаха краски, извёстки и ещё чего-то едкого. Сирень разрослась вдоль стены до самых ворот. Её сердцеобразные, скрученные по краям листья были покрыты сероватым налётом. В вязкой тишине цоканье каблуков моих модных неудобных туфель казалось оглушительно неуместным.

— Убегаешь? — окликнул меня Олег Валерьянович. — Ну что, побалакала с моей Джульеттой? По лицу вижу, что пообщались.

— Простите, сначала я вас не узнала, а сейчас мне показалось, вы спите.

— Понятное дело, не узнала. Лет через двадцать и тебя мало кто узнавать будет. Особенно если жизнь по башке бьёт. Да и жизнь эта тупая, смысла в ней ноль. Ради чего работать, чего-то добиваться, семью строить, если всё равно сдохнешь никому не нужный? Говорят, в этом кресле помер доктор один знаменитый, счастливый был человек — глаза закрыл и всё. Вот бы и мне его счастье.

Похоже, Тоня оказалась права — разговорчивость её отца переросла в острую форму болтливости. Только теперь, в своей незавидной старости, он ещё чаще сбивался с обычной речи на излишне эмоциональную, даже пафосную, и в этом актёрствовании соперничал со своей дочкой. Я присела на лопнувший по краю кожаный подлокотник и сбросила туфли: — Скажите, что случилось с Тоней, что вообще произошло?

— А что произошло? Ничего особенного. Спятила моя Тонька, спасибо её мамаше. Ты ж помнишь разговоры эти: теа-а-атр, Шекспи-и-р, Джулье-етта, слава, аплодисменты. Ну вот, дорвалась до мечты своей — и головой двинулась. И цена тому — три паршивых букета цветов.

— Так ей всё-таки дали эту роль?

— Не дали. Сама взяла. Хотя играть должна была Оксанка; она и репетировала до самой премьеры. То действительно актриса была: сразу понятно — вот она, Джульетта. Как скажет: «*Что он в руке сжимает? Это склянка. Он, значит, отравился? Ах, злодей, Всё выпил сам, а мне и не оставил!*» — даже у меня ком в горле. И удивительнее всего то, как она умела в образ входить и выходить, ну просто по щелчку. Вот стоит в кулисе, анекдот рассказывает или наоборот, лается с Толиком, Ромео своим: им целоваться, а у него опять изо рта воняет — никак свои зубы в порядок не приведёт. Шипит на него, как кобра, а через секунду на сцене: «*Уходишь ты? Ещё не рассвело…*» — и такая там нежность, и голос медовый, и нега, и страсть, что сомневаться начинаешь, она ли только что этого закулисного Ромео матом крыла. И после спектакля, с последним поклоном вся Джульетта из неё выветривалась. Вот что значит талант и мастерство: надо — в истерике бьётся, рыдает без всякого вазелина, надо — хохочет так, что в ушах звенит. Короче, родилась она актрисой, а не напридумывала себе судьбу.

— Дядя Олег, почему и вы, и Тоня говорите об Оксане в прошедшем времени? Она что, умерла?

— Нет, зачем? Хотя да, как актриса и правда умерла. Тонька её умертвила.

Я почувствовала себя так неуютно, как может чувствовать зритель, по ошибке купивший билет в театр абсурда.

— Я, пожалуй, пойду. Жарко. И вообще, вредно вам на солнцепёке... Вы ещё, я вижу пиво на жаре пьёте.

— Нет уж, ты послушай, — он дёрнул меня за руку и, потеряв равновесие, ткнулся затылком в спинку кресла. Бутылка с глухим стуком упала на асфальт и поперхнулась шипящей жидкостью.

— Конечно, дочка моя не подсыпала Оксанке яду и не плеснула в лицо кислотой. Может, вообще всё получилось случайно, совпадение вышло. Только у меня своя теория образовалась.

— Зачем вы всё это мне говорите?

— Ты ж сама спросила, что случилось. Так я рассказываю. Ты вообще, надолго приехала?

— Нет, завтра уезжаю.

— Ну так тем более послушай, а как за ворота выйдешь, можешь всё из головы выкинуть. Так вот, прогон накануне премьеры прошёл неудачно. Оксанка гриппповала, температурила, лицо горело так, что даже подсветка не помогала. А ей надо было бледной быть, особенно в последней сцене. Играла — так себе, силы для премьеры берегла. У нашего главного, — я сверху видел, — лысина была точно кипятком обваренная. Он, бедолага, дёргался, руками размахивал, на Оксанку наорал, мол, у настоящих актёров на сцене болячки проходят. Все разошлись нервные, злые, а Оксана заперлась в гримёрной. Ну, у неё вообще привычка была там отсиживаться, а потом на пустой сцене репетировать какие-то отрывки. И Тонька это знала. В тот день я тоже в театре задержался, прожектор ремонтировал: он всю дорогу мигал невпопад. Ну и дочка меня ждала, но не в костюмерной, как обычно, а по театру болталась, за кулисами бродила. Вдруг слышу грохот и крик Оксаны, жуткий такой, короткий — а-а-а! И всё. Тишина. Прибежал, вахтёра на помощь позвал, а в потёмках ничего не разобрать. Я свет на сцену дал, оттуда мы в кулисы прошли и увидели Оксанку реквизитом придавленную. Картиной с оборванной леской. А может, подрезанной... Тут Тонька примчалась, как ждала — ах, боже мой, надо же, какая беда случилась, — и втроём мы Оксану в чувство привели. Вроде всё нормально с ней было, кроме шишки над ухом и царапины на плече. Правда, заикалась она сильно, но сама тогда посмеялась, дескать, буду первая Джульетта-заика.

А на следующий день она уже не шутила, потому что заикание не прошло. Если честно, комично у неё выходило: «Угу-г-гомонись, к-кормилица, и т-ты».

— А Тоня кормилицу играла?

— Во втором составе, а вот Джульетте замены не предусматривалось, потому что спектакль на Оксану ставился. Ну и когда все отхихикали и поняли, что премьере не быть, тут и закрутилось. Главный наш собрался звонить в министерство. И вдруг Тонька так уверенно говорит: «Не надо ничего отменять, я сыграю, я роль знаю, и мизансцены, и проходы тоже». Тут все уже не только хихикать стали, а в голос заржали, но осеклись, когда главный сквозь зубы цыкнул: «Замолчали все! Иди, Антонина, гримируйся». И она пошла, неторопливо так, вроде бы и не мечтала всю жизнь эти слова услышать, а просто подчиняется обстоятельствам. Оксанка, бедная, ещё и гримироваться ей помогала, хотя всё надеялась, что заикание до начала спектакля прекратится. А чуда не произошло ни в тот вечер, ни на следующий, ни вообще… Закончилась актриса Оксана Земцова если и не по Тонькиному велению, то точно по её хотению.

— Не смешно.

— Это как раз смешно. Грустное — впереди,— успокоил Олег Валерьянович.

— Папа, иди обедать,— пропела из окна Тоня.

— Сыт всем по горло,— отозвался Олег Валерьянович, не повернув головы.

Тоня согласно кивнула и снова взялась за вышивание. В открытом окне, покорным наклоном головы с распущенными по плечам волосами, она напоминала состарившуюся Маргариту из Фауста, или Джульетту, которая, не умри она так рано, выглядела бы так же.

— Тоня провалила роль?

— Лучше бы провалила. Нет, она слишком хорошо сыграла. Наутро в газете написали: «Это была правда, о какой боялся мечтать сам Шекспир». Поначалу в зале шушукались, хихикали. И правда, светловолосая Джульетта в лопающемся под мышками платье смотрелась странно. А потом,— я даже не понял, когда именно,— стало тихо, и я услышал голос Тони. Она играла любовь, которой у неё самой никогда-то и не было. Ведь

18

и Костика своего она придумала. Не было там отношений, и Тоня моя — вечная девица. Чем дальше, тем больше я нервничал, потому что уже понимал, что-то происходит, и боялся последней сцены: а вдруг так заиграется, что умрёт по-настоящему И когда она простонала: «*Чьи-то голоса. Пора кончать. Но вот кинжал по счастью*», у меня дыхание остановилось от тревоги и беспомощности своей. Я же ничего изменить не мог, хотя чувствовал — ничем хорошим это не кончится.

— Да что же менять? Зачем?

— Занавес закрыли, все должны на поклон выйти, а Джульетта всё лежит на трупе своего Ромео. Толик ногами дёргает, руками показывает, помогите встать. В общем, подняли их обоих. Аплодисменты, три букета цветов главной исполнительнице, зал бесновался, а у Тоньки на лице даже улыбки нет, страдание одно, будто Ромео ещё не ожил. Толик уже о банкете думает, как нажрётся от счастья, а эта не в себе. Взгляд блаженный, улыбка мечтательная, речь замедленная. И вот до сих пор, как у Оксанки заикание, так у Тонечки странности эти остались. Вроде как в образ вошла и не вышла. Вот такое несчастье. А спектакль сняли с репертуара.

— А ваша жена?

— Умерла через год после этой истории. Может, я её запилил, может, сама себя винила за ту чушь, которую дочке в башку втемяшила. Джульетта, Джульетта, та и поверила. И понимаешь, когда смотрел я тот спектакль, и правда казалось, что не играла она, а рассказывала про то, что с ней самой случилось. Жуткое было ощущение.

Дрожащими пальцами Олег Валерьянович поднял с асфальта упавшую газету.

— *Ты приходи ещё, с тобою, я сокровенным поделюсь*, — крикнула мне Тоня и жеманно помахала рукой.

— Помните, когда мы ещё детьми были, Тоня говорила, что она и есть Джульетта?

— Здрасьте-приехали, давай ещё ты расскажи мне эту галиматью о призраках Вероны.

— Я была в Вероне прошлым летом, призраки двух влюблённых мне не встретились. Но вы знаете, когда город отмечает день рождения Джульетты?

— Ну?

— Шестнадцатого сентября. Вот такое совпадение.

Олег Валерьянович закрыл глаза. — Иди, иди отсюда, — пробормотал он, — лучше бы я этого не слышал.

3

ЧАС ПИК ЕЩЁ НЕ НАЧАЛСЯ, но автобус уже был переполнен. Чем ближе к вокзалу, тем больше пассажиров с чемоданами, пакетами, сумками и сумочками, тем интенсивнее запах пота и снеди, тем сильнее закипавшее с каждой остановкой раздражение.

— Билетики, билетики не забудьте. Передавайте денежку, — услышала я знакомый голос, — держите сдачу. Следующий, пожалуйста. Всё верно, можете не пересчитывать, я никогда не ошибаюсь.

— Тоня! — я помахала рукой и попыталась протиснуться к ней.

— Ты чё, коза, считать ваще не умеешь, — рявкнул хриплый голос впереди. — Ты, наверное, дура совсем; мелочь скинула, а пятёрку зажала. Не, вы видели, совсем обнаглела чучела патлатая.

С чемоданом и сумкой в руках, мне удалось обойти лишь одну пассажирку, — распаренную тётку, чьи пухлые плечи почти закрывали происходящее. Лицо Тони со слипшимися на висках волосами было похоже на переваренную свёклу, но на нём не отражалось и тени раздражения.

— Какой вы странный, право, мне передали рубль, а не пять. Он у меня в руке, смотрите.

— Вот блядь крашеная, — расхохотался парень, — она ещё стихами разговаривает!

— Оставьте кондуктора в покое, — вступилась распаренная дама, успевшая вклиниться между мной и субтильным старичком траурного вида.

Тонины губы скривились, как у собравшегося закатить истерику ребёнка.

— Не расстраивайтесь, милая, — продолжила дама, — хамов не перевоспитать. А вам стыдно должно быть, — обратилась она к парню, — видите, женщина не в себе.

— Это я — блядь? — очнувшись от шока, завопила Тоня. — Люди, вы слышали, он назвал меня блядью! Меня, когда я чистая, как стакан!

— Как хрусталь, — ехидно подсказал парень. — Да, как хрусталь, — звенящим от возмущения голосом подтвердила Тоня.

Ища поддержки, она обвела глазами стоящих вокруг пассажиров. Её взгляд скользил по головам, и я поспешно спряталась за спину голоплечей дамы, потом пригнулась и в этой неуклюжей позе начала продвигаться к задней двери.

На опустевшей остановке, у заплёванной скамейки, валялись сигаретные окурки и обёртки от мороженого. За спуском вырисовывался серый купол вокзала. Я села на чемодан и заплакала. До поезда оставался час. Завтра вечером начинались гастроли: я играла Джульетту.

Пришелец

1

«Стефансплац была похожа на муравейник: люди двигались беспорядочно и бессмысленно, ныряя в прилегающие улицы и переулки, бодро забегая и лениво выползая из кафе, ресторанов и магазинов. Но на самом деле, как и муравьиное мудрое племя, человеческая толпа чётко функционировала в пространстве площади под нависшей над ней громадой собора», — торопливо записал я в блокнот и тут же отвесил себе мысленную оплеуху: толпа-муравейник — неудачная, избитая метафора, да и сам пассаж — пафосное нагромождение слов.

Привычка редактировать собственные мысли появилась у меня ещё в школьные годы, а может, раньше. Просто я не придавал ей значения до встречи с Келли, которую эта манера, как, впрочем, и многое другое во мне, — раздражала. Скорее всего, после моего возвращения из Вены мы расстанемся. Но думать об этом сейчас было бы глупо, потому что бесполезные размышления отнимают время от главного, а главное — это наконец-то закончить работу над пьесой. Цель, ради которой я неожиданно для себя самого приехал в этот своеобразный, намеренно застрявший в прошлом город. Драма о последних годах жизни Моцарта, его отношениях с Констанцей и многочисленными ученицами, — в частности, с Марией Магдаленой Хофдемель, муж которой был найден мёртвым на следующий день после похорон композитора, не отпускает меня уже второй год. Келли говорит, что я психически неадекватен. Пусть так, но мне проще согласиться с её точкой зрения, чем отвлекаться на поиски аргументов. Каждое начатое действие обязано завершиться изначально намеченным результатом: в данном случае, премьерой спектакля.

Собственно, рукопись этой детективной пьесы (то ли комедийной драмы, то ли драматической комедии) была завершена ещё в Нью-Йорке, но я продолжал копаться в тексте: менял реплики, переставлял слова в диалогах, добавлял и снова убирал целые страницы. Как говорила Келли, издевался над здравым смыслом, а заодно и над ней. «За то время, что ты создаёшь свой шедевр, Моцарт мог написать пять симфоний, минимум две оперы, да ещё успел бы сделать ребёнка»,— со свойственной ей иронией пошутила моя почти невеста. Мне нечего было ей возразить, и я промолчал, но обиду затаил: ещё бы, ведь до знакомства со мной Келли даже не подозревала о том, что Амадеус — вовсе не название компании по бронированию гостиниц. Обратить подаренные пигмалионом знания против него же я посчитал предательством: утром, после того как Келли ушла на работу создавать новые компьютерные программы, я поехал в аэропорт и ближайшим рейсом улетел в Вену.

Впрочем, город, которым я не успел очароваться, быстро меня разочаровал. Каждый вечер я приходил в кафе-бар Aragall, садился за крайний, у зелёной шторы столик, и, глядя на главный вход в Стефансдом, пытался абстрагироваться от мельтешащего за окном людского потока. Но каждый раз попытка переместиться в другое время, при этом оставаясь в том же пространстве, оказывалась напрасной. Видимо, мне не хватало воображения. Я злился на изображавших Моцарта концертных зазывал,— этих долговязых навязчивых юношей в бутафорских камзолах и париках, слоняющихся по площади в любое время суток. За неделю я знал их всех в лицо, в то время как для них толпа оставалась безликой. Каждый раз они совали мне в руки проспекты одних и тех же концертов, рассчитанных на непритязательных туристов. Прошлым вечером парень плотного сложения в белых чулках и тесных в ляжках атласных панталонах, допекал неузнанную им оперную примадонну. Не прекращая разговаривать по телефону, она отмахнулась от него, как от липнувшей к лицу паутине, и пошла дальше к театру.

Своей конфигурацией Вена как раз и напоминала мне паутину, но не свинцовую и безжизненно-клейкую, а напротив,— лучистую и обманчиво-безобидную, завлекающую пошлыми позолоченными купидонами с арфами в пухлых ручках. Центром этой цепкой сквозной паутины улиц был Собор — серо-коричневый монстр, вампир-крестовик, притягивающий и ошеломляющий нетленным грандиозным величием. Тем более нелепой на его фоне казалась суета ряженых зазывал и фотографировавшихся с ними туристов.

2

— Вам как вчера, сэндвич с грудинкой и яичницей? — спросил официант.

— Пожалуй, — ответил я, слегка удивившись памяти это пожилого человека.

— Чай, кофе?

Я поелозил пальцем по меню.

— А что это за кофе Мария-Терезия? Наверняка что-то навороченное.

— Это чёрный кофе с ликёром Куантро. Подаётся со взбитыми сливками и цветным сахаром.

— Почему бы нет? Пусть будет Мария-Терезия.

Официант кивнул и заскользил вдоль столиков утомлённой лисьей походкой к бару, оттуда — на кухню. Его звали Эрхард. Мы познакомились прошлым вечером после закрытия бара, когда, выйдя из кафе, я стоял посреди площади и, задрав голову, пытался определить линию, над которой грифельные шпили собора смыкались с мглисто-бордовым небом.

— Невероятно, как такое возможно было построить, да? Живу здесь всю свою жизнь и не перестаю удивляться.

Рядом стоял мой официант. Теперь он казался ниже ростом — возможно, из-за выпиравшего брюшка, до этого прикрытого рабочим фартуком.

— Красиво, но мрачно, — ответил я, не задумавшись. — Я бы не хотел жить в доме с видом на это строение.

— И тем не менее, вы ежедневно приходите именно сюда, — усмехнулся официант. — Эрхард, — продолжил он и протянул руку.

У меня не было желания продолжить знакомство.

— Увидимся завтра, — сказал я, подарив ему ничего не значившую улыбку.

Шумная нарядная толпа дрейфовала по Кёртнерштрассе. На какое-то время я ощутил себя стёклышком, частичкой этого разноязыкого многоцветного калейдоскопа. Возможно, когда-нибудь я вернусь сюда туристом и буду получать удовольствие от праздного шатания по городу и бесконечных селфи на фоне витрин и памятников. Но сейчас я спешил в гостиничный номер, чтобы в очередной раз попытаться переписать финальную сцену. Её действие разворачивается у северной башни собора, где и сегодня, как сотни лет назад, стоят запряжённые лошадьми фиакры. Кстати, ничего романтического в этих флегматичных ухоженных лошадях я не заметил: из-за них весь центр города провонял навозом. Ещё хорошо, что лепёшки падают не на мостовые, а в специально подвешенные под лошадиными хвостами мешки. Тем не менее, этот специфический резкий запах забивал все остальные. Именно потому я предпочитал обедать и ужинать не на веранде, а внутри кафе. Келли, безусловно, сидела бы снаружи: её аппетит никогда ни от чего не страдал. Она могла созерцать городскую суету и тут же, каким-то непостижимым образом, не отвлекаясь от непременного зелёного салата с кедровыми орешками, заметить и прокомментировать чей-то нелепый наряд, комичную походку или чудаковатую внешность. У неё это получалось довольно забавно, и я всё намеревался спросить, не хочется ли ей попробовать себя в литераторстве, — к примеру, в фельетонах или рецензиях. Но не спросил: самолюбие не позволило. В конце концов, она могла бы более заинтересованно и серьёзно относиться к моему творчеству.

Непосредственно напротив маленького отеля, в котором я остановился, шла стройка — там ежедневно с восьми утра до шести вечера методично сносили многоэтажный жилой дом. Но поскольку я целыми днями бродил по городу, мне было наплевать на шум и пыль, тем более что цены здесь оказались гораздо ниже, чем в центре, до которого ходьбы всего семнадцать минут. Однако не цена оказалась главным достоинством совершенно случайного, по совету местного таксиста обретённого пристанища. Гораздо важнее было то, что моё появление в этом неприметном, прилепленном к соседним зданиям строении, заставило поверить в заданность человеческой судьбы, которую всю свою жизнь я воспринимал как банальное стечение обстоятельств, в лучшем случае,— необъяснимое совпадение. Я в принципе не склонен к мистике, потому никогда не впадаю в состояние сентиментального умиления или безумного восторга; само слово безумный — по отношению к чувству, эмоции кажется мне верхом пошлости. Состояние шока я испытал всего лишь дважды: первый раз в юности, когда, слушая «Реквием» Моцарта, отчётливо понял, что такую музыку человек мог написать, оплакивая неизбежность именно своего ухода.

Второе потрясение случилось неделю назад, когда, расплатившись с таксистом, я подошёл к гостиничной двери и скользнул взглядом по прикреплённой к стене мраморной табличке, сообщавшей о том, что в 1773 году во время своего визита в Вену здесь останавливался Моцарт. Позже выяснилось, что он останавливался здесь дважды, но тогда эта гостиница, а точнее, меблированные комнаты, назывались «Белый бык» и принадлежали некоему Готлибу Фишеру, ювелиру. Естественно, внутренний и внешний облик гостиницы давно не соответствовал временам правления Габсбургов: верхние этажи вообще были достроены сравнительно недавно. Соответственно, я поселился на втором, вообразив себя в одном пространстве с тенью гения, и с тех пор каждую ночь с наивностью ребёнка ждал если не чуда, то какого-то знака, откровения, благодаря которому всё встало бы на свои места.

Но ничего не происходило. Как только, открыв ноутбук, я начинал перечитывать текст, во рту возникал кислый привкус, уже не покидавший меня до последней страницы: персонажи, которым я дарил новую жизнь, получались картонными, их монологи — надуманными и скучными.

Даже самому себе я не решался сказать правду: это было бы равносильно признанию в собственном идиотизме или бездарности. Первое — всё же более безболезненно для самолюбия человека, считающего себя творческой личностью, и я сказал себе, тут же записав: «Ты – безнадёжный кретин, если надеешься, что подсказка призрака заменит талант. Дух Моцарта не живёт ни в этой осовремененной гостинице, ни в его гулкой от редких шагов посетителей и пустоты стен квартире-музее, притаившейся в двух кварталах от Собора. Он — в музыке. Только гений имеет право писать о гении, а ты — ремесленник».

Я должен был это понять ещё тогда, слушая его Реквием.

И вот сегодня утром, впервые за последнюю неделю, я почувствовал себя отдохнувшим. Я больше не испытывал вины перед Келли, вселенной и самим собой, я был свободен от
навязанных себе обязательств, от многолетней повинности
что-то кому-то доказывать, а также от поисков истины, которая вполне могла оказаться мифом. Пора было возвращаться
домой. Я заказал обратный билет и поехал в Пратер, где провёл полдня, потом слонялся по центру Вены, удивляясь тому,
как может измениться восприятие города менее чем за сутки.
Меня больше не раздражала праздная толпа: я благодушно об-
ходил застрявшие посреди улицы стайки туристов, позволял
себя бездумно расслабляться в уличных кафе, запивая ледяной
водой шоколадное gelato с жареным миндалём; на этот раз запах лошадиного дерьма мне не досаждал, и позолоченные хе-
рувимы на витых балконах кремовых домов больше не кололи
глаза своей благостной безмятежностью. Я даже зашёл в суве-
нирный магазин, чтобы купить подарок Келли, но бродить меж
нескончаемых рядов маек, сумочек, шоколадных наборов, чашек и футляров для очков с изображением Моцарта оказалось
выше моих сил.

3

Когда тень от собора полностью накрывает площадь, в город
приходит вечер. Отсюда он сонно расползается по улицам и пе-
реулкам, затем спускается на широкогрудую ленту Дуная и там
замирает в ожидании ночи.

Может, мне стоит приберечь на потом эту эффектную словес-
ную конструкцию.

А пока я стою на смотровой площадке Южной башни и фик-
сирую в памяти вид на город и гору Каленберг, которая отсюда
кажется всего лишь холмом. Люди внизу — разноцветные пят-
нышки, ходячие мыльные пузырьки, не способные преодолеть закон притяжения и оттого прикованные к этой вековеч-
ной брусчатке. Они малы и ничтожны, как и выдуманные мной
проблемы и обиды. С птичьей высоты так легко представить

летящие вниз потуги творчества, смехотворные амбиции, напрасные ожидания, бездарную пьесу.

Я спускаюсь по узенькой лестнице: впереди идёт хрупкая молоденькая девушка с телефоном в руке, и на каждой из трёхсот сорока трёх ступенек её затянутые в высокий хвост волосы прыгают у меня перед носом. Я перехожу площадь и сажусь на привычное место у окна.

— Как обычно? — спрашивает Эрхард.

Сегодня он выглядит измученным: мешки под глазами, покрасневшие веки. Говорит слегка задыхаясь, да и походка напоминает не вчерашнего усталого, а уже подстреленного лиса.

— Сегодня только кофе, но не тот, что вчера.

— Мария-Терезия не в вашем вкусе?

Эрхард вполне сносно говорит по-английски, но от его картавого, резкого «р» у меня так бряцает в ушах, что каждый раз хочется потрясти головой.

— Завтра возвращаюсь домой, хорошо бы напоследок попробовать чего-то уж вовсе необычного.

— Тогда рекомендую двойной мокко с горячим вишнёвым сиропом и коньяком. Это сочетание даёт весьма необычный эффект.

— Эффект чего?

— Зависит от желания клиента, от того, что он хочет видеть и чего не хочет.

— Ладно, пусть будет мокко... и струдель. И коньяка двойную порцию. Doppio, — зачем-то добавил я по-итальянски, — для двойного эффекта.

Я склонен к полноте и потому люблю сладкое. Келли говорит, что я путаю причину со следствием, а мне моя формула представляется нетривиальной и логичной. Эрхард — молодец, профи: кофе необычного каштанового цвета, с едва ощутимой кислинкой пьяной вишни и дразнящим ароматом хорошего коньяка — именно то, что будет вспоминаться по ассоциации с этим городом.

Я оставил чаевые, как всегда подложив купюры под чашку, и направился в гостиницу собирать вещи. Накрапывал почти незримый, щекочущий кожу летний дождик. Слева вдоль соборной стены стояли припаркованные фиакры: покрытые синими попонами лошади переминались с ноги на ногу, время от времени мотая опущенными головами. Пока я переходил площадь, дождь заметно усилился и теперь шлёпал по брусчатке крупными холодными каплями. Толпа туристов быстро рассосалась по ближайшим кафе и магазинчикам, а с ней, поняв бесполезность своей деятельности, начали расходиться концертные зазывалы. Часть из них спряталась в соборе, другие, неуклюже хлюпая неудобными остроносыми туфлями, в раскорячку бежали к метро. Лишь двое особо прилежных остались на рабочем месте: одного я помнил по рыжей пряди волос, постоянно вылезавшей из-под парика, другого ни разу здесь не замечал. Первый — рослый, плечистый, как большинство этих ребят, топтался на месте, забавно смахивая свободной от проспектов рукой капли дождя с синтетического парика. У второго, — маленького, неказистого, — в руках был только плащ. Он накинул его поверх красного, расшитого золотом камзола, окинул взглядом площадь и, не спеша, завернул за угол. Он шёл чуть пританцовывая, нисколько не заботясь о том, чтобы не забрызгать белоснежные чулки. Сзади этот маленький человечек был похож на большеголового ребёнка, нарядившегося во взрослую одежду. Перейдя Домгассе, он плотнее запахнул плащ и ускорил шаг. Улица была пуста, мы слышали шаги друг друга, но стук приближающегося фиакра я почему-то не услышал: скорее всего, оттого, что был встревожен странной внешностью этого человека; мне не хотелось потерять его из виду. Из-за угла вылетели лошади, но вместо того, чтобы остановиться на обочине, я ступил на дорогу, нисколько не сомневаясь в умении и даже обязанности лошадей уступать дорогу одиноким пешеходам. Копыта лошади, колёса фиакра пронеслись в такой близости от моих ног, что я инстинктивно поджал пальцы. Извозчик оглянулся, кривя в ругани рот. Когда фиакр скрылся за угловым домом, я очнулся от потрясения и расхохотался, представив, что бы сказала Келли, прочитав в газете о нелепой гибели американского туриста под копытами лошади в центре Вены.

Темнело. Я почти поравнялся с незнакомцем, когда он остановился у входа в блинную на Грюнангергассе 10. Я уже приходил сюда два дня назад, чтобы увидеть дом, в котором жила чета Хофдемель. Даже сейчас, поздним вечером, кафе было переполнено, но готов поспорить на что угодно — ни один из посетителей понятия не имел о том, что произошло в этом доме на следующий день после похорон Моцарта. Я ощутил чувство превосходства над этими пьющими-жующими людьми, способными лишь на сиюминутное восприятие жизни. Моё воображение играючи рисовало мрачную картину истекающей кровью Магдалены Хофдемель — ученицы и, как предполагали современники, любовницы Моцарта. Возможно, она лежала вон там, у дальней стены, где сейчас за столиком ужинала молодая пара. А кровать её ревнивого мужа, на которой он умирал, перерезав себе горло бритвой после неудачной попытки зарезать неверную супругу, стояла на месте барной стойки. Вполне вероятно, эту самую входную дверь, не единожды отреставрированную, взломали прибежавшие на крики Магдалены и плач её годовалого ребёнка соседи. Беременная фрау Хофдемель выжила и родила второго ребёнка, отцом которого, возможно, был её учитель. Но судьба этой женщины уже оставалось за рамками моего замысла...

Я вдруг совершенно чётко представил декорации своей неудавшейся пьесы: сцена должна быть разделена на две половины. Конечно! Это позволило бы построить интригу в двух временных пространствах, где два человека у окна: один — в красном камзоле с диковинными перламутровыми пуговицами на манжетах и туфлях на каблуках с позолоченным пряжками, другой — в джинсах и майке, смотрят в те же окна, но видят и повествуют о разном.

Шумная компания молодых ребят вывалилась из открывшейся двери: нестройный гул оживил улицу.

— Мы скоро закрываемся, — предупредил меня вышедший следом официант.

Незнакомца он явно не заметил.

Словно вспомнив о цели своего путешествия, маленький человек поспешил к перекрёстку. Я не сомневался: он шёл домой на Домгассе 5, но почему-то свернул на Шулерштрабе, затем остановился у зелёной двустворчатой деревянной двери, скорее похожей на ворота с арочным верхом, — и неожиданно повернулся ко мне.

Он был очень мал ростом, тщедушен и некрасив: бледное лицо, виднеющиеся из-под припудренных буклей уши с отсутствующими мочками, большой нос, никак не соответствующий мелкому подбородку и высокому, открытому лбу. При неярком свете фонарей было сложно разглядеть цвет глаз этого человека, чем-то напоминавшего инопланетянина.

Он смотрел на меня снизу вверх, и я знал, что никогда не забуду этот насмешливый и одновременно проницательно-простодушный взгляд. Я также не сомневался в том, что всю жизнь буду жалеть о незаданных вопросах, о шансе, который так бездарно упустил.

Я не знал, как себя вести и что сказать. Пока я соображал, что-то неуловимо изменилось: свет фонарей стал ярче, на улице появились прохожие, рядом брякнуло металлическое кольцо захлопнувшейся деревянной двери. Я поднял голову: в окнах второго этажа мелькнул отблеск свечи. Ну да, как я мог забыть — именно сюда выходят окна квартиры-музея, да и вход был раньше не с Домгассе, а отсюда, с Шулерштрабе 8.

— Вот, вы потеряли, — со мной поравнялась та самая девушка, чьи затянутые в пышный хвост волосы прыгали перед моим носом пару часов назад: сейчас они были распущены по плечам. Однако я без труда узнал её по нервно-вздрагивающему на высоких нотках голосу, — она всё так же висела на телефоне, продолжая с кем-то выяснять отношения. Видя мой недоумевающий взгляд, девушка легко наклонилась, подняла что-то с мокрого тротуара и протянула это что-то на раскрытой ладони. — Берите, что же вы? Какая оригинальная штучка, я таких не видела.

Потом её кто-то позвал, она поспешила на голос, и задники её ярко-оранжевых кроссовок, похожие на сплющенные половинки апельсинов, ещё долго просматривались на фоне мокрой ночной мостовой.

4

НЬЮ-ЙОРК ПЛАВИЛСЯ ОТ ЖАРЫ, но, как всегда, даже в самый душный и жаркий день, меж небоскрёбов Манхэттена гулял влажный сквозняк, создававший обманчивое впечатление спасительной прохлады. Возможно, именно эта нескончаемая липкая духота была отчасти виновата в моей постоянной усталой раздражённости. Я вовремя поймал себя на этой мысли: не стоило являться в нашу квартиру раздосадованным взвинченным неудачником.

Я открыл дверь своим ключом. Келли лежала на диване, обложившись подушками, и смотрела «Амадеус».

— Привет. Как там на улице, чуть прохладнее? — спросила она так, словно я на пару минут выходил покурить на балкон, а сейчас вернулся досмотреть любимый фильм.

Я не ответил, демонстративно кинув на пол сумку.

— Вот объясни, — продолжила она, лениво повернув голову в мою сторону, — Моцарт действительно был таким... городским сумасшедшим, или, как сказать помягче, эксцентричным? Эти клоунские выходки, экзальтация — правда или режиссёрская фантазия?

— Правда.

— Ты хочешь сказать, этот гений всех времён и народов дурачился и паясничал, как невоспитанный ребёнок?

— И мяукал, и прыгал по стульям — если верить современникам. И что? — ответил я, несколько удивлённый темой разговора.

— Ну, тогда понятно, почему он всех раздражал.

Мне начала надоедать эта дилетантская беседа. К тому же я был голоден.

— Ты рассуждаешь о Моцарте, как обыватель. Ты не понимаешь...

— Да это ты не понимаешь, — перебила меня Келли. Как всегда, когда она злилась, кожа на её шее и груди розовела, — он вообще пришелец. Погостил сколько? Сорок лет?

— Тридцать шесть. Почти.

— Тем более. Погостил и ушёл, и ничего после себя не оставил. Ни могилы, ни даже посмертной маски. Ты сам рассказывал.

— Маска была, но Констанца её выбросила. Твоя версия не годится.

— Можешь спорить сколько хочешь, но я уверена: если выбросила, значит, так было надо. Так задумано. Всё сходится.

И никакой тайны творчества нет, и тайны смерти — тоже. Так что можешь успокоиться и вернуться к нормальной жизни.

Наконец-то я понял, зачем Келли затронула эту тему: нормальная жизнь предполагает нормальную работу, семью, детей. Кстати, мне моя профессия нравилась, хоть время от времени докучала своим однообразием, которое принято называть стабильностью. Но как обычно, Келли поменяла тему раньше, чем я успел возразить или согласиться с её доводами и озвучить свои аргументы.

— А что ты мне привёз? — спросила она, нарочито по кукольному хлопая ресницами.

Я достал из кармана джинсов пуговицу, эту «оригинальную штучку», которую сутки назад у моих ног подобрала девушка в оранжевых кроссовках, и положил её на ладонь своей почти невесты — прохладный на ощупь кружок перламутра чуть неправильной формы с жёлтым камнем в центре и белыми камешками по бокам.

— Забавная вещичка, красивая, — свободной рукой Келли отвела прядь влажных от пота волос за ухо, — из неё можно сделать подвеску. Я видела похожую в каком-то каталоге. Спасибо.

Конечно, я уловил некую разочарованность в её голосе, но сделал вид, что не заметил.

В моей комнате ничего не изменилось, всё оставалось на своих местах, и даже выскользнувший из принтера листок так и лежал под столом. Я поднял его, пробежал глазами оборванный монолог Марии Магдалены Хофдемель, включил компьютер и напечатал:

Пришелец
Пьеса в двух действиях,

затем достал из шкафа свежее полотенце и пошёл в душ.

День зимнего ангела

Как все неудачные дни, этот зимний понедельник тянулся бесконечно. С утра Маша заехала за клиентами — они подыскивали двухкомнатную квартиру. Дама церемонно представилась, — Лидия Васильевна, — и села впереди. Муж приветливо улыбнулся и с этого момента не умолкал всю дорогу, несмотря на донимавшую его одышку и непрерывное одёргивание жены: «Митя! Я тебя прошу!» Сама она хранила молчание, с любопытством разглядывая мелькающий за окном довольно однообразный городской ландшафт. Они подъехали к окружённой сквером высотке, два здания которой были соединены стеклянной галереей.

— Этот комплекс очень популярен, поэтому здесь редко что-то выходит на продажу, — сообщила Маша, — но буквально пару дней назад выставили сразу четыре квартиры. Одна уже под контрактом.

— Ну-ну, — многозначительно произнесла Лидия Васильевна.

— И я говорю, интересно. Да, Лидочка? — радостно заметил Митя, задыхаясь от собственной скороговорки.

«Везёт же некоторым иметь таких позитивных, восторженных мужей, — подумала Маша. — Только такие браки и обречены на долголетие».

Супруги неспешно осматривали гостиные, спальни, кухни; в квартирах, откуда владельцы уже съехали, не задерживались, зато там, где ещё стояла мебель, разглядывали каждую мелочь. Добродушный Митя тщательно вглядывался в развешенные по стенам фотографии, комментировал чужие лица, пытался угадать возраст, профессии незнакомых ему людей. Лидию Васильевну больше интересовал дизайн жилья, его функциональные качества и вид за окном.

— Знаете, Мария, — сказала она, выйдя на огромную застеклённую лоджию, — я бы этого с позволения сказать, архитектора, засудила: как можно было спроектировать жилой дом

34

в таком месте?! Посмотрите на эти уродливые сооружения напротив. Ну что это такое? Что за вид?

— Это госпиталь. Рядом супермаркет, кафе, банк, русский магазин. Отсюда десять минут прогулочным шагом.

— И что, от этой близости вид становится привлекательнее? Единственное, что может украсить эти безвкусные строения — снег. Кстати, к вечеру обещали метель. Ну ладно, идёмте дальше. Посмотрим, что ещё вы нам приготовили.

— Лидия Васильевна, у нас ещё три квартиры, но уже в другом районе. Вы намекните, какая из тех, что мы сейчас посмотрели, хоть как-то отвечает вашему вкусу? — медовым голосом спросила Маша. — Мне проще будет понять, что именно вы ищете.

— Вопрос справедливый. Вам так скажу: пока из трёх квартир мне, несмотря на удручающий пейзаж за окном, больше всего импонирует эта. Но! Нас совершенно не устраивает размер встроенного шкафа. Посмотрите сами, сюда не влезут чемоданы.

— Какие чемоданы?

— Импортные. Привезённые из Союза, — дама посмотрела на Машу с неприязненной жалостью. — Вы знаете, по какому блату мы их достали и сколько заплатили? Так что, теперь прикажете отправить их на помойку, подарить или запихать в эту несуразную кладовку?

— Лидонька, это когда-а было, — пробасил Митя, игриво подмигнув Маше поверх головы своей супруги.

— Ну что ж, поедемте, — Лидия Васильевна нехотя направилась к выходу. На её миловидном интеллигентном лице легко читалось разочарование по поводу неудавшейся дискуссии.

Интуиция подсказывала Маше, что эти клиенты пока не готовы к покупке: они явно не решили для себя, что именно им нужно и нужно ли вообще. Тем не менее, она не отказалась от запланированных просмотров и к трём часам дня честно отработала смену экскурсоводом и агентом по продаже недвижимости.

Погода портилась. Резко похолодало, с белоголовых гор наплывали облака цвета асфальта.

Лидия Васильевна увлечённо рассказывала о своей молодости, о том, как сорок пять лет назад Митя позвал её замуж, о дочери — директоре крупного финансового объединения, которую безгранично уважают коллеги. Маша согласно кивала, изредка разбавляя монолог междометиями, и мечтала о чашке горячего кофе с булочкой.

— Как вы смотрите на то, чтобы посидеть в кафе? Тут недалеко. Перекусим, согреемся, а заодно обсудим сегодняшние варианты. Потом отвезу вас домой. Вечером я посмотрю, что ещё вышло на продажу и позвоню. Договоримся на завтра. Вы с утра свободны?

— М-м-м, знаете, Машенька, завтра не получится, — несколько смущённо сказала Лидия Васильевна, рассеянно поглядывая в окно. — О, кстати, симпатичный двухэтажный теремок, крыша такая зелёненькая с резными карнизами, балкончиком, и видите, он продаётся. Интересно взглянуть, какой там дворик.

За спиной раздалось покашливание.

— Всё в порядке? — спросила Маша, глянув на Митю в водительское зеркало.

— Не беспокойтесь, — мгновенно отреагировала супруга, — с ним всё в ажуре. С вами, Машенька, было занимательно, и мы бы с удовольствием продолжили наше знакомство, но, к сожалению, завтра уезжаем. Точнее, улетаем.

Она помедлила и, встретив недоуменный взгляд Маши, продолжила: «Мы здесь в гостях, приехали на свадьбу племянницы, а сегодня рабочий день, понимаете? Дома никого, а нам-то скучно, не стану же я борщи на чужой кухне варить. Вот решили ваш город рассмотреть подробнее, изнутри, так сказать».

Маша молчала.

— Мы вам благодарны, — виновато прогундосил Митя, — вы замечательный риелтор.

Реакции не было, и это насторожило Лидию Васильевну; она заёрзала, слегка отодвинулась к окну. Маша сбросила скорость, потом остановила машину на парковке у какой-то невзрачной химчистки.

— Если вам, Маша, что-то здесь нужно, мы, конечно, подождём, несмотря на то что вы делаете свои дела в рабочее время, — предупредила дама, но, пожалуйста, не задерживайтесь. В такой холод машина остывает быстро, недолго и простудиться, в нашем-то возрасте.

Для убедительности она шмыгнула тщательно припудренным курносым носиком и дружелюбно улыбнулась; эту милую улыбку ничуть не портила напоминавшая петушиный гребешок, бородавка под нижней губой.

— Мне здесь ничего не надо, — пресным голосом сообщила Маша, — но дальше вы поедете сами: за углом остановка автобуса. Если предпочитаете такси, напротив — гостиница. Попросите, вам вызовут.

— Вы с ума сошли! — вспыхнула Лидия Васильевна: её васильковые иконописные глаза потемнели от возмущения. — Да я на вас такую рекламацию напишу, что навсегда останетесь безработной. И ещё за вашу безответственность и наплевательское отношение к людям под суд пойдёте.

Маше не хотелось спорить и что-то доказывать; зная себя, она понимала, что непременно расплачется, что её дрожащий голос выдаст обиду, которую эти люди воспримут как слабость. Чтобы справиться с подступившими слезами и дрожью оскорбления, она глубоко вздохнула, как бы давая понять, насколько огорчена сложившейся ситуацией и непонятливостью клиентов, затем выключила зажигание и сказала:

— Мы с вами никаких бумаг о сотрудничестве не подписывали, хотя надо было это сделать ещё до того, как вы сели в мою машину. Но вы бы ничего не подписали, верно?

— В вашу машину! Да если бы вы были успешным риелтором, ездили бы на Мерседесе, а не зачуханной Тойоте, — возмутился Митя.

— Тем более, — устало согласилась Маша. — В такси вам будет более комфортно, хоть и не бесплатно. Всего хорошего.

Одна за другой демонстративно громко хлопнули дверцы машины. Положив дрожащие пальцы на руль, Маша провожала взглядом недавних попутчиков: Митя обречённо плёлся позади супруги. Вот он открыл рот, что-то крикнул, махнул рукой, пытаясь обратить на себя внимание, но Лидия Васильевна уже повернула за угол, к автобусной остановке.

Ну, слава богу, — на сегодня всё. Надо просто вычеркнуть этот отрезок из жизни и запить его крепким кофе.

По радио передавали прогноз погоды. Маша усилила громкость и чуть не пропустила звонок подруги. Синтия, недавно открывшая кофейню, приглашала заехать попробовать новую выпечку.

— Ты далеко? Минут десять? Отлично. Жду. Не пожалеешь,— пропела она.

— Тут снег обещают, я хотела успеть домой,— засомневалась Маша, но на другом конце провода уже никого не было.

Полупустое кафе дышало теплом и уютом. Синтия сидела за угловым столиком, наблюдая за официанткой и парнем-баристой. Увидев подругу, она пошла ей навстречу.

— Боже мой! Мэри! Ты что такая пришибленная? И глаза... плакала, что ли?

— Нет, просто холодно и ветер. Но если честно, день не из удачных,— призналась Маша.

— Кристи,— Синтия позвала официантку,— принеси, пожалуйста, порцию творожных булочек и два эспрессо. Ну рассказывай, что случилось?

— Да ничего особенного,— Маша не собиралась вдаваться в подробности, но, размякнув от тепла и горячего кофе, в деталях рассказала о супружеской паре бытовых жуликов, испортивших ей настроение на весь день, а главное, о том, как и почему ей пришло в голову высадить из машины пожилых людей.

— И в чём проблема? — не поняла Синтия.— Высадила и правильно сделала. Users! Я бы с них ещё взяла плату за проезд, за бензин. Ты же не такси, не общественный транспорт. Наглость это.

— Согласна, наглость и хамство,— кивнула Маша,— но они в чужом городе, пожилые люди. У этого Мити одышка..., вдруг по дороге что-то случится?

— Митя! (Синтия произносила Митѝя) Случится! Вот ты как одна моя знакомая учительница, всегда чувствуешь себя в чём-то виноватой. Я жалею только тех, кто заслуживает сочувствия. А представь, если бы они с тобой ещё неделю катались и голову морочили? Я не права?

— Права, но послевкусие осталось.

— Тебе не понравились булочки?

— Я не о булочках,— усмехнулась Маша,— просто не ожидала от себя такой реакции. Знаешь, в детстве,— мне было лет семь,— я видела ангела. Он пролетел за окном, а я прижалась щекой к стеклу: хотела понять, куда он летит, но увидела только крылья — голубоватые прозрачные, в ярко-синем небе. Я очень хорошо помню, они двигались волнообразно, размеренно. Тем не менее, ангел почему-то удалялся так стремительно, словно от кого-то спасался. А может, спешил кому-то на помощь.

— Я тоже верю в ангелов, — понимающе кивнула Синтия. Ты же видела, у меня дома коллекция. Привожу из каждой поездки.

— Я всё ждала, когда же он прилетит на помощь мне, а не кому-то, и поняла, что никогда, и что скорее всего, тогда в детстве я видела не ангела, а птицу. Аиста, например. Хотя, откуда ему взяться в городе, да ещё зимой? Вкусные булочки, однако.

— Слушай, давай об ангелах — потом. Тут неподалёку домик продаётся — симпатичный такой, весёленький. Думаю, он подошёл бы под детский ресторанчик. Можешь показать?

— С зелёной крышей, резным карнизом и балкончиком?

— Точно.

— Лучше в другой раз. Смотри, уже снег пошёл, а мне домой на другой конец города.

— Так это же в десяти минутах. Десять — на дорогу, десять — там. Прошу тебя, позвони в офис, возьми код замка и поедем. Подумай, какой смысл тебе опять сюда мотаться? Кроме того, если домик мне понравится внутри так же, как снаружи, если там уютный дворик, контракт завтра же и напишем. Тебе что, комиссионные не нужны? Полчаса погоды не сделает.

Полчаса неожиданно обернулись двумя. Уже темнело, а Маша с подругой всё ещё пытались загнать в дом собачек, вырвавшихся на волю в минуту, когда Синтия открыла дверь на веранду. Две весёлые дворняги, опьяневшие от бодрящего зимнего воздуха, гонялись за пляшущими на ветру, скрученными в трубочки прошлогодними листьями. Две женщины бегали по двору, присвистывая, причмокивая, заманивая обещаниями, попеременно задабривая и угрожая на русском и английском. Дворняжки звонко лаяли, ловили колкие снежинки мокрыми высунутыми языками и не собирались менять свободу на домашнее тепло.

— Давай оставим этих сволочей здесь, — не выдержала Синтия. — Вернутся хозяева, загонят их обратно.

— Даже не думай. Ночью собака чихнёт, а утром в офис придёт жалоба и повестка в суд за жестокое отношение к животным. Потом никаких комиссионных не хватит на штраф и адвоката.

— Тогда посмотри, может в холодильнике найдётся кусок мяса или хотя бы сосиска. Приманим, потом положим на место? — предложила Синтия, шмыгая посиневшим носом. — А вообще-то мне пора закрывать кафе. Я поеду. Ты уж прости, что так вышло. Вредная у тебя работа.

Она ушла, но через минуту снова появилась на веранде с воплем:

— Так! Быстро в дом!! Считаю…!

Маша вздрогнула от неожиданности, на секунду решив, что команда обращена к ней, и машинально сделала шаг назад. Собаки тоже повиновались: одна, — пегая с чёрной чёлкой, опустив голову, потрусила в дом, другая, — рыжая с отвисшими ушами, побежала следом.

— Всё, не благодари меня, с замками, ключами ты уж тут сама как-нибудь. Завтра я тебе позвоню, обговорим условия. В принципе, мне понравилось всё, кроме загаженного собаками двора.

Виляя мохнатыми хвостами, дворняги проводили Машу до входной двери. Пальцы примерзали к циферблату кодового замка. Посветив фонариком, она набрала нужный код, защёлкнула коробочку с ключами и облегчённо вздохнула — теперь точно всё. Домой, спать.

Метель началась внезапно: плёточный порывистый ветер швырнул первые горсти снежной крупы в лобовое стекло. «Поеду по автостраде, — быстрее будет», — решила Маша, но, застряв в трафике на хорошие полчаса, свернула с шоссе на незнакомую улицу и почти наугад поехала по направлению к своему району. В темноте заснеженная дорога сливалась с обочиной. По обе стороны торчали хребты и крыши пустых домов, за ними — пустырь. «Новостройка, — поняла Маша, — потому ни одного фонаря. Надо вернуться на трассу». Машина заскользила вправо, дёрнулась и резко остановилась, застряв боковыми колёсами в рытвине. Вокруг стелилась беззвучная мгла. Свет фар ослепил выскочившего из ниоткуда зайца.

Испугавшись, он метнулся в сторону, и теперь на снегу сидела его насторожённая тень.

Маша вытащила из кошелька карточку автострахования, набрала номер; ей ответили почти сразу, но разговор не получался:

— Где вы находитесь? — спросил простуженный женский голос.

— Я могу сказать, где именно съехала с автострады. Навигатор ничего не ловит, а указатели улиц заметены снегом, и вообще тут что-то строится и сложно понять, где улица, а где, собственно, дорога.

После многочисленных вопросов и уточнений, голос пообещал приехать в течение двух часов: плохие погодные условия и много аварий.

— Послушайте, — запаниковала Маша, — у меня четверть бака бензина. — Вы что, хотите найти мой замёрзший труп?

Голос оценил шутку:

— Не волнуйтесь, успеем. Старайтесь время от времени включать фары.

Прошёл час. Тень зайца сидела столбиком и шевелила ушами, похожими на длинные ангельские крылышки. «Чего он ждёт? — усмехнулась Маша. — Голодный, что ли? Так и быть, поделюсь человеческой едой». Она швырнула в окно половину булочки, заботливо завёрнутой Синтией на дорожку. Тень зайца подпрыгнула и скрылась за холмиком.

Ветер немного успокоился, и теперь снег падал крупными комками, похожими на ватные гирлянды. Время от времени Маша включала дальний свет; недостроенные пустоглазые дома оставались так же безжизненны, как и кочковатая заснеженная дорога.

В очередной раз захотелось плакать, но было лень тратить оставшуюся энергию на слёзы. По радио сообщили о закрытии аэропорта на ближайшие сутки. «Ну вот, придётся Лидии Васильевне с Митей задержаться здесь и поскучать в гостях ещё немного, — не без злорадства подумала Маша. — Хорошо, что собак удалось загнать в дом».

Новости сменились музыкой; своим расплывчатым ритмом, монотонно струящейся кольцеобразной мелодией она нагоняла дрёму, и впервые за много лет Маша поймала себя на мысли о том, что ей не нужно куда-то спешить, что, пусть вынужденно, но появилось время просто расслабиться и побыть с собой наедине. Потоком автомобилей цивилизация спешила по своим делам; открыв окно, можно было услышать доносившийся с автострады непрекращающийся шум её колёс. А здесь, за неуловимой гранью, отделяющей будничную суету от пространства одиночества и беспомощности, в крошечном клинышке лучей агонизирующих фар, ничего не происходило.

Поздний вечер уже ничем не отличался от глубокой ночи: остовы недостроенных жилищ, их ребристые стены и крыши, штабеля досок на бугристом склоне — всё оделось в белый саван и теперь выглядело гораздо наряднее, пригожее, чем полтора часа назад. Лидия Васильевна была права: снег облагораживает уродство. Маша снова набрала дорожную службу. Долбящие заверения автоответчика в том, что именно её звонок очень важен, чередовались с «Лунной сонатой». Задремав в ожидании человеческого голоса, Маша не сразу услышала сначала осторожный, а затем настойчивый стук. От неожиданности она выронила из рук телефон, потом опустила стекло, пробормотала замёрзшими губами: «Наконец-то,— и уже громче добавила,— спасибо, что приехали. А я тут вам звоню».

— Мне?— Удивился снежный человек, с трудом подбирая английские слова.— У меня нет телефона.

— Как же вы связываетесь с вашей службой?— в свою очередь удивилась Маша.

— Службой? Я возвращался с работы,— ответил мужчина.— Вижу, машина засыпана снегом, а одна фара горит.

— Но вы же не уедете, правда?— попробовала пококетничать Маша, однако неожиданная для неё самой щенячья интонация постыдно выдала отчаяние и накопившиеся за день обиды.

Решив, что через окно разговаривать со спасителем неприлично, она поспешно открыла дверь, ступила в снег и тут же провалилась по щиколотку. Позже, рассказывая Синтии о своих злоключениях, Маша с мазохистским сарказмом описывала, как в набитых липким снегом туфлях и кашемировом пальто, с зачем-то прихваченной с сиденья сумкой Fendi, она стояла посреди ведущей в никуда дороги, вцепившись в рукав работяги-мексиканца — опасалась, что он может исчезнуть так же внезапно, как появился.

— Por supuesto, безусловно, я попробую, — ответил мужчина, явно ошеломлённый импульсивной реакцией незнакомки. — Сядьте в машину, por favor.

Минут десять он возился, прицепляя трос своего трака к Тойоте, а когда вытащил машину из рытвины, предложил сопроводить Машу и действительно ехал за ней до дома, ни разу не отстав и не потеряв из виду.

— Может, вы зайдёте, просто выпить горячего чая? — с притворной настойчивостью предложила она, когда машина уже стояла в гараже, а сама она, переминаясь с ноги на ногу, при этом ощущая, как в туфлях хлюпает вода, прощалась с незнакомцем.

— Мне домой надо, — жена ждёт, дети. У меня их пятеро.

В свете уличного фонаря Маша напоследок смогла разглядеть своего спасителя. Он был ниже её ростом, коренастый, большеголовый, с густыми бровями над тёмными глазами и мочалистыми, слипшимися от тающего снега усами.

— Как вас зовут?

Незнакомец стряхнул с куртки снежную пудру, ткнул пальцем в прицепленный к нагрудному карману бэдж. Чуть наклонившись, Маша прочитала: Angel и снизу мелкими буквами: City Construction Co.

— Анхель en Español, — мексиканец пожал Маше руку и пошёл к траку.

Маша никак не могла согреться: вытянувшись в ванне, лежала, зарывшись по самый подбородок в лавандовую пену. Потом, завернувшись в халат и плед, долго пила обжигающий чай с крепким вишнёвым ликёром.

Зазвонил телефон.

— Мария? Это Лидия Васильевна…

«Надо же, хочет извиниться, — изумилась Маша, — однако, я тоже хороша. Можно было с ними не так резко, всё же люди пожилые…»

— Так вот, несмотря на вашу возмутительную выходку, мы с Дмитрием Ивановичем готовы посмотреть тот славный домик с балкончиком и террасой. Возможно, наша дочь им заинтересуется в качестве инвестиции. У неё, знаете, недвижимость во многих штатах, и поскольку завтра улететь не удастся, мы готовы встретиться с вами утром, часиков в одиннадцать.

«Чёрт, хорошо, что я не успела покаяться вслух», — с облегчением подумала Маша.

— Лидия Васильевна, дорогая, к сожалению, я не смогу вам помочь. У меня завтра выходной. Думаю, вы легко найдёте другого агента в русской газете, — ответила она участливым, расслабленным после ванны и ликёра голосом и выключила телефон.

За окнами снова поднялась метель. Шёлковые шторы слегка шевелились от проникающих между рамой и стеклом струек морозного воздуха, и с каждым порывом ветра синие ангелы, рассыпанные по периметру ткани, мерно махали крыльями, не способные ни улететь, ни остановиться в своём статичном движении.

«Интересно, у настоящих ангелов лица человечьи или тоже птичьи?» — подумала Маша, глядя из-под слипающихся век на покачивающиеся шторы, но, споткнувшись об эту догадку, — уснула.

Третий глаз

1

Арик нервничал. Ночью выпал первый снег, а денег на замену колёс для автобусов не было. Точнее, не хотелось тратиться на новую резину. Если зима не будет снежной, вполне можно бы обойтись старой, но Володя, водитель, уже позвонил с утра пораньше, «обрадовал» — занесло на повороте; ещё хорошо, в автобусе не было клиентов-пенсионеров. Арик называл их программистами, в смысле, пользующимися восьмой программой, то есть, бесплатным жильём. Иначе говоря, халявщиками. В принципе, он относился к ним хорошо, можно сказать, с симпатией, и даже испытывал глубокую благодарность к этим пожилым людям, болячки которых обеспечивали его семье хлеб с маслом и паюсной икрой. Но капризы и претензии особо дотошных пациентов огорчали своей неблагодарностью. Люди не хотели понять, что Арик, основавший первую в городе русскоязычную компанию по перевозке пенсионеров, облагодетельствовал их, освободив от необходимости быть обязанными работающим детям и внукам. Фактически, он дал им свободу передвижения и общения, поскольку ещё и переводчиков предоставил. Но советский человек, привыкший возмущаться исключительно у себя на кухне, в Америке вдруг почувствовал себя свободным и резко осмелел. По поводу и без повода Арика донимали претензиями. Сегодня первым оказался Роман Тимошенко с супругой Розой.

— Алё, офис? Мы стоим у подъезда целых десять минут.

— Почти пятнадцать, — подсказала жена.

— И мы обратно поднялись в квартиру вам позвонить и выяснить.

— И нам нелегко в нашем возрасте бегать туда-сюда, — в трубку возмутилась Роза.

Все персонажи рассказа вымышлены и любые совпадения — случайны.

— Абсолютно с вами согласен, но вы заметили, снежок выпал? Дороги скользкие, — пытался отшутиться Арик.

— В прошлый раз мы торчали на улице из-за какой-то поломки, сейчас у вас снежок, — не унималась Роза, — вы только ищете причину. Так в Америке не работают.

«Откуда тебе, курица, знать, КАК работают в Америке», — подумал Арик, но бодро отшутился:

— Молодые. Исправимся!

— Люся, — обратился он к жене, — пробиллай-ка[1] их ещё и прошлой неделей. За то, что нервы портят.

— А если на прошлой неделе их, случайно, не было в городе?

— Были, видел в магазине. Накупили селёдки, сухой колбасы и жареных пирожков. Потом на холестерин жалуются. И на плохих врачей.

— И пусть себе питаются. Чем выше холестерин, сахар и давление, тем чаще к докторам ездят. Вот Андрей Чернятский уже в инвалидное кресло пересел. И правильно сделал: медикейд за колясочников платит в два раза больше. Так что их аппетит — не наша головная боль. Наоборот — польза.

— Дрянь ты, Люська, — притворно вздохнул Арик, — практичная до неприличия. Аж страшно иногда. Вдруг что со мной, ведь не пожалеешь.

Люся пожала круглыми плечиками.

— Я жена, а не мама твоя. Давай двигайся, уже пора позабирать народ с процедур.

— Саша, — Люся подошла к своему помощнику, — вот заявка на Тимошенко. Сегодня на обоих, а прошлой пятницей — ещё на Розу. Напиши ей иглокалывание у доктора Кима.

— Иглоукалывание, — привычно поправил Саша, — укол потому что, а не вкол. И ещё, Люся, ты постоянно говоришь экстрэй вместо эксрэй. Может, тебе проще сказать по-русски — рентген, чтоб людям понятно было? Нам же образованные клиенты тоже попадаются.

— Образованные эти в Америке навоз лопатами кидают. Вот чего их университеты и консерватории стоят, — бросил Арик, оглянувшись в дверях. — Но ты, Люся, всё же прислушалась бы,

---

[1] выставить счёт (*сленг*)

когда дипломированный грамотей с высоким образованием учит тому, что ты в школе пропустила.

— Ты бы шёл уже, а? — разозлилась Люся.

У неё была привычка добавлять «а», тем самым сообщая приказу вопросительно-уточняющую интонацию. Точно так же она разговаривала с детьми и пуделем Гошей: «Иди уже отсюда, а? Перестань лизаться, а?»

Саша терпеть не мог ни Люсю, ни её манеру разговаривать, одеваться, смеяться и рассуждать вслух. Про себя называл её учётчицей, поскольку Люся отмечала время начала и окончания его рабочего дня, не округляя до часа. И платила соответственно. Если первый звонок в офис раздавался в девять часов пять минут, Люся платила за этот час из расчёта пятидесяти пяти минут. Если клиентов заканчивали развозить по домам в четыре пятьдесят, рабочий час в диспетчерской становился на десять минут короче и, соответственно, на полтора доллара дешевле. Таких учётчиц Саша видел в колхозе на картошке. Стоит тётка в телогрейке у здоровенных весов, покрикивает, взвешивает ящики, ставит галочки. Люся была такой же тёткой, только переодетой в дизайнерскую одежду. Над её рабочим столом висел подаренный младшим ребёнком рисунок мамы: в верхнем кружке под чёлкой бровки-ниточки, угольные глазки, острый носик и обведённые красным губки. Средний кружок — леопардовая блузка, жёлтые браслеты на запястьях, сумочка на цепях. Нижний кружок — обтянутые красными брюками ножки, тупоносые туфли носками врозь. Талантливая девочка: схватывает детали, соединяет в образ, хоть и слова такого ещё не знает.

Но в принципе, Арик прав, — что толку от диплома столичного университета, если возраст не позволяет начать карьеру в новой стране? Пятьдесят — ни туда, ни сюда. Приехал бы лет на десять раньше, когда память ещё хваткая была и здоровье покрепче, может, всё сложилось бы удачнее, а пока, выход один — научиться пропускать мимо ушей Люсины сентенции по поводу жизни и новых спинжаков.

* * *

— Саша! Всё, обед, — объявила Люся. Арик подъедет через пять минут, привезёт ланч.

— У меня еда из дома.

— Да ладно тебе! Арик купил на нас всех. Ты же знаешь, какой он щедрый.

Запах китайского супа моментально заполнил чесночно-бульонным духом перегретый компьютером и копировальной машиной офис.

— Тут ещё курица с рисом и брокколи, — звучно причмокнув, доложил Арик.

Саша старался не смотреть на босса: при всей своей представительной внешности тот неряшливо ел, а Саша терпеть не мог людей, жующих с открытым ртом. Кроме того, его дико раздражала привычка Арика пить чай из блюдца или прихлёбывать из ложечки.

— Саша, так ты вписал Розочку Тимошенко?

— Вписал.

— Распишешься за неё в путёвке, у тебя хорошо получается её подпись.

Саша отложил пластиковую вилку:

— Арик, может, хватит хернёй заниматься?? Ты доиграешься.

— Мы доиграемся, Саня, МЫ с тобой, — повторил босс, ухмыльнувшись. А пока расслабься. У нас всё работает как по нотам. Просто ты боишься рисковать, потому пьёшь газировку, а я — шампанское.

— Ой, ты бы уже замолчал, а? — резко разозлилась Люся. Уже достал со своим шампанским. Одна шутка на сто лет. Сказали тебе — пробиллаем обоих. Так нет, зудишь, как зубная боль. Сиди ешь.

Люся налила себе кофе, но передумала и раздражённо выплеснула жидкость в кадку с фикусом. Когда Арик уехал, она подошла к окну и, проводив взглядом автобус, сказала:

— Вот иногда убила бы, но всё-таки, что ни говори, с мужем мне повезло. Он не только красивый, но и умный. У него третий глаз во лбу — интуиция сильнейшая, звериный нюх на бизнес.

Затем, повернувшись к Саше, добавила: — И не тебе его учить. Тем более, кто платит, тот и музыку заказывает. А тебе, между прочим, платят наличными.

«Вот и хорошо. Будем считать, я тут не работаю и к припискам отношения не имею», — подумал Саша, но решил промолчать.

2

АРИКА МУЧИЛА ИЗЖОГА. «Чёрт знает, из чего эти китайцы готовят. Может, это вовсе не куриное мясо, а собачье. Соусом залили, рисом закидали, иди знай, кого сожрал». Он остановился на заправке, купил бутылку воды.

Как обычно в городе, к полудню от утреннего снега не осталось и следа; только пар поднимался от ещё влажного асфальта. Солнце слепило глаза, и небо было совершенно летнего цвета. «Вот так бы и проскочить зиму, — Арик вернулся к утренним сомнениям по поводу колёс, — но вряд ли получится. Придётся выложить хорошие деньги, а Люське — подождать с домработницей. Ничего, перетопчется, и так зажралась. В Мексике отдыхать ниже её достоинства, одеваться хочет исключительно в дизайнерские шмотки, суббота — непременно русский кабак. Ей бы на диету сесть, — уж и намекал, и прямым текстом, куда, дескать, тебя разносит, а до неё не доходит. Ну, новые мозги не вставить. Что хочет, то имеет. А вот хорошо бы купить третий автобус. Тогда не будет аврала, даже если один поломается. И вообще, пора расширяться».

Идея о новом автобусе преследовала Арика до самого вечера. Он продолжал возить клиентов, орать по рации на Люсю за то, что та перепутала время визита к врачам двух больных, и теперь всё расписание полетело в задницу, потому что она — bonehead, костяная голова, но мысль о том, где взять деньги на новый автобус продолжала вертеться в голове пока не достигла логического решения. За ужином Арик поделился ею с женой.

* * *

Люся была отличной хозяйкой. Правда, печь не любила из-за того, что тесто забивалось под наклеенные ногти, но готовила прекрасно. Особенно мясо. Заливное на свиных ножках, жаркое из крольчатины, куриные котлеты с драниками, голубцы — лучше любого ресторана. Зато, когда вступало под настроение, она из принципа действовала на нервы — как сегодня; отварила гречку с сосисками и молча жевала, выжидающе глядя на Арика, дескать, понимаешь хоть, чем разозлил? Арик понимал намёк на обещанную домработницу, потому не стал оправдываться. Сразу переключил супругу на нужную тему.

— Помнишь, летом Саша получил компенсацию за аварию? Так он взял чистыми десять штук.

— И?

— И держит их под подушкой или в банке. Не знаю.

— И что тебе до тех денег?

— А то, что тут один чувак продаёт почти новый мини-автобус за тридцать штук наличкой. Сашка вложит восемь и будет получать свой процент с навара.

— Почему не все десять? — лениво уточнила Люся.

— Ну, он же не совсем мудак, чтобы отдать всё. Пусть держит отцу на похороны, дай бог ему жить долго и ездить по врачам.

— Ты что, Арик, совсем сдурел, за восемь тысяч впустить в бизнес чёрт знает кого?

— А кто сказал, что он станет партнёром? Просто даст бабки, будет получать что причитается. Но не забывай, — Арик хитро сощурился, — новый автобус станет запасным, с меньшей загрузкой. Так? Дальше: Саша хоть в курсе, кто, когда, куда ездил, но не знает, на каком автобусе. Сечёшь? А главное, в офисе он теперь будет сидеть те же часы, но бесплатно, потому что, вроде как совладелец.

— Ну, ты сволочь, — восхищённо покачала головой Люся. Не жалко его? Одинокий, немолодой, личной жизни нет.

— Кого поиметь, если не своих? И если что, кто нас с тобой пожалеет? — вздохнул Арик, обмазывая сосиску кетчупом. — Можешь подыскивать себе домработницу. Но чтоб не старая была и не ныла про свои болячки.

3

САША ВСЕГДА ЗНАЛ, что Зина от него уйдёт. Но она ушла тогда, когда он почти поверил в ошибочность своего предчувствия. Боялся, что променяет на молодого и успешного, а она ушла не к кому-то, а от всех. Оказалось, у неё было больное сердце, кардиомиопатия, странное бессимптомное заболевание. Зина была тоненькой, подвижной, мускулистой, вечно тащила его то в ненавистные горы, то на пробежки. Он задыхался, — она подшучивала над его ленью, лишними килограммами и бежала дальше, обгоняя и дразня. Выяснилось, что все эти годы её сердечная мышца набухала, уплотнялась, пока не взорвала сердце. Теперь, кроме отца, посоветоваться было не с кем. К предложению босса Алексей Леонидович отнёсся без энтузиазма, но отговаривать не стал. Саша подумал и выписал чек на восемь тысяч. Взамен получил накарябанную Ариком расписку: «Я, Аркадий Ваксман, получил от Александра Венгерова $8,000 на приобретение мини автобуса для развития бизнеса». Дата. Подпись.

— Хорошо бы указать мой процент и заверить в банке,— подсказал Саша.

Арик обиженно выкатил губу: — Ты что, мне не веришь? Вроде, не первый год работаем, да и вне работы общаемся, выпиваем, закусываем. А ты, оказывается, мелочный и недоверчивый. Как я могу доверять тебе, если ты не доверяешь мне?

Саша хотел возразить, вроде как восемь тысяч — деньги немалые, не мешало бы составить контракт, но тут вмешалась Люся. Принесла обед, поставила тарелки с куриным супом и заодно пристыдила:

— Да уж, Саша, совесть иметь надо. Ты в курсе документации, всю нашу картотеку знаешь, всех клиентов, все ведомости видишь. И расписки за неразглашение информации мы с тебя не требуем. А ты прям меркантильный до ужаса.

Саша усмехнулся — это он научил Люсю замысловатому слову меркантильный. Та даже записала его в специальную книжечку умных выражений и вот изрекла к месту; тема сама собой рассосалась, а возвращаться к ней Саше было неловко: тебя кормят обедом, а ты о деньгах.

Через неделю Арик купил автобус. Саша выполнял прежнюю работу, за которую ему теперь не платили, но радовало то, что Люся перестала считать минуты начала и окончания рабочего дня. Тем не менее, ощущение подневольности почему-то, оставалось, и чем дальше, тем чаще Саша ругал себя за то, что позволил втянуть в дело, ему не интересное и, более того, сомнительное и рискованное. Но дни перетекали в недели и месяцы, а Саша не находил подходящего случая выяснить у Арика, почему его заработок, уже как совладельца, остался прежним и, главное, почему именно «его» автобус постоянно ломался. А ломался он практически еженедельно и, соответственно, требовал ремонта. Во время простоев Арик приезжал в офис раздражённый, устало плюхался на стул и, выразительно поглядывая на Сашу, жаловался Люсе на недовольных пенсионеров, часами вынужденных ждать запаздывающих водителей.

— Ты ж понимаешь, их не волнует, что карбюратор пришлют в автомастерскую только завтра к полудню. У них же болит сейчас, — Арик снова многозначительно посмотрел на Сашу, — стоит их забрать на час позже, так на обратном пути дырку в голове делают. Привыкли, понимаешь, к бесплатному обслуживанию, и теперь все им должны: и мы с тобой, и врач с переводчиком, и государство, на которое они ни дня не работали. Все, кроме собственных деточек.

— Ой, что ты завёлся, а? — отмахнулась Люся. — Надоело, одно и то же.

— А странно, почему автобус так часто ломается? Вроде, новый, — как бы невзначай спросил Саша, продолжая всматриваться в экран компьютера.

— Что!? — Арик даже привстал со стула, оставив на вытертой плюшевой обивке влажный полукруг, — ты меня, что ли, винишь? Я и так мотаюсь к автомеханикам — то одно, то другое, и, между прочим, не беру с тебя бабки за своё время: исключительно за ремонт. Ты как думал, бизнес — это один навар? Не-е-т, это риск. Тут чутьё иметь надо и голову правильную.

Саша смутился. Как обычно, нужные слова приходили в голову с опозданием, чаще всего ночью, когда он, пытаясь уснуть, отматывал в памяти разговор и ругал себя за неумение вовремя отбить удар, поставить на место; за дурацкую привычку чувствовать себя виноватым, за неспособность говорить в лицо нелицеприятные вещи.

Отец считал последнее проявлением такта, а вовсе не слабостью. Он был интеллигентом: никогда никого не нагружал своими проблемами. Будучи в прошлом заведующим библиотекой, Алексей Леонидович не уважал торговых работников, или, как он говорил, торгашей; потому, к хозяевам русских гастрономов-ресторанов или агентам по продажам чего-либо, испытывал стойкую неприязнь и беззлобное презрение. Неудивительно, что отец весьма скептически отнёсся к знакомству Саши с некоей Ренатой, которая в прошлой жизни была, подумать только, продавщицей в комиссионке, а в нынешней открыла магазин женского белья. Тоже профессия: торговать трусами.

4

НО НЕРВНИЧАЛ ОН НАПРАСНО: Саша приятельствовал со своей случайной знакомой, да и та, устав от предыдущих отношений, не стремилась к новым. Именно потому с ней было легко: она не позировала, не кокетничала — просто дружила. Встретились они в русском магазине — разговорились в очереди, потом периодически созванивались, встречались в кафе, где болтали о своей жизни, общих знакомых и всякой ерунде. В силу своей профессии, Ренате была свойственна подозрительность: она не верила в альтруизм, считая, что людям бизнеса он вреден. А уж верить в бескорыстие Арика и Люси, о которых в городе рассказывали пикантные истории, мог только наивный человек. Порядочность и наивность в словаре Ренаты были синонимами. Истории о бесконечных поломках нового автобуса она воспринимала с иронией.

— Да они тебя разводят, как ребёнка. Ты бы лучше потихоньку вылез из этого болота. На фиг они тебе нужны. Ищи другую работу. Вот увидишь, уйдёшь от них, твоя карма изменится, жизнь наладится.

Саша не спорил, но медлил, понимая, что выйти из сделки, вернув хоть что-то из вложенных восьми тысяч, практически нереально. В один из первых весенних дней Рената позвонила и, не объяснив причины, тревожным голосом попросила срочно подъехать к госпиталю. Саша отпросился у Люси; та проводила его до двери удивлённым взглядом безбровых колючих глазок, но ничего не сказала.

Рената, похожая на цаплю в своих обтягивающих, выше колена сапогах, нетерпеливо вышагивала, наворачивая круги по госпитальному вестибюлю.

— Ты прости, что выдернула. Хотела, чтобы сам убедился. Смотри, вон там — напротив, у офисного здания, твой автобус запаркован. Видишь? Из него только что выгрузили бабушек-дедушек. А ты вчера рассказывал об очередном многодневном ремонте. Так? А я тебе говорила, что всё это враньё.

— Я давно подозревал, но не думал, что так нагло... Я им скажу сегодня.

— Это глупо, — хмыкнула Рената. — Скажешь, когда другую работу найдёшь. А то, что сегодня увидел, будет твоим козырем. Больше надежды, что хоть какие-то деньги они тебе вернут.

В офис Саша вернулся одновременно с Ариком. Тот был настроен благодушно — улыбался, шутил.

— Привет! Ты откуда?

— Да так, по делу отъехал, одному человеку надо было помочь, — буркнул Саша, ощущая подкатившую к горлу жёлчь.

— Хороший ты человек. Надёжный! — похвалил Арик.

«Идиот я», — подумал Саша и отвернулся.

* * *

Через месяц, в день своего восьмидесятилетия, умер отец. Ушёл, как и жил, никого не отягощая просьбами, не требуя внимания и ухода: вечером проводили гостей, расставили по местам посуду, легли спать. Под утро в его спальне всё ещё горел свет: Алексей Леонидович любил читать на ночь, — боролся с бессонницей. Он лежал в неуклюжей позе, с книжкой в опущенных на одеяло руках. Саша всё понял, вызвал скорую, потом позвонил в офис, взял отгул.

Арик помог с организацией похорон, вместе с Люсей пришёл на кладбище. Саше почему-то запомнились принесённые ими растрёпанные жёлтые цветы. На поминках говорили много хороших слов. Люся всплакнула — вспомнила своего отца, страдавшего от рассеянного склероза. Уже много лет он был парализован, и мать, бросив работу, ухаживала за ним. Арик бывал в их доме чаще Люси, помогал возить к врачам, перетаскивал с кровати в ванную и обратно, купил новое, более приспособленное для прогулок инвалидное кресло. Люся больше, чем отца, жалела мать — ещё вполне привлекательную женщину.

— Не приведи бог иметь такую жизнь, как у моей мамы, — сказала она, закусив рюмочку водки магазинным пирожком. — Лучше бы мой умер внезапно, как Алексей Леонидович, а не превращался в овощ. Ты, Саша, о своём хорошее вспоминать будешь, а моего только ненавидеть можно. Ведь неизвестно, сколько ещё лет он будет нас мучить. Сердце-то железное.

— Это вы хорошо соболезнуете, — прокомментировала сидящая напротив Рената, — душевно очень.

Люся проигнорировала иронию.

— Слушайте, я рекламу вашего бутика в газете видела. Вы ведь французским бельём торгуете? Знаете, я непременно заеду.

Лучезарно улыбнувшись, Рената протянула свою бизнес-карточку.

* * *

Ночью Саша проснулся от шума: у соседей работал телевизор. Слов нельзя было разобрать, но, судя по музыке, вещал русский канал. Забытый на кухне мусорный мешок распространял тошнотворный запах. Пришлось накинуть куртку и пойти на улицу. Внизу возле баков шныряла пара енотов. Услышав шаги, они притаились за ближайшим деревом и стали по птичьи клекотать, переговариваться друг с другом. Из переполненной мусорки показалась лисья голова их соплеменника. Остановив на Саше взгляд светящихся в темноте глаз, он проворно спрыгнул на землю и, не выпуская из пасти чью-то болтающуюся изувеченную тушку, побежал за гаражи, мелькая полосатым хвостом. Двое других одобряюще затявкали ему вслед.

До рассвета было ещё далеко, и Саша принялся за уборку, потом стал перебирать книги, добрался до фотоальбомов и так просидел до утра. А в десять позвонила Люся, плаксивым голосом сообщила, что программа не работает, а биллинг должен уйти до обеда.

— Ну что тебе делать дома одному? Среди людей лучше. Приезжай, а? — нудила она. — Это, между прочим, и твой бизнес.

Он приехал. Люся от счастья закатила глаза и пошла заваривать кофе, а Саша, занявшись компьютером, вынужден был признать, что в данном редком случае хозяйка оказалась права. Механическая работа, отупляя, успокаивала. Он автоматически вводил информацию, заполняя электронную ведомость, когда заметил многократно повторяющееся имя отца. Судя по

вписанным Люсей данным, за последнюю неделю Алексей Леонидович ежедневно посещал врачей самых разных профилей:
от терапевта — до онколога и хирурга. Даже в утро своей смерти
его, каким-то образом, успел проконсультировать кардиолог.

— Люся, что это? Какого чёрта?!

— Ты про папу? — Люся вздохнула; в её взгляде была рав-
нодушная жалость. — Ну чего ты так возбудился, а? Ездил он,
не ездил — ему уже всё равно, а нам — прибыль. И тебе, кстати,
тоже. И не ори, — тебе не идёт.

— Всё! Я ухожу. Я здесь больше не работаю! — вспылил Саша
и выскочил из офиса, так и не сумев как следует хлопнуть дверью.

Вечером он получил приглашение на собеседование в Майа-
ми.

5

За пять лет работы во Флориде Саша отвык от города, о котором поначалу не хотелось вспоминать. Тем не менее, изредка
он продолжал сюда наведываться. Как обычно взяв такси, поехал в гостиницу и оттуда, с ожидавшей его Ренатой, — навестить ушедших.

Было морозно и промозгло. Дремотные деревья обречённо
прощались с осенью. Нечастые, но сильные порывы ветра стряхивали парадную листву с побелевших от изморози веток на
аккуратные фаланги надгробий.

— Необычная для октября погода, — заметила Рената, плотно
завязывая шнурки капюшона, — на прошлой неделе такая засу-
ха стояла, аж в горле першило, а теперь вот что. Не удивлюсь,
если ночью выпадет снег.

Саша не ответил. Мимо, по центральной подъездной аллее,
к выходу прошла группа людей — человек десять-двенадцать.
Позади, на затоптанной площадке, двое работников загружа-
ли в кузов ритуальной машины какие-то коробки, а чуть сбоку
женщина в чёрном пальто с золотыми металлическими пуговицами в два ряда и чёрной, надвинутой до бровей шляпе, — видимо распорядитель, — деловито раскладывала на свежем хол-
мике букеты.

— Ой, ну шевелитесь уже, а! — прикрикнула она. — Я замёрзла, как собака.

— Да всё, всё, — ответил один из мужчин. — Поехали.

По опустевшей аллее катафалк двинулся к воротам.

— Закрой уже окно, а? — послышалось из проезжавшей машины.

Стекло пассажирского окна плавно поползло вверх. Повернув голову, женщина проводила взглядом заиндевевшую панораму кладбища и устало откинулась на спинку сиденья.

— Что это было? — спросил Саша.

— Ну что, что? Люся, конечно. Она же открыла похоронное бюро. Вот едет с мероприятия. Теперь твоя бывшая начальница специализируется на русских, своих же бывших клиентах. Иногда к ней и американцы обращаются. Успешный бизнес, должна заметить. Бесперебойный.

— Я не знал.

— Так пару раз я пыталась тебе рассказать местные сплетни, но ты же слышать об этой парочке не хотел. А давай поедем куда-нибудь перекусить? Я даже не завтракала. Заодно расскажешь подробнее, как работа, личная жизнь и вообще.

— Да всё нормально, работаю, вот повысили недавно.

Официантка собрала грязные тарелки, принесла десерт.

— Рената, ты сказала, Люся открыла бизнес. В смысле, одна?

— Естественно. Они же развелись сразу после суда. Надо сказать, ты исключительно вовремя ушёл из их конторы, потому что ею занялись примерно через полгода после твоего отъезда. Оказывается, тогда же клиентам стали присылать распечатки поездок. Кто-то видать, возмутился несуществующими визитами и капнул. Ну, и пошло-поехало. Их начали пасти: фотографировать липовых неходячих, сверять с ведомостями. Я в подробности не вдавалась. Знаю только, что компанию ликвидировали. Люсю не тронули — её Арик прикрыл. Сказал, что ничем кроме диспетчерской работы не занималась. Им присудили выплатить серьёзную сумму. Ну, ещё на адвокатов потратились, пришлось продать дом, новую машину. Но, как видишь, своих клиентов Люся не бросила. Вот, хоронит постепенно. Нужное дело, между прочим.

— А развелись из-за чего?

— Знаешь, Люся частенько заходит в мой магазин, покупает очень даже сексуальное бельё. Под леопарда, в основном. Думаю, у неё кто-то есть. Короче, как я поняла, Арик её разочаровал, — не для того она выходила замуж, чтобы жить с лузером.

— А сейчас он где, с кем?

Рената пропустила вопрос мимо ушей; десертной вилочкой аккуратно подцепила с тарелки последний кусочек пирога: — Знаю, что приличные дамы не должны съедать всё без остатка, но ничего не могу с собой поделать, — люблю сладкое.

— Что тут скажешь? Даже у ящерицы третий глаз с возрастом закрывается, — невпопад пробормотал Саша.

Рената подозрительно сощурилась:

— Ты о чём?

— Да так. Есть такие ящерицы, Туатара называются. Может, их уже истребили, не знаю. У них третий глаз на затылке. Непонятно, зачем он нужен, может, отвечает за интуицию, чувствительность какую-то. Но с возрастом он почему-то зарастает чешуёй. Наверное, и у людей так же.

Официантка, женщина средних лет с заплетёнными в две жидкие косички волосами, принесла счёт.

— Всё хорошо? — спросила она, улыбнувшись нитевидными губами. — Вам понравился десерт?

— Всё нормально, спасибо, — кивнул Саша, протягивая кредитку.

— Знаете, у нас не так, как в других местах, у нас чаевые не включены в счёт. Нелегко мне одной, ребёнок маленький. Сами понимаете, — продолжала официантка, не переставая ободряюще улыбаться.

— Да, конечно, — Саша добавил ещё одну пятидолларовую бумажку к первой, уже прижатой кофейной чашкой.

— Новости! — хмыкнула Рената вслед вихляющей спине, — вообще уже обнаглели. Скоро начнут желаемую сумму озвучивать. А ты не изменился — как был сердобольным гуманистом, так им и остался.

Официантка благодарно и чуть кокетливо помахала обернувшемуся в дверях Саше.

— Ты теперь куда? — спросила Рената.

— Пройдусь по городу, потом в гостиницу и утренним рейсом домой. А ты?

— У меня встреча: надо устраивать личную жизнь.

Она сделала несколько шагов к машине, потом вернулась и сказала:

— Знаешь, Саша, может, я зря это говорю, но всё же... Ты мне нравишься. Но каждый раз, вот как с этой официанткой, я думаю, — нет, не получится. Мне с возрастом расслабиться хочется, понимаешь? Как друг, ты — замечательный: понимающий, образованный, благородный. Но — постный. Вечно сомневаешься, копаешься в себе — так сделал, не так, не то сказал; с тобой придётся всё на себя брать. А мне надоело. Вот Арик — другое дело. Он деловой, надёжный, сильный, и с чувством юмора у него всё хорошо. Если хочешь, через полчаса могу передать ему от тебя привет.

Ночью пошёл снег: зернистый и сонный. А утром, когда Саша вышел из гостиницы, снег уже таял, слякотно брызгая из-под ног, и ветки деревьев, казалось, безнадёжно изуродованные снежными шапками, стряхивали на жухлую траву тяжёлые, мокрые комья.

ЗАЗЕРКАЛЬЕ

Окна моей спальни смотрят на прямоугольную коробку школы. Сетчатая ограда за разросшимся кустарником отделяет дом от школьного двора. Я переехал в этот двухэтажный домик в середине лета. Тогда, полгода назад, школьная площадка была пуста; июльский ветер лениво гонял по расчерченному асфальту катыши тополиного пуха. Днём было тихо, зато по ночам в листве беспрерывно стрекотали цикады. Спать стало практически невозможно. Тем не менее, здесь было тише, спокойнее, безмятежнее, чем в даунтауне. За последние годы город сильно изменился: как и в человеческой жизни, старость беспомощно уступила место живущей сегодняшним днём юности. Давнишние, покрытые вьюном кирпичные двухэтажки, обросли надменными бетонно-стеклянными высотками. Напротив моего крыльца взгромоздился исполинских размеров гараж, пасть которого день и ночь поглощала и выплёвывала спотыкающиеся о полосатый шлагбаум машины. В июне не расцвела липа: её серые от строительной пыли соцветия так и не распустились. Я перестал ощущать смену времён года и выставил квартиру на продажу.

В фотостудии я стал бывать редко; налаженный механизм справлялся и без моего присутствия. В принципе, я мог бы назвать себя свободным человеком. Чтобы стать абсолютно свободным, надо было уйти на пенсию. Что я и сделал.

Лето закончилось ранним поздне-августовским утром. Я не понял, от чего именно так резко проснулся, пока не глянул в окно и не увидел, откуда исходит шум. Школьная площадка была похожа на разворошённый муравейник: детские фигурки хаотично носились по всей территории, футбольные мячи нещадно лупили сетчатую ограду. Ровно в полдень пространство вновь огласилось воплями вырвавшихся на свободу школьников. На траве в тени кустарника, практически на моей территории, обосновались группы девочек. Их не оставляли в покое гормонально озабоченные пацаны: словно на петушиных боях, они наскакивали на девчонок, визгом и криками симулировавших страх и возмущение. Точно так всё моё детство орали, пищали, вопили, канючили мои младшие сводные братья и сестра, с которыми я вынужден был делить своё личное пространство и время, — с десяти лет и до благословенного дня, когда я наконец-то переселился в студенческое общежитие.

Дребезжащий школьный звонок, прерывавший это неистовство бесцельного времяпрепровождения, казался хрустальным перезвоном. Я возненавидел прежних хозяев. До меня дошло почему они продали дом, не торгуясь.

В конце августа ночные цикады исчезли. Наконец-то я стал высыпаться, но что с собой делать днём, никак не мог придумать. Я бродил из комнаты в комнату, и всё мне действовало на нервы, отвлекало, мешало сосредоточиться, вызывало досаду и недовольство — прежде всего, собой. Возможно, причиной была банальная лень, возможно, неумение расслабиться, переключиться на другую волну. Но по привычке я подсознательно продолжал винить женщину, с которой когда-то жил и которая ушла, потому что я не хотел детей в принципе, и конкретно того ребёнка, которого она собиралась родить.

Так или иначе, в моей новой жизни с одной стороны раздражителем служила школа, с другой — пара пожилых азиатов. Вид из верхней спальни — мельтешение и шум; снизу, из кухни и кабинета — однообразное, монотонное существование этой нелепой семейной пары. С раннего утра и до полудня маленькая сухонькая женщина в мешковатом платье и панаме сидела на траве, что-то из неё выдёргивая. Закончив с травой, она пересаживалась на гравий, которым была засыпана часть двора, и так же размеренно продолжала извлекать видимые ей одной палочки-сорнячки. Изредка она вставала лишь за тем, чтобы напиться воды из стоявшей на земле у крыльца бутылки. Её муж, в майке и неизменных широких джинсах на подтяжках, постукивал молоточком: сбивал деревяшки, клеил, подкрашивал. И всё это проделывалось ежедневно. Иногда они перебрасывались парой слов на своём, похожем на чириканье, языке. Завидя меня в окне или на террасе, муж махал снятой с головы кепкой, жена приветливо кивала головой. Лица её практически не было видно и казалось, панама кивала сама по себе. После обеда они садились на деревянную скамейку: женщина перебирала спицами, мужчина читал газеты. Мне было любопытно, что изменится с наступлением осени. Ничего. Кроме кофты поверх платья и ветровки поверх майки.

Когда эта идиллическая картинка начала меня угнетать, я стал наблюдать за детьми и со временем нашёл это занятие довольно занимательным.

Первыми на площадку вылетали старшие дети. Побросав курточки на асфальт, они разбегались во все стороны: мальчишки — гонять мяч по траве, девочки — на качели-горки-лесенки. Я уже знал, что первыми на перекладину заберутся две мусульманки. Они любили висеть вниз головой. При этом их многослойные одежды и головные платки свисали, как листья на кукурузе. Младшие школьники играли с другой стороны. За ними наблюдали взрослые. Периодически покрикивая, они пытаясь навести подобие порядка. «Не бегай! Не прыгай! Не толкайся! Осторожно!» С таким же успехом можно было кричать Happy birthday! или петь хором. Я уже знал, дети какой группы совершенно неуправляемы, а кто ведёт себя адекватно.

Последней из дверей столовой появлялась вереница детей лет восьми-десяти. Они следовали за молодой, спортивного вида учительницей; сзади эту шеренгу замыкала коренастая, невысокого роста чернокожая женщина. Видимо, помощница. Она оставалась с детьми, когда учительница уходила. За то, как её слушались ученики, как невозмутимо, не обращая внимания на творящийся вокруг бардак, они играли, я бы незамедлительно присвоил этой женщине какое-нибудь высшее педагогическое звание. Со звонком вновь появлялась учительница; привычно выстроившись цепочкой, не суетясь, не толкая друг друга, воспитанники заходили в здание. Может, и было в таком послушании что-то неестественное, но окриков я не слышал. Как профессиональному художнику и фотографу, мне стало любопытно понаблюдать за этими детьми вблизи, разглядеть их лица. У меня даже появилась мысль сделать что-то вроде фотоальбома на тему школы — прошлой, моих лет, и современной. К сожалению, жизнь пенсионера оказалась невзрачной и удручающе примитивной. Конечно, я мог бы придумать какой-то более престижный проект, более интересную тему, чем какие-то непонятные дети и их педагоги, — явно неудачники по жизни; ведь по-настоящему талантливый человек не стал бы тратить жизнь, заперев себя в классной комнате; но школа была всего в ста метрах от дома. Так вышло, что, благодаря профессиональному любопытству и врождённой лени, в один из солнечных осенних дней я вошёл в здание школы.

Скуластая приветливая секретарша висела на телефоне.

— Вы чей-то дедушка? Хотите забрать ребёнка? Тогда распишитесь в журнале, — попросила она скороговоркой, на пару секунд отведя трубку от уха.

Судя по всему, у девушки не возникло сомнений по поводу моего возраста, из чего я сделал неутешительный вывод: моложавым я кажусь только себе, а на самом деле выгляжу на свои шестьдесят семь.

— Мне к директору.

Ею оказалась дама за пятьдесят. У неё было беличье лицо: глубокие носогубные складки надрезали кожу меж сдобными щеками, изящным носиком и заострённым подбородком, образовывая треугольник. Мне всегда нравились улыбчивые рыжеволосые женщины, а этой, — улыбка, хоть и дежурная, особенно шла, поскольку стирала скорбные морщинки в уголках красиво очерченных губ. Пожалуй, я бы снял её с боковым освещением, а ещё лучше, — на природе, ранним пасмурным утром. Такому лицу нужен мягкий, рассеянный свет.

Естественно, я не знал ни имени учительницы, ни того, в каком именно классе учились заинтересовавшие меня дети. Как мог, я описал внешность обеих женщин, пояснив, что наблюдал за ними из окна спальни. Моя невинная шутка была попыткой наладить контакт. Но по всей видимости, упоминание о спальне директриса восприняла как фамильярность и, наморщив лоб, с удвоенным вниманием стала изучать моё удостоверение.

— И чем же вы занимаетесь? — спросила она

— Я — профессиональный фотограф. На пенсии.

— Замечательно, — многозначительно произнесла директриса, вернув на место улыбку. — Если вам интересно, почему бы нет? Кстати, дети как раз возвращаются в класс. Я предупрежу учительницу, и вы сможете пройти с ними. Думаю, часа вам вполне хватит: посторонние отвлекают внимание от учебного процесса. А этих детей — тем более, поскольку они — особенные.

— В смысле, особо одарённые?

— В смысле, другие. Нестандартные по нашим меркам.

«Надо же, какой специфичный язык, — подумал я. — Учебный процесс! Словно не учат, а что-то там перерабатывают, из личностей фарш делают. Тем более, из нестандартных».

— Фотографировать без письменного согласия родителей, естественно, нельзя. Вы понимаете, да? — добавила директриса, и я снова поразился феноменальной мимике её лица. Портрет этой женщины украсил бы задуманный мною альбом.

Я шёл позади растянувшейся вдоль стены группы детей. Они заметно различались по росту: некоторые выглядели лет на десять, а другим я не дал бы больше семи-восьми. Те, что помладше, особенно один с короткой асимметричной стрижкой, оглядывались, словно проверяя, не ошибся ли незнакомый дяденька в маршруте, не по ошибке ли следует за ними. «Привет», — кивнул я худенькому темнокожему кучерявому пацану, замыкавшему цепочку, но он никак не отреагировал.

Классная комната вызвала ощущение стойкого бардака, под стать учительнице: молодой, мосластой и блядовитой, с наколками на загорелых руках. Её светлые волосы были забраны в конский хвост, крашеная фиолетовая прядь свисала вдоль уха. В мои годы таких девиц не то, что преподавать, в школьные уборщицы бы не взяли. Видимо мисс Рид, — так звали эту молодую особу, — поймала мой неодобрительно-вопрошающий взгляд. Она озадаченно подняла пшеничные совиные брови так, что одна оказалась выше другой, дежурно улыбнулась и молча указала мне на стоящий у стены стол с придвинутым к нему кожаным стулом на колёсиках. Больше за всё время урока она на меня не взглянула. Зато я время от времени посматривал на её выпукло-упругие формы и постепенно пришёл к выводу, что вполне возможно, в молодые годы, когда я ходил на крепких ногах, с такой девушкой было бы круто появиться на студенческой тусовке.

— Берём газеты и режем на полоски, — объявила мисс Рид. — Затем обклеиваем ими надутые воздушные шарики. Они лежат перед каждым из вас. Что получаем?

Не дождавшись отклика, она ответила сама себе:

— Правильно. Мозги. Вернее, модель наших мозгов.

Ассистентка стала помогать детям, подсаживаясь к каждому по очереди. Учительница, стоя в центре, наглядно показывала порядок действий, точностью движений и лаконизмом изложения напоминая стюардессу перед началом полёта. Как могли, дети пытались выполнять это незатейливое задание. Шесть мальчиков и четыре девочки, не глядя друг на друга, не перебрасываясь словами, в тишине, нарушаемой только негромкими ободряющими голосами взрослых, с усердием роботов клеили бумажки. Я не увидел удовольствия или воодушевления на их лицах. Я вообще не видел эмоций, но и безразличия тоже не заметил. Правильно было бы назвать их поведение невозмутимо-благодушным. Когда дети закончили конструировать модели, ассистентка, миссис Робинсон, выложила их на залитый осенним солнцем подоконник — подсыхать. Единственным, перед кем всё ещё лежал лысоватый голубой шарик, был тот самый темнокожий курчавый мальчик, оказавшийся девочкой.

— Фрэнсис, — обратилась к ребёнку учительница, — а ты что же? Может, устала?

— Да, мисс, — апатично ответила девочка, — я, наверное, устала.

Продолжая пожимать острыми плечиками, она натянула на голову кофту.

— Ничего, — мисс Рид погладила её по спине, — мы закончим вместе. Потом. Да?

Зелёная в полоску голова Фрэнсис согласно закивала; девочка открыла своё круглое симпатичное лицо только тогда, когда ассистентка раздала каждому ребёнку по яблоку, а учительница пообещала показать фильм о том, какая пища помогает активно жить и хорошо учиться. Мисс Рид предварила показ фильма коротким предисловием.

— Источником энергии является еда и без неё у вас не получится ездить на велосипеде, бегать и даже ходить. Представляете? — и добавила: «Теперь вы можете есть яблоки, но не забудьте внимательно смотреть и слушать».

На экране сменялись картинки накрытого к завтраку стола, полок продуктового магазина, детей, поедавших полезные продукты и немедленно побеждающих в марафонах. Затем пошли изображения человеческой головы в различных проекциях с мелькающими лампочками, прослеживающими путь прохождения фосфора от яблока к нужным для выработки внимания и улучшения памяти участкам мозга; заботливого малыша, принёсшего страдающей головной болью маме салат и фрукты. Я настолько увлёкся увиденным, что минут на десять перестал наблюдать за детьми, а когда отвернулся от экрана, не сразу смог отделаться от ощущения какой-то нереальности, даже сюрреалистичности происходящего.

Я не сразу сообразил, что именно было не так: полутёмная зашторенная комната, силуэты детей в дёрганых бликах экранного света, вкрадчиво-завлекающий голос читающего текст диктора. Приглядевшись, я понял, что никто из этих детей не был в состоянии совмещать две функции. Каждому удавалось делать что-то одно: смотреть фильм, есть яблоко, заниматься собой, или просто находиться здесь, в этом месте, но в ином временном пространстве…

Ближе всех ко мне сидела похожая на японскую куклу девочка лет восьми с фарфоровой кожей, смоляными гладкими волосами и сливовыми глазами под очками в сверкающей розовой оправе. Её звали Лупита. Она сидела, подперев ладонями свою хорошенькую головку, а взгляд её упирался в спину сидящего впереди мальчика. Этот мальчик, его имени я не расслышал, показался мне странным ещё в коридоре. У него был очень низкий, трескучий голос, слишком низкий для ребёнка столь маленького роста. На вид ему было лет девять, не больше. А говорил он мужским, отрывистым голосом — как лаял.

Девочка Лупита жевала яблоко, не отрывая взгляд от спины мальчика-мужчины, а он, повернув голову вбок, неотрывно смотрел на меня: сначала из-под локтя, потом откровенно, как изучают диковинное, малопонятное явление, пытаясь определить, исходит ли от него опасность. А я почувствовал себя попавшим в зазеркалье чужаком, не владеющим здешним языком взглядов и жестов. В конце концов, устав меня разглядывать, ребёнок свёл глаза к носу и начал рассматривать поднесённые к глазам ладони. Неожиданно он закашлялся — громко, густым трескучим басом. Неслышно, почти крадучись, к нему подошла ассистентка, присела на соседний стул и показала, как надо кашлять в сгиб локтя. Говорила она шёпотом, добродушно, даже ласково. Стараясь повторить этот несложный процесс, мальчик несколько раз поднёс ко рту согнутую в локте руку. Кажется, они оба получали удовлетворение: ребёнок — от выученного навыка, миссис Ричардсон — от хорошо выполненной работы, принёсшей результат.

Их взаимоотношения, были для меня непостижимы. Не может нормальный человек добровольно наблюдать подобное изо дня в день, в течение многих лет, продолжая реагировать на всё происходящее без тени раздражения, — так, словно сумасшедший дом — не этот класс, а мы, вообразившие себя нормальными.

— Почему ты не съел яблоко? — спросила миссис Ричардсон.

— Мне мешал он, — ответил мальчик, указав на меня пальцем.

На экране шли титры. Мисс Рид подняла жалюзи. Лупита задумчиво раскачивала за палочку черенка обгрызенное яблоко: влево-вправо, влево-вправо.

— Ну что, понравился фильм? — задорно спросила мисс Рид.

— Хороший, — ответила девочка-мальчик Флоренс и неожиданно начала пищать, приговаривая: «Я – комар, я — комар».

Вдохновлённый её ликованием, пухлощёкий мальчик у окна, до этого непрерывно потиравший ладони, стал считать вслух от нуля до десяти. Закончив, он вскочил и радостно захлопал в ладоши. Его беспричинная эйфория ужаснула меня больше, чем всё, что я наблюдал до сих пор. Больше, чем отрешённый взгляд Лупиты, продолжающей раскачивать обкусанное яблоко в своей изящной фарфоровой ручке, и даже больше, чем вид девяти подсыхающих на подоконнике пустых мозгов.

— Дальше у нас чтение, — обратилась ко мне мисс Рид, — хотите ещё посидеть?

Я встал и вместо того, чтобы ответить, тупо молчал, уставившись на вытатуированную на её плече гитару цвета плесени. Гитара выглядела слегка пузатой. Видимо, её растянули накачанные мускулы предплечий. Я вздрогнул, осознав, что веду себя так же, как Лупита, которую чем-то заворожила спина сидящего впереди одноклассника.

— Нет, спасибо, — ответил я и вышел, поспешно притворив за собой дверь.

Я никак не мог прийти в себя; кружил по коридорам в поисках выхода, не понимая, зачем вообще здесь оказался, пока не наткнулся на появившуюся из-за угла директрису.

— А я как раз вас ищу. Заглянула к мисс Рид, а вы пару минут как ушли. Кстати, она сказала, что вы произвели на ребят хорошее впечатление.

— Мне показалось, на них никто и ничто не может произвести впечатление.

— Это не так. Просто они реагируют по-своему, а мы судим, исходя из наших представлений о единственно верном образце поведения. Знаете, нам всегда нужны волонтёры, тем более соседи. Приходите.

— Э-э, у меня работа, я... работаю над новым фотоальбомом и завтра — никак.

Директриса понимающе кивнула:

— Когда будет время. И желание, — добавила она.

Наконец-то я окончательно пришёл в себя и честно признался:

— Знаете, дети — не моё призвание. У меня вообще на них аллергия. Да, на детей и собак.

— Но вы же пришли...

— Из любопытства.

Мне хотелось сразу поставить всё на свои места, избежать ненужных оправданий. Я был готов принять и переварить слова возмущения, презрительный взгляд: действительно, как можно поставить на одну доску детей и собак! Но директриса лишь пожала плечами:

— Как знаете. Если передумаете, приходите.

Мы вышли на крыльцо.

— Значит, вот там вы живёте, — кивнула она в сторону дома.

— Именно.

— С семьёй?

— Один.

— Не удивлена. Думаю, мы ещё увидимся.

— Вряд ли, — ответил я и с облегчением пожал протянутую мне руку.

Ещё с детства зима была моим любимым временем года. Темнело рано. Соответственно, вся семья укладывалась спать не позже девяти, и я мог спокойно читать принесённые из библиотеки книги, разглядывать альбомы. Я набирал их стопками и засовывал на верх шкафа, туда же, где хранил то немногое, что мне принадлежало: фотоаппарат, химикаты, краски, готовальню. Тогда моим любимым цветом был красный: в сочетании с чернотой ванной комнаты он приобретал мистический смысл. Под доносящееся из верхней спальни похрапывание мачехи я колдовал над ванночками с безжизненной субстанцией, наблюдая, как на её поверхности проступали фигуры, лица, предметы — всё, что я снимал камерой, купленной на заработанные в Макдональдсе деньги.

Мне нравились и зимние цвета: лунный, голубеющий или искристый — они ассоциировались с покоем, противостояли суете и хаосу. Я фотографировал носящихся по заснеженной улице неутомимо и остервенело лающих собак. Но на выплывающих из проявителя снимках они были немыми. Чёрное на белом, как и сейчас. Свисающие со школьной крыши пухлые молочные подушки, засыпанный снегом пустынный школьный двор, по которому взад-вперёд растерянно мечется чья-то потерявшаяся собака. Мне нет до неё дела, я не хочу думать о том, как её разыскивают нерадивые хозяева, как переживает ребёнок, который успел к ней привязаться.

С другой стороны дома мои соседи-азиаты расчищают дорожку к калитке. Оба — в одинаковых красных куртках и вязаных шапочках. Мужчина раскидывает по сторонам снег громоздкой лопатой, кажущейся несоразмерной его мелкой комплекции. Жена семенит позади, пришлёпывая короткой лопаткой накиданный мужем заборчик сугробов. Они работают синхронно, словно запрограммированные гуманоиды, призвание и смысл жизни которых, — быть вместе и находить счастье именно в таком бессмысленном, на первый взгляд, однообразии существования. А в чём смысл моего существования, мне ещё предстоит понять, если на это будет отпущено достаточно времени.

Школа закрыта на зимние каникулы. Жаль, что они не переходят непосредственно в летние.

Какого чёрта эти собачники, которые, по их собственному признанию, любят животных больше, чем людей, не следят за ними?! Устав кружить, пёс застыл посреди безжизненной площадки и заскулил. Он явно не знал, куда бежать и своим беспомощным воем признавался в этом всей округе. Не хватало, чтобы это продолжалось и сегодняшней рождественской ночью. Я раздражённо накинул куртку, спустился вниз, обошёл ограду и, приблизившись, увидел, что это не взрослая собака, а крупный щенок овчарки. Мы смотрели друг на друга, и я мог поклясться, что он не только читал мои мысли, но и предупреждал намерения. Иначе бы щенок не чихнул именно в тот момент, когда я собрался его прогнать. Но он чихнул раз, другой, потом сел на задние лапы и замер, не сомневаясь, что я его позову. Я молча повернулся и пошёл к дому.

Собачьи лапы чавкали вслед по рыхлому снегу.

Манная каша

Мои первые осознанные воспоминания связаны с манной кашей. Я ненавидела её настолько, что даже став матерью, не могла заставить себя попробовать кашу, которую варила своим детям. Тогда, во времена моего небогатого детства, считалось, что манная каша и стакан молока — непременные составные детского меню, без которых ребёнок не сможет расти и правильно развиваться. Когда передо мной ставили тарелку густой, вязкой, пупырчатой смеси, меня непроизвольно начинало тошнить и от её вида, и от запаха. Я просила добавить сахара, потом варенья, потом масла. После этого жаловалась: каша остыла. Бабушка терпеливо разогревала эту застывшую серо-розовую массу, снова выливала её в тарелку и в очередной раз пыталась запихнуть ложку в мой плотно зажатый рот. Слёзы скатывались в тарелку, оставляя маленькие кратеры в губчатой смеси. Бабушка бежала жаловаться папе, а я вытряхивала кашу в мусорку.

Другой трюк становился возможен летом, когда разрешалось есть за столом во дворе. Там, возле забора, отделяющего наш двор от соседнего, рос высоченный старый клён. В одно неблагоприятное для него лето, листву съели гусеницы американской белой бабочки, перед этим покрыв её мерзкой на вид и на ощупь липкой гадостью. Сначала клён пытались обрызгивать какой-то ядовитой смесью, от запаха которой сдохли соседские голуби. Когда же с него начали сыпаться мохнатые, коричневые, бородавчатые гусеницы, дерево пришлось спилить. Двор стал обезглавленным и солнечным до неприличия. Поначалу было странно, выходя из дверей, натыкаться взглядом на широкий пень с кривой расщелиной, похожей на укоризненную гримасу-ухмылку поверженного великана. Но ощущение странной неловкости прошло, как только меня посетила мысль использовать этот остаток величия для слива бабушкиной, с такой любовью сваренной каши. Первые пару раз меня мучила совесть, но отвращение к каше, как ощущаемой, но тогда ещё неосознанной форме насилия, победило. Я старалась соблюдать осторожность и подливала кашу, соразмеряя её количество с глубиной дупла и длиной расщелины, методично стряхивая, затем приглаживая её ложкой и напоследок прикрывая листочками. Иногда подтёки подъедали кошки, иногда их вымывало дождём. И всё шло хорошо: бабушка была довольна — ребёнок ест правильную пищу. Но в один прекрасный день того засушливого южного лета каша переполнила предназначенное ей пространство и вытекла на раскалённый, почти плавящийся асфальт.

Первой заметила липкую, кишащую муравьями лужу мадам Фридман, соседка из квартиры у ворот, известная ябеда и сплетница. У неё как будто не было имени, во всяком случае, оно никому не было известно. Дети обращались к ней обезличенным вы, а взрослые — исключительно по фамилии: как ваше здоровье, мадам Фридман? Вчера был прохладный вечер. Вы не простыли, сидя до ночи у ворот?

Как только сходила дневная жара, она выносила за ворота маленькую колченогую скамеечку и сидела часами, поворачивая голову с собранными в пучок редкими седыми волосами из стороны в сторону вслед знакомым и незнакомым, иногда заговаривая с ними — в основном по поводу того, что они несли в своих авоськах, возвращаясь домой после рабочего дня. Она лишь ненадолго покидала свой пост на время ужина, когда приходили с работы её сын и невестка.

Дядя Миля был очень правильным и основательным человеком. Он всё делал так, как положено, и это всегда совпадало с тем, что было удобно ему. Его внешность, — крупная фигура, мясистое лицо с тёмными глазами под набрякшими веками, — удивительно совпадала с полезными речами и советами, произносимыми с неподдельной верой в сказанное. Он искренне пытался изменить мир в лучшую сторону: и своей активной профсоюзной деятельностью на заводе, где работал инженером-электриком, и воспитанием жильцов нашего четырёхквартирного двора, среди которых был единственным коммунистом; это обстоятельство неприятно настораживало моих родителей и особенно бабушку. У неё мнение о революционерах в общем и коммунистах, в частности, сложилось ещё во времена героя Гражданской войны Григория Котовского, прославившегося разорением частных курятников. Тем не менее, дядя Миля иногда заходил к нам на пару слов. В один из таких визитов он увидел меня за обеденным столом с ложкой супа в одной руке и книгой — в другой.

Для меня, пятилетней, чтение во время еды было обычным делом. Любимым комплексным обедом была жареная картошка, сочный помидор и ломтик серого, по 16 копеек хлеба с «Волшебником Изумрудного Города» или «Дорогой уходит в даль...». Но почему-то эта мирная картина вызвала у дяди Мили неожиданную реакцию. Он забыл, зачем пришёл и, прервав свой разговор с папой, направился ко мне. Внезапно нависнув над моей кудрявой головой, он произнёс: «Тебе разве не говорили, что читать во время еды — вредно? Нет, не вредно. Архивредно! И знаешь почему? Во-первых, пережёвывать один кусочек необходимо не менее тридцати трёх раз. А как ты можешь считать, когда занята всякими, — он взглянул на обложку, — сказками? Во-вторых, чтение во время еды не только не эстетично, но и опасно тем, что отвлекает от осознания пищеварительного процесса, тем самым снижая выделение желудочного сока и, — он энергично затряс указательным пальцем перед моим носом, — затрудняя деятельность внутренних органов. Ведь как бывает, посмотришь на человека, вот, скажем, на тебя, — ты же тоже будущий человек, — вроде здоров. А что внутри у него на самом деле, неизвестно. Может, там давно болячка завелась».

— А я ещё люблю читать, лёжа на животе, — зачем-то добавила я.
— Как это, на животе??
— Ну так, я на диване, а книга на полу.
Дядя Миля испустил тяжёлый вздох и перевёл взгляд на моих родителей.

— Я такого не замечала, — растерялась мама.

— Знаете, Миля, — папа продолжил тему, — я как раз хотел в очередной раз попросить вас перестать развешивать нижнее бельё напротив нашей кухни. — Он кивнул на кухонное окно, через которое открывалась панорама развевающихся трусов и лифчиков всех цветов и размеров. — Мне кажется, эта картина портит пищеварение в гораздо большей степени, чем детская книжка. Почему бы вам не воспользоваться бельевой верёвкой с вашей стороны двора?

— А я вам отвечу, — дядя Миля завёлся с пол-оборота, — этот двор принадлежит всем, и я могу вешать всё, что хочу и где хочу. Тем более, что эта верёвка, — он с новой силой затряс пальцем в сторону трусов, — висит в более подходящем, более солнечном месте. И вообще, я просто из принципа оставлю всё как есть. На все выходные!

Он пошёл по двору, не ускоряя шага, затем остановился под верёвкой, по-хозяйски поправил задравшийся атласный лифчик и прошествовал к себе домой.

— Вы слышали, у них есть принципы, — воскликнула бабушка, грохнув мисками, — у них!

Как человек последовательный, дядя Миля сдержал слово и снял с верёвки исподнее только к понедельнику, несмотря на то что его дочке пришлось носить трусы, не меняя, с пятницы, о чём она мне и поведала, стоя у скамеечки с приросшей к ней бабушкой. А вечером того же дня мой папа, пособирав по ящикам свои темно-синие, старые, семейные сатиновые трусы, вывесил их у ворот, со стороны кухни наших принципиальных соседей и, несмотря на все уговоры мамы «не связываться с этими хамами», оставил их там на неделю.

Мы, дети, не ввязывались в отношения взрослых. Но, учитывая сложившуюся ситуацию, со стороны мадам Фридман было бы глупо не использовать растёкшуюся манную лужу, как гол в ворота противника. Надев на лицо озабоченное выражение, она постучала в дверь и соболезнующим тоном сказала: «Мадам Цукерман, вам не кажется, что ваша внучка ходит с утра голодная?» Бабушка, оскорблённая в лучших чувствах, гордо возразила: «С каких это пор вы, мадам Фридман, заботитесь о питании моей внучки, когда у вас есть своя?» Немедленно сменив выражение лица на скорбное, та предложила бабушке «пройтись до пня — это займёт минуту».

Я наблюдала за происходящим из нашей беседки. Сквозь листья дикого винограда было прекрасно видно: бабушке не понадобилось много времени, чтобы в сером месиве опознать утреннюю кашу. Она повернулась и молча пошла к дому. Мадам Фридман, разочарованная несостоявшимся зрелищем, растерянно семенила за ней, приговаривая: «Как вам нравится? Кто бы мог подумать, такая воспитанная девочка — и такое наделать! Так нагадить! Так не уважать ваш труд!»

Я продолжала отсиживаться в беседке, а когда вылезла оттуда, бабушка сунула мне в руки совок с веником и пообещала пожаловаться родителям. До вечера она со мной не разговаривала и, поджав губы, стояла на кухне у плиты, всем своим видом подчёркивая незаслуженно нанесённую ей обиду. А вечером действительно состоялось шумное разбирательство.

— Что значит! — кричала мама. — Бабушка стоит у плиты, и сама не знает, что ещё вкусненького тебе приготовить! А ты выкидываешь её труд в пень, который приспособила под помойку!?

Бабушка подпевала о том, какой стыд она испытала, когда «эта старая сплетница потащила её во двор». Папа предлагал не кормить меня пару дней до тех самых пор, пока я сама не попрошу каши. Но эту идею бабушка немедленно отвергла. Я не испытывала раскаяния и потому молчала, всеми силами пытаясь сдержать подступающие слёзы. Для этого имелся испытанный способ, приобретённый в общении с соседскими детьми. Надо было, уставившись в одну точку, придерживать веки первым и указательным пальцами. Это придавало лицу слегка дебильное выражение, но в большинстве случаев гарантировало хороший результат.

— Перестань гримасничать, — возмутилась мама, — лучше ответь, ты ещё будешь так делать?

— Буду, — ответила я и, воспользовавшись внезапно наступившей паузой, пояснила: «Я больше никогда в жизни не буду есть манную кашу и пить молоко».

— А что же ты тогда будешь? — всплеснула руками бабушка.

— Хлеб с докторской колбасой, — ответила я, потрясённая собственной смелостью и, чувствуя, что мои пальцы больше не могут сдерживать отяжелевшие от скопившихся слёз веки, вышла из комнаты.

А наутро прошёл долгожданный, густой и шумный летний дождь. Он смыл остатки каши, прополоскал выгоревшие, посеревшие от солнца трусы, и закончился так же внезапно, как начался, навсегда перевернув очередную страничку детства.

Пиковая дама

1

Июньское воскресное утро удивляло непривычной духотой. День обещал быть таким же жарким и душным. Соседи занялись обычными для выходного дня делами: женщины возились по хозяйству, мужчины лениво переговаривались, обсуждая результаты вчерашнего футбольного матча и решая насущные проблемы. Сидя за сколоченным вручную деревянным столом, Кира наслаждалась летом, солнцем и недолговечной каникулярной свободой.

— Хорошо, тепло, — задумчиво произнёс дядя Миля, — вот только до моря три часа езды. Далековато.

— Кто о чём мечтает, — подхватил дядя Сеня, — кому Чёрного моря не хватает, а кому — немного денег.

Он махнул рукой в сторону своей трёхколёсной инвалидной коляски, — опять не заводится, ремонт нужен.

— Боже мой, что за примитивные разговоры, что за меркантильные желания, — хмыкнула Анна Львовна из настежь распахнутого окна. Кружево кисейных занавесок обрамляло её лицо и плечи. Для полного сходства с купчихой Кустодиевских полотен не доставало только чашки чая. — Море, курорты, деньги. У кого о чём душа болит, о том и думает. А думать-то надо о самой душе.

Она раскрыла чёрный пластиковый веер и стала им обмахиваться; густая чёлка слегка приподымалась над седыми щетинистыми бровями и снова прикрывала их, спадая на переносицу.

«Надо же, — подумала Кира, — все почему-то уверены, что болит или радуется именно душа, хотя никто толком не знает, где она расположена и как выглядит. Может, она как раз похожа на этот старый веер: у детей — маленький, лёгкий, ажурный, а у старых — дырявый от переживаний. Или нет, наверное, она неопределённой формы и разного цвета, — белая, чёрная, серая, может, даже бесцветная, в зависимости от прожитой жизни».

— Всё мараешь бумагу, — обратилась к ней Анна Львовна, — записываешь, как стенографистка, кто, что, кому сказал. Давай, давай, сочиняй новую человеческую комедию. Комедиантов тут полно. Мелкие темы. Мелкие люди.

Она бросила презрительный взгляд на соседей, нарочито игнорирующих и её, и брошенную ею реплику.

Анна Львовна вселилась в соседнюю квартиру пару лет назад. До неё там обитала пожилая семейная пара, которая в результате сложного обмена съехалась с семьёй сына-врача. Поначалу соседи восприняли появление новой соседки с энтузиазмом, надеясь отдохнуть от их вечных скандалов, но Анна Львовна тоже оказалась натурой непростой: хоть и не скандальной, но неуживчивой.

Кира снова склонилась над деревянным столом и записала в школьной тетради: «Душа отдыхала, распластавшись на черепичной крыше старого одноэтажного дома. Она знала, что не может быть видимой и ощущала себя бесцветным, похожим на медузу сгустком. А вовсе не веером, солнечным бликом, птицей, или ангелоподобным созданием, порождённым беспомощным человеческим воображением».

— Кира, чего ты сидишь на солнцепёке, ещё и с голой головой, — крикнула тётя Сима, высунувшись из окна. — А вы, Анна Львовна, шторы бы задёрнули. Прохладнее в квартире будет.

— Я ещё успею и тишиной, и темнотой насладиться там, на Дойне, на кладбище. Вы, Сима, видимо, за две недели уже отдохнули от своего хулиганистого сыночка, которого отправили в пионерский лагерь, и теперь надоедаете ненужными советами.

— Да вам слова не скажи, всё с ног на голову перевернёте.

Она демонстративно распахнула прикрытую половинку окна и застрочила на швейной машинке. — Не знаю, как только Вера вас терпит. Ей памятник при жизни поставить нужно.

Вера приходилась Анне Львовне родственницей со стороны мужа, полковника в отставке. Десять лет назад, после его внезапной, от инсульта, смерти, Анна Львовна выписала Веру к себе, и та, не раздумывая, переехала из дождливого, слякотного Брянска сюда на юг, надеясь скрасить своё и чужое одиночество. Себя она считала компаньонкой, хотя знала, что за глаза Анна Львовна называла её приживалкой. Когда-то, ещё до войны,

Вера была замужем за поэтом, довольно известным в Брянске и соседнем Орле. Профессией мужа она гордилась больше, чем собственной: работала воспитательницей в детском саду, и до поры до времени верила, что муж её прославится, и что переедут они в Москву, тогда и ребёночка родят. Потому и терпела его богемные замашки: постоянные гулянки с приятелями-литераторами, когда, сидя за накрытым ею столом, они читали свои стихи, провозглашали друг друга гениями, спорили прокуренными голосами и снова пили. Иногда оставались ночевать. Утром, потягивая рассол, торопливо расходились, оставляя после себя вонючие окурки, грязную посуду, захватанные стаканы с остатками водки и запах несвежих носков. А Вера любила чистоту и порядок — чтобы вовремя ложиться и вставать на свежую голову. Но по ночам мужа мучили рифмы, из-за которых он то и дело вскакивал, включал свет, хватал лежащие под боком остро очиненный карандаш с блокнотом и судорожно записывал посетившие его строки. После того, как однажды грифель впился повернувшейся во сне Вере в бедро, она внезапно поняла, что развод неизбежен. Но, будучи человеком нерешительным, подождала ещё пятнадцать лет. Через два дня после развода началась война, и следы мужа затерялись навсегда.

Война изменила многое, но не Верины привычки. Она по-прежнему любила рано вставать, не одобряя барства Анны Львовны: та просыпалась к десяти, а завтракала почти в обеденное, по мнению Веры, время.

— Кто рано встаёт, тому бог даёт, — повторяла она.

— Глупости, — обычно отмахивалась Анна Львовна, не затрудняя себя объяснениями. Но сегодня она была в настроении поговорить.

— Вот ты всю жизнь с петухами встаёшь, а чем бог тебя за это вознаградил? Молчишь. Сон — это отдых души, иначе у неё не будет сил прожить следующий день. Когда у человека уставшая душа, ему жить не хочется и ничего не интересно. Так что давай-ка я съем на завтрак что-нибудь диетическое. Ты творог вчера на базаре купила?

Вера никак не могла привыкнуть к бессарабскому значению слова базар. В Брянске на базаре торговали одеждой и всякой утварью, а продукты покупали на рынке.

— Купила, сейчас из холодильника достану, — пробормотала она и поставила перед Анной Львовной эмалированный лоток с желтоватым, пористым кругляшком домашнего творога. Рядом уже стояло блюдце с мельхиоровой ложечкой и салфеткой.

— Железяку-то зачем сюда принесла, надо было на кухне в блюдце переложить. Да и творог ледяной.

— Так давайте я блюдце кипятком ополосну, творог теплее станет, — предложила Вера.

— Ещё чего! В такую жару! Творог просто чудесный, тает во рту, — заявила Анна Львовна, набирая рассыпчатую массу прямо из лотка.

Виноградные листья карабкались по стене дома, так что половина стола, за которым сидела Кира, находилась в тени. Оттуда было очень удобно наблюдать за всем происходящим во дворе и в окнах квартир.

Анна Львовна стряхнула творожные крошки с атласного в ярких цветах халата, как и большинство её нарядов, привезённого мужем из Германии. Эти трофейные платья стали тесны в талии и груди, и теперь пестрели разноцветными вставочками, вшитыми безотказной тётей Симой.

— И чего вы одеваетесь в обноски? Халату этому лет почти как мне, — проворчала Вера.

— Здесь таких тканей нет, — объяснила Анна Львовна, — качество не то, не говоря уж о крое. Ты, Вера, посмотри, как вставлены плечики — ни морщинки.

— Так ведь такие высокие уже не носят, — возразила та.

— Не носят, потому что шить так и не научились, — оборвала Анна Львовна, поставив жирную точку в дискуссии. — Давай-ка займёмся лицом.

Вера расставила на подоконнике зеркало, щипчики, комочки ваты, баночку с кремом и, надев очки, склонилась над Анной Львовной. Та, подставив верхнюю губу, напомнила: «Музыку!»

Уж ве-ечер. Облаков поме-еркнули края... — запела заигранная пластинка.

Лицо Анны Львовны моментально расслабилось, она сложила руки на цветастой, атласной груди, закрыла глаза. Когда-то Анна Львовна училась в консерватории, и на выпускном экзамене ей, молодой певице, доверили спеть партию Графини из «Пиковой дамы». Проявленное актёрское мастерство настолько впечатлило комиссию, что ей предложили место в труппе театра. Но осенью она вышла замуж за военного и пожертвовала карьерой, — сначала скиталась по гарнизонам, а после войны устроилась администратором в оперный театр, — хотелось быть поближе к сцене.

Кира записала: «Услышав дуэт Лизы и Полины, душа заплакала, вздрагивая в такт музыке. Ей надо было возвращаться туда, в другие миры, но она боялась этого так же, как раньше боялась своего прихода сюда».

Еженедельное выщипывание растительности над губой и на подбородке, наложение масок под «Пиковую даму» стало воскресным ритуалом. Поэтому Кира знала эту оперу наизусть. Но увидела впервые лишь месяц назад, в постановке местного театра, и потрясение от увиденного не уходило, а напротив, рождало странные мысли, заставляло задумываться о вещах, ранее её не волновавших. К примеру, что есть душа, для чего она нужна, и что с ней происходит после земной жизни.

— Вера, поставь третий акт, мою любимую арию, ну ты знаешь, — прошепелявила Анна Львовна, забавно выпятив верхнюю губу.

— Вот только дощиплю тут. Надо же, длинный какой волос.

И зазвучало вступление, похожее то ли на бой часов, то ли на размашистые удары колокола. Кире и тогда в театре показалось, что движения рук дирижёра похожи на те, которыми звонарь дёргает верёвки колоколов, отчаянно и исступлённо: вниз, навстречу, вразлёт, вверх...

Уж полночь близится, а Германа всё нет, всё нет. Я знаю, он придёт... — но ни в музыке, ни в пении Лизы не было надежды, а только обречённость, та же, что звучала с первых нот увертюры. Картонный мостик немного шатался. Лиза, придерживаясь за перила, обречённо вглядывалась в сизый мрак, зная, что Герман не появится, не выйдет из-за угла раскрашенного картонного здания, и что ей придётся прыгать в мышиного цвета пустоту Зимней Канавки.

— Как бы не обрушилось чего, — прошептали рядом, но для Киры и мост с заиндевевшими перилами, и дом, с его слепыми окнами и балкончиками, и припорошенное снегом дерево были настоящими. Глядя на декорации, она представляла себе Петербург и воспринимала происходящее там, в его промозглом, никогда не прогреваемом лучами солнца пространстве, а вовсе не на этой сцене. И даже нелепый стук туфель прыгнувшей в «воду» Лизы, не вызвал у неё ни удивления, ни улыбки. Она не отреагировала на смех в зале и до этого, когда обезумевший Герман пытался узнать у Графини тайну трёх карт, а в это время из правой кулисы вышла худая, чёрная, как ночь, кошка, и, не спеша, прошествовала по авансцене. А почему нет? Кошка вполне могла появиться в спальне Графини: у неё своя жизнь, и нет ей никакого дела ни до одержимого Германа, ни до этой сидящей в неестественной позе старухи. Пройдя половину намеченного пути, кошка остановилась и заорала утробным голосом, её короткая шерсть встала дыбом. Герман грозил Графине пистолетом, пытаясь узнать тайну трёх карт. Оцепеневшее животное с интересом наблюдало за артистами. После того, как Герман дотронулся до безжизненно повисшей руки Графини, а затем в ужасе отшатнулся и отчаянно пропел: «Она мертва», кошка нехотя ушла в другую кулису.

— Как играет, а?! И какое самообладание! — восхитился сосед справа, вытирая слёзы смеха. — Вот тебе и провинциальный актёр! А световые эффекты какие! Даже в Большом до такого вряд ли додумались.

Кира проследила за его взглядом и увидела меняющую очертания тень, плывущую со сцены в зал. На поклоны Графиня не вышла, и маленький квадратный человечек в тесном сюртуке, оказавшийся директором театра, неестественно бодрым голосом объявил, что актриса скончалась.

— Всё, выключи, дальше на пластинке царапина. Господи, Вера, ты меня сегодня просто замучила, — пожаловалась Анна Львовна, — всё-таки у тебя тяжёлая рука.

— А кто вас заставляет заниматься бровями в такое пекло? — возмутилась та. — Можно было такую важную процедуру перенести на вечер. Нет, вам всё нужно по расписанию.

Музыка стихла, и Кира записала: «Душу нельзя увидеть, но может быть, можно почувствовать её присутствие. Я почти уверена, каждый раз, когда у нас во дворе звучит «Пиковая да-ма», душа умершей на сцене Графини где-то здесь, совсем ря-дом. Неужели эта музыка с заигранной пластинки притягивает её, не даёт уйти? Страшно ли это, находиться между мирами? И есть ли там музыка?»

2

КОГДА СТЕМНЕЛО, ДВОР ОПУСТЕЛ. И только под вишнёвым дере-вом сидела Таня, — сильно беременная племянница дяди Мили, приехавшая из Каменки погостить. Вишню посадил Кирин папа, впрочем, как и гвоздики на той же треугольной клумбе в центре заасфальтированного двора. Папа хотел посадить душистый та-бак, но дядя Миля настоял именно на гвоздике: он где-то вычи-тал, что гвоздика отгоняет комаров. Куда именно отгоняет, он не уточнил. Однако Кире казалось, что именно туда, где находилась разморённая духотой Таня. На коленках у неё отдыхало блюдце с недогрызенной морковкой. Таня, работавшая сестрой-хозяйкой в доме отдыха, считала, что морковь способствует укреплению костной ткани у ребёнка, а также росту волос. Но дядя Миля был весьма озабочен количеством съедаемой Таней морковки и предупреждал о том, что, во-первых, ребёнок может родиться рыжим, невзирая на тёмную масть его родителей, а во-вторых, — желтокожим из-за переизбытка витамина А в формирующейся печени. Дядя Миля всегда говорил об этой угрозе во всеуслыша-ние, как бы призывая всех в свидетели и тем самым снимая с се-бя вину в случае подтверждения своих пророчеств.

— Миля, вы же грамотный человек с высшим образованием, а мелете ерунду, — возмущалась Анна Львовна. — Какая может быть связь между морковкой и цветом волос? Даже в шестом классе, — она выразительно посмотрела на Киру, — дети уже знают, что это зависит от наследственности. Не слушайте его, деточка, — обращалась она к Тане, — кушайте всё, что вам хочет-ся. А вообще я не понимаю, чего вы так бесцеремонно застряли в гостях у дяди вместо того, чтобы ехать к мужу. Вы что, собра-лись рожать под этой вишней?

— Ой, хосподи, — зевнула Таня, — чего я в той Каменке не ви-дала?

— Природа, свежий воздух, недаром туда люди ездят по путёвкам, оздоравливаются.

— Бездельем они оздоравливаются. Когда не работаешь, хде угодно санаторий, — лениво поясняла Таня.

И вот сейчас она сидела на раскладном стульчике в тени густой листвы. Казавшиеся чёрными, вишни свисали над её склонённой головой, как разорванные и застывшие в падении бусы. А потом вишни вздрогнули возле Таниных ушей, и картинка покачнулась. Задрожало дерево, и протянутая от него к сараю верёвка с бельём, и сами сараи, и дом. Тревожно завыли окрестные собаки, и был слышен непонятно откуда идущий гул. Потом Кира почувствовала резкий толчок, а за ним — следующий, и ещё один. С подоконника посыпалась посуда, с полок — банки. От стены к потолку ящерицей поползла трещина, и когда по обозначенному ею контуру часть потолка обвалилась, над образовавшейся пустотой открылись внутренности чердака. Кира выбежала во двор, на клумбу, к оцепеневшей от ужаса Тане. Земля под ногами тряслась и противно расползалась.

— Уйдите оттуда! — закричал выскочивший из дверей дядя Миля. — Над деревом провода!

Таня стояла, замерев, обхватив живот. Она не сводила глаз с шевелящейся клумбы. Кира столкнула её на асфальт. Над их головами с треском лопнула бельевая верёвка, и дядя Миля автоматически поймал чью-то розовую комбинашку. Все молчали. Дядя Сеня озадаченно смотрел на дёргающийся гараж, в котором стоял его трёхколёсный Запорожец. Тётя Сима придерживала костыль мужа и недоверчиво качала головой. Дядя Миля кидал взгляды на свою полураздетую жену, ясно выражая взглядом неодобрение по поводу её неподобающего вида. Сам он был в голубой полосатой пижаме, из нагрудного кармана которой торчали паспорта. Кира прижалась к Тане. Она, которая так любила оставаться дома одна, впервые пожалела о том, что родители с утра куда-то ушли. Но они уже бежали от ворот, ища её глазами, и, найдя, как-то обмякли и перестали задыхаться. Потом мама спросила, где Анна Львовна и Вера. И все встревоженно загудели, но тут открылась дверь, из которой выплыла Анна Львовна. На ней была белая, отороченная кружевом ночная рубашка, многослойные рюши пенились у подбородка.

Волосы были заплетены в недлинную косичку, кончавшуюся тоненьким, в три волоска, хвостиком, схваченным аптечной резинкой. В руках она держала настольную лампу с белым в кисточках абажуром. Начавшие было переговариваться соседи опять замолчали.

— Она уже давно странная была, — пояснила Вера, семенившая позади Анны Львовны, — а вот как затрясло, совсем нехорошая стала. Вцепилась в эту лампу, не оторвать. Темно, говорит, споткнуться можно. А у меня у самой душа в пятки. У нас в Брянске землетрясений отродясь не бывало. Я уж подумала, опять война началась. И гул такой, вроде как танки идут.

Держа лампу на вытянутой руке и приподняв её до уровня плеч, Анна Львовна торжественно обходила клумбу по периметру. Под тонким хлопком рубахи, её груди колыхались в такт шагам. Шнур волочился сбоку. Вера напряжённо смотрела себе под ноги, стараясь не наступить на подпрыгивающий по асфальту штепсель. Начало моросить. Запахло влажной пылью.

— Никогда не думал, что у неё такая роскошная грудь, возраст всё-таки, — задумчиво произнёс дядя Сеня, нарушив молчание.

— Почему ты вообще об этом думал?! — вскинулась тётя Сима.

— Действительно, — поддержала её Кирина мама, — вам что, больше не о чём думать? Особенно в данный момент, когда земля в буквальном смысле уходит из-под ног!

— Давайте не будем забывать, что главное в женщине — это душа, а не размер бюста, — дипломатично заметил дядя Миля.

Его тщедушная жена согласно кивнула.

— Ой мамочки, — охнула Таня, — меня вниз тянет, как вываливается что-то. И больно, спину ломит.

— Немедленно в дом! Лечь! — распорядился дядя Миля. — Вера, беги к автомату, вызови скорую.

— Я же говорила, она родит под вишней, — констатировала Анна Львовна, не замедляя шага.

— Ой, — простонала Таня, от боли пропустив очередное хосподи, — может, я лучше тут останусь? Вдруг опять тряхнёт.

Но дядя Миля уже вёл её к дому, одновременно советуя остальным оставаться на местах из-за вероятности повторных толчков. Скорая всё не приезжала, Танины стоны становились всё громче, и женщины пошли в квартиру дяди Мили, надеясь общими усилиями произвести ребёнка на свет. Анна Львовна пожаловалось на головокружение и ушла домой. Кира устала бояться и, сидя за деревянным столом, провалилась в сон.

3

Спала она, вроде, недолго, а оказалось — стемнело. Едва ощутимый ветерок лениво шевелил занавески в распахнутых настежь окнах. Анна Львовна сидела в кресле у окна, — дремала, беспокойно поворачивая голову из стороны в сторону. Длинная белая рубаха колоколом топорщилась на шерстяном ковре цвета гнилой вишни. В комнате было сумрачно. Кире даже показалось, что потянуло сыростью. Из внезапно ожившей радиоточки понеслись новости. Анна Львовна вздрогнула, приподнялась и начала шарить рукой по тумбе, где стояли лекарства. Она попыталась встать, но почему-то не смогла и грузно осела, опершись на потёртые подлокотники.

— Вера, — позвала она, и ещё раз, — Вера...

Никто не отозвался. Наклонив туловище и вытянув руку, Анна Львовна нащупала нужный пузырёк, но не удержала равновесие и неловким движением смахнула его на пол. Кира подбежала к окну.

— Сейчас, сейчас, я найду Веру, — крикнула она.

Но Анна Львовна опять уснула, свесив голову и приоткрыв рот. На полу у края ковра валялись рассыпанные таблетки. Кира перелезла через подоконник и спрыгнула на ковёр. Он оказался неожиданно мягким. Вблизи лицо Анна Львовны было очень бледным, а закрытые веки — желтоватыми и полупрозрачными, как пергамент. Кира отшатнулась, больно ударившись о тумбу, на которой стоял проигрыватель. Скользя с дорожки на дорожку, игла завибрировала, и музыка, заполнив тишину комнаты, вырвалась во двор. Она мертва, а тайны не узнал я, — пел близкий к безумию Герман, заглушая сводку новостей.

Кира бросилась к окну и увидела Веру, открывавшую ключом дверь.

Вбежав, та бросила взгляд на обмякшее тело Анны Львовны, выключила орущее радио, и повернула ручку проигрывателя. Проехав поперёк пластинки, игла замерла.

— Иди, — сказала Вера, подталкивая Киру к выходу, — не надо тебе здесь. Скорая приехала. Таню с ребёночком в больницу заберут, а то из-за землетрясения не дозвониться было, мы роды сами приняли. Пойди, посмотри на девочку.

У ворот стояла скорая. Усталый небритый водитель, притулившись к кабине, курил, периодически сплёвывая себе под ноги. Тётя Сима с Кириной мамой вели под руки еле передвигающую ноги Таню. Она была в том же коротком ситцевом платье, в котором накануне дремала под вишней. Только теперь оно выглядело мятым, а его подол покрывали тёмные пятна.

— Ой, хоспода, — просипела Таня, — неужели я так орала, что голоса не осталось?

Дядя Миля спустился с крыльца. На руках он держал свёрток, из которого выглядывала головка с редкими рыжими волосиками. Увидев курящего шофёра, дядя Миля нахмурился и часто задышал, что означало высшую степень возмущения.

— Немедленно прекратите безобразие, — приказал он. — Вы, гражданин, видимо, не осознаёте, где и кем работаете. Вам даже на конюшне не место, не говоря уже о работе с больными и тем более роженицами и новорождёнными.

— Ты чего, папаша, со сна что ли? — незлобиво ответил шофёр, с уважением оглядывая идеально отглаженную рубашку дяди Мили. — Чё ты возникаешь и при чём тут конюшня?

— А при том, что если капля никотина убивает лошадь, — а это, как известно, давно доказано научными исследованиями, — то для младенца, который родился несколько часов назад, вдыхание извергаемого вами яда может иметь самые трагические последствия. И я не поленюсь доложить вашему начальству о подобном вопиющем нарушении всех норм здравоохранения.

Потрясённый красноречием дяди Мили, шофёр поперхнулся дымом, закашлялся и затушил папиросу о подошву сандалии. Ребёнок внезапно проснулся и громко заплакал странно низким для такого крошечного существа голосом.

— Надо же, каким басом заливается, — удивилась докторша, помогая обессилевшей Тане забраться в машину.

— Оперной певицей будет, — с уверенностью сказал дядя Миля и, помня о предыдущих предсказаниях, на этот раз никто не решился с ним спорить.

4

А ЛЕТНИЕ ДНИ, КАК ВСЁ ХОРОШЕЕ, летели слишком быстро. И хотя на календаре было ещё только начало августа, Кира уже тосковала, думая о предстоящих осенних дождях, влажной, неуютной зиме и долгом ожидании следующего лета. Двор жил своей обычной жизнью. За Таней приехал муж, и вместе с белокожей веснушчатой девочкой они вернулись в Каменку. В квартирах сделали ремонт, залатали и закрасили трещины, положили новую черепицу. Вера, оставшаяся на правах хозяйки в квартире Анны Львовны, выбросила старый хлам, купила, по случаю, новый ковёр и заменила кисейные занавески ситцевыми в цветочек. Кира по-прежнему любила делать записи в толстой клеёнчатой тетради, сидя в тени виноградных листьев, откуда можно было незаметно наблюдать за происходящим и размышлять на темы, о которых вслух рассуждать не решалась. Теперь по воскресеньям вместо «Пиковой дамы» из всех окон неслись позывные любимой радиопередачи дяди Мили «С добрым утром».

— Вот что надо трудящемуся человеку, — повторял он, — заряд бодрости на неделю. А оперы — они для тех, у кого душа не совсем здорова и в лечении нуждается.

«Может, он и в этом прав» — подумала Кира и записала: «Маятник на стене отсчитывал время между началом жизни, её концом и тем, что после. Душа слышала только этот мерный стук, и больше в этой комнате её ничего не удерживало. Пережившая собственную земную смерть, она никогда не сможет о ней рассказать, потому что, вернувшись в назначенный час, забудет обо всём, что с ней было прежде. Пора продолжать путь к обещанному покою. Но есть ли там музыка?»

Городские

Ночь

Петух — вредное создание, и вредность его происходит от осознания собственной птичьей неполноценности. К такому выводу пришла Кира, пытаясь объяснить причину хронической ненависти хозяйского петуха к своей лучшей подруге. Завидя Лилю, петух начинал злобно клекотать, остервенело рыть жёлтой чешуйчатой лапой дворовую глину, затем распускал горчичные с сизым налётом крылья, разбегался и, подпрыгивая, как самолёт-кукурузник, отрывался от земли. На Киру он не обращал никакого внимания.

— Смотри-ка, петух ей не нравится, — возмущалась хозяйка, когда Лиля жаловалась на безнаказанную агрессию птицы, — меньше надо задом вертеть. Это тебе не город.

Хозяйку звали Нуца, на вид ей было хорошо за шестьдесят. Днём она хоть и с акцентом, но весьма прилично разговаривала по-русски, а ночью — только по-молдавски.

— Чине-й аколо?! Орькум нимик н-ам сэ вэ дау![1] — дико вскрикивала она обычно часа в два ночи. — и резко садилась на широкой металлической кровати.

При свете ночника её лицо отливало неоновой зеленью, вытаращенные глаза, не отрываясь, сверлили стену, увешанную фотографиями детей и внуков.

— Оф, доамне, че сэ фак?[2] — надрывно стонала она, раскачиваясь из стороны в сторону.

В одну из таких ночей, поняв, что постельные кошмары Нуцы неизбежны, как смена времён года, Лиля прошипела: «Я не выдержу ещё три недели этих воплей. Какого чёрта ей не спится? Мы тут мучаемся на этих долбаных раскладушках, а она на трёх

---

[1]   Кто здесь? Всё равно ничего не дам!
[2]   Ой, боже мой, что мне делать?

перинах расслабиться не может. И смотри, во второй комнате, в каса маре, никто не живёт, а нас она туда не пускает, надеется, что дочка из города вернётся. Да ещё этот петух жить не даёт. Давай поищем другое жильё».

— А кто сказал, что там будет лучше? — засомневалась Кира.— Вот близняшки-скрипачки Маркины рассказывали вчера, что попали в дом, где четверо чудных деток по ночам писают в жестяное ведро. Всю ночь — звон струи о жесть. И дух идёт... Представила? Или пианистки — в одной комнате, как в тюрьме — десять кроватей и стол. Только стульчака и решёток на окнах не хватает.

— Чине сынтець?[3] — озабоченно спросила Нуца, повернув голову на шёпот голосов и скрип раскладушек.

— Да мы это, мы, — привычно ответила Кира,— вот пытаемся заснуть.

— Дакэ пря мулт вей дорми, нимень ну ва луа де невесте.

— Это она в том смысле, если будем много спать, никто замуж не возьмёт.

— Вот что старость и одиночество с людьми делают,— вздохнула Лиля и накрыла голову подушкой.

А Нуца так же внезапно, как пробудилась, рухнула на спину и захрапела писклявым сопрано.

— Интересно, почему она всегда храпит в кварту: си бемоль — фа, си бемоль — фа? — спросила Кира, с детства любившая задавать философские вопросы. Но Лиля уже спала.

Утро

Под утро пошёл дождь, а к завтраку ветер отогнал облака за окраину села, и они громоздились там плотной гусеницей вздувшихся складчатых пузырей. Над тентом-столовой образовалась белёсая залысина с неровными, подсвеченными анемичным осенним солнцем краями. С брезентовой крыши тента стекали остатки воды, солома под ногами была сырой и мягкой. По ней, со стариковским бормотанием, разгуливали индюки, куры и гуси, выклёвывая какую-то мелкую гадость. На деревянных столах матово поблёскивали алюминиевые мисочки с кашей,

---

[3] Вы кто?

рядом с гранёными стаканами лежали толстые ломти аппетитного ржаного хлеба. Куски подтаивающего масла желтели в глубокой тарелке, за которой стояла кастрюля с чаем. Каша была горячей, а чай еле тёплым и сладким до невозможности, потому что варили его в уже подсахаренной воде.

— Кормят хуже, чем Нуца свою свинью, — проворчала Лиля, — утром каша, в обед макароны, вечером опять каша с мясными обрезками. Мы здесь пашем, как негры на плантациях, так хоть бы кормили нормально.

— А мне жаль деревенских, — Кира закашлялась приторным чаем, — ты представь, мы здесь всего неделю и уже стонем: еда не та, магазин — одно название, холодно, сыро, сортир на улице, помыться толком негде. А они здесь живут с рождения до смерти, понимаешь? Весной слякоть, осенью — слякоть, зимой — вообще хоть волком вой. Я бы сдохла со скуки.

— Прям, бедные-несчастные. Ты хоть кого-то из местных на винограднике видишь? Нет, потому что они другим заняты — вино гонят и к свадьбам готовятся. Жаль ей! Кто бы нас пожалел. Только поступили в училище и вместо занятий — месяц ссылки. Скоро завшивеем тут. Говорят, завтра всех в баню отвезут, в соседнее село. Представь, как мало для счастья надо.

— Пшёл вон, козёл, — флегматично посоветовал Яша Скляр вспрыгнувшей на стол курице.

Та замерла, склонив набок хищную головку, уставилась на Яшу глубоко посаженными глазками цвета ржавчины, резко дёрнула шеей и клюнула его в руку. Яша вскрикнул и врезал курице по голове миской с остатками каши.

— Это она тебе за козла отомстила, — назидательно произнёс Жора Гулькин — гениальный пианист и редкий зануда.

Загребая когтистыми ногами хлебные крошки, курица помчалась по столу, но, наткнувшись на пирамидку грязных стаканов, остановилась и озабоченно стала склёвывать комочки каши с рыжих перьев.

— Так, кто сделал этот цирк? — за кастрюлей чая, покачиваясь с пятки на носок, стоял завуч. В сером двубортном плаще и мышиного цвета фетровой шляпе он напоминал чекиста тридцатых годов.

— Это, Яша, его курица чуть инвалидом не сделала, — всё ещё хихикая, брякнула Лиля и осеклась, — а что такого?

— А ничего хорошего, потому что тебе, Скляр, я сниму стипендию на месяц.

— За что? — взвился Яша. — Она первая на меня напала.

— За то, что труд не уважаешь. В Африке дети голодают, а тебя это не волнует. Ты к чёрной икре привык, да?!

За столом стало тихо. Курица, зависнув на одной ноге, невозмутимо пила из чайной лужицы, а завуч продолжал: «Теперь все до один встали и пошли в поле. На роялях играть и дураки могут».

— Пошли, — Кира дёрнула подругу за рукав, — вообще-то, мне уже говорили, что Згардан — придурок, ну а что ты хочешь от преподавателя истории КПСС? Им чувство юмора иметь не положено.

Сразу за последним домом начинались виноградники. Они уходили за холм и потом, как на переводной картинке, проявлялись из низко стелящегося тумана словно уходящее за горизонт стадо зелёногорбых верблюдов. Пахло прелой листвой и дымом. Под ногами с мягким треском лопались перезрелые виноградинки.

— Так вдруг захотелось какао с корицей, — сказала Кира.

— И печенья «Стефания» из кулинарии на Комсомольской, — подхватила Лиля.

— Всем разобрать корзины, — прокричал в мегафон Згардан. — Задание на сегодня — собрать все нижние гроздья.

— Так ведь соседний виноградник даже не тронут, там никто не работает, урожай гниёт. Зачем здесь ползать весь день, собирать остатки? — поинтересовался неугомонный Яша.

— Не надо искать лёгких путей в жизни, — ответил Згардан, — лучше иди и покажи пример другим.

С холма медленно съезжала запряжённая волами телега. Высокий смуглый парень в клетчатой рубахе скидывал корзины на землю по обе стороны движущейся телеги. Они летели и шлёпались в грязь, а телега ехала дальше, оставляя глубокую борозду и рыхлые воловьи лепёшки.

День

ВСЁ В ЛИЛЕ БЫЛО ВЫПУКЛЫМ: карие глаза под толстыми стёклами очков, высокая, почти под ключицы грудь, пышные бёдра, на виолончельный манер подчёркивающие тонкую талию, и главное, упругий, соблазнительно выпирающий из-под любой одежды зад. Вот и сейчас, ползая вдоль виноградных кустов в давно потерявших форму спортивных штанах, Лиля привлекала внимание всех, кто проходил мимо.

— Девчонки, давайте я отнесу полные корзины и принесу новые,— предложил Яша.

— Не надо, сами справимся,— не глядя на него, буркнула Лиля.

— Ну как хотите,— пожал плечами Яша и отошёл.

— Ты что, сдурела? — возмутилась Кира.— Сама же его утром подставила и вместо того, чтобы извиниться, теперь ещё хамишь?

Лиля неловко поднялась с земли,— вытянутые в коленках штаны были мокрыми,— сняла липкими руками запотевшие очки, вытерла их подолом вязаной кофты и сказала бесцветным голосом человека, решившегося на самоубийство: «Ты хорошо посмотри на меня. И на себя заодно. Мы же на людей не похожи, выглядим хуже сельских тёток. Наверняка от нас потом несёт. Глянь на свои руки в трещинах, на лицо, нос обгорел, на лбу прыщи. И тут подходит Яша. Да лучше бы он меня вообще не замечал, чем такую».

— Ты что ли влюбилась в него? — оторопела Кира.— Когда ты успела?

— В автобусе, по дороге в эту ссылку. Он сидел наискосок, такой красивый, загорелый, анекдоты рассказывал, смеялся. Ты заметила, какие у него красивые зубы? Белые, ровные...

— ...как у лошади,— закончила Кира.

— Дура,— обиделась Лиля, упала на колени и уползла к следующей лозе.

Обед привозили прямо на виноградник. Обычно это были макароны с брынзой или картошка в густом томате. Сегодня привезли суп, солёные огурцы и остатки утреннего хлеба. В супе плавали кусочки мяса, редкие кружки морковки и четвертины картошки. Кира накрошила в суп подсохший хлеб.

— Смотри-ка, что это? — кивнула она на плавающий в ложке кусок картофельной кожуры.

— Ну-ка, ну-ка, покажи, — заинтересовалась Анфиса Мансурова, курившая под соседним кустом с подружками-четверокурсницами. — Точно очистки, — констатировала она и тут же демонстративно вылила свой суп на землю. — Вы, девки, привыкайте, вам ещё три года по колхозам мотаться. И не такое увидите, вот в прошлом году... — Не договорив, она вскочила на ноги и брезгливо стряхнула с рукава комок вонючей воловьей лепёшки с налипшей землёй.

— Какая сволочь швырнула эту гадость?!

Из-за стоящих неподалёку ящиков выскочили двое мальчишек лет десяти. На них была школьная форма, в руках затёртые портфели.

— Я уйтаци-вэ ла ачесте тырфе, — закричал тот, что повыше, издалека тыча палкой в Анфису, — фумегэ ка ниште локомотиве![4]

— Мама ымь зиче, кэ тоате орашечеле сунт аша,[5] — подпел ему стриженый налысо второй пацан.

— Я вам сейчас покажу, паразиты такие! — заорала Анфиса. — Мы здесь корячимся за них, а они говном швыряют! Мама ему сказала! Где твоя мама сейчас? Небось, в городе на базаре торгует?

Оглядываясь и кривляясь, мальчишки убежали вверх по холму пока не скрылись за его желтеющей холкой. Анфиса вернулась вспотевшая, краснолицая; тонкие спортивные штаны прилипли к мясистым ляжкам, и уже было непонятно, в каких местах они потемнели от пота, а в каких — от впитавшегося виноградного сока.

— Сволочи! На весь день настроение испортили, — подытожила она и закурила новую сигарету.

После обеда распогодилось. Осеннее солнце прогрело землю. Кира сгребла сухие, хрустящие листья и растянулась на

---

[4] Смотрите на этих проституток! Они дымят, как паровоз.
[5] Моя мама говорит, что все городские такие.

них, подложив под голову руки. Хорошо бы уснуть и проснуться дома на диване. Рядом мурлычет кошка, а их кухни пахнет жареной картошкой. Или нет, лучше очутиться в ванне с горячей водой. Зеркало покрыто плёночкой пара и пахнет хорошим немецким мылом. Кусочек такого мыла Кира засунула в сумку для запаха. И правильно сделала, потому что оказалось, в местном магазине продаётся только стиральное. Вчера Нуца долго разглядывала белый овальный брусочек, принюхивалась, скоблила ногтем выбитые буковки, потом бережно положила обратно на железный рукомойник. А сегодня утром мыло исчезло — только клейкий отпечаток на серой жести.

Кира почистила зубы, набрала в ладони воду прополоскать рот и закашлялась — рот был полон мыла. Даже сейчас одна только мысль об этом привкусе вызывала тошноту. А тогда Киру вырвало жёлчью, потому что желудок был пустой. Оказалось, Нуца растворила весь брусок в бачке рукомойника. Зачем же каждый раз руки намыливать, когда мыльная вода — экономнее? И смотрела так, что не понять, то ли издевается, то ли всерьёз. Кира выудила обмылок, — завтра в бане пригодится.

Нуца — странная. Живёт впрок, будто впереди ещё лет немеряно. Купит по случаю скатерть, полотенце, что-нибудь из одежды — и в шкаф. Всё сложено аккуратными стопками, переложено нафталином и какими-то травками в самодельных полотняных мешочках. Белые пододеяльники с желтизной на сгибах, неношеные халаты, ни разу не надетые лаковые туфли довоенного фасона. В прошлое воскресенье она освободила все полки в шкафу, разложила содержимое на кровати, перегладила, и в том же порядке вернула на место, педантично сложив бельё по тем же сгибам. И залежи еды: бесчисленные банки с закрутками, варенье, повидло, компоты, помидоры, гивеч, мешки сахара и муки в матерчатых торбах про запас, как будто завтра война

Нуца ела мало и однообразно, и готовила практически без отходов. Из курицы получались бульон и жаркое. Ноги шли на холодец. Перья — на подушки. И только внутренности она швыряла вечно голодной, привязанной к будке собаке. У собаки не было имени, а её обтянутый кожей скелет напоминал учебное пособие по анатомии. Она бросалась на всех, кто проходил мимо забора или заходил во двор, включая собственную хозяйку.

— Почему ваша собака такая злая? Почему вы её не накормите? — как-то спросила Кира. — Она же постоянно лает.

— А зачем мне добрая собака? — искренне удивилась Нуца, с сожалением посмотрев на Киру. Сытая, она же дом охранять не будет.

Вот и сейчас из-за забора доносился визгливый собачий лай и ласковый голос Нуцы, кормившей кур: «Пуй-пуй-пуй, пуй-пуй-пуй». Петух расхаживал по двору, цепко впиваясь в землю когтями на кукурузных ногах. Словно сделанный из красной резины, гребень мотался на его подёргивающейся голове.

— Бежим в дом пока он занят жрачкой, — сказала Кира.

Лиля прибавила шагу. Петух перестал клевать, в горле у него что-то заклокотало, он скосил глаз в сторону бегущих девочек, пропустил Киру и помчался Лиле наперерез. С визгом она влетела в дом, успев захлопнуть стеклянную дверь веранды. Петух досадливо пощёлкал клювом и вернулся к окружившим его курам.

— Я его чем-то отравлю, — мрачно пообещала Лиля.

Вечер

Когда девочки шли на ужин, начало темнеть, и контуры домов ещё угадывались в сгущавшихся сумерках. А на обратном пути уже приходилось идти на ощупь, потому что главную и единственную улицу освещали два сиротливых фонаря. К дому Нуцы надо было сворачивать направо после второго, затем пройти мимо колодца, обойти невысыхающую лужу, в которой днём расслабленно похрюкивали свиньи, а ночью что-то плескалось и потрескивало, а уже потом, за кривой яблоней можно было нащупать калитку во двор. Самым неприятным был участок от второго фонаря до колодца — там вечно околачивались местные парни, и на всякий случай, в качестве защиты, Лиля носила при себе алюминиевые вилки. После ужина она всегда прихватывала с собой две-три и держала их в руке наготове, чем неизменно смешила Киру.

— Эти вилки сгибаются даже от варёной картошки.

— Мне так спокойнее, — вслух убеждала себя Лиля.

В доме горел свет. Дверь на кухню была заперта изнутри: каждую пятницу Нуца грела воду в пузатых зелёных кастрюлях и потом долго мылась в цинковом корыте, издавая стоны и покрякивая.

— Аша, аша, е бине, (вот так, вот так, хорошо), — приговаривала она, поливая себя из белой с ягодкой по кругу эмалированной кружки.

— Ой, что-то у меня живот разболелся, — скривилась Лиля.

— Странно, как раз сегодня ужин был хороший. Почти как в ресторане, меню из трёх блюд: и свиные отбивные, и макароны по-флотски, и куриное жаркое. Говорят, комиссия из Кишинёва приехала. Почаще бы.

— Да? Значит, я такая удачная. Ой, мне срочно надо в сортир, а то поздно будет, сжав зубы пробормотала Лиля, схватила фонарик и выбежала в темноту двора.

Кира прошла в комнату. Посередине разобранной кровати Нуцы лежала байковая ночная рубаха в мелкую розочку с оборками на груди.

Две продавленные раскладушки были сдвинуты к стене. У окна, практически стоя, досушивались две пары клейких, насквозь пропитанных виноградным соком спортивных штанов. На подоконнике лежало несколько поклёванных птицами яблок. Пахло осенним дождём и уборной.

— Ки-и-ира! Ки-и-ира! Скорее! — послышалось со двора.

— Хорошо, что не успела раздеться, — Кира помчалась на голос.

У дощатой полуоткрытой двери уборной в боевой позе стоял петух, а за дверью со спущенными штанами, на корточках сидела Лиля с фонариком в левой руке и длинной гнутой палкой — в правой.

— Пошёл вон, тварь, — кричала Лиля, тыча палкой в подпрыгивающую от ярости птицу. Петух наскакивал, пытаясь прорваться в уборную, и при этом злобно клевал палку, попадавшую ему то в грудь, то в голову.

— Я отвлеку, — крикнула Кира, — а ты пока надень штаны. Она пнула ногой пышный петушиный зад и отскочила, оторопев от ненависти, умещавшейся в крошечной бусинке зрачка.

— Ах ты гад, — взвыла успевшая вскочить со стульчака Лиля, — и обрушила палку на петушиный гребень.

Петух рухнул на землю и затих. Из дома доносился шум переливаемой воды и звяканье вёдер.

— Что будем делать с телом? — по-деловому спросила Кира, пробуя тушку носком грязного кеда. — Может, закинем в кусты? — Давай оставим как есть, хотя надо бы засунуть его головой в дерьмо, — мстительно процедила Лиля и твёрдым шагом победителя направилась к дому.

Суббота

УТРОМ ТРУП ИСЧЕЗ.

— Наверное, кошки сожрали, — мечтательно сказала Лиля.

— Перестань, он хоть и птица, а живое существо.

— Да? А мне он больше нравится дохлым. Ты обратила внимание, как он вчера лежал? Тихонечко так, ножки вытянул, коготки растопырил, клювом в землю уткнулся...

— Ладно тебе злорадствовать, — Кира не выдержала и рассмеялась, — пойдём в соседнее село, с почты домой позвоним. Тем более, день такой тёплый.

— Ты знаешь дорогу?

— А что тут знать? До речки через сад, потом перейти мостик, а там спросим.

— А завтрак?

— К чёрту. Надоели со своими кашами. Нарвём яблок по дороге.

Сразу за сельским кладбищем начинался сад, но запах спелых яблок чувствовался задолго до поворота от свежевыкрашенных решётчатых ворот — к вытянувшимся вдоль речки яблоневым аллеям. Сквозь поредевшую листву проглядывало белесо-голубое небо, и утреннее солнце перебирало лучами тяжёлые ветви. При малейшем дуновении ветра яблоки с мягким стуком падали на вялую траву.

— Знаешь, — сказала Кира, — в старости я буду вспоминать аромат и вкус этих яблок; как я срывала с ветки самое красивое, надкусывала, бросала в траву, пробовала другой сорт, и третий, и каждое яблоко оказывалось вкуснее предыдущего. И эту тишину. Ой смотри, ёжик бежит. Первый раз в жизни вижу ёжика! Вот я поймала кусочек счастья, а через минуту или секунду всё это останется в прошлом.

— А я, если меня не хватит старческий маразм, постараюсь запомнить всё — и Нуцу, и петуха, и то, как Згардан позорил нас на линейке за то, что вместо положенных двадцати пяти дневных корзин собрали только двадцать.

— Тебе трудно будет жить.

— Это тебе будет трудно жить, принимая серое за розовое, — не согласилась Лиля. — Это то же самое, что не узнавать красный свет на переходе. Раздавят и не заметят.

— Ты не понимаешь, что счастье — это мелкие радости. В больших количествах на нас обрушиваются только неприятности. Вот посмотри, солнце светит, чистый воздух, тепло, речка извивается, или даже не речка, а канавка с бегущей водичкой, неважно. На мостике мальчишки играют или рыбачат. Короче, представь, что сейчас кто-то нас сфотографировал и через много лет, глядя на снимок, ты, уже с артритом, морщинистым лицом и лёгким склерозом, пожалеешь, что не радовалась этим минутам покоя и тишины.

— По-моему, это те же пацаны, что кидали дерьмом в Анфиску, — забеспокоилась Лиля, близоруко щурясь. — Не похоже, чтобы они рыбачили, да и что здесь можно выловить кроме лягушек? Эй, пацаны, унде еште почта?![6]

Сидя на корточках, мальчики продолжали ковыряться у себя под ногами, а когда Лиля почти вплотную подошла к ним, ухмыльнулись и, подпрыгивая на шатких досках, сбежали по мостику на другую сторону. Перед тем, как скрыться в кукурузном поле, один что-то прокричал, но крик Лили был громче. Услышав её вопли, оба пацана высунулись из кукурузных зарослей, брякнулись на землю и, дрыгая ногами, затряслись в конвульсиях смеха. Лиля кряхтела, пытаясь освободить ногу, по колено застрявшую меж разобранных досочек мостика.

— Как же это? — растерянно бормотала Кира, переводя взгляд с выковырянных дощечек на всхлипывающую подругу.

---

[6] Где почта? — *ломаный молдавский*

— Сволочи, — прорыдала Лиля, когда ей удалось выползти на мостик, — это были мои новые брюки, тётка привезла из Болгарии. А теперь что? И нога болит, может, даже перелом... — Она осторожно потрогала расцарапанную, посиневшую щиколотку. — Убила бы гадёнышей этих. Ну что мы им сделали?!

— Да забудь о них, — неуверенно посоветовала Кира, — дети, им же заняться здесь больше нечем — ни кружков каких-нибудь, ни кинотеатра, ни спортивных секций, в конце концов.

— Если ты скажешь ещё хоть слово в защиту этих малолетних бандитов, я с тобой больше никогда в жизни не буду разговаривать, — рявкнула Лиля и зарыдала во весь голос.

Через час девочки добрели до дома. Нуцы нигде не было видно.

— Она же сказала, что пойдёт на крестины, — вспомнила Кира.

Безымянная собака заходилась лаем, натягивая цепь каждым рывком ссохшегося тела. Ошейник впивался в тощую шею, и тогда животное, не переставая рычать, отбегало к будке.

— Я люблю собак, но сытых и немых, — заметила Кира.

— Смотри, — прошептала Лиля и остановилась.

Навстречу им шёл петух. Если не считать некоторой вялости в походке, выглядел он как обычно.

— Слушай, — задумчиво сказала Кира, — а он чем-то похож на тебя. Такая же роскошная грудь. И ходит по-балетному, носочек тянет. Только видишь, в отличие от тебя, он смотрит под ноги.

— Засунь свой сарказм знаешь куда? Вот что мне делать, я же бегать не могу и палки под рукой нет?

Не переставая трясти головой, петух поравнялся с девочками, окинул их туманным взглядом, заглотил висевшего поперёк клюва червяка и продолжил свой путь.

— Да, — озадаченно заметила Кира, — что-то с ним явно не так. Не вижу прежнего задора. — Представляешь, в каком я виде, если уже петух на меня внимания не обращает. Помоги, пожалуйста, подняться на крыльцо.

В доме было тихо и прохладно. В окне билась жирная осенняя муха. Ветерок шевелил оборки тюлевых занавесок. Муха упорно ползла наверх к открытой форточке и снова соскальзывала на подоконник, уставленный банками с ещё не успевшим остыть айвовым вареньем.

— Вот ползёт она и не соображает, что неминуемо свалится в варенье и там окончит свою вонючую жизнь,— скривилась Кира.— И мы с тобой тоже влипли с этим колхозом, как мухи, и непонятно, когда отсюда выберемся.

— Слушай, как спать хочется. Раз Нуцы нет, давай ляжем в каса маре, на ту роскошную кровать с сотней подушек, я на них ногу положу, болит очень.

— А Нуца?

— А что Нуца, в суд на нас подаст? И вообще, она только вечером вернётся. Мы чуть подремлем, она и знать не будет. Главное, потом подушки правильно разложить.

Во дворе тоскливо повизгивала собака, и Кире приснилось, что, устав от своей собачьей жизни, она легла, положив голову на лапы, а потом на её месте оказалась мумия, которая каким-то образом продолжала лаять и звенеть цепью.

А потом сон закончился, но невозможно было открыть глаза, когда тело утопает в блаженной мягкости и тепле настоящей постели. Ещё немного, и она уедет туда, где есть горячая вода, ходят троллейбусы, в кафе едят мороженое, а по освещённым улицам можно гулять. Но почему так всё чешется? Как в детстве после клубники, когда живот и спина покрывались сыпью и хотелось содрать кожу, и мама смазывала цинковой мазью, и покупала новую книжку — награду за страдания...

— Чёрт, тут же блохи. Кира, вставай, иначе они нас сожрут.

— Откуда блохи?!

— Не знаю, каким дерьмом набиты эти перины,— причитала Лиля,— может, собачьей шерстью. И главное, ничего не видно. Который час? Мы наверняка проспали и баню, и ужин...

— ... и Нуцу,— Кира кивнула на полуоткрытую дверь, через которую пробивался свет. Пахло домашним хлебом и бульоном.

— Бунэ сеяра, фетеле,[7] — произнёс сутулый силуэт Нуцы,— я вам воду нагрела, баня будет. Только мыться будете в одном корыте по очереди. Потом покормлю.

— Шутит, что ли? — прошептала Лиля.

---

[7] Добрый вечер, девочки.

— Хай вставайте, в это время вредно спать — голова болеть будет.

— У меня уже болит, — пожаловалась Лиля. Держась за стены, она похромала в кухню, — и вот ещё нога…

— До свадьбы заживёт, — отозвалась Нуца, не поворачивая головы. Она вытаскивала из духовки хлеб, — а Митьку с братом их отец уже выпорол.

— Так вы знаете, что случилось утром? Откуда? — изумилась Лиля.

— В селе не надо газеты и телефон. Я у дочки в городе гостила и удивлялась сильно, как она с трубкой на ухо целый день ходит: суп варит — телефон, телевизор смотрит — телефон, муж с работы пришёл — нет до него дела. Такая вся городская стала, будто я её не на этой кровати родила, и не бегала она босая по селу, и не чистила курятник. И внучка тоже с ногтями ходит, волосы покрасила, хорошо хоть не курит, как эти ваши прости господи.

— Зато в городе есть туалет, горячая вода и газ, — возразила Лиля, отмокая в корыте.

— Это да, хорошо, удобно даже. Когда войны нет.

— Какой войны?

— Какой, какой? Кто знает, но если начнётся, городские снова сюда побегут — к огородам, печкам, да колодцам. На вот полотенце.

— Спасибо. А с чего вы взяли, что война начнётся?

— Так ведь прошлую тоже не ждали, объявили тогда по радио, что немцы напали.

— Странная вы, Нуца, — сказала Кира, заплетая волосы в мокрую косу, — а если не будет войны, так всю жизнь и мыться в корыте?

— И что? Я вот не померла от такой жизни и ещё здоровее многих городских, потому что работаю на воздухе, кушаю с огорода, а не всякую гадость. Да что говорить. Лучше за стол садитесь, мамалыга готова. Брынзу покрошите. Вот бульон сварила. К утру холодец застынет.

— Я люблю горячий бульон, — Лиля благодарно улыбнулась и отхлебнула из широкой чашки с отбитой ручкой. — Мама часто варит, с лапшой и клёцками. Но ваш и правда вкуснее, пахнет по-особенному.

— Там укроп и травки. С грядки. И это не синяя мороженая курица, как у вас в городе, а петушок. Он вот только бегал и свежее зерно клевал.

Лиля побледнела и замерла с полупустой чашкой у рта.— Какой петушок?

— Какой-какой? Мой. Один и был. Только вот заболел, вялый стал, на курочек не смотрит. Вчера ещё гонял их, а сегодня с утра ходит вроде как контуженный и голос хриплый. Я ему водки в клюв налила, может, думаю, простыл. Не помогло. Пришла с крестин, смотрю, а куры ему ноги до крови обклевали, им ведь одно от него нужно.

— И вы его за-зарезали?

— А на что мне этот инвалид? Завтра поеду на базар, другого куплю. А ты чего не доела? Теперь что, выливать?

— Больше не хочу, я не голодная.

— Ну так не надо было полную тарелку наливать. Вот завтра холодец попробуете. Петушиное мясо нежное, не то, что у цапли.

— Вы что, и цаплю ели? — спросила Кира, чувствуя, как каменеют скулы.

— Война была, кушать нечего, вот мы с соседкой и её братом младшим, ему лет двенадцать было, пошли на речку, там цапли водились. Глупые птицы, стоят в воде до-о-олго и не шевелятся даже. Вроде руками можно взять, а как — не знаем. Аурел в одну камень бросил, в шею попал. Она улететь хотела. Но цапли летают медленно, и мы сетку накинули, уже в воздухе поймали. Она билась ка ун небун, как ненормальная, и Марии крылом в глаз попала, у неё инфекция потом началась и глаз вытек. Да вы её видели — в магазине работает. Сварили мы эту птицу, а мясо горьким, как полынь оказалось. Даже собаки не ели. Но перья красивые, серые с синим — вон в вазочке стоят.

— А вы ещё петушиные туда засуньте,— предложила Лиля,— икебана будет, букет в смысле.

— Дак это, кому они нужны, и так по всему селу валяются. А вот цапли здесь больше не водятся, после войны подевались куда-то.

Серые грузовики стояли под серым дождиком на серой от утренней измороси дороге.

— Дождливая осень в этом году, — сказал шофёр.

Отработанным движением он закидывал в рот чёрные виноградины, потом надувал плохо выбритые щёки и сплёвывал косточки так, что они вылетали веером. — Вот, девчонки, возьмите, накройтесь, а то промокнете, — он кинул в кузов кусок брезента. — До города часа три, не меньше. Винограда хотите на дорожку? — Он протянул Кире гроздь «Изабеллы». Та молча покачала головой.

— Мы виноградом на всю жизнь наелись, — крикнула Анфиса, высунувшись из кузова. Вы уж как-нибудь сами его доедайте.

В грузовике пахло резиной и сырой одеждой. По обе стороны дороги мелькали безлюдные поля и виноградники, кое-где перемежающиеся с перелесками и песчаными карьерами. Поздняя осень была неотличима от ранней зимы.

У железнодорожного переезда грузовики застряли. За придорожными акациями виднелось озеро. Издали вода напоминала больничный кисель. Вдоль прибрежной линии торчали застывшие серые комки.

— Надо же, цапли, — удивился водитель, — давно не видел их в наших краях. Если они не улетели на юг, значит, зима будет тёплой.

Последний вагон товарняка скрылся за поворотом. Неуклюже подпрыгивая на рельсах, грузовики выбрались на шоссе. До города было ещё далеко...

ЧЕТЫРЕ ВРЕМЕНИ ГОДА

Она появилась ниоткуда. Накануне, в сумерках, перед воротами соседнего двора стоял грузовик с торчащими из-под брезента ножками стульев. Но моросящий жалящий дождь разогнал всех по домам. А сегодня солнце купалось в прозрачном утреннем воздухе, соперничая в желтизне с ещё живыми, упругими листьями, на которые, задрав голову, смотрела девочка. В красном пальто на кокетке, в завязанной под подбородком малиновой фетровой шапочке, в красных ботинках и клеёнчатой красной сумочкой через плечо, она была похожа на случайный мазок лета, непонятно для чего занесённый в этот осенний день. Увидев нас, девочка улыбнулась и, сделав шаг навстречу, сказала: «Меня зовут Алла. Мы теперь будем здесь жить».

— Надо же, — хмыкнул Вадик, — откуда ты такая взялась? Ну вылитая Красная Шапочка. А в сумке, небось, пирожки для бабушки».

Он медленно обошёл вокруг девочки, и с каждым шагом её лицо заливалось краской — от нежно-розового оттенка до почти бордового — пока щёки стали неотличимы от пальто.

— А сумочку дашь поносить? — не выдержала Галя, всё это время нежно поглаживавшая золочёную пряжку.

Скользнув пальцами вдоль тонкого глянцевого ремешка, Алла молча стащила сумку с плеча и сунула в руки расплывшейся в улыбке Гали. Мы пошли вниз по улице к парку, поддевая ногами первые засохшие листья, сбитые вчерашним дождём, и, сглаживая неуклюжесть знакомства, болтали ни о чём и обо всём.

В парке играл духовой оркестр, закрывая летний сезон старинными вальсами. Мы уселись на зелёные деревянные скамейки, продолжая перебрасываться ничего не значащими фразами, пока медная, покачивающаяся мелодия «Амурских волн» полностью не слилась с медью кружащихся листьев, смутив нас своей совершенной красотой. Музыкантам было холодно. Покрасневшими пальцами, они торопились нажимать на клапаны, словно подталкивая, ускоряя мерное течение вальса. Ракушка сцены оставалась последним напоминанием о лете. Сопровождаемые торжественной грустью звучащего минора, мы побежали к уже пустому фонтану, охраняемому устало лежащими на постаментах львами, и привычно вскарабкались на их отполированные до блеска спины. Но Алла осталась стоять внизу и лишь махнула рукой, когда Галя подвинулась ближе к мраморной гриве, освобождая ей место.

— А, неохота, — небрежно сказала она, глядя на Вадика, и ни с того, ни с сего добавила, — вообще-то я, когда вырасту, поеду в Индию, как мой папа. Там, в сумке, у меня кое-что есть. Можете посмотреть.

До сумерек, на скамейке в дальней аллее парка мы разглядывали диковинные заморские амулеты и талисманы, сделанные из зуба акулы мако, вымершей сорок миллионов лет назад, когтя медведя, отгоняющего злых духов, и слушали истории, которые Алла рассказывала без устали. Оказавшись в центре внимания, наслаждаясь нашим неподдельным любопытством и восхищением, она преобразилась на глазах. Она так увлечённо рассказывала о джунглях, о привычках животных, о растениях-людоедах, о древних полуразрушенных городах и спрятанных в них сокровищах, что даже Вадик временно сменил свой обычный насмешливый тон на нормальный и внимательно слушал, лишь изредка репликами перебивая эмоциональный рассказ нашей новой подружки.

— И ты не боишься? — спросила я.

— Чего? — не поняла Алла.

— Ну... диких зверей, змей, пауков.

— А, это, — небрежно ответила она. Если ты по-настоящему любишь животных, они это чувствуют и не тронут тебя.

— Ну это ты загнула, — засомневался Вадик, — звери есть звери, и никто не знает, что у них на уме. Ты просто книжек начиталась, где всё по справедливости. А вот мой отец говорит, про настоящую жизнь никто правду не пишет.

Алла хотела возразить, но что-то её остановило. Она искоса взглянула на Вадика, потом сняла свою шапочку, тряхнула головой закрепив волосы красной заколкой, и сказала: «Наверное ты прав. Ты же старше и больше знаешь». Так началась эта странная неравноправная дружба, которую мы все наблюдали, впрочем, не особенно вникая в тонкости их отношений. Постепенно я поняла, почему Алла старалась не замечать его язвительных шуток, почему терпела, когда он снисходительно позволял ей идти вместе в школу, но переставал замечать, как только появлялись его одноклассники. Заслышав голос Вадика, Алла тут же выходила на улицу, пытаясь привлечь его внимание. Она никогда не подходила к нему первая, а просто прогуливалась невдалеке или стояла, припечатавшись к красным железным воротам, ненавязчиво ожидая быть замеченной, пока надежда не исчезала вместе с ранними зимними сумерками, обволакивающими город влажным, серым покрывалом.

Иногда мы собирались у Аллы дома, в их просторной, красиво обставленной квартире. В отличие от всех нас, у Аллы даже была своя, пусть очень небольшая, со срезанным углом, комната. Но сидели мы обычно на кухне, за огромным покрытым клетчатой скатертью столом. Там было теплее и уютнее всего, особенно когда пахло свежеиспечённым яблочным пирогом или печеньем, которое мы незаметно для себя поедали, разглядывая тома «Жизни животных» Брема. В такие посиделочные дни, случавшиеся в непогоду, нам неосознанно хотелось тепла и покоя. Наверное поэтому становилось лень спорить и выяснять отношения. Гораздо приятнее было забраться на высокую тахту с висящими вдоль её окантовки зелёными шёлковыми кисточками, и, разморившись от свежезаваренного, душистого чая, перешёптываться, развалившись среди бархатных подушек.

В тот зимний промозглый день, за Вадиком неожиданно зашла его мама, тётя Сима. «Вадик у вас?» — спросила она с порога. Вадик проворно слез с дивана и, не попрощавшись, пошёл к двери. Он, как и мы, моментально уловил предстоящие неприятности, ещё не зная в чём конкретно они заключались. Наши подозрения только укрепились после того, как тётя Сима нетерпеливо и раздражённо схватив Вадика за воротник натянутого лишь по локоть пальто, вытолкала его на улицу. «Слушай, — прошептала Алла, — ты тоже иди за ними. Позвони потом, расскажи, что там случилось. Хоть я думаю, это из-за дневника. Он прятал его в пне».

Так и оказалось. Вадика сдал его старший брат, обнаруживший присыпанный сгнившими листьями запасной дневник. Мы с Вадиком соседствовали через стенку и поневоле были в курсе всех шумных событий, случавшихся в наших семьях. Например, моих еженедельных мучений по поводу мытья головы. Вообще наша квартира была похожа на поезд. Когда-то, ещё до войны, весь одноэтажный дом принадлежал нашей семье, точнее сестре моей бабушки, которая вместе с мужем держала галантерейный магазин, позже ставший причиной их ареста. Семью бабушки уплотнили и вместо одного хорошего частного дома организовали четыре бестолковые квартиры. Наша занимала палочку от несимметричной буквы П и оттого была лишена какого-либо зигзага или поворота. Чугунная ванна стояла в кухне. Воду грели в больших рябых кастрюлях, а затем кипяток смешивали с холодной водой. В банные дни кухню старались хорошо прогреть и потому растапливали печку сильнее обычного, чтобы её тепла хватило не только на купание, но и мытьё головы с последующим мучительным расчёсыванием волос. Дождевая вода, смешанная с кипятком, поливание из ковшика: то нестерпимо горячо, то холодно, и это жуткое банное мыло, разъедавшее глаза и склеивавшее мои длинные кудрявые волосы; запах уксуса, которым их ополаскивали для блеска, и репейного масла, которым смазывали. А главное, расчёски, застревавшие и ломавшиеся, выдёргивающие запутанные в узелки тонкие прядки волос. И мои вопли. Соседи к ним привыкли. И только Вадик слегка сочувствовал мне.

— Чё, опять тебе башку мыли? — лениво спрашивал он поутру, глядя на моё всё ещё опухшее от слёз лицо. — Тёть Лёль, — обращался он к моей маме, — чё вы вообще налысо её не постри-жёте? Вот меня постригли, так и голове легко, и мыло экономим.

Мы оба были домашними детьми в том смысле, что до школы не ходили в садик. Меня воспитывала бабушка, Вадика — его мама, белошвейка. На нейлоне, шёлке и хлопке она вышивала необычайной красоты школьные воротнички. Утро в нашем дворе обычно начиналось со стрекотания её швейной машинки, стоявшей на подоконнике распахнутого окна. Затем раздавалось тарахтенье трехколесной машины дяди Сени, папы Вадика — он собирался на работу. Таратайка, как её называли соседи, в лучшем случае заводилась с третьей попытки, в худшем — не заводилась вообще, и в обоих производила массу шума и вони. Но несмотря на свою ущербность, всё же это была машина, средство передвижения, облегчавшее жизнь вернувшемуся с фронта одноногому инвалиду, каким был дядя Сеня. Наконец, пукая сизыми выхлопами, таратайка выезжала со двора, и тётя Сима закрывала за ней красные железные ворота под ворчливые визги тёти Лизы, нашей соседки слева, проклинавшей и машину, и загаженный ею воздух, и едва начавшийся день. Зимой двор стихал. Закрытые, заклеенные изнутри бумагой и переложенные шариками ваты окна не впускали городские шумы в тепло домашнего уюта, но тонкие стены не могли заглушить то, что за ними происходило. Как и в этот раз, когда Вадику попало по полной программе за подделанные отметки и подписи.

— Ну что, лупят его, — доложила я. И чтобы прервать обречённое молчание на другом конце провода, добавила: «Ты не переживай. Обычно это продолжается недолго».

— А он что?

— Орёт, конечно.

Через пару минут Алла перезвонила. «Ну что?»

— Дядя Сеня стучит костылём.

— По Вадику? — едва выдохнула Алла.

— Ты что! По стенке, конечно. Кричит, если ещё раз такое случится, сдаст в детдом.

— Ужас. А сейчас?

— А сейчас тётя Сима гремит посудой и плохо слышно, но можно разобрать... Подожди. А, вот. Все дети как дети, а он чудовище, потому что только дети, которые хотят угробить своих родителей и остаться сиротами такое вытворяют. И если он не хочет учиться, то будет чистить чужие ботинки всю жизнь.

— А Вадик что?

— Вадик орёт, что Сашка гад и своё получит.

— Хорошо тебе, — позавидовала Алла, — всё слышно.

Ночью выпал снег. Глядя на разрисованные морозом окна, на кошку, осторожно прокладывавшую следы через заснеженный двор, легко верилось в наступающий Новый год. Но нетронутая тишина первого утра зимних каникул длилась недолго, безжалостно разбитая на осколки воплями тёти Лизы.

— Сима, чем вы кормите ваших детей, что они часами не вылезают из уборной?

В розовой байковой ночной рубахе, выглядывающей из-под каракулевой шубы, в съехавшем набок сером пуховом платке и войлочных тапках, она стояла возле деревянной будки, служившей общественным туалетом для двух из четырёх квартир нашего двора. Семьи тёти Симы и тёти Лизы оказались жертвами «умелого» разделения дома, в результате которого их квартиры остались без удобств.

— Если через пять минут ваш старшенький оттуда не вылезет, я вылью этот горшок точно перед вашей дверью. И вы меня знаете. Я слов на ветер не бросаю, особенно на таком морозе, — распалялась тётя Лиза.

— Оставьте его в покое, Лиза. У вас что, никогда поноса не было? Что вы носитесь со своим горшком и портите свежий воздух?

Эта перепалка обещала быть долгой, но тут со скрипом открылась дверь, из которой вывалился бледный, полуживой Сашка. Зацепившись за волочащийся по снегу подол тёти Лизиной рубахи, он грохнулся лицом в снег, потянув её за собой. С громким криком: «Яша-а-а!», она растянулась рядом с Сашей, а между ними, уничтожая непорочную белизну снега, растекалось содержимое горшка. Милейший, безропотный и почти всегда бессловесный дядя Яша, примчавшийся на крики своей жены, попытался её приподнять. Но она заорала: «Идиот! Сначала подбери тапки! Что же я по-твоему, босыми ногами на снег стану?!»

К этому времени, все жильцы нашего двора уже проснулись и, открыв форточки, активно выражали свои не самые грустные эмоции. Но громче всего был слышен смех Вадика, и это явно насторожило тётю Симу. Она нехорошо сощурила глаза и, поражённая догадкой, закричала: «Во-о-от что ты такой хороший с утра! Слышите, чай нам с отцом заварил, а Сашке молока налил. Ты что в то молоко подсыпал, паразит? Он же твой брат родной!» Тётя Сима кинулась к крыльцу, на котором пританцовывал Вадик, но он опередил её и как был, в резиновых сапогах на босу ногу, пронёсся мимо, к воротам, выкрикивая на ходу: «Смерть предателям!» Костыль, запущенный дядей Сеней ему вслед, вспахал следы сапог и с тупым стуком врезался в закрывшиеся за спиной Вадика ворота.

Торопливо покончив с завтраком, я помчалась к Алке, чтобы в деталях описать всё, что произошло час назад. Она слушала, не перебивая. Только иногда хихикала, мотала головой или прижимала руки к груди, замирая от восторга, как если бы слушала рассказ о подвигах Геракла, а не соседского мальчишки, каким Вадик был в моих глазах. Но в её — он был героем. Вскарабкаться на верх кирпичной стенки, чтобы нарвать яблок из соседнего двора, сбросить залетевший на крышу воланчик, достать с дерева застрявшую кошку — всё это было ей недоступно по причине врождённой боязни высоты. Именно поэтому, как Алла призналась позже, она и не залезла на мраморного паркового льва. Превосходство Вадика было полным и безоговорочным не по той причине, что он был на год старше, хорошо знал арифметику и в свои восемь лет уже имел какой-то разряд по шахматам, а из-за его гораздо большего знания реальной жизни — той уличной, конфликтной и непредсказуемой, а так же из-за бесшабашной дерзости, на мой взгляд, граничащей с глупостью.

Алла очень старалась преодолеть свою трусливость: когда никого из ребят не оказывалось поблизости, она пыталась покорить какое-нибудь развесистое низкорослое дерево, но выше первой развилки ей вскарабкаться не удавалось. Один взгляд вниз, и она кулём валилась на землю, хотя в принципе в так сказать земных условиях, была довольно ловкой и подвижной. А из-за обычных качелей-лодок она едва не оказалась в скорой помощи. Все видели, как отец нёс её на руках из парка, где она попробовала покачаться. Она даже не помнила, как потеряла сознание, как чужие люди положили её на песок и разыскали родителей, сидевших неподалёку в кафе.

— Видите, оказывается я не трусиха, — оправдывалась она после того случая, — просто у меня неправильный вестибулярный аппарат.

— Да ладно, не переживай, — неожиданно успокоил Вадик, — ну, не станешь космонавтом. Только и всего. Может, я тоже в твою Индию смотаюсь, если ничего лучше после школы не придумаю. Я буду по баобабам лазить, а ты — по земле ходить и всё записывать. Потом книжку умную напишешь. Только моё имя поставить не забудь.

Да, иногда Вадик был способен на подобное благородство, и именно эти редкие проблески снисходительности запоминались моей подружкой, словно резинкой вытирая насмешки и обиды.

С наступлением весны мы с Аллой ходили в школу уже вдвоём: Галка перевелась в другую школу, где её мать преподавала язык и литературу. К тому же, четыре раза в неделю она теперь посещала секцию лёгкой атлетики. Галя всегда была самой быстроногой среди нас, даже мальчишки опасались с ней соревноваться. Когда она бежала, резко и сильно отталкиваясь от земли, её пятки касались поясницы. Как-то во время пробежки в магазин, её заметил тренер со стадиона «Динамо» и, с трудом догнав, ту же пригласил в секцию, пообещав сделать олимпийской чемпионкой.

Вадик теперь нас и вовсе не замечал — у него появились новые друзья, пятиклассники, а с ними — новые привычки и интересы. И хотя среди них, приблатнённых, горластых, ещё не подростков, но уже не детей, он выглядел не очень убедительно, его стремление во всём походить на них было очевидным. Подражая им, он постоянно что-то высвистывал, шёл, подёргивая плечами с подвешенным на ремне портфелем и оглядывал старшеклассниц в укороченных юбках с перенятой у своих друзей ухмылкой — медленно снизу вверх, выдавая затем одобрительные или насмешливые реплики. Он очень хотел вырваться из детства, как из тесных ботинок, не дающих свободы передвижения и замедляющих бег — туда, во взрослую, настоящую жизнь. Поэтому маленькие хитрости, ускоряющие, по его мнению, этот процесс, были заранее оправданы. Как и в тот майский солнечный, но явно сумрачный для Аллы день, когда впервые пошатнулась её безоговорочная вера в Вадика и в себя...

В глубине нашего двора, за беседкой, обвитой виноградом, стояли вытянутые в унылый серый ряд сараи. В зависимости от времени года, там хранили дрова, вёдра, лопаты и всякий хлам. Вот туда-то Вадик и позвал Аллу, пообещав поделится с ней секретом. Для начала, он действительно дал ей подержать заплесневевшую монетку из найденного им клада, после чего попросил поднять юбку, пообещав показать за это что-то уж совсем невероятное. Обалдевшая Алла задрала платье, выставив на обозрение хлопчатобумажные трусы по двадцать пять копеек пара.

— Ну, где остальные сокровища? — не выдержала она.

— Спусти ниже, тогда посмотрим.

— А ты? — не сдавалась Алла.

— Ну, ладно, я тоже, — заверил взрослеющий на глазах Вадик.

Алла приспустила трусы и немедленно потребовала: «Теперь твоя очередь».

— Что я, дурак, что ли! — расхохотался Вадик и, насвистывая, вышел из-за беседки. Где его и остановил отец Аллы, заинтригованный вознёй у сараев. Увидев ревущую от обиды Аллу, он потребовал объяснений, которые и получил от обманутой дочери. Собственно, к Вадику он всегда относился довольно настороженно, но такого явно не ожидал. Развернувшись на сто восемьдесят градусов, он почти бегом направился к тёте Симе, мирно стрекотавшей на машинке: та не слышала и не подозревала о том, что происходило в трёх метрах от её распахнутого окна.

— Чему вы учите своих детей, Сима! — заорал он над её головой, пересказав в подробностях то, что узнал от Аллы и увидел сам. — Что вы за мать, если в восемь лет, ваш сын уже ведёт себя, как урка? И если он заглядывает под юбки в третьем классе, то что с ним будет в десятом?

— Успокойтесь, Володя, — попробовала отшутиться раздосадованная тётя Сима, — он же ребёнок, тем более, мальчик. Ему интересно.

— Ах, ему интересно! — вконец разъярился дядя Володя. — Так подымите свою юбку и покажите всё, что его интересует!

— Ябеда я последняя, — причитала Алла, утирая слёзы своими темно-рыжими кудрями. — Теперь Вадика точно отправят в детский дом. И будет он сиротой при живых родителях. И всё из-за меня.

Но её предсказаниям не суждено было осуществиться. Вечером того же злосчастного дня, на спор слезая по водосточной трубе со второго этажа из квартиры одного из своих новых друзей, Вадик сорвался вниз и, сломав руку, оказался в больнице.

Так что утреннее происшествие было забыто, и все соседи, включая дядю Володю, бросились искать кто врачей, которым можно верить, кто чёрную икру, кто импортные таблетки для восстановления нервной системы тёти Симы.

А потом наступило лето, дождливое и прохладное. Липы расцвели позже обычного, но влага длинных светлых вечеров только усиливала их аромат. Днём город был пропитан запахом вишнёвых компотов, жареного перца и печёных баклажан. В августе поспела слива, и в каждом дворе на костре в больших чанах с вьющимися над ними осами, варилось, булькая и стреляя по сторонам, повидло.

Двор жил своей жизнью, время от времени вздрагивая от скандалов, расслабляясь после не менее бурных примирений, изредка погружаясь в дрёму и безделье. Тот воскресный полдень как раз и был таким ленивым и сонным, когда даже воздух казался неподвижным и тяжёлым, как молочная пенка.

Внезапно эта зыбкая тишина была нарушена сидящим на крыше Вадиком.

— Гляньте! Там, на улице, за Алкой гонится курица!

Отметив про себя зарифмованность сообщения, мы с Галкой выскочили из беседки и помчались за Вадиком, который непонятно когда успел скатиться с крыши и выбежать за ворота. Вдоль пустынной улицы, пригнув голову, бежала Алла. От её развевающегося красного платья и подошв красных туфель рябило в глазах. То же самое, видимо, испытывала разозлённая курица, на бреющем полёте летевшая над головой бегущей, отчаянно размахивающей руками Аллы. При этом курица угрожающе кудахтала, заглушая писк, издаваемый выбившейся из сил Аллой.

Вся эта картина выглядела так нелепо, что мы непроизвольно подавились смехом и долго не могли остановиться пока не увидели, как курица клюнула Аллу, распоров рукав-фонарик её красного в горошек платья. Та остановилась и присела, беспомощно накрыв голову руками. Опомнившись, мы посмотрели друг на друга. Галка схватила валявшуюся под липой ветку и, включив третью скорость, помчалась наперевес курице. Я оглянулась: согнувшись от хохота, Вадик стонал, тыча прыгающим пальцем в то, что происходило напротив. Подобрав какой-то более не менее крупный камень, я побежала за Галкой, и вдвоём мы отогнали взбесившуюся курицу, которая даже сидя в траве, продолжала издавать мерзкие воинственные звуки. Алла медленно выпрямилась и побелевшими губами прошептала: «Спасибо». Она перевела взгляд на противоположную сторону улицы, туда, где окружённый сбежавшимися к этому времени мальчишками, стоял Вадик.

— Ой, спасибо, спасли мою жизнь, — хватаясь за голову, кривлялся он, — с курицей справиться не может, а ещё в джунгли она поедет. С крыши на чердак она поедет! Хотя нет, какой чердак, она же и высоты боится! Вестибулярный аппарат у неё неправильный! Да она просто трусиха. Трусиха и врунья!

— Не слушай его, — завелась Галка, — эта зловредная птица просто выжила из ума, а ты ей попалась на пути. Да ещё во всём красном. Скажу деду Мирче, чтоб её первую на бульон пустил. Вот развёл кур, так мало, что весь двор загадили, теперь на людей бросаются.

— Не надо, Галя, — безучастным голосом сказала Алла, — он прав. Я боюсь высоты, насекомых и даже кур, которые и летать-то не умеют. И мой папа вовсе не в экспедиции, а по торговле в Индию ездит. Так что я действительно трусиха и врунья. Но только ты, — она подошла вплотную к Вадику, — тоже не герой.

А в октябре Алла уехала. Её отца перевели в Ленинград. Из дома выносили мебель, а мы помогали упаковывать и таскать в грузовик книги, карты, маски и все те диковинные вещицы, которые часами разглядывали во время зимних чаепитий. Алла повесила Галке на плечо красную сумочку, и та молча прижалась подбородком к лаковому ремешку.

Высунувшись из кабины, Алла помахала рукой и резко отвернулась. На влажный асфальт, присыпанный ржавыми листьями, упала отстегнувшаяся красная заколка. Грузовик нерешительно тронулся с места. С зажатой в руке заколкой, Вадик прошёл несколько шагов и протянул её Алле. Но она смотрела вперёд, в новое время года, где уже не было ни нас, ни её, прежней.

Бемоль

Музыка возникает из шума. Иногда — из тишины. А иногда из ничего, когда неуверенная, неокрепшая мелодия слышная только тебе, сживается с тобой и потом преследует, пока не появляется другая и занимает её место. В зависимости от настроения, времени суток, времени года, её звучание может меняться, и раскрашена она бывает в разные цвета и оттенки.

Белые и чёрные клавиши, рождавшие цветные звуки — это было тревожно и непонятно, и заметила эту странность Римма на свадьбе у старшего брата. Тогда она впервые услышала живую музыку. Просторный двор частного дома был заполнен гостями. Посередине стояли по-южному щедро накрытые столы, а рядом с кустами горбатой от тяжести кистей французской сирени, сидел аккордеонист. Поначалу Римма не обратила на его одинокую фигуру никакого внимания — во-первых, потому, что он совершенно терялся на фоне грузного лилового великолепия, а во-вторых, из-за всей этой свадебной суеты с тостами, шутками, бесконечными поцелуями, пожеланиями, лишь подчёркивающими некую нервозность происходящего. Уловить причину этой нервозности Римма не могла, но увлажнявшиеся время от времени глаза матери и несколько обречённый взгляд жениха смущали её, нарушая ощущение праздника. Ей не хотелось задумываться и искать причину. Она так нравилась себе в белом капроновом платье, с белым бантом в каштановых волосах. Эта белизна и пышность приталенного, перехваченного поясом платья, сближала её с невестой, ослепительную красоту которой совсем не портил чуть наметившийся животик.

— Спой, Стелла, спой! — подтолкнула невесту её тётка, грузная женщина со свежим, тесно скрученным в мелкие ролики перманентом. Та поднялась и направилась к распятому тяжёлым Вельтмайстером, музыканту. Слегка наклонившись, она что-то шепнула, и тот, согласно кивнув, заиграл. В наступивших сумерках, не было видно его лица: только руки, пальцы, бегущие по черно-белым клавишам, прижимавшиеся к похожим на пчелиные соты кнопочкам, замиравшие в ожидании запаздывавшего сопрано, и так же легко соскользнувшие вниз с последним аккордом. Потом начались танцы. Перетащив через двор раскладной стул, Римма уселась наискосок от музыканта и просидела, не отрывая от него глаз, весь вечер. Он играл вальсы, танго, какие-то популярные вещички, и каждый раз Римма заново удивлялась радуге красок, рождавшейся из аскетичных черно-белых клавиш. Она стеснялась спросить об этом аккордеониста, но чувствовала, что он играл для неё одной, именно в ней найдя изумлённого и благодарного слушателя. Развешанные фонари неравномерно освещали двор, выхватывая из темноты лица танцующих. Впервые Римме не хотелось быть среди них, хотя больше всего на свете она любила танцевать.

Прошлой осенью, в начале первого класса, мама отвела её на просмотр в балетную школу. Римма нисколько не сомневалась, что её примут, изумившись очевидному таланту слышать танец и двигаться под любую музыку так, словно она знала её давным-давно. Она постоянно танцевала перед телевизором: отплясывала с ансамблем Моисеева, вальсировала с фигуристами, плыла и умирала с «Лебедем» Плисецкой. Она любовалась грацией танцовщиц и, стоя на цыпочках, пыталась имитировать их позы — заломленные руки, гордый наклон головы. Сдвинув к стенке столик и плетёные кресла, она прыгала, раскинув руки, стремясь удержаться в полёте. Иногда во сне прыжок длился бесконечно, и тогда бескрылые люди, задрав головы, изумлённо переглядывались. А она парила и даже могла чуть наклоняться в полёте, как птица, и плавно возвращаться на устойчивую землю. Но и во сне она боялась высоты и потому не взлетала слишком высоко.

Римма шла вовсе не на экзамен: она просто мечтала выступить перед теми, придёт оценивать её способности. И когда в длинной холодной комнате с зеркалами и деревянным полом пианистка застучала по клавишам, она лишь помедлила минуту, удивлённая безликим стеклянным звуком инструмента, но, вообразив себя на сцене, закружилась, вытянувшись в струнку, подняв руки над головой, забыв о тех, кто за ней наблюдал. Потом её ощупывали, заставляли тянуться, сгибаться, а когда, наконец, позвали в кабинет директора, она вдруг поняла, что ей не выдадут обшитую блёстками, пышную пачку и тупоносые атласные туфли.

— Ваша девочка очень музыкальна, — усталым голосом обратилась к маме директриса, нервными пальцами закрепляя собранные в луковичный пучок волосы. Она прекрасно слышит характер музыки, чувствует настроение. Практически, она передаёт ногами ритмический рисунок, как пианист это делает пальцами. Ну, знаете, синкопы, восьмые... Если вам это о чём-то говорит. Редкое качество. Но... — Всё так же глядя поверх Римминой головы, она продолжила: «Физические данные не позволят ей стать балериной. Слабая растяжка, отсутствие врождённой гибкости, в шпагат сесть не может. Но главное, вот эти синие сосудики. Видите, — она больно ткнула длинным высушенным пальцем Римме под коленкой, — слишком близко к коже. А с возрастом, с нагрузками станет хуже. Где вы видели балерин с синими ногами? К тому же, она все равно пока и до станка не достаёт, — и, нетерпеливо поглядывая на часы, закончила, — может, на бальные танцы её? Хотя нет, проблема-то останется. Попробуйте обычный танцевальный кружок».

Следующим утром Римма уже знала, что надо делать, чтобы пройти конкурс в балетную школу. Садиться на шпагат она научится. Года должно хватить.

А синеву можно замазать тоненьким слоем клея и как следует присыпать маминой пудрой. Приняв решение, Римма успокоилась и начала упражняться, хотя разочарование и обида, распространившиеся даже на длинноносую пианистку-аккомпаниатора, не прошли.

И вот впервые с тех пор её не тянуло танцевать. Оказалось, можно бесконечно сидеть и просто слушать музыку. Только время летело слишком быстро. Уже почти никто не танцевал. Музыкант стянул с плеч ремни аккордеона, и меха сложились кремовым веером, издав тихий, протяжный звук.

— Вы слышали, — впервые за вечер Римма обратилась к аккордеонисту, — он вздохнул.

— Нет, мой аккордеон зевнул, — усмехнулся тот. И тебе тоже пора спать.

Римма оглянулась: со столов убирали посуду. Женщины негромко переговаривались, но их голоса казались слишком резкими в наступившей тишине. Висевший напротив фонарь, затрещал и погас. Взметнувшееся облачко мушек растворилось в темноте. Последнее, что запомнилось Римме, было плечо брата, несущего её к такси.

Пианино привезли в начале августа. Красного дерева, сияющее, полированное, оно сделало Риммину проходную темноватую комнату светлее и наряднее. Из маленькой, с золотым ободком замочной скважины на его крышке, торчал изящный, как из иллюстраций к сказкам Перро, ключ. Он легко повернулся. Римма приподняла крышку и, побоявшись притронуться к клавишам, погладила золотые буковки над пюпитром — Zimmermann.

— Учительница придёт завтра, — сказала мама.

Римма опасалась, что она будет похожа на аккомпаниаторшу из балетной школы, но Софья Ароновна выглядела совершенно иначе. Лет шестидесяти, с тёмными, чуть навыкате глазами, плоскогрудая, пахнущая смесью сигарет и хороших духов, она не стала тратить время на рассказы и расспросы, а просто села на чёрный вертящийся стул и заиграла. У неё были очень крепкие, короткие пальцы, и играла она чётко, цепко, энергично, точно так же, как говорила — без лишних эмоций. Первый урок показался Римме обидно коротким. Только начали — час пролетел. Каждое воскресенье, в четыре часа дня, открыв пианино и придвинув стул для учительницы, она ждала, пристроившись на подоконнике. И та приходила минута в минуту с непременной лаковой, под крокодиловую кожу сумочкой в руках и пёстрой шёлковой косынке на шее, прикрывающей уродливый лиловый шрам. Слабостью Софьи Ароновны были украшения. Она обожала броши и искренне радовалась, когда на Новый Год и 8 марта Риммина мама вручала ей очередную чешскую безделушку. Но её страстью были кольца: золотые, массивные, с большими камнями. Особенно запомнился Римме перстень с плоским, квадратным, темно-синим сапфиром — его Софья Ароновна никогда не снимала. Это был подарок мужа, известного в городе музыканта-композитора, красавца и умницы, несколько лет назад умершего от инфаркта на её глазах. Детей у них не было, и Софья Ароновна отдавала себя и своё время полуслепой сестре, а также ученикам. Иногда после урока она оставалась на чашку чая, и тогда они с мамой обсуждали городские новости и Риммины успехи.

Римма быстро выучила ноты. Ей не составило большого труда разобраться в тональностях и ключах. К каждому уроку она разбирала новые пьесы, и только их заучивание наизусть вызывало скуку. Играя перед гостями, она боялась ошибиться, и потому её игра становилась скованной и невыразительной. Но повторять непослушный пассаж, полировать его до блеска было лень. Гораздо интереснее было подбирать на слух. Это избавляло от мучившей её зависимости, дарило свободу владения клавиатурой и будоражило ещё неосознанными возможностями. Она могла подолгу просиживать за инструментом, вслушиваясь в звуки и аккорды, меняя гармонию, — так художник смешивает краски в поисках единственно верной. Её догадка о том, что каждая нота, каждая тональность окрашена по-разному, подтвердилась, как только она научилась извлекать звук из глубины, с самого дна клавиш. Клавиатура напоминала калейдоскоп, только там цвета и узоры менялись произвольно, а здесь можно было это делать самой. Например, если нажать красное До и, не снимая ногу с педали, взять оранжевое Ре, то получался жёлтый диссонанс. В присутствии учительницы Римма придерживалась заданных тональностей, но играя для себя, меняла их в зависимости от своего настроения. «Французская песенка» Чайковского казалась менее тяжеловесной в свежем, зелёном соль-миноре. Римма не испытывала никаких угрызений совести, редактируя классиков. Это была увлекательная, никогда не надоедавшая игра.

Время шло, и Римма поступила в музыкальную школу, перескочив через два класса. Её новая учительница, — весёлая, говорливая, слегка неряшливая, — была полной противоположностью Софьи Ароновны. Обычно она сидела слева от Риммы, закинув ногу на ногу, выставляя на всеобщее обозрение обнажённую полоску непорочно-белой кожи между верхом капронового чулка и резинкой голубых, розовых, или нежно-салатовых трико с начёсом. Она обожала сладости, и постоянно жевала драже морские камешки. Бумажный кулёчек подрагивал на верху инструмента, и в зависимости от силы звука, горошинки конфет выкатывались по одной или сыпались на клавиатуру разноцветным дождиком. Иногда во время урока в класс заходили другие учительницы. Вытаскивая из пластиковых пакетов дефицит: кофточки, шарфики, бижутерию, они подолгу примеряли всё это великолепие. Римму это нисколько не раздражало: стараясь не смотреть в их сторону, она продолжала механически проигрывать страницу за страницей.

— Римма, ты опять пропустила бемоль. Я всё слышу,— сдавленным голосом покрикивала Зинаида Михайловна, пытаясь втиснуть голову в блузку с заевшей молнией. Импортные тряпки не вступали в противоречие с классической музыкой, а наоборот, дополняли, обогащали жизнь маленькими радостями.

Римма привыкла к вечной занятости: утром — обычная школа, после обеда — музыкальная. Вечером — уроки. По воскресеньям — хор. И опять всё с начала. Но каким-то образом, оставалось время и на чтение, и на походы в кино в компании подружек, и на сочинение музыки — занятие, которое Римма тщательно скрывала и которого стеснялась. В глянцевой тетрадке со скрипичным ключом на обложке, она записывала музыку, рождённую её воображением, пыталась перенести ускользающую гармонию из красочного калейдоскопа фантазий в чернобелую реальность разлинованной бумаги. Но зазвучав, краски оказывались размытыми, мелодия — убогой, и сиюминутная эйфория наутро сменялась разочарованием. Царевна снова превращалась в лягушку.

Сдав весенние экзамены на все пятёрки, Римма готовилась к ежегодной поездке на море и к папиному дню рождения. Вечером должны были прийти гости, и в доме пахло печёным. На кухонном столе по соседству с вишнёвым пирогом отдыхали воздушные слоёные пирожки с картошкой. Знаменитый шоколадный торт, приготовленный по фамильному неразглашаемому рецепту, с ночи пропитывался на верху кухонного буфета. В комнате мама с Риммой нарезали салаты, оставив бабушку в кухне наедине с томящейся в казане фаршированной рыбой. Папа колдовал над графинами, наполняя их янтарным

121

и рубиновым домашним вином. К обеду всё было готово: накрыты накрахмаленными белыми скатертями столы, сверкающие, тщательно протёртые нашатырём, бокалы, уютно сидящие одна в другой тарелки с сосновыми веточками по краям, украшенные ранней редиской, луком и укропом закуски. В их доме любили и умели принимать гостей. Со многими из них родители дружили ещё с юношеских лет, и до недавнего времени Римма искренне верила, что они и не друзья вовсе, а родственники. Постепенно дом наполнялся гостями. Поздравления, расспросы, восклицания, комплименты, похвалы. Ах, пирожки бесподобны, тают во рту. А из чего приготовлен этот паштетик, неужели из обыкновенной фасоли? Передайте-ка мне во-о-н тот салатик — очень уж аппетитно выглядит. А потом, как обычно, часть гостей рассаживалась за кухонным столом поиграть в покер, а любители потанцевать переходили в Риммину комнату, так как с недавнего времени они предпочитали этим заниматься под её аккомпанемент. Гости заказывали фокстроты, танго, и Римма легко подхватывала напетую мелодию, наслаждаясь уважительными взглядами взрослых и слегка завистливыми — детей.

Но сегодня среди гостей был Марик, сын ближайших друзей. Несколько дней назад он блестяще сдал выпускные, экзамены, окончив музыкальную школу-десятилетку, и собирался поступать в консерваторию. Марика Римма видела очень редко — у него не было привычки ходить с родителями в гости. Его интересовали компании, где собирались красивые девочки, модные музыканты, среди которых он чувствовал себя равным среди равных. Эффектной внешности: смуглый, черноволосый, с синими глазами, он всегда привлекал к себе внимание, знал это и наслаждался своей популярностью. Словно любуясь своим собственным творением, природа решила не останавливаться на достигнутом и одарила Марика редкими музыкальными данными: абсолютным слухом, прекрасной памятью и совершенной техникой.

Римма никогда не слышала игры Марика, но по разговорам знала, что ему прочили большое будущее. И сегодня, естественно, он оказался в центре внимания. Кто-то из гостей попросил сыграть. Без жеманства, словно в ожидании этой просьбы, он сел за инструмент и прикоснулся к клавишам. Осторожной маршевой поступью прозвучала четырехтактная тема, и затем, сменяя друг друга, понеслись похожие на порывы ветра пассажи. «Зимний ветер» — так назывался этюд Шопена, прозвучавший в тот вечер в тесной комнате. Но тогда Римма этого не знала. Как и то, что Марик, отучившись в консерватории, не станет великим музыкантом, а известность его ограничится свадебными залами. Что годы спустя он сыграет и на её свадьбе. Что ещё через много лет, эмигрировав в Америку, подрабатывая тапёром и работая таксистом, он так и не сможет вырваться из очерченного им самим замкнутого круга, и умрёт от цирроза печени, не успев состариться. Но тот далёкий берег ещё не просматривался из безмятежности июньского вечера, безнадёжно разрушенной Этюдом. Римма не подозревала, что пианино может так звучать. Словно дождавшись прикосновения рук мастера, его душа ожила и заговорила красками, названий которых Римма не знала. В заключительном каскаде пассажей руки Марика взлетели над клавиатурой и, на мгновение замерев в воздухе, упали на колени.

В наступившей тишине прозвучал голос из кухни: «Зина, ты опять блефуешь, я же вижу». Затем раздался смех, звон ссыпаемых в блюдечко монет. Гости зашевелились, зааплодировали, и под звяканье чайных ложечек в комнате растаяло, растворилось дыхание шопеновских гармоний. Но сердце продолжало биться у горла. Сквозь непрошеные слёзы расплывались фигуры гостей и Марика, жестом приглашавшего её к инструменту: твоя очередь... Вжавшись в спинку дивана, Римма отчаянно замотала головой, неловко встала и почти бегом вышла из комнаты. Вслед донёсся мамин голос: «Пройдёт время, Риммочка так же сыграет».

В коридоре спорили о политике, а во дворе никого не оказалось. На деревянной скамейке валялся невесть как оказавшийся там новенький, блестящий гвоздь и начатая пачка сигарет. Машинально сунув гвоздь в карман и вытащив сигарету, Римма раскрошила её и понюхала пальцы. Потом вытерла их о платье и рассмеялась: догадка обрела очертания истины. Нет, пожалуй, **так** Риммочке не сыграть. Никогда. Сколько бы она ни мучила себя бесконечными гаммами, сколько бы ни занималась, вслушивалась в аккорды, записывала свои наивные пьески в красивую тетрадку, фортепиано не покорится ей, не зазвучит так, как сегодня, когда легко и буднично на нём играл Марик. На секунду Римме показалось, что сердце вздрогнуло и остановилось, что она сама смотрит на себя со стороны, видя ту, какой она была до Этюда.

Она проснулась среди ночи и долго лежала с открытыми глазами, наблюдая отблески фар проезжающих машин на полированной поверхности пианино. Ни о чём не думалось. Обрывки мыслей, ноты, звуки не давали уснуть. Римма встала и пошла на кухню. Перемытые, перевёрнутые тюльпаны бокалов теснились на столе рядом с аккуратными стопками японских тарелок. За окном, наискосок от развесистой вишни, вырисовывались очертания ящика от пианино, в котором хранился уголь на зиму. Римма вернулась в комнату и достала из кармана платья гвоздь. Став на коленки перед вертящимся стулом, она аккуратно воткнула его в центр круга и уверенным движением выцарапала бемоль. Потом смахнула чёрную лаковую крошку в ладонь, выбросила в форточку и легла, коконом завернувшись в одеяло. Музыка больше не звучала, и краски бисерных хроматических россыпей поблекли. Всё встало на свои места: чёрное стало чёрным, а белое — белым. Не было ни восторга, ни досады, только безразличие и покой.

Утром она уезжала на море. Впереди ждало долгое солнечное лето.

Графская походка

Терпеть не могу костюмы в клетку. Соответственно, мужчины, которые их носят, вызывают инстинктивную неприязнь. А на этом персонаже мало того, что костюмчик был в крупную коричневую клетку, так ещё и отсвечивал люрексом. «Наверняка привёз из Союза лет тридцать назад и никак расстаться не может»,—подумала я.

Как обычно, очередь в русском магазине, тем более, в субботу, двигалась медленно. Продавщица из вежливости осведомлялась у покупателей, как дела, а те, напрочь теряя ощущение пространства и времени, с готовностью отчитывались об успехах детей и внуков, не забывая поинтересоваться, нет ли на примете невесты или жениха из хорошей семьи. Неожиданно незнакомец в клетчатом костюме обратился ко мне.

— Григорий,—бархатным интимным баритоном сообщил он,—и на какое-то мгновение я даже допустила шальную мысль: возможно, мы с ним когда-то тесно общались. Но никаких близких отношений с гришами у меня быть не могло хотя бы потому, что это имя, наряду с парочкой других, мне категорически не нравилось с самого детства. Бывает же, одни имена, как некоторые иностранные языки, ласкают слух, а другие раздражают, вызывая такую же реакцию, какая возникает у кошек, когда их гладят против шерсти.

— Тамара,—ответила я, вынужденно пожав протянутую руку.

— Знаю,—кивнул Григорий.

— Конечно знает,—между нами втиснулась худощавая, вёрткая, средних лет дамочка,—по всей видимости, жена,—это же вы пишете в газете о разных звёздах. Выглядите, между прочим, точно, как на фотографии, только волосы темнее. Вам надо сро-о-чно осветлиться.

— Непременно,—согласилась я.

— Минуточку,—остановил меня Григорий,—я не просто так к вам подошёл. Я как раз хотел спросить по поводу этого певца сладкоголосого, что тут недавно гастролировал. Зачем вообще вы с этим геем интервью делали? Да ещё на три страницы. Ради денег, что ли?

Пока я судорожно решала, вежливо послать или нахамить, вмешалась активная супруга: — А что? Прикажешь ей делать интервью с тобой? Хотя…, почему нет? Слушайте, вы же, наверное, и не в курсе, мой муж, — правда, тогда он был женат на другой, но это не важно, — знаменитый исполнитель и композитор, он даже участвовал в Песне Года. Помните, была такая передача в советское время? А туда лишь бы кого не звали. Гришенька, у тебя бизнес-карточки с собой? Дай одну. Пусть женщина позво́нит. Вот, возьмите. — Она засунула карточку в передний карман моей сумки.

— Всё, всё, иду. Извините, нам ещё в пару мест забежать надо.

Дама помахала изящной ручкой со свежим маникюром: «Рада была лично познакомиться. И обяза-а-ательно осветлите волосы».

Я смотрела им вслед. Меж налепленными на окна магазина лохматыми объявлениями о сдаче квартир и продаже мебели просматривались две удаляющиеся фигуры: женская, по-птичьи семенящая к машине, и мужская, горделиво шествующая так, словно под ногами был не мокрый после весеннего ливня асфальт, а паркетный пол бального зала. И я вспомнила, откуда знала этого человека, который, то ли не узнал, то ли предпочёл не узнать меня.

Впервые Софа увидела Григория Мазура в гостинице «Интурист». Она зашла поужинать в ресторан, где по вечерам лучший в городе вокально-инструментальный ансамбль исполнял шлягеры. Музыке Софа никогда не училась и музыкантов считала высшими существами. Скорее всего, увидев Гришу вне сцены, Софа не обратила бы на него внимания: среднего роста, худощавый, кареглазый. Но тогда, сидя напротив полукруглой эстрады, Софа сначала повернулась на его вкрадчивый, чувственный баритон, а потом не смогла оторвать взгляд от благородного профиля.

За соседним столиком шумно отмечали день рождения: позвякивали столовыми приборами, выкрикивали тосты. Софа бросала негодующие взгляды на юбиляра и его гостей: музыканты — боги, их нельзя трогать руками, ими нельзя заедать цыплёнка табака.

Пока гитарист играл соло, Гриша спустился в зал, и Софа залюбовалась его походкой. Графская, определила она; почему-то ей подумалось, что графы ходили именно так — неспешно, с достоинством, чуть задрав голову и расправив плечи, с загадочно-насмешливым выражением лица.

Она влюбилась сразу. Платонически, как в Муслима Магомаева или Демиса Руссоса. И Гриша заметил, как его слушает круглолицая шатенка за передним столиком. Он подошёл, кивком головы пригласил на танец. Софа несмело протянула руку.

— Какие у вас потные ладони, — заметил Гриша, — волнуетесь?

— Да, — призналась Софа и, понимая, что к окончанию проигрыша её партнёр вернётся на эстраду, торопливо добавила, — я работаю на третьем этаже, в бухгалтерии.

— Понял, — подмигнул Гриша и улыбнулся белоснежной улыбкой крепких зубов.

— Ты что, совсем дура? — удивилась Аурика, официантка и бывшая одноклассница, которая в тот первый вечер провела Софу в ресторан и посадила за столик с табличкой «спецобслуживание».

— Все лабухи — выпивохи и блядуны.

— Он не лабух, он музыкант, — обиделась Софа.

— Брось! Настоящие музыканты выступают на сцене, как Кобзон или Юрий Антонов. А которые в кабаках и на свадьбах — халтурщики, лишние люди. В смысле, не для семьи они. Только представь, как вся эта гоп-компания, — Аурика кивнула в сторону эстрады, — сядет бухать у тебя дома, заедая борщом и котлетами, которые ты приготовила на три рабочих дня. Годы спустя, Софа не переставала удивляться пророческим до мелочей словам подружки, но всё же счастье всегда ассоциировалось с той первой белозубой улыбкой, а затем шумной свадьбой и медовым месяцем в Сочи. Потом они вернулись в подаренную её родителями кооперативную квартиру и всё пошло по спрогнозированному Аурикой сценарию: Гриша спал до полудня, часам к трём приходили друзья, опустошали холодильник, и в клубах сигаретного дыма рожали новые хиты для интуристов. Пару песен Гриша через знакомого клавишника передал Пугачёвой, но та не ответила. А он каждый раз, когда по телевизору объявляли премьеру песни в исполнении примадонны, покрывался испариной — боялся, что хит украли и никто не узнает имя настоящего автора. В такие минуты Софе, бывало, особенно жаль мужа, и она, не зная, как выразить сочувствие, спешила к плите приготовить что-нибудь вкусненькое.

Друзья завидовали Грише, а он считал жену мещанкой и не стеснялся язвить в присутствии посторонних. Впрочем, он всегда это делал ласково, с присущим ему обаянием. Тем не менее, послевкусие оставалось. Иначе вряд ли столько лет я бы помнила смущённый взгляд Софы, её вздрагивающий, заискивающий смех, плохо скрывающий уязвлённое самолюбие.

— Софочка, ну кто ходит в таких халатах? Не стыдно молодой женщине так себя запускать?

— Так я же на кухне возилась, — виновато улыбалась Софа. — Вот на стол накрою и переоденусь, а то действительно, что люди подумают?

— Именно, — многозначительно продолжал Гриша, — люди уже подумали. Ведь самодостаточный человек ни от чьего мнения не зависит и не рефлексирует по поводу своей внешности. Так считал Шопенгауэр. А ты?

— Что — я?

— Тебе важно, что о тебе думают другие?

— Ну... да, — смущалась Софа, — у нас в бухгалтерии все хотят хорошо выглядеть, и я тоже. Вот на днях новый крем купила польский, и помаду. Тоже польскую.

— Потому что вы в своей бухгалтерии — обыватели, люди от искусства и философии далёкие. А вот древние греки умели быть счастливыми именно потому, что понимали: красота — внутри нас, счастье — в самодостаточности. Вот к чему тебе надо стремиться. Поняла? Молодец. Тогда достань ещё бутылочку коньячка там, в серванте.

А что, собственно такое, самодостаточность? Достаток? Софа и до замужества жила хорошо, одевалась модно, и свободных денег тогда было больше, потому что они не тратились на выпивку. Уже задним числом Софа вычитала, что Гриша относился к третьему виду алкоголиков: он был алкоголик-философ. Впрочем, даже не алкоголик, а так, любитель крепко выпить и хорошо закусить. Не самый худший вариант. Софа и не подумала бы с ним разводиться, но муж сам её бросил. Как раз тогда, когда к нему наконец-то пришёл успех, когда его песня попала в «Песню года», когда мы собрались посмотреть трансляцию концерта и достойно отметить это событие за столом в их уютной квартире: музыканты, Аурика, как всегда в те перестроечные годы выручавшая Софу с продуктами, и я — соседка по лестничной площадке, — тогда ещё студентка-первокурсница.

По случаю участия Гриши в главном телеконцерте страны, лучший портной города сшил ему двубортный костюм невероятного бутылочного цвета. Именно через этого портного, который десятилетиями обшивал их семью, Софа вышла на модистку, знавшую костюмершу балетной группы примадонны. И хоть переданные через эту хитроумную цепочку песни не приглянулись самой певице, одну из них каким-то образом заполучил вхожий в её дом начинающий исполнитель — ещё не раскрученный, но уже лауреат одного из многочисленных молодёжных конкурсов.

Поначалу Софа не решалась рассказать мужу о своей попытке добраться до «самóй», но, когда раздался звонок из Москвы, а за ним — переговоры и приглашение на съёмку, она коротко и сбивчиво выложила всю правду.

— Конечно, у тебя бы и без меня всё получилось, — выдохнула она извиняющейся скороговоркой, — но ведь так быстрее, правда?

— Само собой, — ответил он, глядя поверх её головы. — Меня просили подкинуть ещё пару песен и намекнули, что со временем придётся переехать в столицу.

До начала трансляции концерта оставалось десять минут.

— Давайте пока выпьем за моего мужа, — предложила Софа, — за его талант!

— Нет, сначала я хочу предложить тост за мою жену, — перебил Гриша, — и вдохновенно рассказал всю историю о том, каким образом и с чьей помощью его песню заметили, и как ему повезло в жизни встретить жену-умницу, единомышленницу и музу в одном лице.

Такое откровение стало неожиданностью не только для меня: усатый гитарист застыл с поднесённым ко рту бокалом красного вина. Это вино было презентовано их ансамблю и привезено в канистре после халтуры из знаменитых на всю страну винных подвалов. Там неподалёку играли свадьбу дочки какого-то местного начальника. Почему-то мне запомнилась и эта байка, и озадаченная физиономия парня.

Я слушала дифирамбы Гриши, смотрела на зардевшееся лицо его жены, на её счастливую, безмятежную улыбку и думала о том, насколько плохо разбираюсь в людях и как глупо судить о ком-то, когда и себя-то знаешь не до конца. Моя самоуверенность получила пощёчину: Гриша оказался порядочным человеком. Его язвительное презрение к жене-счетоводу, простушке с облезшим маникюром в китайском поролоновом халате, на самом деле было маской неуверенного в себе талантливого человека. Я вдруг обнаружила, что у него замечательная улыбка, что его ничуть не портят залысины: казавшиеся неприглядными, даже комичными, теперь они выглядели многозначительными.

Сцена искрилась и мигала новогодними огнями, а на ней раскованные, улыбчивые сменялись авторы и исполнители: лица, знакомые всей стране. Мне казалось невероятным, что вот там, среди звёзд был мой сосед, с которым иногда я сталкиваюсь у мусоропровода, к чьей жене могу запросто зайти в гости.

Но вот отзвучала долгожданная песня, ведущие пригласили на сцену авторов, камера выхватила лицо Гриши.

— А где же автор слов? Что ли вы не рядом сидели? — удивилась Аурика.

— Вот ты деревня. Поэт ушёл в мир иной, он давно уже классик, — нервно бросил Гриша: чуть привстав, он напряжённо наблюдал за собой, неспешно идущим между рядами.

— Хорошо сидит костюмчик, однако, — заметил клавишник со сложносочинённой еврейской фамилией, которой вполне хватило бы на три. — Вполне себе столичный видон.

— Да, — откликнулся Гриша, не отрываясь от экрана, — это моя Софочка постаралась. Если бы не она, я бы себя сейчас не в студии Останкино, а в зеркале видел.

Григорий Мазур шествовал навстречу своей славе элегантной, вальяжной походкой. Казалось, в его руке покачивалась невидимая трость, и одет он был не в изделие провинциального портного, а во фрак, сшитый в одном из лучших европейских домов моды.

— Графская походка, — выдохнула Софа, словно прочитав мои мысли.

Но Гриша не дошёл до сцены, потому что картинка внезапно поменялась. Ведущая, распиравшая рамки экрана подкладными плечиками усеянного бисером платья, уже объявляла следующую песню. На сцену вышел детский хор, а за ним выкатился человек-гномик в пижонском клетчатом пиджаке и бодро, с хитрым прищуром на простодушном лице, заиграл знакомую миллионам мелодию.

— Лажают пионэры, однако, — мрачно прокомментировал клавишник.

Его подружка услужливо захихикала, а когда она замолкла, кладбищенская тишина над столом стала тягучей и давящей, как перед вселенской катастрофой.

— Ну, может, завтра, во втором отделении покажут полностью, — брякнула Софа и беспомощно улыбнулась. Над её верхней губой выступили капельки пота. — Диплом-то ведь дали, вот он, здесь, в серванте.

— Вырезали, собаки, — дрожащим голосом вымолвил Гриша, но тут же взяв себя в руки, добавил, — а так мне и надо. Выглядел, как поц с привоза. Даже этот шпендик, видели в каком клетчатом прикиде явился публике? Да все там — столичные люди, а я — в зелёном с отливом лапсердаке. Выперся. Только пера в одном месте не хватало.

— Да ладно, старик, не переживай. Главное, песню не вырезали. Ты теперь — не только местная, ты — всесоюзная знаменитость! За это и выпьем, — подытожил усатый гитарист.

— Правильно, — подхватила Софа. — У меня как раз курочка готова.

— Курочка??! — взорвался Гриша. — Не пошла бы ты вместе с ней! Нет, вы только представьте: эту долбаную курицу она растила на балконе. К Новому году. На всякий случай, если в магазине облом случится. Открыл дверь, а там вонища, сено какое-то, дерьмо, пух. Могу я жить с обывательницей, мещанкой, бюргершей? Могу творить, сочинять хиты, когда она, — Гришин указательный палец вонзился в грудь застывшей от ужаса Сони, в сантиметре от брошки чешского стекла, — разводит кур?! На шестом этаже кооператива! Может в такой обстановочке свои нетленки создавать Добрынин или тот же, блин, Шаинский?!

Как ни странно, Гриша был всё ещё трезв, поэтому возразить ему было нечего. В течение пятнадцати минут гости разошлись, а ещё через полчаса, пока мы с Аурикой мыли посуду, он собрал вещи и ушёл. Навсегда.

…и возник в суете русского магазина на «диком западе»: окончательно облысевший, с одутловатым, в сеточке лиловых прожилок лицом, слегка ссохшийся, основательно полинявший за прошедшие десятилетия, но такой же многозначительно-элегантный, сохранивший свою неподражаемую графскую походку.

Я достала из сумки красную в золотой рамочке визитку и прочитала:

Gregory Mazur
Vocalist and Party Host
Cash preferred
Call any time xxx-xxx-xxxx

«Надо будет отправить эту карточку Софе», — подумала я. — Впрочем, у неё давно другая жизнь, в которой от Гриши остался только в спешке забытый им томик Шопенгауэра».

Кофе по-мароккански

Старик сидел в тёмной машине, чуть скособочась, прикрыв глаза похожими на вареники веками. Его локоть лежал на опущенном стекле, кулак подпирал подбородок.

На третьем этаже углового дома уже вторые сутки праздновали мексиканскую свадьбу. Невеста, всё ещё с фатой в распущенных волосах, но уже не в подвенечном, а цветастом платье, швыряла с балкона цветы. В темноте виднелись её пухлые плечи и пикирующие останки свадебного букета. Подхваченный ветром обрубок белой лилии, шлёпнулся на капот машины. Старик вздрогнул и открыл глаза. Увидев меня, он слегка отпрянул.

— Тебе чего? — спросил он.

— Да так, проходил мимо. Вот, смотрю, живы ли.

— Умрёшь тут, — усмехнулся старик, кивнув в сторону балкона, — от их музыки мёртвый воскреснет.

— А чего домой не идёте? — спросил я.

— Неохота.

Старик говорил с заметным русским акцентом, тщательно подыскивая слова и разминая затёкшую ладонь. Его пальцы казались неестественно длинными, узловатыми в суставах, с крупными выпуклыми ногтями. Рядом проехала машина, свет фар проплыл по нашим лицам. У старика были тёмные глаза и густые жёлтые усы. Как у моего деда, которого я не запомнил живым, а только неестественно вытянувшимся на кровати после торопливого ухода врача: белая крахмальная простыня, натянутая до подбородка, и жёлтые от курева усы. Мне было тогда лет пять, и только сейчас, впервые, я отчётливо вспомнил лицо деда... и бабушкину, чешского стекла брошку, которая некстати отстегнулась и упала на вздувшийся живот деда. Бабушка никогда больше её не надевала.

Я нащупал в кармане пачку сигарет: надо будет бросить курить и сбрить усы.

— Мне знакомо твоё лицо, — сказал старик. — Впрочем, нет, ты просто кого-то напоминаешь. Меня зовут Сэм.

— И меня, — ответил я, запнувшись, — тоже Сэм.

Старик нисколько не удивился.

— Так может, поднимемся ко мне, выпьем по бутылочке пива? — неожиданно предложил он.

В квартире пахло хорошим кофе. Вдоль бесцветной стены полз майский жук. По потолку ритмично скребли и постукивали каблуки танцующих. Мятые оконные шторы подрагивали в такт синкопам румбы. Пиву недоставало горечи. Мы молчали. Я начинал понимать, что принятое приглашение было чистым идиотизмом.

— Пойду...

— Подожди, я сварю тебе кофе, настоящий, ты такого не пил, — торопливо сказал Сэм и накрыл своей ладонью — мою, сжатую в кулак.

Он прошёл к плите; звякнула обронённая ложечка, зашипела поставленная на конфорку турка. А я всё думал о часах на запястье Сэма. Они были настолько элегантны, насколько может быть элегантна простота по-настоящему дорогой вещи. Часы с выложенной из эмали картой Северной Америки на циферблате, скорее всего, золотые, белого золота, такие неуместные, в этой полупустой квартирке в районе для иммигрантов...

— Попробуй, — Сэм поставил передо мной стеклянный, формой и размером напоминавший миниатюрную вазочку, стакан.

— Хорошие у вас часы. Загнали бы и купили нормальное жильё.

— За эти часы можно купить весь дом со свадьбой и гостями, да ещё останется на виллу в горах. Это же Patek Philippe, ручная работа. Слышал когда-нибудь?

— Нет, не слышал. Но какой толк сидеть по ночам в машине и любоваться миллионными часами? Мне лично на старости лет такого счастья не нужно.

— Тебе ещё дожить надо до старости. Пей кофе, остынет.

Кофе действительно был очень вкусный и очень крепкий. Я уже пил такой в Фесе, в маленькой полутёмной кофейне недалеко от ворот Баб-Бу-Джелуд. Его подавал сам хозяин, в невысоких стеклянных чашечках с ручками, похожими на ушные раковины. Сэм там тоже был, но тогда мы только следили за ним. Прошёл год, старик никак не мог угомониться и в определённый момент стал мешать очень серьёзным людям. Выбрали меня.

— Нравится? — спросил Сэм.— Какой аромат! Так готовят только в Марокко: варят с имбирём и корицей. В Египте и Сирии ещё и гвоздику добавляют. Хорошая сигарета, чашечка правильно сваренного кофе — тоже счастье. Хоть и маленькое.

— А в чём тогда большое?

— В адреналине.

Закрыв глаза, старик вдохнул аромат кофе. Бледные веки, с едва заметными, словно у недоношенного младенца ресницами, снова напомнили мне вареники, которые часто лепила моя русская бабушка. «Поешь нормальной еды, пока я жива,— говорила она,— женишься на американке, будешь есть гамбургеры и пиццу». Я был женат дважды, и ни одна из моих женщин готовить не умела, включая ту, которая праздновала свадьбу этажом выше. Почему она выбрала мексиканца, я так и не понял. Втроём, мы делали одну работу. Может, он справлялся с ней более непринуждённо, особо не задумываясь и легко расслабляясь после. А я с детства был занудой и задавал много вопросов. Но сейчас мне не хотелось выслушивать сентиментальные признания человека, чья жизнь зависела от меня и который, не подозревая об этом, изливал мне душу. Чем больше Сэм откровенничал, гостеприимно подливая кофе, пододвигая банку с орешками, тем сложнее мне было сделать то, зачем я пришёл. Честнее было бы закончить всё, пока старик дремал в машине.

В дверь позвонили: сначала осторожно, чуть прикасаясь к звонку, потом смелее и чаще, словно зная, что в доме не спят. Сэм открыл, и я услышал голос своей бывшей жены: «У вас свет, я войду? Здесь немного сладостей со свадьбы, угощайтесь. А-а, вы с другом,— кокетливо сказала она, плохо сымитировав удивление,— а я уж подумала,— с женщиной». Она игриво подмигнула Сэму и поставила на стол тарелку с кусками оплывшего кремового торта.

Проверяет, почему так долго. Я усмехнулся и отодвинул недопитый кофе. Всему своё время.

Сэм спустился со мной к подъезду, спросил, приду ли ещё. Я пообещал вернуться, но старик не подозревал, что вернусь я уже сегодня, ранним утром.

И я вернулся. В подъезде валялись пластиковые стаканчики, обрывки ленточек и разбитая пиньята с остатками конфет. Я опасался, что старая дверь скрипнет, но подумал, какая разница, услышит ли старик этот скрип; ведь дальше всё произойдёт слишком быстро. Дверь оказалась неплотно прикрытой, и я уже знал, что увижу. В квартире всё ещё пахло кофе, но к его аромату примешивался запах знакомого мужского одеколона. У меня он неизменно вызывал головную боль, а мою жену, как оказалось, возбуждал.

Сэм сидел на стуле, скособочась. Глаза его были открыты, но слепы — зрачки уже закатились. И потому я не мог понять, был он удивлён, испуган или спокоен в свои последние минуты, которые ждал и оттягивал, вечерами опасаясь подняться в свою квартиру. Часы белого золота всё так же тикали на морщинистом запястье. Я переступил через сгустки крови у стола и вышел, притянув дверь ногой. Хотелось курить. Перебежав парковку, я вытащил из кармана пачку сигарет и оглянулся. В открытом окне колыхались шторы. За ними оставался Сэм. Рядом с его головой, на ядовито-розовом креме нетронутого торта топталась муха. Уходя, я машинально согнал её, но сейчас, стоя за скрывавшим меня траком, я почему-то не сомневался, что она всё так же продолжает перебирать мохнатыми лапками, — словно вчерашние гости, выделывающие па румбы этажом выше.

Мотель был почти незаметен среди разросшихся деревьев и кустов, покрытых яркими цветами. Я никогда не мог запомнить их названий, и это тоже бесило мою бывшую жену. У входной двери стоял молоденький портье и оживлённо беседовал с двумя смуглыми ребятами спортивного телосложения. Что-то в их крепких вёртких спинах меня насторожило. Я сидел в машине, положив локоть на опущенное стекло, подперев кулаком подбородок, и ждал, когда они уйдут.

Мне показалось, жалюзи в окне моего номера шевельнулись. Возможно, кто-то открыл дверь в комнату, не подумав о предательском сквозняке.

Ладно. В конце концов, можно ехать в аэропорт и без сумки.

Почему-то мне стало тяжело дышать и затошнило до головокружения. Кроме кофе с орешками, я ничего не брал в рот со вчерашнего вечера. Но тошнота была иной, чем та, что появляется от голода. Она поднималась резко, толчками, а потом желудок и горло обожгло болью, из-за которой стало невозможно дышать. Я кашлял и захлёбывался слюной. Она отдавала корицей.

Открыв дверцу машины, я скатился под куст, усыпанный вонючими цветами, и, засунув в рот пальцы, пытался вызвать рвоту. Хорошо, что не допил кофе. Старик узнал меня. Ещё там, на парковке. Я не подозревал, что боль может быть такой...

Меня рвало долго, до судорог. Я влип в жёлтую пенистую лужу и не находил в себе сил сдвинуться на дюйм. Щекой я ощущал прохладную, комковатую землю и вечный холод, идущий оттуда, из глубины. Я зарычал и откинулся на спину. Влажная трава покалывала окостеневшую от судорог шею. Я дышал часто и шумно, как удравший от погони пёс, но не злился на старика.

Я всегда уважал профессионалов.

РИТА

Детям военного поколения посвящается...

1

Т ы только посмотри, — крикнул Эрмек жене, поднимая с травы обломанную ветку, — опять эти воровки таскали груши. Прибить их мало.

— Э-эй, отмахнулась Айна, — они же с голоду дохнут. Отец на фронте. Мать шляется, не работает. Дети попрошайничают — сама видела утром на базаре.

Рита прижалась к дереву, надеясь, что хозяева не заметят её среди густой летней листвы. Одной рукой она держалась за ствол, другой сжимала на животе концы присобранной рубашки с грушами. По пальцам проползла толстая мохнатая гусеница. Рита ощутила мягкую теплоту её складчатого тела и зажмурилась от отвращения, но не стряхнула из страха быть обнаруженной. Сверху она видела сестру, спрятавшуюся в кустах кизильника; над её головой ходил петух и клевал блестящие чёрные ягоды. Рита знала, их коричнево-красная мякоть была абсолютно безвкусна и совсем не утоляла голод, а только вызывала тошноту.

Вот такую, как она испытывает сейчас, неподвижно лёжа на больничной кровати после операции. Надо было соглашаться раньше, но всё оттягивала, спасаясь уколами, таблетками. А теперь, в семьдесят, тяжело и унизительно переносить собственную беспомощность. Пожалуй, труднее, чем боль; и так страшно думать о том, что случится, если операция не даст нужных результатов. Сможет ли она нормально передвигаться, ухаживать за собой? И что тогда — нанять чужую женщину, которая, скрипя зубами, будет делать то, что её попросят, а потом долго мыть руки, пытаясь надеть на лицо вымученную сочувственную улыбку? Или звонить сыну каждый раз, когда ей понадобится помощь?

Наконец-то Эрмек зашёл в дом. По-заячьи вздрагивая и оглядываясь, Злата выползла из кустов: «Слезай! Только если будешь падать — не на живот, а то груши раздавишь». Рита стала поспешно скользить вниз, цепляясь одной рукой за ветки, ногами — за шершавый ствол. И конечно упала. На спину. Груши рассыпались, и пока сестра собирала их, ползая по загаженной курами траве, Рита пыталась встать.

— Ну давай, чего ты разлеглась, — испуганно шипела Злата, — хочешь, чтоб Эрмек груши отобрал?

— Не могу. Больно.

— Вот ты удачная. Если он поймает, хуже будет.

Размазывая слёзы, Рита похромала к забору. Злата придержала утыканную гвоздями доску.

— Ну вот, облегчённо, выдохнула она, — теперь отдавай мои трусы.

— Они не твои, а общие, — возразила Рита, всё ещё не в силах разогнуться.

— Сегодня моя очередь их носить, значит — мои. А тебе я их дала только за грушами полезть. Чтоб если кто снизу глянул, не умер от смеха.

Спина ещё долго болела, и кто знает, может то падение и стало началом проблем с позвоночником. Возможно, упади она иначе, сейчас бы тут не лежала, уставившись в белый потолок.

Вот и снег в их первую киргизскую зиму, тоже был белый и чистый, когда она, пятилетняя, калошами сорок второго размера следы на нём прокладывала. Одну калошу потеряет — вернётся, подпрыгивая, и дальше пошаркает. Следы получались, как вихлявые линии — непонятно, то ли человек прошёл, то ли протащили что. И когда втроём они лежали на снегу, полумёртвые, а из дверей съёмной кибитки валил полупрозрачный вонючий дым, снег тоже был ослепительно белый, искристый, нетронутый: только спичечки птичьих следов у её лица.

Это было их третье жильё. Первое — комнатка с нарами, где они ютились впятером. Но вскоре бабушка, а за ней дядя, — мамин брат, — умерли от тифа, и стало просторнее, удобнее спать. А потом хозяйка их выселила в полуразвалённую кибитку напротив, потому что решила на тех нарах разводить шелковичных червей. Кибитка была ничья, никому не нужная. Целым в ней оставался только угол. Одной стены не существовало вообще, и все могли видеть их жалкую жизнь — и как они спали на земляном полу, втроём на перине, привезённой из Киева, и как игрались с сестрой, вырезая из впопыхах захваченных фотографий лица и фигурки живых и умерших. Вот мама, нарядно одетая, рядом с отцом — высоким, сильным. Вот дядя на лошади — надо вырезать по контуру, чтоб ничего не портило картинку. Вот дедушка, портной. Он так важно смотрится у дверей своего собственного четырехэтажного дома, будто уверен, что поселился в нём навеки. А сам погиб на какой-то станции при бомбёжке — за кипятком вышел. Дом тоже надо отрезать и забыть, как сон, потому что той жизни больше нет и не будет. А есть вот эта замызганная перина, подушки со следами раздавленных вшей и обшарпанный чемодан, куда их сосед скидывал первые попавшиеся под руку вещи под беспомощные причитания мамы и бабушки.

— И ты, Вася, как русский человек и коммунист, должен понимать, что немцы — культурный народ. Ничего ужасного они не сделают.

А тот, не слушая, ходил по квартире и швырял в чемодан, что сверху лежало. Вот альбом с фотографиями взял, а бельё — нет. Так они и уехали, в чём стояли. Последним поездом, на открытой платформе всю страну проехали. А Васю, спасшего им жизнь, через пару дней немцы расстреляли.

Когда начался сезон дождей, перина отсырела, и Рита старалась спать на спине, чтобы не задыхаться от кислого запаха плесени. Но через неделю ею пропахло всё, потому что дождевая вода не успевала впитываться в земляной пол. И они с сестрой прыгали, как лягушки, так что брызги летели на потрескавшиеся, позеленевшие глиняные стены. Но их никто не ругал, потому что бабушка к тому времени уже умерла, а мама редко бывала дома хоть нигде не работала. С первым снегом их переселили в кибитку неподалёку от базара. И когда мама впервые затопила печку, и они согрелись на застеленной периной узкой железной кровати, Рита загадала, что проспит в этом тепле долго-долго, а когда проснётся, война закончится, вернётся отец, и они все вместе уедут домой в Киев, где остались её игрушки, ботинки и штаны с резинками, которые она ненавидела, а теперь бы носила, не снимая.

И так они уснули, валетом: она с мамой головами к окошку, а сестра — к печечке. Ночью Рите захотелось пить. Мать встала, поднесла ведро, — кружки у них не было — и, покачнувшись, то ли спросонья, то ли оттого, что угорела, упала — ведро на кровать. Рита вскочила, обжегшись ледяной водой, а Злата и не шевельнулась. За ноги вытащили её во двор, да так все и лежали на снегу, пока в себя не пришли.

Утром Эрмек, хозяин, сжалился, переселил в другую кибитку — бывший курятник. Там висели покосившиеся нары с желобками для воды и стоял прочный спёртый дух, от которого вечно першило в горле. Но зато зимой было тепло, а летом — прохладно. Единственное, что не менялось — постоянное чувство голода. Летом было проще перебить мучившие её колики и тянущие, сосущие боли, исчезавшие лишь на короткое время и особо мучительные по ночам. Едва дождавшись утра, они со Златой мчались на базар. Шли, уставясь в землю: вдруг попадётся оброненная виноградинка или полуобъеденная косточка персика — там между извилинками застревала мякоть. Когда въезжала повозка с фруктами, Злата шла с одной стороны, Рита — с другой, глядя под колёса, чтоб успеть схватить скатившуюся грушу или яблоко. Однажды повезло, прямо у ног раскололась оранжевая дыня, и сердитый киргиз, хоть и покрикивал по-своему, но дыню не отобрал.

Принесли еду — тост и желе. Она поела через силу — не на помойку же. Здесь в Америке они всё выбрасывают, даже нетронутые куски хлеба. Будто уверены в сытом завтрашнем дне. А она лучше съест, — пусть и не хочется, — чем знать, что еда в мусорке окажется.

Мать приносила брусок чёрного полусырого хлеба и делила его на несколько частей. Потом каждую часть — ещё на три кусочка. Так они ужинали, пропустив завтрак и обед: несколько крошек хлеба — глоток воды, ещё отщипнула — запила. Иногда Рита не доедала свой обсосанный кусочек, а отдавала сестре в обмен на игрушку. Обычными предметами их игр были камешки, палочки или высушенные сливовые косточки. А тут — куколка. Злата сделала её сама: набила цветную тряпочку сухой травой, перетянула верёвочкой в трёх местах — и вот пожалуйста, пупсик с маленькой головкой и большим животом. Рита бы и сама такую же сделала, но тряпочка одна оказалась, а Злата этим пользовалась. «Ишь какая хитрая, задаром всё хочешь. Нет уж! Ты мне — хлеб, я тебе — куколку поиграться». Рита спать ложилась голодная, зато куколка на подушке лежала.

Почему-то не уходит та детская обида. Может оттого, что к старости детство помнится отчётливее, а может за всю жизнь обиды накопились. Ей всегда казалось, что только отец, которого она почти не помнит, любил её по-настоящему, что только ему она нужна была. Злата это тоже чувствовала, иначе однажды не крикнула бы ей в лицо: «Если бы папа тебя, дуру прожорливую, тогда не спас, не пришлось бы сейчас с тобой делиться!»

Тогда — это в Киеве, ещё до войны. Рите года два было, и о том, что случилось, ей бабушка рассказала — на трясучей платформе, по дороге в эвакуацию. Рита у дома во дворе в песочнице ковырялась. Проголодалась и стала песок этот, кошками записанный, ногами перетоптанный, в рот засовывать. И глотать. Правда, это уже потом стало известно, когда дома ей стало плохо, когда рвота безостановочная началась и ртуть в градуснике зашкалила. Впрочем, мама всегда бестолковой и безответственной была — иначе не оставила бы одну во дворе, да ещё ненакормленную. Но режима у них никогда, даже в хорошие, сытные годы не было. Проголодаются — прибегут, что-то перехватят, спать захотят — лягут, а нет — за столом или ещё где уснут. Так и получилось, что ребёнок сам себе был предоставлен. Кто-то из соседских детей видел, но не остановил. Уже когда узнали, что Рита умирает, рассказали родителям, чтоб врачи не терялись в догадках. Но ей становилось всё хуже, уже и воду желудок не держал. Она лежала в своей кроватке, по словам соседки, «як трупик». Тогда кто-то рассказал папе об одном враче, которому очень много, может, лет сто было. Он и не ходил почти. Папа поехал за ним на такси, привёз и на руках на третий этаж поднял. Бабушка вытянула руки: «От так вот, Риточка, с ним в квартиру зашёл, как с ребёнком малым, и на стул возле тебя посадил. Тот сначала только руками беспомощно развёл. Готовьтесь, мол, хоронить. А потом на папу глянул и говорит — вот есть один рецепт. Попробуйте, терять-то нечего. И велел истолочь зелёных грецких орехов в муку, развести со свежим гранатовым соком и по каплям давать. Уж не знаю, где твой папа тот сок раздобыл, но не отходил от тебя, поил по капелькам из серебряной ложечки, пока ты глазки не открыла. А потом быстро поправилась. Так что, если б не папка твой, то и не было бы тебя с нами».

И каждый вечер, ложась спать, Рита представляла — вот он появляется во дворе, грудь в орденах, как у однорукого Адама, что жил со своей женой и дочкой Евочкой в кибитке на другом конце двора. И она бежит к отцу, обнимает, а он всё удивляется, как выросла. Но он не вернулся, убили в сорок втором под Ленинградом.

2

ТЕПЕРЬ РИТА БЫЛА ПОЧТИ ВДВОЕ СТАРШЕ отца, погибшего в тридцать восемь лет. И все эти годы её душа не переставала тосковать и печалиться, навсегда отмеченная той потерей.

— Отца отправили на фронт из Полтавы, где он отсиживал срок за махинации. Образования у него не было — так, пара классов сельской школы. Потому он брался за любую работу, которая давала возможность прокормить семью. Был грузчиком, потом рабочим на заводе, где-то подрабатывал, и жили они хорошо, в достатке. Но хотелось лучше. Тем более, что мама в своей жизни никогда не работала — и потому, что не хотела, и потому, что делать ничего не умела. Не жена, не хозяйка, не мать. Естественно, когда к отцу приехал друг и предложил своё место заведующего обувным складом, — мол, я уже достаточно набрал, пора и честь знать, а чужому жаль такую золотую жилу отдавать, — тот согласился. А мать не отговаривала. Зачем? Деньги будут, а мужчину на замену она найдёт, и он там, в Полтаве, скучать тоже не будет. Мама никогда ни о ком особенно не переживала — то ли от небольшого ума, то ли склад характера такой был: безразличный, от реальной жизни отгороженный.

Друг не соврал — прибыльное место оставил. И главное, оказалось, что количество денег напрямую зависит от личных качеств — умения делиться и ладить с людьми. Ты не обидишь — тебя не сдадут. И он со всеми находил общий язык. Сдала хозяйка, одинокая молодая женщина, у которой он снимал комнату. Может, что и было между ними, но никаких обещаний он не давал и семью бросать не собирался. Пока... Пока дети подрастут, чтоб мог им объяснить, на ком женился и из-за чего развёлся. Так он и маме говорил во время их громких ссор и скандалов. А хозяйка решила наказать. И когда, предупреждённый о внезапной складской проверке, отец спрятал в её доме десятки коробок нелегальной, принятой без накладных обуви, она сообщила куда надо. Дали три года. В тюрьме оценили его прежний опыт и назначили заведующим продовольственным складом. Эта должность не только гарантировала сытую жизнь, но и давала возможность содержать семью, а также обеспечивала определённые привилегии и свободы, не доступные простым зекам.

Мама рассказывала, как он вызвал её телеграммой и почему-то наказал захватить чемодан и мешок. Её пропустили в тюрьму и провели в камеру к мужу, где состоялся праздничный обед. Сокамерники-политзаключённые, расспрашивали маму, человека с воли, о происходящем в стране. А она и понятия ни о чём не имела. По её словам, всегда со смешком в этом месте: «Я о той политике и свободах ихних как о балете знала!» Потому только слушала умные разговоры, в которых отец с лёгкостью участвовал, ела и удивлялась, как это в тюрьме такими деликатесами кормят. Потом отец проводил её на вокзал, — даже такое было ему позволено, — посадил в вагон. Под полку положил набитый деньгами чемодан — негде, мол, Маня, всё это хранить. На антресоли закинул мешок с продуктами. Сел напротив за столик, всё просил за детьми присматривать, а мама никак не могла понять, зачем возвращаться в тюрьму, если можно уехать этим же поездом. Почему не воспользоваться случаем?

— Шура, ты так шикарно одет, никто ничего не заподозрит.

Отец только с жалостью посмотрел на неё — глупая женщина. Зачем сбегать, когда можно ещё заработать.

Но заработать не удалось, потому что началась война. Отец остался в тюрьме, откуда перед отправкой в штрафбат выслал им в эвакуацию то, что считал ценным, что можно было продать или обменять на еду и одежду. Тот отцовский серый в ёлочку свитер, много лет они носили поочерёдно вместо пальто, а новенькие сверкающие сапоги мать отнесла на базар. Рита пошла с ней, чтоб там на месте выбрать туфли или сандалики. Тогда знойным киргизским летом можно будет не вприпрыжку, а нормально ходить, не обжигая пятки. Она нашла незанятый кусочек тени и уселась на землю, настроившись на долгое ожидание. Но буквально через минуту к маме подошёл хорошо одетый цыган в чёрной рубахе с закатанными рукавами, серых, заправленных в скрипящие сапоги штанах и торбой через плечо. Рита подумала, зачем ему ещё сапоги, если эти не сношены? Для приличия поторговавшись, он сунул папины сапоги в торбу, порылся в карманах, потом поставил мешок с сапогами у маминых ног и сказал: «Ты, хозяйка, их посторожи, никому не продавай. Я за деньгами сбегаю».

И заторопился, цыкая от досады: тут такая удача, а он деньги дома забыл. Мама осталась ждать, а Рита, поскакивая по обжигающей, притоптанной людьми и ишаками песочной пыли, отправилась присматривать себе обувь. Но когда, вернувшись, увидела мать, стоящую в той же позе, поняла, что горе — в шаге от неё. Она застыла на бегу, не решаясь сделать этот шаг, но раскалённый песок жёг. Вместе они развязали торбу, в которой лежали поношенные, без подмёток сапоги. Вместе пришли домой, где у кривого ящика, за которым они обычно ели, сидела Злата.

— Я доела хлеб, — бодро начала она, но, увидев отрешённое лицо матери и заплаканное — Риты, тихо закончила, — вы же обещали, принести много еды...

Больше от отца ничего не приходило, потому что штрафбат, потому что бесполезно отстреливаться от смерти одной винтовкой на троих.

3

С КРОВАТИ У ОКНА послышалось сдержанное покашливание, сопровождаемое прерывистыми вздохами.

— Соседка, вы не спите? Это хорошо. Хоть можно облегчить не только мочевой пузырь, но и душу. Тут же все спешат. Эти медсёстры носятся, будто им скипидар налили, сами знаете куда. Я помню, у нас в Одессе тоже, между прочим, лечили неплохо, но персонал имел время поговорить с тобой, уделить внимание не только во время клизмы, но и между процедурами. Кстати, насчёт последнего. Вы заметили ногти у этой медсёстры, то ли Джессики, то ли Дженнифер, длинные, как у обезьяны, малиновые, да ещё с наклеенными блёстками? И с такими ногтями она собиралась ставить мне клизму! Конечно, я отказалась, мне ещё только там травмы не хватало. Вы согласны со мной?

— Конечно, — подтвердила Рита. Но уход, я думаю, здесь всё-таки лучше, чем в Одессе.

— Это с какой стороны посмотреть. Вот какой вывод я сделала во время бессонных ночей: во-первых, раньше болячки приходили и уходили. Теперь, если какая пристанет, то перерастает в хроническую. И если врач не знает, откуда она взялась и что с ней делать, то называет это синдромом и успокаивается. А во-вторых, любая мелочь, даже насморк переносится намного сложнее. Чихание, и то приносит массу неудобств. Не дай бог, кашель или чих застанет врасплох, всё — надо трусы менять. А если на людях? И вообще, это растянуто, то опущено, тут не проходит, там проходит слишком быстро. И что остаётся делать?

— Сдохнуть, — не успела ответить Рита. К соседке пришли подружки.

— Моя ты дорогая, — раздалось с порога, — нам буквально неделю назад позвонила твоя доця и рассказала, что случилось! Так ещё иди найди чтоб кто-то подвёз до больницы. Как же ты так неосторожно? А с адвокатом вы уже говорили? Ты же в магазине упала, так что ты теряешь от разговора? Короче, вот здесь настоящий, не из банки, бульон, а в мисочке — сырнички из домашнего творога.

Когда бабушку поместили в больницу, они со Златой решили отнести ей что-нибудь поесть. Мать оставила немного денег и ушла к знакомой в парикмахерскую, где та из жалости пыталась обучить её хоть каким-то навыкам бритья, дать возможность что-то заработать. Девочки долго ходили по рядам, пока не увидели старую киргизку. Её медное лицо было таким сморщенным, что даже глаза казались косыми мигающими морщинками.

— Что там в бидоне? — спросила Злата.

— Кефир. Домаша-а-ний. Очень полези-и-ный, — она пошатала бидончик, взболтав остатки желтоватой жидкости. — У вас деньги есть?

Потом расправила бумажку, протянутую Златой, и радостно закивала — как раз хватит на пять ложек. — Увидите, будет мно-го-много здоровья.

Они по очереди несли мисочку с кефиром, по очереди макали пальцы и слизывали кисловатую массу, ревниво следя — вдруг кто макнёт глубже. В больницу их не пустили: уборщица подсказала, под каким окном стать. За пыльными стёклами едва можно было разглядеть бабушкино лицо, но Рита знала, что та плачет. И заплакала тоже. Рядом всхлипывала Злата. Потом бабушка стала делать какие-то знаки, кричать. Но с третьего этажа, сквозь закрытые окна ничего нельзя было расслышать. И только опустив голову и увидев пустую, наклонённую мисочку над желеобразной лужицей, она поняла, о чём та пыталась предупредить. Придя домой, Рита положила её платье в чемодан, а шаль — себе под подушку, потому что знала — бабушке они уже не понадобятся и сюда она не вернётся.

— ...марлю я с собой в эту Америку привезла. И правильно сделала — тут же и марли нормальной в продаже нет, дырки слишком крупные, как же творог загустеет?

— Ой, как вам нравится. Опять эта Джессика-Дженнифер пришла. Ладно, девочки, идите. И пожелайте мне успеха.

Рита закрыла глаза. Операция была два дня назад, но её не оставляли внезапные приступы головокружения: то ли стены кружились, то ли она по спирали, как тогда на перемене в школе, внутри белого полотна, служившего ей юбкой.

В школу она пошла поздно и ходила недолго — не в чем было. Ни одежды, ни обуви. Из той, что с собой привезли — выросла, а новую не покупали. Мать так и не работала, даже брадобрейство осилить не смогла, и что-то другое делать не хотела. Например, как Евочкина мама, мыть полы, чтобы тоже купить курочку с петушком и по утрам собирать тёплые, в пуху яички. Одно — Евочке, а остальные — обменять пусть на ношеные, потёртые, но туфельки или юбку. Чтоб не ходила, как Рита, в одной ситцевой рубашке без трусов. Но их мать была другой. За собой не следила, что уж тут о детях говорить. Евочкина мама никогда бы не позволила своей шестилетней дочке в арыке отстирывать окровавленную от менструаций рубаху, а Рита делала это каждый месяц. Не очень хорошо получалось, даже если одним камнем бретельки к берегу прибить, а другим затирать — пятно только расплывалось. Но мама была довольна: какая разница, всё ей работы меньше. И Рите это не казалось диким, как и вши, месяцами нечёсаные косы, короста на теле и постоянная вонь — от них самих и от их жизни.

Это Евочкина мама, Бася, или Броня, какое-то польское имя у неё было, сшила Рите тапочки. На кусочках ткани обвела её ступни, вырезала, стянула загнутые стороны, пришила тесёмочки. Рита тапочки в руках домой принесла — жалко было сразу пачкать и снашивать. До ночи ждала мать, но та так и не появилась. Утром Рита вынула из чемодана свёрток белого полотна, из которого бабушка всё собиралась наволочки пошить, да руки не дошли, слоями намотала на себя ткань — от подмышки до колен, свободный конец закрепила за поясом и отправилась в школу. Учительнице сказала, мама попозже придёт, запишет её. И всё было хорошо до перемены, пока сидела. А потом их в коридор выгнали, а она бегать со всеми не могла — боялась юбка развяжется. Потому стала под стенкой, и было ей неловко и тревожно. Неловко, потому что вдруг увидела себя со стороны, немытую, полуодетую, выделявшуюся своей жалкой неухоженностью даже на фоне тогдашней всеобщей нищеты. Тревожно — от грязных ухмылок и взглядов, под которыми хотелось сжаться и стать невидимой. Она ожидала подвоха, но всё равно растерялась, когда один из мальчишек подскочил и, выхватив заправленный конец ткани, стал её разматывать. Другие помогли — обрадовались нежданной забаве, и она закружилась, освобождаемая от белого кокона, хватаясь за ускользавшую из-под пальцев материю, пока не осталась стоять в одной рубашке среди онемевших от увиденного детей. Прикрываясь ладонями, Рита кинулась к запертой изнутри двери класса, колотила кулаками, онемев от ужаса и стыда, пока учительница не впустила её внутрь, отгородив от запоздавшего хохота.

А мать, когда узнала, развеселилась — дети, что с них возьмёшь! Сегодня они над тобой, завтра — ты над ними. Жизнь — она такая. Каждый свою порцию дерьма съедает.

4

— РИТА-А-А, НУ, РИТ-А-А, — так в детстве по утрам её будила сестра, и по этому тягучему тону она уже знала — Злате что-то от неё нужно. Она открыла глаза. Злата сидела на стуле.

— Извини, что разбудила, но у тебя тут ещё будет время поспать, а у меня дела. В магазин заехать надо, потом к дочке. Я тебе говорила, у неё неприятности с бизнесом. Никак в покое не оставят — всё копаются, проверяют, нервы треплют. Дочка моя в нашего с тобой папу удалась — всё ищет приключений на одно место. Ну, я вижу, тебе, вроде, получше. Так я побегу. Ещё бы чуть посидела, но больно уж тут воняет. Прямо как уделался кто.

— Ой мама дорогая, — раздалось с кровати у окна, — посмотрите на эту прынцессу. Вы, мадам, в госпиталь пришли, а не в парк акацию нюхать. Тут послеоперационные лежачие больные. Если вам запах не подходит, носите с собой духи и прыскайте в свой немаленький чувствительный нос.

Провожая сестру взглядом, Рита неожиданно осознала, что давно не ощущает запахи — ни приятные, ни вонючие. Никакие. Привыкла, наверное, не обращать внимания. Защитная реакция организма.

После захода солнца, когда немного спадала летняя жара и хозяева загоняли скотину с пастбищ, Рита пристраивалась за бредущими животными и подбирала то, что те оставляли на пыльной дороге. Поначалу было противно не то что трогать, но и нюхать шлёпающийся перед её ногами кизяк. Тянуло на рвоту, и каждый раз перед тем, как нагнуться, она набирала побольше воздуха. Затем, на вдохе, брала руками мягкие, тёплые лепёшки или шарики — смотря кто прошёл, — коровы, бараны, или козы, — и складывала в алюминиевую кастрюльку. Когда та наполнялась, перемешивала содержимое с вялой травой, лепила котлетки и с размаху кидала на глиняный забор, чтоб через пару дней принести высохший кизяк домой и хранить до холодов. Зимой он сгорал без остатка, наполняя их комнатку теплом и терпким, тошнотворным запахом.

Впрочем, кизяком топили всюду — и в кибитках, и в детском доме, куда их определили весной и где они прожили два года, тоскуя по матери, которая за всё время даже не навестила их.

Зима в том году никак не кончалась. Уже зацвела яблоня, но опять завьюжило, и снег покрылся розовыми с отливом лепестками. А потом резко потеплело, но у Риты уже не было сил даже выйти во двор. Мама больше недели не появлялась дома. Закончились хлеб и картошка, как, впрочем, и запасы кизяка. Девочки лежали на нарах, почти не разговаривая. Потому что на это сил тоже не осталось. Проваливаясь в сон, они перестали замечать смену дня и ночи, и с трудом поняли, что происходит, когда в комнатку вошли незнакомые люди, стали тормошить, задавать вопросы. А им не хотелось просыпаться только для того, чтобы снова корчиться в голодных судорогах. Сквозь тяжёлую дрёму, как сквозь вату, до Риты доходили отдельные слова Евочкиной мамы и Нюры, ещё одной соседки: «...смотрю, дети давно во двор не выходят, ...а эта совсем закашлялась, ... как ещё не померли».

Скособоченный узкоглазый милиционер сунул им по кусочку сахарина, и потом они бесконечно долго тряслись на телеге, накрытые кучей тряпок и козьих шкур, пока не въехали в просторный двор, засаженный деревьями. Рита задрала голову, и только тогда, глядя на клейкие, нежные листья, поняла, что наступила весна. Но зелёный цвет почему-то сменился серым и, бессмысленно улыбнувшись, она упала в голодный обморок.

На обед дали коричневую затируху, и с каждым глотком горячего варева ссохшийся желудок судорожно сжимался от резкой боли.

— Ешьте медленно, — приказала высокая плоскогрудая женщина с коком взбитых волос на голове, — а то ещё в больницу придётся везти. Но обожжённый желудок уже потерял чувствительность, и они продолжали жадно хлебать, не обращая внимания на остальных девочек, сидевших за тем же длинным щелистым столом. Рите не запомнились ни лица, ни имена тех детей. Возможно потому, что все они выглядели одинаково в застиранных платьях сиротского цвета, с глазами, оживлявшимися только при виде тарелок с едой.

Летом все они работали в поле. С кружками в руках, бегали к огромной бочке с водой, поливали посадки свёклы, гороха, лука, огурцов. Но когда овощи начали созревать, урожай собирали уже не они, а люди из местных, и продавали на сторону. Детдомовских перебросили на пшеничное поле — отгонять птиц. И они носились, размахивая руками, пока солнце, слившись с жёлтыми колосьями, не приобретало красный оттенок. Тогда они склоняли колючие колосья шалашиком и лежали, положив под голову руки, мечтая о том, чтобы детство поскорее закончилось.

А оно тянулось бесконечно, и даже смена времён года не меняла череду однообразных, бесцветных дней с редкими и оттого особо яркими пятнами красок. Серый снег, по которому она плелась в чёрных калошах и белой кроличьей шубке из довоенной жизни, надетой на голое тело, потому что не её была очередь носить бельё. Чёрный, мокрый от дождя грузовик, на котором они вернулись домой, сбежав из детдома к не ждавшей и не особо обрадовавшейся их возвращению, матери. Бабушкина серая шаль. Гроздь янтарного винограда на колченогом столике — мама как-то принесла под утро. Темно-жёлтая кукуруза, сваренная в кастрюльке из-под коровьего дерьма. Красные дикие яблочки на выжженной траве. Затоптанная в грязь полосатая арбузная корка кровавой мякотью вниз. Серая каменистая земля под ногами и неприветливые чёрные горы с покрытыми снегом вершинами вдали.

Соседка у окна встала с кровати, осторожно выпрямилась и неуверенно шагнула.

— Может, вам лучше подождать медсестру? — спросила Рита. — Мало ли что.

— Ой я вас прошу. Если ОН захочет, чтоб я ходила, я буду ходить и даже бегать. А если нет, то и три Джессики не помогут.

Запахнув кокетливый розовый халат и подкрасив губы, женщина заковыляла к дверям, толкая перед собой ходунок.

— Она, должно быть, старше меня, — подумала Рита, а носит розовое и ярко красит губы. Будто и здесь старается кому-то понравиться. Видно, жизнь иначе сложилась — не из одних обид. Потому и жить хочется.

Женщина внезапно повернула голову и сказала: «Вы очень напоминаете мне девочку из моего детства. Я сомневалась, не может же мир быть настолько тесен. Но ваша сестра назвала вас Ритой. Ведь это вам моя мама пошила тапочки. Помните?» Рита охнула: «Евочка… Как же это? Как узнала?»

— Да ты не особенно изменилась. Я имею в виду лицо, конечно. Те же голубые глаза, густые брови, волосы. И выражение лица, как в детстве — насторожённое, будто ждёшь неприятностей.

— Евочка, присядь, расскажи о себе, о родителях, — попросила Рита, не пытаясь сдержать слёзы. — Они живы?

— Насчёт присесть, с моим бедром — это проблема, — усмехнулась соседка. — Я теперь, как лошадь — или стою, или лежу. А родители погибли ещё тогда, сразу после вашего отъезда. Отца арестовали по доносу. Эрмек, хозяин, пожаловался, что он куриный корм по ночам ворует. Мама бегала куда-то, письма писала, но мы о нём так ничего и не узнали. Даже не знаю, где похоронен. Потом мама заболела — что-то с желудком. Она пошла на поправку, но ей что-то влили через капельницу, перепутали лекарство. Я пришла за ней, принесла одежду, а она за час до этого умерла. Меня отправили в детдом, в тот, где ты с сестрой была. Потом директора с любовницей, ну помнишь ту долговязую селёдку, посадили. Оказывается, они за войну умудрились себе усадьбы отгрохать. Ну и нас всех переправили в Одессу. Там я и осталась. А дальше как обычно — муж, семья, дочка, внуки. Встречи, потери, юбилеи, болячки. Короче, чувствуешь, что живёшь. А ты как? Помню, жили вы очень бедно даже по тем временам. Мама жалела вас, но не любила, когда вы заходили — всё боялась, что я вшей подцеплю. Да и запах от вас шёл жуткий. Она всё удивлялась, как при такой матери вы вообще выжили.

— Она умерла четыре года назад, а я и сейчас простить её не могу, — сказала Рита.

— Ну это ты напрасно. Война. У всех найдётся, что вспомнить и на кого быть обиженными.

— Война ни причём, — возразила Рита, — мы и после, уже в Киеве, в такой же нищете и грязи жили. А она не о нас думала, что голодными, немытыми, безграмотными растём — мужчин искала. И находила. И жизнь долгую прожила, потому что ни о ком сердце не болело. Не могу отказаться от мысли, что может, будь у меня другая мать, и жизнь сложилась бы иначе. Счастливее.

— Может. А может, нет. Во всяком случае, мы, с нашим поганым детством, счастливее тех, кто лежит в Бабьем Яре. — Евочка, кряхтя, легла на кровать. — Вот кто бы мне подсказал, как килограммы сбросить! Жую, жую, хоть замок на рот вешай. А знаешь, что я тебе, подружка, скажу? Две вещи. Во-первых, у непрощающих — давление высокое. Потому что обида изнутри давит. Тут надо или всё высказать, или простить. Высказать — поздно. Если только на том свете встретитесь. И если даже так, на какой чёрт ещё и туда обиды тащить? Ну была она не такой, как тебе хотелось, но ведь лучше с ней, чем в приюте. Я же помню, как вы под дверью сидели, ждали её, плакали — боялись, что в детдом вернёт. А во-вторых, ты сама что, безгрешная? Наверняка кто-то на тебя тоже обижен. Знаешь, как верующие люди говорят — ты простишь, и тебе простится.

— А забыть как?

— Забыть, это только если Альцгеймер хватит, не про нас будь сказано. У меня и так болячек на каждый квадратный сантиметр больше, чем достаточно. А вот и доктор! — воскликнула она, взбивая примятые на затылке, крашеные хной волосы. Ну доктор, как наши дела?

— Вас, — обратился он к Евочке, — выпишут завтра. А вы, — он посмотрел на Риту, — можете потихоньку вставать. И через неделю, если всё пойдёт хорошо, тоже домой.

— Доктор, — кокетливо улыбнулась Евочка, — помните, вы обещали дать какое-то новое средство от запоров и для похудания.

— От запоров выпишу, уже из коридора ответил врач, — а насчёт похудания — это к диетологу.

— Ну, что я говорила, — расстроилась Евочка, — вот там у нас врачи так не разговаривали. Понимали, что больным отношение важнее лекарств.

— Так он же как раз русский, — улыбнулась Рита.

— Фамилия у него русская, а душа — уже американская, — констатировала Евочка и открыла мисочку с сырниками.

За окнами стемнело. К ночи боль усилилась. В больничном освещении белый халат медсёстры казался синеватым, как и шприц. Жжение в руке растеклось горячей волной — боль уходила сопротивляясь, толчками.

— Как странно, когда две параллельные судьбы соприкасаются в начале и в конце, — подумала Рита, глядя на спящую Евочку, её неловко запрокинутую голову и руку, сжавшую кружевной розовый воротник халата. — Зачем? Чтобы увидеть себя чужим глазами? Чтобы пожалеть о времени, потраченном на невысказанные обиды и начать просто жить? Однако, как неудачно, на оперированной ноге, она лежит. Почему никто не замечает?

Тень медсёстры ещё колдовала над капельницей, и Рите показалось, что она успела ей сказать о Евочке, прежде чем провалиться в долгожданный сон без боли и сновидений.

А та ушла, не попрощавшись. Аккуратно застеленная кровать, как будто и не было никого, как будто приснилась эта странная, почти невероятная встреча. Наверное, Евочка не хотела её будить и оставила записку на тумбочке или на кровати. Но на кровати лежал пластиковый мешок, из которого выглядывало кружево халата, а на тумбочке – три розовые, налитые соком груши, точно такие же, как в саду у Эрмека.

— Ну что, попробуем встать? — улыбнулась вошедшая в палату Джессика и пододвинула ходунок.

— А где она? — Рита кивнула на соседнюю кровать.

— А вам не сказали? Умерла. Ночью. Во сне. Остановка сердца. Так обидно — столько сил потрачено на операцию, на уход. И ведь накануне прекрасно себя чувствовала. Такая жизнь: мы строим свои планы, а за нас уже всё построено.

Санитарка вымыла пол и открыла жалюзи. Проникшее в палату осеннее солнце, раскрасило стены светлыми полосками. Они сместились и встали на место, когда Рита сделала первый шаг.

— Дойдём до окна и отдохнём, — пообещала Джессика. Посмотрите, какой вид на парк! Люблю осень — яркую, цветную.

— За осенью идёт зима, которую надо пережить. Но я ещё с детства научилась это делать — жить от весны до весны, — сказала Рита, отвернувшись от тумбочки, на которой, истекая медовыми каплями, начинали гнить груши.

Все почти довольны

1

В доме пахло старостью и печёными яблоками. Опавшая, со сморщенной корочкой шарлотка отдыхала на блюде, лекарства привычно высовывались крышечками, пробочками и пипетками из синего пластмассового контейнера, примостившегося рядом с электрическим чайником, который Марта подарила мисс Дашевски ко дню рождения. Было это года три назад, а чайник всё так же блестел стеклянными боками, словно его только вынули из упаковки. Чай, которым всякий раз бывшая директриса угощала Марту, завозившую ей лекарства, часто отдавал уксусом: им она счищала налёт с посеревшего от осадка дна.

Марта прошла в спальню, хотя по назойливым жалобам вьющейся вокруг её ног Баси, было понятно, что в доме никого нет. Эта упитанная, песочного цвета кошка подавала голос только в случае крайней необходимости. Мисочки с едой и водой были пустыми, но Бася не рвалась к ним. Она подбегала к входной двери, подвывала протяжно, утробно, и снова пятилась в кухню, словно прячась от чего-то неприятного, что могло прийти извне. Марте передался этот кошачий страх: под ложечкой что-то сжалось, застыв комком дурного предчувствия, а через секунду отпустило и почему-то захотелось есть.

Зазвонил телефон. Бася ринулась к нему, в прыжке задев оставленную на столе чашку. Звякнув о мраморную плитку, чашка развалилась на несколько крупных аляповатых осколков. Один, похожий на оторванное ухо, отскочил под стул.

— Здравствуйте, я звоню из Сентенниел госпиталя. Скажите, вы — родственница мисс Дашевски?

— У неё нет родственников. А в чём дело?

— Понимаете, сегодня утром она поступила в наше отделение с сердечной недостаточностью. Я не имею права сообщать все подробности по телефону.

Марта растерянно молчала, и дежурный женский голос продолжил:

— Пока никто ею не интересовался. Этот номер телефона оказался в нашей системе данных.

— У неё никого нет. Я заехала оставить лекарства. Дверь оказалась не заперта. Я подумала, что-то случилось.

— Вы сможете приехать?

— Конечно, — выдохнула Марта.

Она подобрала чашечные останки, но вместо того, чтобы выбросить, зачем-то выложила их на столе зубастой мозаикой. Бася сидела рядом, методично обнюхивала каждый осколок. Марта протянула руку, погладить, но не успела среагировать на кошачье шипение: из царапины на запястье выступили капли крови. Бася резко соскочила на пол и, нервно подёргивая кончиком хвоста, направилась в спальню.

2

В палате стоял запах антисептика и апельсинов. Искромсанный апельсин валялся в мусорном ведре. Кровать была пуста. Заглянувшая в комнату деловитая молоденькая медсестра сообщила, что пациентку взяли на операцию и попросила пройти в комнату ожидания.

— Почему не прооперировали сразу? — спросила Марта. — Почему так долго ждали?

Медсестра улыбнулась:

— Потому что ваша знакомая или родственница — с капризами. Она, знаете ли, не соглашалась оперироваться у доктора Таузиг, а пока освободился другой хирург, прошло время.

Марта понимающе кивнула:

— А почему отказалась именно от этого врача, объяснила?

Девушка пожала плечами:

— Старческие причуды.

— Это не причуды, — возразила Марта. — У врача немецкая фамилия, а мисс Дашевски прошла концлагерь.

— Доктор Таузиг родилась в Америке, в нашем городе. При чём тут концлагерь? — недоуменно спросила медсестра. — Мой дедушка — немец, и что?

156

— Ничего, — вздохнула Марта, — вы всё равно друг друга не поймёте. Разные поколения. Разная история. Но на всякий случай, вы о своём дедушке лучше не упоминайте, иначе мисс Дашевски непременно спросит, где он был и чем занимался во время второй мировой войны.

— Знаете, я не буду с вами спорить — не хочу проблем, — ответила девушка, профессионально скрывая раздражение.

Она вышла, а Марта, забыв о просьбе пройти в комнату ожидания, повесила пальто на спинку стула и села у широкого, во всю стену окна, с опущенными до середины молочного цвета жалюзи.

Такие же были в школе, где она получила свою первую постоянную работу. В учительской только закончилось незапланированное собрание по поводу неожиданного визита начальства из районного округа. До звонка оставалось минут пятнадцать; кто-то дожёвывал ланч, кто-то перебирал бумаги. Марта допила кофе, выбросила стаканчик в стоявшую у окна мусорку и тогда краем глаза заметила бегущих по улице подростков. Они мчались, перекрикиваясь друг с другом. Потом раздались выстрелы, напоминавшие треск хлопушек, и так же, с криками, следом пробежали двое полицейских.

Марта оглянулась и увидела прислонившуюся к двери мисс Дашевски. Все остальные лежали на полу.

— Ты что, ненормальная, — приподняв голову от пола, прошипела Дана Хьюз, учительница музыки. — Ложись. Может, ещё не всё закончилось.

— Я не могу вот так грохнуться на пол, — возразила Марта.

— Мисс Ланда, поднимитесь ко мне в кабинет, — негромко произнесла мисс Дашевски.

— Садитесь, до звонка ещё есть время, — бросила директриса, — а я пока приму свои таблетки. Тонкими, обтянутыми желтоватой кожей пальцами она поднесла к губам пузатую чашку, казавшуюся слишком тяжёлой для таких иссушенных, похожих на лягушачьи лапки рук. И вся её фигурка напоминала миниатюрную мумию, где живыми оставались только руки и глаза.

«Сколько ей может быть лет? — подумала Марта. — Зачем она работает в таком возрасте?»

Директриса поднялась с кресла, вплотную подошла к Марте.

— Знаете, меня радует, что люди вашего поколения выглядят моложе своих лет. Недавно смотрела бумаги, ведь вам тридцать пять? Теперь представьте, пуля пробила стекло. И вам никогда не исполнится тридцать шесть. Глупо, правда?

— Я не смогла упасть на колени. Это вообще… унизительно.

— А не надо на колени, надо — плашмя, и голову накрыть руками. Вот так.

Аккуратно поставив чашку на письменный стол, мисс Дашевски слегка подогнула колени и, не меняя позы, с гуттаперчевой покорностью тряпичной куклы опустилась на пол.

— Встать мне гораздо сложнее. Артрит, — посетовала директриса, позвонок за позвонком распрямляя спину. — Так что, одно дело падать, а другое — спасать свою жизнь. Район здесь, как можно было заметить, не самый спокойный, — подытожила она, взглянув на часы.

— Ненормальная? — предположила Марта, выйдя за дверь. — Недаром её все опасаются, сторонятся, предпочитая обращаться только при крайней необходимости. Когда директриса своей шаркающей походкой, в плоских, явно не по размеру свободных туфлях шла по коридору, в нём становилось пусто: учителя понижали голос, наклоном головы здоровались и проскальзывали в свои классы. Никто никогда не слышал, чтобы мисс Дашевски разговаривала раздражённым тоном и, тем более, повышала голос на кого-либо. Но всё же, было в ней что-то настораживающе-неприятное. Взгляд угольно-чёрных глаз на худощавом лице, крашеные чёрные волосы, обжатые морщинками бледные губы, тёмный, свободного покроя костюм, заколотый камеей воротничок белой блузки, — всё отдавало некоей закостенелой фатальной странностью, мимо которой хотелось пройти, не вдаваясь в её суть. Безусловно, за этой странностью чувствовалась непростая судьба, но вживание в новую страну, новую школьную систему не оставляло времени и энергии на разгадку личности директрисы. Потому Марта воспринимала мисс Дашевски так, как ей посоветовала Дана Хьюз: «Если тебе не нравится босс, не трать силы на то, чтобы его перевоспитать. Ищи другую работу».

— А как же свобода мнения и слова? — возразила она тогда.

— Свобода в том, что ты можешь искать другую работу или стать начальником и учить других. Свобода — в выборе.

3

Вы-ы-бор, ры-ы-бо. Странное на слух и взгляд слово. Выбор профессии, был сделан ещё в детстве; неосознанный, но верный. Научившись читать и писать гораздо раньше сверстников, Марта ощутила некое превосходство не только перед ними, но и более старшими детьми. Ей нравилось, пусть на короткое время, быть центром, сутью, средоточием их внимания. Осознанный выбор: жизнь по звонку от урока — до перемены, от понедельника — до выходных, от начала учебного года — до каникул, и так двадцать лет — до того дня, когда Марта приняла решение уйти из профессии.

Собственно, это был не день, а перед-вечер, если так можно назвать время суток, когда матовый ноябрьский свет за кухонным окном внезапно становится тусклым, как от агонизирующей, перегорающей лампочки.

Марта снимала пенку с закипающего куриного бульона и, как ей казалось, думала о том, что надо бы, наконец-то пойти к косметологу, убрать морщинки со лба. Однако, продолжая стряхивать в мисочку навар, она уже знала, что в понедельник подаст заявление об уходе. Марта машинально бросила нарубленную зелень в кастрюлю, села на диван и включила телевизор. «Мозг принимает решение за тридцать секунд до того, как человек это решение осознаёт, — разъясняла с экрана приятного вида пожилая дама в накинутой на плечи шали. — Тридцать секунд — огромный период времени для мозговой деятельности».

«Надо же, как интересно», — изумилась Марта. Она дослушала интервью известного журналиста с незнакомой ей до этого вечера, но явно гениальной женщиной-психологом, затем села за компьютер и без единой поправки напечатала заявление на имя Нэнси Меламед, директрисы, сменившей ушедшую на пенсию Ванду Дашевски. Самым сложным оказалось объяснить причину самой себе. Однообразие: изо дня в день, из года в год объяснять те же правила правописания, огорчаясь лени или несообразительности одних и замедленной реакции других учеников? В итоге, Марте пришлось признать, что одинаково одарённых детей не бывает и, стало быть, расходовать энергию следует только на тех, кто может, а главное, хочет учиться. Но согласия с собой это осознание не принесло. Учительская сущность не позволяла сдаваться; как в детстве, Марте необходимо было ощущать сиюминутное внимание и главенство над теми, кто приходил в её класс. Она не сомневалась: каждого можно научить тому, что так нравилось ей самой и потому упорно пыталась научить всех. Это была миссия обращения детей в религию языка и литературы. Но, как известно, миссионерство зачастую обречено на провал. Значит, настоящая причина не в накопившейся досаде. Жизнь по звонку — вектор, выбранный в обласканном летним солнцем детстве и изживший себя, — вот истинная причина усталости. «Мне стало скучно», — напечатала Марта и поставила точку.

4

УТРО ПОНЕДЕЛЬНИКА ПРОПИТАЛОСЬ сырой, гниющей листвой. Вяло накрапывал дождь. Несколько перекрёстков Марте не удавалось настроить дворники на нужную скорость: то они натужно скрипели, прижимаясь к обезвоженному лобовому стеклу, то двигались слишком медленно, и тогда капли сползали водянистыми червячками, мешая следить за мокрой дорогой.

В классе было холодно. «Ничего, надышат», — подумала Марта. Оставаясь в куртке, она включила чайник и вынула из сумки тост с сыром — свой обычный завтрак: так многие годы начинался её рабочий день. Через полчаса прозвенит звонок, она пойдёт в столовую, заберёт детей, проведёт их по ожившим коридорам в свой класс, проверит домашнее задание, объяснит новую тему, даст обещанную на прошлой неделе самостоятельную работу, они вместе обсудят ошибки, приготовятся ко второй половине дня, — и так до обеда, а тогда можно будет отдать директрисе заявление. После работы — не забыть заехать покормить Басю, и затем в госпиталь — завезти Ванде почту и одежду: возможно, завтра её выпишут.

Самостоятельная работа была рассчитана на полчаса. Короткая история: воспоминание о стране своего рождения. Тема: неправильные глаголы прошедшего времени. Детские лица ещё не научились скрывать ни процесс познания, ни его отсутствие и потому так легко считывать то, о чём размышляет ребёнок. Мимика говорит больше, чем речь. Ещё несколько лет, и эта непосредственность пройдёт навсегда. А пока, в поисках нужных воспоминаний, Эдуардо до красноты расчёсывает ухо, но, ничего не придумав, пишет: «*Когда я вырасту, буду математиком. Мама говорит, я хорошо считаю деньги!*»

— Эдуардо,— спросила Марта, склонившись к его стриженой голове с выбритым зигзагом над правым виском,— сколько будет десять плюс двадцать пять?

— Пятнадцать! — уверенно и даже с некоторой бравадой ответил мальчик.

Марта не стала его разочаровывать: всё же, это урок английского, а не математики.

— А о Мексике ты что-то помнишь?

— Ну да. Мы жили в доме из твёрдого песка. Там были две комнаты и две двери: одна впереди, одна сзади, где огород. Мы с братом выходили осторожно, чтобы не раздавить огурцы или наступить на ящерицу или змею. Ну, там ещё росли помидоры, перец, лук, тыква, jicamas. Это редька такая. Папа на велосипеде отвозил овощи в ресторан и менял на другую еду.

— Ну вот, запиши всё это и постарайся вспомнить ещё что-нибудь.

— Мисс, посмотрите, что я написала о Сомали,— Сундус привычным жестом сдвинула назад наползавший на лоб тонкий пластиковый обруч.

Мы жили в квартире семь в сером высоком доме, и стены там тоже были серые, и серые соломенные шторы, чтобы укрыться от солнца. А рядом с домом был пляж и ещё деревья, а на них красивые птицы. Здесь таких нет. Разноцветные и шумные. Я любила на них смотреть. А дома сидеть я не любила.

— Мне тоже не нравится серый цвет,— заметила Марта.

Она подошла к окну. Дождь прицельно сбивал бурые листья со старого узловатого дуба. В своём предсмертном вираже они слетали в лужу и продолжали покачиваться на поверхности ржавого болотца, издали похожие на подгоревшие коржики.

Аккуратно обойдя лужу, к дверям главного входа подошла женщина-почтальон, нажала кнопку звонка. Ожидая щелчка, одной рукой она придерживала под мышкой пачку конвертов, другой пыталась закрыть зонтик. Почти одновременно с ней в открывшуюся дверь торопливо вошёл парень. Мокрый сморщенный капюшон нависал над его головой. Проходя вдоль стены, он повернулся к окну и на секунду встретился глазами с Мартой. Лицо парня показалось ей знакомым. «Скорее всего, бывший ученик, — подумала она. — Разве узнаешь всех через годы?»

— Я закончил, — Юсуф положил на стол исписанный наполовину листок.

Мы уже два года в Америке, но мне нравятся обычаи и традиции моей страны.

— О какой стране ты пишешь, Юсуф? — спросила Марта.

— Об Иордании. Я там родился, а мой отец — палестинец.

— Тогда, наверное, имеет смысл написать страна моего рождения или страна, откуда я приехал, вместо моя страна. Твоя мама недавно сказала, что вы подали на гражданство.

— Ну да, — перебил мальчик, мы будем жить здесь, но моя страна всегда — Иордания. И Палестина.

— Поняла. Хорошо, что ты говоришь то, что думаешь.

У нас есть праздник, когда все сажают деревья. Он называется день дерева. Это в январе. Тогда три дня подряд люди сажают пальмы. Дети тоже. А больше всего мне нравится праздник курбан-байрам, потому что мужчины должны зарезать овцу или барашка. Это весело и все радуются, а потом много едят.

— И дети тоже смотрят на эту... на всё это?

— Ну да. И я бы так смог. Просто надо уметь быстро перерезать горло. Очень острым ножом.

— А что, так легко убить живое существо?

Ребёнок добродушно улыбнулся. Под очками на его пухлых щеках заиграли ямочки:

— Конечно просто, если знаешь две молитвы: чтобы аллах простил, и чтобы овца попала в рай.

— И всё?

— Всё.

— Ну, тогда возьми свой листок и поставь заглавные буквы там, где ты их пропустил.

— А можно сначала воды попить? — спросил Юсуф.

— Иди.

5

«Кто же тот парень в длинной промокшей куртке с капюшоном? — пыталась вспомнить Марта. — Где я могла его видеть? Неужели Николас, приёмный сын Даны? Когда же я видела его в последний раз? Лет десять-двенадцать назад, после того как она привезла его из приюта».

Тогда его звали Нику, Никушор, — мягко звучащее румынское имя. Мальчик семи лет, тщедушный, похожий на изувеченного, испуганного, обозлённого зверька. Он был некрасив: невыразительные серые глаза, блеклые волосы, узкие губы над треугольным подбородком, несоразмерно длинные руки и главное, странно-неподвижный взгляд, от которого Марте стало не по себе, словно она тоже была повинна в том, что выпало пережить этому похожему на старичка ребёнку.

В тот июльский день Дана позвонила и, задыхаясь то ли от счастья, то ли от навалившихся на неё забот, сообщила: «Я его привезла! Сама не верю, что больше не надо будет мотаться в эту жуткую страну. Давай приезжай. Но не пугайся. И не показывай своим видом жалость. В общем, жду».

Дана и Томас были женаты почти десять лет; оба громкие, энергичные, спортивные здоровяки. Зимние каникулы они проводили на лыжных курортах, лето — на океане; у них был дом в Калифорнии и небольшая яхта, — наследство от родителей Томаса. В принципе, Дана могла бы не работать, но ей нравилось общаться с детьми, причём не столько их учить, сколько развлекать. На её уроках было шумно, как на городской ярмарке. Умение слушать и слышать не было целью, потому что, по мнению Даны, современные дети и так намертво прилипли к компьютерам, партам, диванам и телевизорам. Потому спорт и музыка — единственное спасение от ожирения и зомбирования. Марта не спорила с подругой, поскольку уже давно уяснила, что в Америке своё мнение высказывают только тогда, когда об этом просят, а уж навязывать его позволяют себе люди или глупые, или невоспитанные. Но разговор по поводу усыновления ребёнка Дана начала сама, чем застала подругу врасплох.

— Почему именно из Румынии? Они ведь только неизлечимо больных детей отдают иностранцам.

— Я как-то смотрела документальный фильм об их приютах. Ты не представляешь, какой это ужас. В наше время! Такого просто не может быть. Это как концлагерь. Понимаешь? Но из приютов можно хоть кого-то спасти. В этом разница. Знаешь, Томас не против. Мы мальчика хотим.

— С ума сошли? Взять именно проблемного ребёнка, который, к тому же, говорит на другом языке. Если вообще говорит...

Дана замялась:

— Мне посоветовала одна женщина. Гадалка.

— Цыганка, что ли?

— Нет, не знаю, из Сербии или Чехии. Откуда-то из тех мест. Да и не важно это. Так вот, она сказала, если взять в семью больного ребёнка и вылечить его, бог даст своего. Понимаешь?

— Да, слышала, такое случается. Но ты представляешь, что на себя берёшь? А вдруг у этого ребёнка неизлечимые проблемы? Ты вообще отдаёшь себе отчёт, что это на всю твою жизнь? Даже твой оптимизм может иссякнуть.

— Ванда меня поддержала, а ты — нет, — явно обиделась Дана. — Но это не важно, мы уже купили билеты, через неделю улетаем. Посмотрим, что и как. Честно говоря, я надеюсь, что в действительности всё не так страшно.

— Вы приняли решение всего за пару недель? Я бы так не смогла.

— Это потому, что у тебя есть свои дети, почти взрослые, а у меня — только остатки надежды.

«Правильно, так мне и надо, — призналась себе Марта, — нечего было лезть со своими дурацкими опасениями и предостережениями. Человек всегда хочет услышать то, что надеется услышать, тем более, когда решение уже принято. Хотя, в таком случае, зачем спрашивать, советоваться? А Ванда мудра, как старая сова: поддержала, понимая, что отговаривать бесполезно».

Марта искренне восхищалась отчаянной смелостью супругов, но в то же время не могла избавиться от подозрений, что за героизмом устремлений Даны и Томаса скрывалась переоценка собственных возможностей, замешанная на эмоциях и жалости, а может, — банальная наивность.

— А если бог не даст своего ребёнка, ты не пожалеешь? — хотела спросить Марта, но решила промолчать. И правильно сделала, потому что через два года после того, как Нику поселился в доме, Дана родила красивую, здоровую девочку — шумную и энергичную, как её родители. За эти же два года мальчик перенёс несколько операций в результате которых последствия запущенного вывиха бёдер стали почти незаметны.

Когда Дана, зайдя в приют, впервые увидела Нику, он передвигался как подстреленная утка, держась за прутики кроватки, к которой засаленной верёвкой была привязана бутылочка молока. Дане стало нехорошо от едкого запаха мочи. Один ребёнок, пол которого невозможно было определить, повернулся к ней, и Дана с ужасом заметила, что его затылок был абсолютно приплюснут и лыс. От долгого лежания на спине, догадалась она. Ребёнок протянул руку к бутылке, облизнул резиновую соску и начал втягивать молоко в неестественно большой для такого исхудавшего лица рот. Позже, по дороге в аэропорт, Дана поняла, что больше всего в тот первый визит её ошеломил не столько вид изувеченных судьбой детей, и даже не вонь и условия, в которых они оказались, сколько не нарушаемая детскими голосами давящая, вязкая тишина. Никто не плакал, не просился на руки, словно эти полуживые трупики были кем-то умело выдрессированы существовать беззвучно и неприметно, не раздражая своим видом и не вызывая бесполезную жалость.

— Понимаешь, уже на подсознательном уровне они усвоили, что плакать, кричать — бесполезно, — объясняла Дана. — Наверное, потому Николаса постоянно раздражает Одри. Я вижу злобу, даже агрессию в его глазах. Не могу забыть: когда малышке было месяца четыре, она капризничала, хныкала. Николас стоял рядом, смотрел, потом схватил одеяльце и накинул ей на голову. Я весь вечер не могла успокоиться. Мы перенесли кроватку в нашу спальню, и до сих пор, а девочке уже два годика, она спит с нами. Это же ненормально! Да чему удивляться, если он даже себе причиняет боль — может вдруг схватить что-то острое и себя поцарапать, или сидит, смотрит в одну точку и щиплет, щиплет ноги до синяков. Жутко смотреть и ничего не помогает. Врач говорит, это следствие отсутствия навыков общения. Там в приюте была одна няня на двадцать-тридцать детей. Ну ужас! Подходила пару раз в день поменять подгузник. Не уверена, что их вообще кто-то брал на руки. Но главное, Нику не мог не видеть, как старшие дети издевались над младшими, особенно лежачими. Короче, его мозг неправильно развился.

— И что делать?

— Оказывается, если таких детей забирают в семью совсем маленькими, — в год, в два, у них ещё есть шанс восстановиться. В смысле, привязаться к родителям. А я, когда решила взять проблемного ребёнка, понятия не имела, что возраст так важен. Но ты не подумай, мы всё равно пытаемся, и он тоже старается. Ничего, другие смогли, с ещё большими проблемами, — и мы сможем. Поверь, он уже другой. Просто на всякий случай, я стараюсь не оставлять его наедине с Одри.

— Боишься за дочку?

— Если честно, я и за себя боюсь, — призналась Дана и рассмеялась, как смеётся человек, неожиданно для себя сказавший правду и тут же об этом пожалевший.

Ещё через два года, когда Николасу исполнилось тринадцать, а Одри четыре, Дана и Томас от него отказались. Марта понимала, что всё к этому шло, но ни разу не позволила себе задать неудобный вопрос и, тем более, осудить решение подруги и её мужа. Со слов Даны она узнала, что Нику повезло: его взяла фермерская семья, имевшая многолетний успешный опыт воспитания детей с травмированной психикой.

— Мы сделали всё, что могли: поставили его на ноги, заботились, жалели, лечили, учили, не считали денег, но никогда не знали, чего от него ожидать, как реагировать на странные выходки, смены настроения и особенно на его агрессивность, — объясняла Дана.

Но Марте казалось, она убеждала в этом прежде всего, себя.

6

ВЕРНУЛСЯ ЮСУФ. Обычно спокойный, даже флегматичный, он выглядел испуганным и возбуждённым.

— Там какой-то парень, не знаю, он что-то хотел, пошёл за мной, потом — в другую сторону, а я побежал сюда.

— Успокойся и скажи, что он хотел?

— Трудно было разобрать, он слова тянул, говорил, как будто жевал. Кажется, искал миссис Хьюз. Я показал, где музыкальный кабинет.

— Надо было отправить его в офис. Ну что теперь... А чем конкретно он так тебя напугал?

— Так у него же н-нож, — Юсуф растерянно обвёл глазами класс. Стараясь скрыть дрожь, он спрятал руки за спину.

«Острый, наверное, как для овечек», — злорадно подумала Марта, заперла дверь на защёлку и позвонила в офис: в коридоре посторонний с ножом. Затем она набрала Дану. Та ответила, и по её напряжённому, растерянному голосу Марта поняла, что опоздала.

— Тут Николас.

— Я уже сообщила в офис.

Видимо, парень стоял рядом; Марта слышала его каждое слово.

— Ис-поу-гал-л-лись. И мне тоже было страшно. Всё время. Что отдадут, вернут т-туда.

У Николаса был высокий голос, почти девичий. Понять его было, действительно непросто — казалось, язык не помещался во рту, и от этого речь становилась кашеобразной.

— Скажи уже, что ты хочешь? — послышался прерывающийся, злой голос Даны.

— Хочу, что-о-бы ты меня боялась. Как тогда. Раньше.

— Здесь дети. Они при чём?

— Ты сказала, что я урод. Да, сказала, своему мужу. На кухне. Про меня. Не помнишь? Я слышал. Потом купила подарок.

Связь прекратилась. Марта положила трубку и опустилась на стул, продолжая тупо смотреть на свои дрожащие руки. Через секунду объявили «Lock down with intruder».[1]

Марта усадила детей на пол вдоль стены между столом и шкафами, выключила свет. По протоколу надо было опустить шторы, но в этой классной комнате штор не было, и Марта могла видеть всё, что происходило снаружи: уже прибыл спецназ, полицейские машины вперемежку со скорыми заполнили стоянку и дорогу. Ещё через десять минут подъехали телевизионщики. Теперь их микроавтобусы теснились под деревьями у мостика через грязный ручей. «Как быстро. Бедная Нэнси, не хотела бы я быть директором, отвечать за всё это, принимать решения. Пожалуй, не получится сегодня отдать ей заявление. Что я там написала? Мне стало скучно? Она точно не подпишет после такой скуки. Не оценит шутки. Спасибо, коврлин заменили перед началом учебного года. На новом — приятнее сидеть. Тем более, неизвестно, на сколько мы тут застряли»,— подумала она и удивилась дурацким мыслям, пришедшим в голову в такой ситуации. Но дрожь в руках почему-то прошла. Дети сидели, беззвучно прижавшись друг к другу в тесноте меж мебельного пространства, а она — в центре внимания, как задумала в детстве. Искажённая картинка-перевёртыш. Выбор в его абсурдном воплощении.

— А давайте тихонько рассказывать что-нибудь смешное. Я — первая. В детстве мы с одноклассниками часто бывали в зоопарке. Тогда мне это нравилось, сейчас — уже нет, потому что на свободе животные красивее, чем в клетках. Ну вот, в тот раз я стояла возле вольера с верблюдами. Он был отгорожен от посетителей высокими прутьями, соединёнными металлической сеткой. Два верблюда бродили по песку из конца в конец, что-то там пощипывали с редких кустиков. А один верблюд, очень старый на вид, стоял впереди и беспрерывно жевал какие-то веточки, прутики. Вот он просто пережёвывал всё это очень долго, и глаза его ничего не выражали. Он смотрел на меня и ел, ел... И почему-то

---

[1] Режим блокирования. В здании — посторонний.

я стала корчить ему рожи, кривляться. Представляете? Мои одноклассники хихикали, некоторые — хохотали, а я казалась себе очень остроумной. Ещё бы, я, такая маленькая, дразню большого двугорбого верблюда. И вдруг, неожиданно, среди этого веселья, он... плюнул в меня. Я даже не сразу поняла, что это было: просто шар слизи величиной с мяч просвистел мимо моего уха. Если бы животное не промахнулось, этот плевок наверняка сломал бы мне нос или оторвал ухо. Теперь все смеялись уже не над животным, а надо мной, и мне это совсем не понравилось.

— Ну да, верблюды плюются, — равнодушно заметила Жаклин. Это знают все дети в нашей деревне и, я думаю, во всей Намибии или даже всей Африке.

— Ну хорошо, тогда ты расскажи о своей школе, — предложила Марта. — Твоя очередь.

— В моей школе учились только девочки. Если мы вели себя плохо, нас брили налысо. А если волосы ещё не успевали отрасти, а кто-то опять баловался или не слушал учительницу, тогда эту девочку на перемене при всех били палкой.

— И тебя?

— Меня — нет, я умная: посмотрела на других и сразу поняла, как себя вести. Мне надо в туалет, — без паузы сообщила девочка. — Я пойду?

— Из класса нельзя выходить. Поползи к моему столу, стань на коленки, возьми чашку и пописай, потом, не вставая в полный рост, потянись к умывальнику и вылей. Мы не будем смотреть. Поняла?

Девочка неуклюже поползла, цепляясь длинной цветастой юбкой за стулья.

«Почему им разрешают приходить в школу в чём попало, тем более, в такой нелепой для здешнего климата одежде?» — с раздражением подумала Марта, изумившись идиотским мыслям, пришедшим ей в голову под журчание струйки мочи, бьющейся о дно чайной чашки.

Скрежет техники за окном не давал расслышать и понять происходящее. Военные переговаривались отрывистыми фразами, хлопали двери бронированных машин, что-то громоздкое уткнулось в стену, продолжая захлёбываться треском и хлопками. Жаклин истерически взвизгнула и заплакала. Эдуардо пихнул её локтем и шикнул: «Заткнись дура!», но девочка даже не возмутилась. Зажав трясущиеся губы мокрыми ладошками, она продолжала всхлипывать, и слёзы скатывались к ушам, спрятанным под расшитым блёстками хиджабом.

А потом раздался резкий оклик, топот ног в тяжёлых ботинках, сопровождаемый звоном бьющегося стекла. Марта догадалась — военные вошли в здание школы. Стало тихо. Дешёвые настенные часы настырно отстукивали секунды: за все годы работы Марта не обращала внимания на этот монотонный сиротливый звук. Вместо того, чтобы бесцеремонно напоминать об обречённости каждого мгновения, время должно струиться молча: может, тогда появится возможность задать ему желаемую скорость. А сейчас, в замкнутом пространстве классной комнаты, панихидное щёлканье секундной стрелки нещадно усугубляло ощущение обречённости; что с этим делать, Марта придумать не могла.

Внезапно в коридоре послышались шаги — неровные, неуверенные. Замерли. Ещё несколько шагов. Кофейные щёки Жаклин стали землистыми. «Интересно, а я-то сама, наверное, выгляжу не лучше. Что это — страх от беспомощности или беспомощность от страха? — подумала Марта. — Пафосно всё это. Рассказал бы кто, не поверила. Ещё только выломанной двери не хватает, как в кино. Ну давай же, проходи, проходи мимо...».

— Ой, кто-то ручку дёргает, — пискнула новенькая, Аника, зарывшись лицом в густоту своих пышных кучерявых волос.

Марта вскочила одновременно со стуком распахнувшейся двери. «Чёртов замок! Всё на соплях!»

Николас стоял у доски, спиной к двери, Марта — в полуметре от него.

— Нику, ты меня помнишь? — начала она осторожно и вкрадчиво. — Я подарила тебе ЛЕГО. Давно. Ты маленький был...

Парень не ответил, вглядываясь во что-то поверх её головы тем же тусклым взглядом, который так поразил Марту много лет назад. Острый подбородок, узкие губы, тёмные круги под глазами и загнутые, пушистые девичьи ресницы. Руки Николаса были засунуты в карманы объёмной куртки, под которой угадывались сутулые плечи. Он был довольно высок, — на полголовы выше Марты, но для восемнадцати лет выглядел хлипким, даже хрупким. Его отрешённый вид и щуплая фигура никак не предполагали ни наличие ножа, ни умение им пользоваться. Теперь казалось странным, что вся техника, военные, полиция стянулись сюда из-за этого непредсказуемого в своей мести, но безобидного на первый взгляд подростка, что из-за него поднялась вся эта чудовищная суета.

— Чего ты хочешь?

— За-а-аперлись тут по клеткам, как крысы. От меня.

— Николас, уйди отсюда, — Марта старалась говорить как можно спокойнее, но чувствовала, что ей это плохо удаётся. — Ты ведь ничего такого не сделал, верно? И тебя не тронут. Ты только...

Увидев в проёме двери автоматчика, она не сумела договорить. Нику оглянулся и почему-то шагнул к Марте. «Если будет выстрел, прошьёт и меня», — шмыгнуло в подкорке, и за тридцать секунд до осознания собственной мысли, с грацией тряпичной куклы, она рухнула на пол. В горле запершило от не выветрившегося с лета запаха клея и ворса. Марта лежала, давясь еле сдерживаемым кашлем и слезами, — такими же едкими, как ацетоновая вонь нового карпета, — пока не увидела краем глаза удаляющиеся ботинки автоматчика: впереди него, чуть прихрамывая, брёл Николас.

Потом из школы выводили детей. Поодаль у мостика, под непрекращающимся дождём телевизионщики, в своих чёрных дождевиках похожие на жуков, брали интервью у постаревших на два часа родителей и поседевшей за два часа Нэнси. Дана уехала с полицией давать показания.

До окончания учебного дня оставался час. Марта вернулась в класс, по привычке включила чайник. На краю стола сиротливо стояла чашка. По её глазурованным внутренностям расползлись подсыхающие желтоватые разводы. Брезгливо прихватив чашку салфеткой, Марта опустила её в мусорное ведро.

7

Усталость навалилась позже, когда Марта шла по длинному госпитальному коридору. Дверь в палату была приоткрыта. На всякий случай постучавшись, Марта вошла и на секунду зажмурилась, привыкая к полумраку комнаты, освещаемой лишь отблеском телеэкрана. Передавали репортаж с места происшествия. За спиной оператора их школа выглядела несколько иначе, чем в реальной жизни: мельче, обыденнее. Нэнси, напротив, казалась более значительной. Камера наехала крупным планом на разбитое стекло входной двери, на окно классной комнаты, на лужу под деревом; дождь утопил ржавые листья, и теперь на её поверхности распласталась ярко-синяя детская варежка.

Марта присела на кровать, положила сумку с принесённой одеждой на стул; Ванду, видимо, взяли на очередную процедуру. Она почти задремала под синеватый свет телевизора и монотонный комментарий репортёра, потому не сразу среагировала на простуженный голос санитарки: «Мэм, простите, мне надо всё это унести, постель поменять». Бормотала она с сильным акцентом, пропуская и путая глаголы.

— Старая леди смотрела телевизор. Вы слышали? В школе террорист. Сегодня каждый день стреляют. Este mundo loco.[2]
— Ей стало хуже?
— Si senora, она сидела тут за столиком, обед стоял, суп, чай. Я зашла пол вымыть, думала, дремлет, приду позже. Вернулась, — она in la misma position.[3] Я позвала сестру, врача.
Марта теряла терпение: — И где она сейчас?
— Увезли. Murió.[4] — Ответила женщина, продолжая застилать кровать.

На кладбище, кроме Марты и Даны, собрались бывшие коллеги, соседи и старенький, переживший Холокост, раввин. Двенадцать провожающих. Дюжина. На пенсию мисс Дашевски ушла более десяти лет назад; работавших с ней сотрудников в школе осталось немного: завуч, секретарша и несколько учителей. Марта и Дана Хьюз в том числе. Новая директриса, Нэнси Меламед, тоже пришла — из уважения к предшественнице, оставившей ей в наследство образцовую школу. Была она полной,

[2] Сумасшедший мир
[3] ...в том же положении
[4] Умерла

с сосисочными перетяжками в локтях и кистях рук, веснушчатой, с короткой, почти мужской стрижкой редких огненнорыжих проволочных волос,— во всём, от внешности до характера, абсолютной противоположностью Ванды Дашевски.

— Ну вот и всё,— подытожила Нэнси, глядя, как кладбищенские рабочие закидывают комьями земли яму,— Одна директриса видит стебли травы, другая — её корни.

Не встретив поддержки окружающих, она усмехнулась собственной неудачной шутке. Но Марта поняла: как и все, Нэнси страшилась холодной влажной земли, в утробе которой гнили оболочки тех, кто, несмотря на очевидность конца бытия, в самом дальнем уголке подсознания надеялся на бессмертие.

— Не понимаю, как можно шутить в таких местах,— шёпотом возмутилась Дана.— Здесь, может, души летают, слушают эту ересь. И вообще, неужели нельзя хоть притвориться, что ей жаль эту одинокую женщину; у самой-то четверо детей. Будет кому, как говорится, и стакан воды подать, и глаза закрыть. А Ванда, только представь, могла умереть после выписки, дома, ночью, и никто бы не знал об этом день, два… Потом бы нашли… по запаху. Жутко.

— А мне кажется, судьба над ней сжалилась: она прожила долгую нужную многим жизнь, и ушла легко.

— Легко? — Дана резко остановилась.— Ты считаешь ей легко было смотреть эти репортажи, наблюдать этот кошмар, происходивший в её школе? Да я ни минуты не сомневаюсь,— она умерла от шока!

— В восемьдесят …сколько… два, три? А могла стать пеплом в печи концлагеря ещё подростком.

— Может, ты и права. Не знаю. Я тебе говорила, она вернула подарок, вазу, которую я ей купила на какой-то юбилей? Оказалось, там стояло клеймо Made in Germany. Нормально?

— Могу понять,— Марта плотнее закуталась в шарф.— Представляю, чего она там натерпелась. Хотя, это за пределами нашего воображения.

— А знаешь,— сказала Дана, глядя под ноги,— там, в полицейском участке… В общем, оказывается, у Николаса не было никакого ножа.

— Подожди, но Юсуф видел...

— Видел. Ножницы. Обычные ножницы. С собой принёс.

У кладбищенских ворот их обогнала Нэнси. Марте показалось, что она вытирала слёзы. Возможно, от налетевшего порыва ветра.

На завтра обещали снег.

Лекарство от мигрени

1

С чемоданом в руке, в коротком двубортном пальто, новых сапогах и парусиновой фуражке, Лёва шёл к вокзалу. Чемодан оказался тяжёлым даже для такого сильного человека, как он, и тянул к земле. Потому время от времени приходилось останавливаться, чтобы передохнуть, и ставить чемодан на землю — не в грязь, конечно, — всё же собственность общины. За спиной болталась холщовая сумка, в которую жена положила еду и бельё. Шагая по рыжим от тающего снега улицам, обходя лужи, подёрнутые серым, как бульонный навар, льдом он осознавал важность и ответственность возложенного на него поручения, но думал почему-то вовсе не об этом, а о недавнем визите к доктору Науменко. Вообще-то, настоящая фамилия доктора была Ройтман, но отца звали Наум, откуда и вытекла натуральным образом украинская фамилия. Когда доктора Науменко вызывали к Торе, все сидящие в синагоге вздрагивали, продолжая в недоумении переглядываться и неодобрительно качать головами даже после торопливого объявления ребе Штицем его имени — Моисей. Это происходило каждый раз как впервые, и каждый раз отец доктора, которому в прошлом месяце исполнилось девяносто, возводил к серо-желтому потолку трясущиеся от Паркинсона руки и неестественным для такого ссохшегося тела басом, сетовал: «В моей молодости эти стены не слышали таких фамилий!»

Именно к Моисею Науменко Лёве посоветовала обратиться тёща, с его помощью излечившаяся от приключившейся с ней, после ссоры с соседкой, нескончаемой икоты. А её в свою очередь направила к нему одна молодая особа, страдающая неслыханным для еврейской женщины недугом — непереносимостью

Рассказ основан на реальных событиях, случившихся в конце 20-х годов.

к мужской сперме. Эти и многие другие случаи утвердили за Моисеем Наумовичем славу врача по редким болезням.

Доктор усадил Лёву в шикарное, обитое синим бархатом кресло. Сам вальяжно расположился напротив в чёрном кожаном, привычно, крест-накрест, сложив на столе короткие, в рыжих волосах и веснушках руки. Больше, чем богатая мебель, невероятное количество книг и открытые выше колен, мускулистые, как у мужчины, ноги горничной в фильдеперсовых чулках, Лёву потрясли холёные, аккуратно подпиленные ногти доктора. Он перевёл взгляд на свои лопатистые ладони и сжал их в кулаки.

— Ну, — мягко спросил доктор, глядя Лёве в глаза, — что нас беспокоит?

— Нас? — оторопел Лёва, впервые за свои тридцать с небольшим лет посещающий врача.

Он осторожно оглянулся и, увидев за собой лишь плотно закрытую дубовую дверь, ответил: — У нас болит голова. Часто. И сильно.

— У вас? Голова? — недоверчиво переспросил Науменко. — Да, случай обещает быть интересным. Расскажите-ка подробненько.

И Лёва рассказал о внезапно возникающих в правом виске, отдающих в ухо и глаз болях. О том, как, усиливаясь, боль становится тупой и сверлящей, и тогда невыносимо смотреть на свет, и стыдно перед женой за такую слабость, и хочется напиться, накрыться подушкой и проснуться только когда всё закончится. Пытаясь помочь доктору докопаться до сути, он смущённо признался, что боль появляется после приёма определённой пищи: жирного бульона, шкварок и вишнёвого варенья, а также от запаха одеколона, которым упорно и в больших дозах пользуется его жена, особенно во время менструаций, и ещё от громогласной тёщиной трескотни. Тем не менее, из опасения прослыть сумасшедшим, он не решился посоветовать жене прекратить варить бульоны и варенье, а тёще, слегка оглохшей после перенесённой в детстве скарлатины, ещё и онеметь на то время, пока он находился дома. Доктор Науменко внимательно слушал, время от времени постукивая по столу. Лёва почему-то начал раздражаться и замолчал. Моисей Наумович напоследок щёлкнул ногтем по золочёному гвоздику кожаного кресла и произнёс: «Осматривать вас я не вижу смысла: и так видно, что здоровья тут на троих. Тем более, вы утверждаете, что на работе травмы не получали. Попробуем гирудотерапию — выпишу вам немножко пиявок. Приложите к голове, они сами найдут, куда присосаться и наладят кровообращение». Лёва представил себя достающим из стеклянной банки скользких извивающихся пиявок и сразу вспомнил бабушку, её покрытый пиявками среди редких слипшихся прядей волос, неподвижный после инсульта затылок.

— Нет, — резко сказал он, — только не эту гадость. С меня и так есть кому кровь сосать.

— Ну хорошо, — легко согласился доктор, — тогда остаётся клевер. Столовая ложка на стакан кипятка. Заварите и пейте три раза в день. Для лучшего результата, на ночь привяжите ко лбу свежий капустный лист. Другого средства от мигрени пока нет. И приходите через месяц.

— Но почему именно клевер? — недоуменно спросил Лёва, бережно расправляя купюры перед тем, как положить их в предназначенную для этого хрустальную вазочку, о которой предупредила и ещё раз десять напомнила тёща.

— Это ведь лошадиная еда.

— Вот именно, милейший. Вы когда-нибудь слыхали, чтобы у лошадей болела голова? — дружелюбно осведомился доктор Науменко и ободряюще похлопал его по плечу.

2

И ВОТ СЕЙЧАС, ПО ДОРОГЕ НА ВОКЗАЛ, Лёва мысленно возвращался к тому визиту, снова и снова восхищаясь умом и обезоруживающей логикой этого человека. Что значит учёность! Ведь если подумать, в синагоге их разделяют всего несколько скамей, а на самом деле — пропасть. И тем более почётно, что именно Моисей Наумович порекомендовал его для выполнения такого ответственного поручения. Неделю назад на базаре к Лёве подошёл сапожник Беньямин и, привстав на цыпочки, шепнул: «Велели передать. Ты это, приходи вечером в ресторан на Фундуклеевской — дело есть». Не заходя домой после работы, во избежание лишних вопросов, Лёва пришёл к ресторану и тут же был направлен словно ожидавшим его швейцаром в небольшую комнатку, скрытую от посторонних глаз синей в золотых птицах портьерой. Сюда почти не доносилась музыка, было темновато и тихо, хотя народу собралось человек тридцать. И доктор Науменко — среди них. Лёве предложили сесть, пододвинули тарелку с намазанными и утыканными всякой всячиной крошечными бутербродиками. Он молча проглотил один, второй, так и не распробовав вкуса, запил стаканом сладкого вина и, как бы давая понять, что оценил оказанное ему гостеприимство, вытер подбородок накрахмаленной салфеткой. А дальше заговорил человек, имени которого Лёва не знал, но часто видел проезжающим по Крещатику в чёрном сверкающем авто. Речь его была краткой, так что, придя домой, Лёва в точности пересказал её жене с тёщей, взяв с них клятву молчания. Несмотря на предельно ясно изложенную Лёвой суть случившегося, жена, как заведённая, продолжала задавать вопросы и что особенно раздражало, сама же на них отвечала.

— Значит, тебя пригласили самые уважаемые люди города? Ну, это ты так думаешь. Сидели, смотрели, задавали вопросы. Чтоб, значит, решить, или тебе можно доверить ихнее золото. И одолжили чемодан...Чтоб ты его тащил до границы. И сам доктор Науменко за тебя поручился! А что ему оставалось, не самому же тащить! Он в своей жизни тяжелее клизмы ничего не подымал!

— А что им так приспичило вывозить золото? — озадаченно гаркнула тёща, отложив в сторону куриную фаршированную шейку с торчащей из неё иголкой. — Я вот наоборот меняю старые червонцы на бумажные. Очень удобно — карманы не обрываешь. Так червонец, и так червонец — цена одна, на рынке то же самое купишь что на то, что на это.

— Как вы не понимаете, мама, это временное явление. Ваши бумажки уже теряют цену, скоро вы на них и дохлую курицу не купите, а монета — это почти девять грамм чистого золота. Вы бы почаще с умными людьми говорили, тогда не отдавали бы царские монеты за мусор.

— А ты уже час как поумнел, — съязвила жена. — Ты кто такой, чтоб в это ввязываться? Нашли доброго дурня, ишака, который в тюрьму за спасибо сесть готов.

— Тебе не понять, какая честь мне оказана! — Лёва стукнул кулаком по разделочной доске.

Недошитая куриная шейка подпрыгнула и шмякнулась на пол. Жена вздрогнула и заморгала.

— Симочка, ты только не держи дыхание, — засуетилась тёща, — не дай бог икотка начнётся. Ты подумай, раз такие люди доверили Лёвочке такую мыссию, значит, он того стоит. А что, — она пристально посмотрела на зятя, — есть надежда, что та власть вернётся?

— Какая та, мама, — закричала пришедшая в себя Сима, — белые, зелёные, петлюровцы, царь?! От завтра они вернутся, и Лёва обратно золото перетащит. Честное слово, хорошо, что папочка, пусть ему там будет спокойно, это не слышит.

Она заплакала, и Лёве на секунду стало жаль и её, и себя.

3

ЛЁВА ОТДАЛ КУРНОСОЙ, коротко стриженой проводнице билет, и поднялся в вагон. Оглянувшись, поймал её взгляд, но не удивился — знал, что нравится женщинам. А эта была молоденькая, лет двадцати, и даже грубая, перетянутая широким ремнём фуфайка, не могла скрыть её женственности. Купе оказалось пустым. Лёва бережно пристроил чемодан под сиденьем и уставился в окно, наблюдая за посадкой в соседний плацкартный вагон. Вот так и он раньше ездил, в тесноте и вони, между мешками и корзинами, но община не поскупилась, оплатила самое лучшее место, как бы выдав аванс в другую жизнь. И он не пропустит этот шанс, сделает всё как надо, а вернувшись, обеспечит себе место среди самых уважаемых людей города. И разве не ребе Штиц так любит повторять слова одного из бесчисленных еврейских мудрецов: «Кого уважают люди? Того, кто уважает других».

Поезд тронулся. Дверь медленно поползла, и в купе бочком протиснулся молодой человек. Одет он был бедно и не особенно аккуратно: поношенные ботинки, длинноватые, явно не по размеру брюки, суконное студенческое пальтецо и ватная ушанка с опущенным на очки козырьком. Он вежливо поздоровался, по-щенячьи отряхнулся всем телом и присел напротив Лёвы.

— Чуть не опоздал,— сказал он, положил запотевшие очки на край столика и протянул узкую ладонь,— Даниил.

— А я уж думал, один поеду,— широко улыбнулся Лёва,— смотрю, все купе переполненные, а в этом — никого. Куда путь держим?

Парень замялся, шмыгнул носом: — Да вот не решил ещё, где новую жизнь начать. Какая станция понравится, там и выйду.

— О как! — удивился Лёва. — Смело! Хвалю. Я тоже в твои годы одним махом всё отрезал. Оказалось, трудно не это, трудно назад не смотреть.

Они помолчали.

— Ты, я вижу, тоже налегке,— не выдержал парень, кивнув на сумку.

— Ага,— согласился Лёва,— только вот ещё книги там в чемодане, тяжеленные, тебе их и с места не сдвинуть. Я ведь книгами торгую, сегодня тут — завтра там.

Сняв пальто, Даниил протёр очки кончиком несвежей рубахи. Этот невзрачно одетый, неприглядной наружности и несчастного вида парень вызывал у Лёвы жалость и даже некое чувство вины за то, что ему-то повезло родиться сильным, рослым, удачливым.

— Давай поужинаем, что ли? — предложил он.

Парень с готовностью согласился и без дополнительного приглашения потянулся к разложенным на газете пирожкам и картошке. Он ел жадно: продолжая дожёвывать один кусок, уже тянулся за следующим, то и дело доставая застревавшую в заднем зубе еду длинным ногтем мизинца.

«То ли голодный, то ли прожорливый»,— подумал Лёва и достал баночку с мочёными яблоками, которую собирался открыть следующим утром. И пока парень сосредоточенно их поедал, по-птичьи обкусывая мякоть вокруг кочана, Лёва попытался завязать разговор. Он рассказал о своей работе в мастерских, о недавней поломке парового котла, о тёще, которая хоть и действует на нервы, но в главных вопросах — на его стороне.

— А ты что же, работаешь, учишься, женат?

Парень отмахнулся: «Да что тут говорить? Денег — ни гроша, семьи нет, хозяин сволочь — с работы выгнал и не заплатил, с квартиры, значит, выкинули, невеста нашла себе другого, при деньгах. И вот с какой стороны ни смотри, одно разочарование. Ничего своего нет, никому не нужен, пропадёшь — никто и не заметит».

Он с аппетитом прикончил последнее яблочко. — Неинтересная я личность. Лучше ты расскажи, где товар берёшь? Свой или попросил кто продать? Какого толка книги — наших, революционных писателей или научные? А может, религиозные какие?

Лёва растерялся: — Моё дело — перевозить их в целости, а про что они — грамотным людям виднее.

Он нарочито громко зевнул и лёг, подложив сумку с бельём вместо под голову. Не спалось.

На скамье напротив, укрывшись пальтишком, приоткрыв рот, храпел сосед, и на мгновение этот храп, изредка прерываемый покашливанием, показался Лёве нарочитым. Из невнятного рассказа Даниила было неясно, как тот, не имея в кармане ни гроша, попал в купейный вагон, и Лёва пожалел, что не спросил об этом, но, вспомнив его голодные глаза, устыдился своих подозрений. Захотелось пить, и Лёва пошёл за кипятком. Его окликнула проводница,

— Ты там бэрэжись того соседа.

— Почему? — в виске как будто стали закручивать иголку.

— Та чудний вин типчик, его посадив на поезд один из цих, у кожанців. С тобой другие люди должны были ихаты, а в последнюю минуту их в плацкартный впыхнулы. А ты вкрав щось? Вороваты с такой внешностью нэ з руки — дуже ты видный.

— Да не вор я, — отмахнулся Лёва, потирая висок, — может, спутали с кем. Ты лучше скажи, когда следующая станция.

— Скоро Фастов, — ответила девушка.

Лёва вернулся в купе, насыпал в кружку сушёного клевера, залил кипятком, подождал несколько минут и выпил залпом. Потом, стараясь не шуметь, выдвинул чемодан. Поезд стал замедлять ход, просчитывая однообразные пригородные домики. Лёва увидел освещённое единственным фонарём здание вокзала. Даниил откинул пальто, спустил на пол ноги, зевнул.

— Чё-то живот болит, — сказал он, щурясь и нащупывая завалившиеся за полку очки. Это что за станция?

— Не знаю,— притворился Лёва, задником сапога заталкивая чемодан под полку.— А ты что, выходишь?

— Не, я ещё не решил. Может нам и вовсе лучше друг друга держаться? Ты мне на месте с работой поможешь, а я тебе — с чемоданом.

Он вышел в коридор, оставив внезапно вспотевшего Лёву сидеть, бессмысленно уставившись на захватанную дверь.

Лёва запаниковал. Ноги налились тяжестью и стало нечем дышать. Болел висок — тупо и дёргано. Неужели кто-то сдал, и теперь его пасёт этот никчёмный, вызывающий брезгливую жалость человечек? И если это правда, то как вообще можно было так беззастенчиво и бесцеремонно жрать из рук преследуемого? Ведь даже волк не возьмёт еды у человека перед тем, как его загрызть. Хотя разве не ел Петька Онищенко из рук Лёвиного отца, а потом избил его, уже тогда больного, до полусмерти? Из-за него, вернее из-за его всплывшего Петькиного трупа, Лёве пришлось навсегда уехать из Абазовки, где он родился и прожил двадцать пять лет.

В принципе, их село было неплохое, даже красивое, на левом берегу заболоченной тихой Берестовки, окружённое сосновым лесом. И жизнь там была неплохая, не хуже, а может, и лучше, чем в других местах. Во всяком случае, таких погромов, как в Харькове, Одессе, Киеве и даже соседней Николаевке, тут не случалось. Так, на праздники, или по пьянке односельчане — те, что накануне здоровались, дела обсуждали, рядом на базаре торговали,— пройдутся по еврейским хатам. Где стёкла побьют, где переломают всё, перевернут вверх дном. Главное — под руку не попадаться, а то изувечить могут. Потом пойдут в трактир — допивать, и наутро — опять добрые соседи. На селе жизнь скучная — чем-то ведь надо заняться. В один из таких дней прибежала на кузню мать,

— Лёвка, с отцом плохо. Еле дышит. Петька с дружками приходил за швейной машинкой. Чтоб потом на водку выменять. Отец не дал. Они и машинку забрали, и отца избили.

За те минуты пока к дому бежал, Лёва понял, что такое ненависть. Вспомнил, как с Петькой на коньках-самоделках катался, которые отец им смастерил, как тот в пальто тёплом, которое отец из своего старого перешил, наконец-то в школу пошёл, как он жил у них, ел за одним столом, когда Петькину мать за воровство посадили. Потому увидев окровавленного, лежащего на полу отца, думать не стал. Может, если бы подумал, поступил иначе. А так, взял сани, верёвку потолще и поехал в трактир. Под каким-то предлогом выманил Петьку, одним ударом уложил на сани и в лес отвёз. А там к дереву привязал и избивал пока тот не затих. Потом в речку под лёд сбросил. Когда весной на Пасху, труп всплыл, все решили — Петька по пьяни утонул. А Лёва, хоть и не жалел никогда о том, что сделал, и убийцей себя не считал, той же весной уехал в Киев. И вот так же, как сейчас, не было у него ответа на главный вопрос — что есть душа человеческая и зачем Он вселяет жизнь в такие души.

— Житомир, — заглянув в купе, объявила курносая проводница и добавила, — а попутник твой час назад на полустанку слиз.

— Как? — не поверил Лёва. — Может, тебе показалось?

— Як же, показалось! Поезд там стоял три минуты. Он один скочив и так прытко через колии побиг. Потом оглянулся и за насып нырнув — чисто суслик. А ты если обратно надумаешь, мы завтра днём у Киив видправляемся. Я у третьем вагоне буду. — Она всем телом прижалась к спускавшемуся по ступенькам Лёве. — Як не мой дружок в соседнем вагоне, може у нас з тобою любов вийшла.

4

— Всё-таки не гадом оказался, — радовался Лёва, направляясь к Замковой горе, где на базаре его должен был встретить человек без имени, — зря подозревал парня, а он и правда ехал, куда глаза глядят. Не хотел навязываться, сошёл неизвестно где, постеснялся помощи попросить. Ну да ладно. Главное, можно ещё людям верить.

Лёва вдохнул полной грудью и зашагал быстрее. Дорогу не приходилось спрашивать, потому что костёл с колокольней был виден отовсюду: базар, стало быть, находился неподалёку. Он свернул с Мельничной и краем глаза заметил двоих идущих за ним мужчин. Они шли лениво переговариваясь, и своим видом не были похожи ни на прихожан, направляющихся на службу, ни на идущих за покупками горожан.

— Люди как люди, — успокоил себя Лёва, — что ж теперь, в каждом встречном чекиста видеть?

Но скоро стало ясно, что те двое шли именно за ним и даже не пытались это скрыть. Они останавливались и терпеливо ждали, когда Лёва перекладывал чемодан из руки в руку, замедляли шаг, когда он оглядывался и вели себя так, словно давали понять — никуда от них не деться и даже пытаться — бесполезно. Лёва обливался потом, он снял фуражку и вытер ею лицо.

— Пасут. Точно пасут.

Вспомнились тёщины слова, которые она любила повторять кстати и некстати: от сумы и от турмы не зарекайся. Но и ей бы не пришло в голову, что к тюрьме может привести сума, полная золотых монет.

— На базар идти нельзя, подставлю человека, — судорожно соображал Лёва. Обогнув базарные ворота, он увидел вывеску «Баня» и шагнул за порог. Привыкший ничему не удивляться банщик, выдал номерок, шайку и мыло. Лёва прошёл в предбанник, но отдышаться не успел — раздвинув ширму, те двое выжидающе смотрели на него.

Мартовское солнце, рассыпавшееся яркими бликами в тающем снегу, ослепляло Лёву иголками, сверлящими правый глаз и висок. Он шёл, опустив голову и прикрыв глаза. Чекисты бережно несли чемодан, отдуваясь и передавая его друг-другу, каждый раз с уважением поглядывая на Лёву.

— Тяжело, чёрт, — сказал один, — может он его до участка сам и дотащит?

— Хорошо бы, но не положено, — покачал головой тот, что постарше, с усами на широком в оспинах лице, — это теперь как вроде изъятая улика.

Лёва с облегчением зашёл в полумрак тесной комнаты, сел на стул и закрыл глаза.

— Ты лучше на скамью, она прочнее, — посоветовал молодой, — стул и так расшатанный, а под тобой точно развалится.

— Ну чё, уделался со страху? — спросил усатый. — Аж на белый свет смотреть не можешь.

— Голова разламывется. Мигрень у меня. — пожаловался Лёва.

— Во сволочь, — возмутился молодой, — как потом и кровью заработанные революционные деньги врагам таскать, так здоровый, а как споймали — так барская болячка его замучила. Ишь, морщится, будто фигу ему в нос тычут. А я вот разом вылечу его лучше всяких еврейских докторов.

Он схватил с колченогого стола упакованный в кожу «Капитал» Карла Маркса и с размаху ударил безучастно сидевшего Лёву по голове. Удар пришёлся в висок, и, выпучив глаза, тот упал, стащив за собой стоящий с краю чемодан. Грязный дощатый пол покрылся звенящей золотой чешуёй. А у скамьи, лицом вниз, в нелепой позе лежал Лёва, и гордый николаевский профиль золотого червонца окрашивался кровью, сочившейся из Лёвиного еврейского, разбитого при падении носа.

— Ой бля, — выдохнул усатый, — ты чего натворил! Давай звони начальству, доложись обо всём, возьми точные инструкции.

Как сквозь вату, очнувшийся Лёва слышал отчаянные есть, так точно, и будет сделано, доносившиеся из соседней комнаты. Ныл висок, но та изматывающая, ввинчивающаяся в мозг боль, ушла. Остался привкус крови во рту и противное ощущение беспомощности.

— Велено посчитать и составить опись. К утру приедет сам из Киева и проверит. А этот — он посмотрел на Лёву, — их, похоже, не очень интересует. Так, рабочая лошадь. Хотя, хорошо бы его пустить в расход как пособника вредителей советской власти. Ну что, мигрень, полегчала? — он ткнул Лёву в плечо. — Мы, значит, монеты считать будем, а ты носить и складывать о-от в той комнате. Только дверь запру.

Всю ночь они считали и пересчитывали червонцы, золотыми столбиками складывая их в железный шкаф. К утру буржуйка остыла, и в помещении стало холодно и сыро. От выпитого самогона, смешанного с заваренным до черноты чаем, тряслись руки и пересохло в горле. Листок с многократно переправленными цифрами лежал под жестяной кружкой.

— Ну ладно, — не выдержал Лёва, — посчитали, я, пожалуй, пойду.

— Я те пойду, — икнул усатый, — щас начальник приедет, допросит тебя.

— А чё его допрашивать, — вмешался тот, что помоложе, — я ж толкую, их банду в Киеве уже давно повязали. И каждый из этих ворюг другую цифру называет. Вишь, гады какие, специально, чтобы нас запутать не говорят, сколько золота в чемодане было. Это кто ж поверит, чтоб евреи в деньгах ошибались?!

— Подожди, Йося, — усатый задохнулся от осенившей его идеи, — дык ежели они путают, то и мы можем. Так ведь?! Я к тому, что дураки будем, если себе часть не заберём. Такого случая вовек не будет. Давай возьмём чуток себе поровну, а остальное как положено, вернём.

— Получается, у родной советской власти воруем, — засомневался Йося, задумчиво ковыряя в носу.

— Дык мы ж и есть советская власть, что ж, мы, по-твоему, у себя воруем!? стукнул по столу старший. Выполняй приказ!

— А с этим шо?

— А шо, отведи за городище, к речке, да и...сам знаешь. Скажем, при попытке.

— Так вы ж бандиты, — возмутился Лёва и резко вскочил — вас самих надо к стенке!

Усатый выхватил наган.

— Стоять, сволочь! Йося, прикрой сзади!

— Да я вас обоих голыми руками, — зарычал Лёва и перевернул стол. Пуля вошла в дерево.

— Убью! — он подскочил к усатому и выдернул наган из его рук. Потом сбил с ног молодого и схватил его за шею. — Щас придушу, как цыплёнка, падла ты золотушная. Тебе мама, небось, говорила, учись, Йося, человеком станешь, а ты, нет, в чекисты подался.

— Федя, помоги, — прохрипел молодой.

— А чё, — гоготнул тот, — один жид другого мочит! Это ж когда такое за бесплатно увидишь!

Лёва отпустил посиневшего, мешком осевшего на пол Йосю и вплотную приблизился с старшему.

— Я бы тебя сейчас прикончил, гад ты усатый, но не хочу ещё один грех на душу брать. Всё. Ухожу. Подавитесь тем золотом, а чемодан забираю — я его отдать должен. Наган в реку брошу. Начальству сбрешете чего-нибудь.

Закинув сумку в пустой чемодан, он переступил через Йосю, выбил ногой запертую дверь и через секунду растворился в зябкой серости предрассветного тумана.

5

ЛЁВА ШЁЛ ПЕРЕУЛКАМИ И ПРОХОДНЫМИ ДВОРАМИ, останавливаясь и пережидая в чужих парадных, снова и снова подозрительно оглядываясь, в тысячный раз убеждаясь, что за ним никто не следит, и потому появился дома только три часа спустя после прибытия поезда. Его удивила незапертая дверь и доносившийся из кухни шум голосов.

«Странное время для гостей, вроде не шаббат», — подумал он и прислушался.

— Только не надо его хоронить, — всхлипывал голос тёщи, — нашего Лёву так просто не возьмёшь.

— Ой, мама, — запричитала Сима, — я предупреждала, а ты — мыссия, мыссия. Червонцы сюда, бумажки — обратно. И он туда же, героя из себя корчить. А теперь что, в какой тюрьме или на каком кладбище его искать?

— Типун тебе на язык, — вступила какая-то женщина, голоса которой Лёва не узнал.

— Вы, Софа, вообще постыдились бы сюда приходить, — завыла жена, — если бы не ваш доктор Науменко, которого вы рекомендовали всем подряд, мой муж сидел бы сейчас на вашем месте и ужинал. Судя по животу, я вижу, теперь вы, невроко, прекрасно переносите сперму в неограниченном количестве и ждёте двойню. А мой ребёнок, — она зарыдала, — родится сиротой.

Лёва, шагнув в кухню, спросил — какой ребёнок?

— Лёвочка, — взвизгнула тёща, победно обведя взглядом замерших от неожиданности женщин, — ну, кто был прав? Сима, — она тут же переключилась на дочь, — как ты не сказала маме такую новость? У тебя точно родится девочка — ты в последнее время постоянно зеваешь.

Всю ночь Лёва ходил из угла в угол, то и дело поглядывая в окно, прислушиваясь к шорохам на лестничной площадке. Но, похоже, он больше никого не интересовал, и это было по меньшей мере странно. Тем не менее, улица оставалась абсолютно пустынной, мокрый мартовский снег таял, не долетая до чёрной брусчатки, и казалось, ничто не в силах нарушить эту красоту и покой. Но Лёва уже знал, что покой измеряется минутами,

и что нечаянные шаги или мелькнувшая тень могут стать пред-
вестниками беды, как пробежавшая по зеркалу трещинка. Безмятежность ночного безмолвия непонятным образом тревожи-
ла и гнала из дома навстречу мучившей Лёву неизвестности.

Рассвело. Тёща в надетой поверх ночной рубахи вязаной коф-
те, уже возилась у примуса. По-детски уткнувшись в подушку,
крепко спала Сима — с ней в такт дышал их ребёнок, которому
он, Лёва, дал жизнь и за которую был в ответе. Взяв пустой чемодан, Лёва направился к доктору Науменко. Проходя по Фундуклеевской мимо гостиницы, он заметил, что вывеска ресторана исчезла. Двое рабочих вытаскивали из дверей столы, стулья и ящики с бутылками, небрежно прикрытые синей с золотыми цаплями тканью. Застыв, он наблюдал, как молодой пар-
нишка в кожанке выводил на улицу знакомого ему швейцара.

— Встретишься со своим хозяином, холуйская ты морда, авось
вместе чего и припомните, — приговаривал он, подталкивая того к машине.

Завернув на Бибиковский бульвар и подойдя к дому, с балконов которого обречённо взирали облупившиеся лепные женские барельефы, Лёва замедлил шаг, но всё же заставил себя
подняться на второй этаж. Дверь открыл сам Моисей Наумович,
вернее, его тень.

— А, это вы, — нерадостно пробормотал он и пропустил Лёву
в прихожую. — Проходите, только осторожно, не заденьте вот
тут, вещички.

Потухший взгляд доктора в контрасте с суетливой скороговоркой, так ему не присущей, озадачил Лёву не меньше, чем
изменившийся вид квартиры. Вдоль стен прихожей, на ещё
пару дней назад натёртом до блеска, а сейчас заслеженном
полу, стояли тюки и баулы, от сваленной на вешалке одежды
несло потом, дверь в столовую была открыта настежь, и оттуда воняло папиросным дымом. Доктор проследил за Лёвиным
взглядом.

— Да, не Париж. Но и не Лукьяновская тюрьма. Пока.

Из столовой в дальнюю комнату, слегка косолапя, прошла
горничная. Узкая серая юбка военного покроя, сменившая платье, укорачивала её накачанные ноги, делая их ещё мощнее.
Зайдя в кабинет следом за доктором, Лёва протянул чемодан.

— Вот, не знал, кому отдать. Не вышло у меня с поручением, кто-то нас выдал, и золото осталось в Житомире, но клянусь, моей вины тут нет, и себе ничего не взял. Сам удивляюсь, как живым остался. Знал бы кто настучал, своими руками задушил.

— А что тут знать, прервал его доктор, нервно перебирая пачечку незаполненных рецептов, — вот она, ходит тут по-хозяйски, как ни в чём не бывало. Меня уплотнили — ей с сожителем половину квартиры отдали. Да я не жалуюсь, могли бы посадить или вообще расстрелять, если бы жена их главного комиссара не была моей пациенткой и школьной подругой моей жены — счастье, что она не дожила это всё видеть. А вот отец не выдержал — его парализовало в прошлую субботу, когда вместо ребе Штица они прислали нового, а тот оказался чекистом.

— Как, — изумился Лёва, — он сам признался?

— Кому нужны его признания? Он так читает на иврите, как я на китайском.

Дверь кабинета распахнулась.

— Гражданин Ройтман-Науменко, — раздался знакомый голос, — опять нарушаем режим, а? Принимаем симулянтов в интимной обстановочке при закрытых дверях? Придётся сообщить начальству.

— Познакомьтесь, сожитель моей горничной, и по совместительству — комиссар, — виновато вздохнул доктор.

Лёва медленно повернул голову и встретился взглядом с Даниилом.

— Как поживаешь, сволочь? — заикаясь от злости сказал Лёва. — Надо было тебя, гада, тогда из поезда выкинуть вместо того, чтобы кормить, поить, да байки слушать. А ты всю, значит, дорогу, вынюхивал, выспрашивал, чтобы потом, как гнида последняя сбежать.

Даниил расхохотался. — Да что там вынюхивать было! Ты ещё только на вокзал наладился, а мы уже знали, куда едешь, к кому и зачем. Я ж от самого дома за тобой шёл, любовался, как ты гусем вышагивал. И вся твоя конспирация с книгами — это ж цирк сплошной, я просто имел на тебя сожаление.

Не говоря ни слова, Лёва схватил со стола хрустальную вазочку и швырнул её в голову Даниила. Тот резко присел, и она, ударившись о стену, с грохотом упала на пол, не разбившись. Доктор Науменко протестующе замахал руками.

— Не надо, прекратите! Не пачкайте свои руки, Лев! А вам, молодой человек, — он перевёл взгляд на побледневшего Даниила, — о душе надо подумать. Вы ведь больны. Я предупреждал, у вас начальная стадия чахотки, туберкулёз.

— Врёшь, — сквозь зубы сказал Даниил, — это ты меня из классовой ненависти пугаешь. А не понимаешь, что раньше меня сдохнешь, потому что я вот прямо сейчас тебя кончу.

— Видите, — обратился доктор Науменко к Лёве, — бесполезно взывать к разуму, когда серое вещество принимает цвет их знамени. Идите, Лев, идите отсюда на свежий воздух, а то эта нездоровая обстановка может стимулировать новый приступ мигрени. Кстати, как ваша голова?

Лёва задумался. — Вы знаете, — сказал он, выйдя на лестничную площадку, — меня вылечили там, в Житомире.

— Что вы говорите, — оживился Моисей Наумович, — и кто этот врач?

— Карл Маркс, но вам вряд ли знакомо это имя, — ответил Лёва и спустился на улицу.

У парадного уже ждала машина...

Ночь — светла

«И да будет вам ночь — светла!»
Марина Цветаева

Дмитрий Рошка с трудом скрывал раздражение, — сегодняшняя встреча затянулась до неприличия. Тем не менее, он продолжал методично подписывать свои книги, попутно отвечая на вопросы читателей. Вопросы эти практически не менялись, потому он отвечал не задумываясь, негромким голосом, дружелюбно улыбаясь, при этом не забывая держать дистанцию. Правда ли, что, работая над вашим знаменитым романом, вы жили на десять рублей в неделю? Удивились ли успеху, огромным тиражам и престижной литературной премии? Каковы ваши творческие планы?

Этот вопрос особенно действовал на нервы, потому что звучал, как издёвка. Последняя книга вышла десять лет назад. Она писалась так легко, будто кто-то надиктовывал текст. Книга бесконечно переиздавалась и неизменно раскупалась, впрочем, как и предшествующие ей сборники ранних рассказов. А новые планы оставались планами, потому что иссякли идеи и то ощущение абсолютного счастья, когда, садясь за стол, не ждёшь вдохновения, а пытаешься поспеть за ним, не замечая и не отвлекаясь на то, что происходит вокруг. В те желанные часы он ощущал себя Моцартом; тексты рождались в их словесной партитуре, целиком. Записывая их, ему оставалось только расставить динамические оттенки, штрихи, которые он называл подсветкой, позволяющей проникнуть в глубину и философичность собственной прозы. А потом всё это куда-то делось; творчество стало работой. Написанное вечером, наутро оказывалось тяжеловесной, вымученной писаниной.

Зал почти опустел. Ещё немного, и можно ехать домой, в спокойный полумрак квартиры.

— Как вам подписать книгу? Как ваше имя? — спросил он у немолодой, провинциального вида женщины.

— Вера. Но это не для меня, для мамы, — поспешно ответила она. — Её зовут Эмилия Степановна Прудковская.

Он аккуратно вывел имя на глянцевом развороте и поинтересовался: «Ваша мама, случайно, не учительница»?

— Ну да! А вы её помните! Вот она обрадуется, — застрекотала женщина, наклонившись и задышав ему в лицо. — Мама так гордится, особенно когда вас по телевизору показывают. А я в Москве проездом. Смотрю, встреча объявлена. Вот решила маме сюрприз сделать, вашу книжку с автографом привезти. А вы не могли бы тут приписать что-нибудь личное? Что-нибудь от ученика — любимой учительнице?

— Вы на словах привет ей передайте, скажите, что уж, конечно, помню её, что... Он запнулся и, подавшись назад, начал искать в портфеле ключи от машины. — Просто привет передайте. Ладно? Извините, опаздываю.

Дмитрий Павлович любил водить машину. Это занятие его расслабляло. Московские пробки он воспринимал, как подаренное для размышлений время: наблюдал за лицами, поведением томящихся в соседних машинах людей, сочинял судьбы. А сейчас, застряв буквально в десяти минутах от дома, он невольно подумал об этой радостно-непосредственной женщине, Вере, вернее, о её матери. Сколько же ей сейчас? Наверное, под восемьдесят, как и его маме. Они же одного поколения. Мама с годами как-то ссохлась, сгорбилась, а та, скорее всего, расплылась, потому что и в молодости была пышнотелой, рыхлой, с широкими боками и полными, с ямочками на локтях, руками. И на щеке была ямочка, отчего Эмилия Степановна всегда казалась доброжелательной и смешливой. Нос картошкой, светлые, вечно сальные, чуть подкрученные волосы, и голубоватые глазки под толстыми стёклами очков. Кажется, было у неё двое детей. Да, точно, девочка и мальчик. Когда их класс осенью посылали на сбор винограда, Эмилия Степановна носила детей по полю в большой корзине, как щенят, иногда оставляла под деревом. Они и спали там, прижавшись друг к другу спинками. Проснувшись, жевали приторный виноград, запивая тёплым чаем цвета мочи, из бутылки с соской. И сын, и дочь были похожи на мать

соломенными волосами, вылинявшими, под короткими прямыми ресничками глазами и белой с синевой кожей. Вечером
на автобусной станции их встречал муж, вернувшийся с войны
вроде бы целым, но каким-то заторможенным, с лицом, никогда не меняющим отрешенно-удивленного выражения. Чем-то
его поникшая фигура с покатыми плечами и маленькой головой напоминала узкую бутылку с воткнутой не до конца проб-
кой. Он брал на руки детей и шёл за женой, мелко переставляя
ноги в тяжёлых ботинках. А она торопливо семенила впереди,
перебирая полными ногами в перекрученных, со складками на
щиколотках чулках, что-то рассказывала, размахивая руками,
и смеялась своим похожим на всхлипывание смехом. Из раз-
реза чёрной сатиновой юбки выглядывала неизменная белая,
с узким кружевом комбинашка.

— Я бы такое бельё как платье носила, — повторяла Мирра, его
одноклассница, — зачем такую красоту под юбкой прятать? —
И с сожалением смотрела на своё бесформенное, давно поте-
рявшее цвет, платье. А Дима шёл поодаль, потому что даже на
свежем утреннем воздухе чувствовался тяжёлый запах несвежей
одежды и немытого тела, исходящий от Мирры. И всегда пахло изо рта, о чём он стеснялся сказать и потому старался с ней
не общаться. Впрочем, как и все в классе. Но семья Мирры жила с ним в одном доме, а мама, которая почему-то жалела всю
её семью, иногда просила Диму отнести туда — то остатки супа,
то пару картошек или кусок мыла. В квартиру он никогда не заходил из-за вони: сдерживая дыхание, совал в руки передачу
и, не говоря ни слова, убегал. Но затхлый запах нездоровья, плесени и мусорных очисток, вырывавшийся на лестничную площадку, ещё долго его преследовал. И даже сейчас, спустя невероятное количество лет, сидя в пахнущем кожаной обивкой но-
веньком Шевролете, он непроизвольно поморщился.

Мирра восхищалась Эмилией Степановной и всегда смотрела на неё с немым обожанием. А та не относилась к ней ни хорошо, ни плохо — просто не замечала, как не замечают изо дня
в день стоящий на том же месте предмет, который привыкли обходить, чтобы не ушибиться. Проходя между рядами, она
никогда не задерживалась у её парты, где та сидела в одиноче-
стве, не обнимала её за плечи, как других детей, и почти никогда

к ней не обращалась за исключением тех редких случаев, когда вызывала к доске. И когда та выходила, Эмилия Степановна или отодвигала свой стул или пятилась к окну, оттуда рассеянно выслушивая ответ.

— Садись. Как всегда, — неодобрительно говорила она и поясняла, — Мирра пока сильно отстаёт, подождём лучших времён.

Дима знал, что в эвакуации, попав в какой-то узбекский кишлак на десять домов, Мирра пошла в школу с большим опозданием и потому была зачислена не в шестой класс, а в их, четвёртый. Письмо и особенно арифметика давались ей с трудом, но дополнительно заниматься с ней не хотели ни дети, ни сама учительница, потому что вместо жалости она вызывала неприязнь. Её дразнили, особенно после урока физкультуры, когда она залезла на самый верх шведской лестницы в длинной майке поверх своих невесть откуда ей доставшихся солдатских кальсон без пуговиц, и снизу было видно всё то, что в обычной плоскости пребывания майка скрывала. Митю затошнило от увиденного. Подошедшая Эмилия Степановна некоторое время понаблюдала за застывшей наверху Миррой и приказала ей слезть. Та неуклюже спустилась, влезла босыми ногами в мужские ботинки без шнурков и молча проследовала в коридор за учительницей. Директор посоветовал ей уйти домой до окончания уроков, чтобы избежать насмешек одноклассников.

Она не появлялась в школе дня три, пока Димина мать не отдала ей своё перешитое, красное в клетку платье, и Дима злился каждый раз, видя в нём Мирру. Он не понимал жалости к этой сероглазой бровастой девочке с огромной нечёсаной косой и резким запахом отчаянной нищеты. Он отказывался ей сочувствовать, потому что и сами они жили бедно, впятером в одной комнате с кухней: он, родители и старшие сёстры, но их бедность не воняла и не выставляла себя на посмешище. Мирра, которая постоянно крутилась вокруг него, своими попытками обратить на себя внимание и подружиться, злила, потому что вынуждала доказывать, что он не имеет с ней ничего общего. И он, как все, грубил и кривлялся, отчего ненавидел и её, и себя.

Машины наконец-то поползли. Заработали «дворники», смахивая со стёкол крупные капли начинающегося весеннего дождя. Дома было пусто и тихо. Сильно пахло сиренью — утром, накануне отъезда на дачу, жена оставила в вазе букет. А он терпеть не мог этот горьковатый запах, от которого вечно болела голова, и потому пошёл на кухню заваривать ароматный, привезённый из Колумбии кофе, хотя пить не хотелось. И вообще ничего не хотелось. Лучше просто лечь и закрыть глаза. Возраст — устаёшь непонятно от чего.

Эта женщина действительно напоминала свою мать. Такая же суетливая и неряшливая; неумело накрашенное лицо с мучнистыми крапинками пудры на вспотевшем носу, поплывшие голубые тени, блеклые в остатках помады губы. Эмилия Степановна пользовалась помадой только в преддверии больших праздников. Тогда она появлялась в красной крепдешиновой блузке, заправленной в ту же чёрную сатиновую юбку с разрезом. Дима заметил, что в такие дни она преподавала более вдохновенно и эмоционально и, что было ей несвойственно, отвлекалась от темы. Так было и в тот предпервомайский день, когда Эмилия Степановна, раздав проверенные изложения, начала размышлять вслух. Она умела похвалить, подобрать ободряющие слова, от которых хотелось летать, и Дима всегда их ждал, снисходительно жалея тех, кто не оправдывал учительских ожиданий.

— Мирра, — вздохнула она, остановившись возле задней парты, — ну что тут скажешь. Грустно и печально, что даже такая волнительная тема не вызвала в тебе эмоций. Всё серо, убого, в радиусе пяти глаголов и трёх прилагательных. Не говоря о грамматических ошибках. Хотя, тут нужно дать скидку, нерусский человек не в состоянии прочувствовать русский язык. А ты — еврейка. Нет, я не хочу сказать, что евреи или там какие-то турки — тупые, но нет у них этого ощущения великого языка.

Она ободряюще улыбнулась и тетрадкой похлопала Мирру по плечу. Та, продолжая смотреть на учительницу влюблёнными глазами, вымолвила: «А я русская».

— Ну какая же ты русская с таким именем и фамилией? — Эмилия Степановна сочувственно улыбнулась, и на её щеке расползлась уютная ямочка, столь обожаемая Миррой.

— Я правду говорю, вы просто не знаете, — щенячьим голосом возразила та.

— Прекрати, — раздражённо прикрикнула учительница, впервые за год глядя ей в глаза.

— А вот мой папа, молдаванин, работает в русской газете, и он говорит, что слово волнительный — неправильное. Надо говорить волнующий, и вы сами сделали ошибку, — неожиданно для самого себя выпалил Дима и осёкся, ударившись о каменный взгляд учительницы.

Она подошла к нему вплотную и стояла, нервно постукивая по парте костяшками пухлых пальчиков с обкусанными ногтями. На поджатых губах расползлась неровно наложенная помада, и оттого рот казался немного перекошенным.

— Выйди из класса, Рошка, и захвати свою подругу.

Она указала на дверь. Под мышкой, на красном крепдешине, расплывалось мокрое пятно.

С того дня Эмилия Степановна перестала его замечать так же, как Мирру, а чтобы не замечать было ещё проще, посадила их за одну парту, сбоку у стены. Первое время Дима пытался поймать взгляд учительницы, но она смотрела мимо или сквозь, и улыбалась безразлично, поверх его головы, в никуда. Из-за этого Дима ещё больше ненавидел Мирру, а она, чувствуя это, стала ещё более замкнутой, и теперь сама отодвигалась, когда он садился рядом. Но в один из майских дней она неожиданно отозвала Диму в сторонку и прошептала: «Ты слышал, Эмилия Степановна сказала, что любит всё сиреневое, особенно цветы. Если мы принесём сирень, может, она поймёт, что мы её любим».

— А деньги?

— На старом кладбище можно наломать огромный букет. Я туда часто хожу, потому что после похорон попы раздают горсти варёного риса. Только идти надо, когда стемнеет, после вечерней службы.

С трудом отворив чугунные ворота, они зашли на кладбище и сразу же, перейдя на его старую, заросшую кустарниками и травой часть, задохнулись запахом сирени. В свежем сыроватом воздухе она пахла непривычно сильно, хотя росла вдали, с противоположной стороны вдоль ограды, где уже кончались кресты, памятники и беседки. Пока они подошли к этой сиреневой изгороди, совсем стемнело. Ветки ломались с громким треском, обнажая нежную зеленую кожицу. А они выбирали самые ровные, с пышными, едва распустившимися гроздьями, безжалостно бросая чуть завядшие под ноги.

— Увидишь, ей понравится,— повторяла Мирра, и это бормотание убеждало их обоих в том, что, увидев положенные ранним утром на стол букеты, учительница наконец-то заметит и их самих.

Ливень начался внезапно. Они залезли под кусты и сидели, прижавшись друг к другу, вздрагивая от холодных тяжёлых капель, скатывавшихся за шиворот. А потом стало очень темно и тихо. Но почему-то не было страшно. Наоборот, Дима удивился ощущению безопасности и покоя, которое ощутил только однажды, очень давно, когда его, бегущего, обняла мама и спрятала от кого-то, заслонив собой.

Мирра аккуратно стряхнула капли воды с обломанных веток и села рядом на мокрую траву. Её полу распущенная тяжёлая коса касалась земли, и от этого она стала похожа на Русалочку с картинки, точно такую, как из Диминой книжки сказок Андерсена. Растопыренными пальцами она стала расчёсывать пряди русых волос, но опять стало накрапывать. Подхватив чуть побитые дождём букеты, они побежали в школу. На первом этаже занимались вечерники, а на втором, где одиноко горела тусклая лампочка, освещавшая лестницу, никого не было. Дверь в класс была открыта, недавно вымытые полы пахли хлоркой. Мирра разложила на столе сирень так, что ветки образовали веер, потом вынула из кармана коричневую штопальную нитку и сцепила ею концы букета, вывязав подобие бантика. Они шли домой в предвкушении счастья, до которого оставалась одна ночь.

Дмитрий Павлович любил работать по ночам, когда ничего не отвлекало — ни шум за окном, ни звяканье кухонной посуды, ни телефонные звонки с последующей болтовнёй жены и её непрерывными удивлёнными или сочувствующими восклицаниями. Свой первый рассказ, вернее, это была сказка, он написал ночью, после взбучки, заданной отцом за позднее возвращение. О сирени он не сказал ни слова. Но ночью, сидя за кухонным столом то, о чём думалось на кладбище,— смутные воспоминания, впервые испытанные ощущения,— он попробовал выразить словами, которые на бумаге зазвучали совсем иначе, и смысл у них был иной, более глубокий, чем если были они сказаны вслух. И мама не удивилась, застав его на полутёмной кухне за этим занятием. Прочитала и сказала странные слова: «Ночью лучше слышишь чужие души и свою начинаешь понимать». И он ей поверил, детской простодушной верой, хотя лишь гораздо позже понял, что она имела в виду. И ещё запомнился испуг, когда на долю секунды ему показалось, что он не сможет вернуться из вымышленного мира, потеряется и не будет найден. Повзрослев, он уже сам стремился к этому состоянию затерянности, оказавшимся тем самым вдохновением, и он всегда старался его удержать или продлить, при этом осознавая тщетность попытки.

Мирра ждала за углом их серого, сталинской постройки дома. Всю дорогу до школы она улыбалась, и эта радость ожидания передалась ему. Он тоже улыбнулся, встретившись с ней взглядом, но всё же отстранился, когда она попыталась взять его за руку. Аромат сирени застиг их ещё на лестнице, а в классе он был настолько силён, что Дима почему-то зажмурился. Вокруг стола стояли дети и с недоумением смотрели на растрёпанный веник поникших, сморщенных гроздьев.

— Надо было вчера концы веток обмотать мокрой тряпкой,— прошептала Мирра и осеклась, увидев в дверях Эмилию Степановну. Та подошла, встревоженно глянула поверх голов и скривилась.

— Кто принёс эту гадость? — нервно спросила она, и Дима почувствовал, как между лопаток пополз противный холодок.— Вы что, издеваться решили? Надо мной!? Я вас учу, терплю, а вы так, со мной!

Она трясла головой, и её голос срывался на визг, а мягкие кудряшки со следами резинок от бигуди бились о толстые стёкла очков.

— Кто? Я просто хочу знать имя этой неблагодарной дряни!

Внезапно она остановила взгляд на Мирре, продолжающей радостно улыбаться. — Ты,— выкрикнула Эмилия Степановна,— ты всегда меня ненавидела! Хочешь быть как все. А ты не как все. Посмотри на себя — немытая, вонючая дылда с картавым именем. И цветы твои такие же вонючие. Где ты их насобирала — на могилах?

Она брезгливо, локтем столкнула ветки на пол, и они шлёпнулись Мирре под ноги с глухим стуком. — Пойди вынеси этот мусор. И, знаешь что, лучше тебе перейти в другую школу, подальше отсюда.

Неуклюже нагнувшись, Мирра собрала цветы в охапку и молча вышла из класса. Потом так же молча, вернулась, села за парту и просидела до конца уроков, не произнеся ни слова. И в течение нескольких оставшихся до конца учебного года недель, никто не слышал её голоса. Впрочем, кроме Димы, никто к ней и не обращался. Да и он перестал, поняв, безуспешность этих попыток. Собственно, всё наладилось: Эмилия Степановна пересадила его за переднюю парту, и для него она стала прежней милой, смешливой, добродушной учительницей. Но почему-то с каждым днём в нём накапливалась беспричинная к ней злость, и то, что так когда-то нравилось ему и Мирре, — ямочки на локтях и щеке, беззащитный прищур глаз, сладковатый запах цветочных духов, вечная комбинашка в разрезе юбки, — стало ненавистным. И Мирру он тоже ненавидел, потому что каждый раз, наталкиваясь взглядом на её безучастное лицо, чувствовал себя виноватым.

За день до начала летних каникул Эмилия Степановна пришла в новом платье — чёрном с белым круглым воротничком. Этот вязаный кроше воротничок был неровно пришит, и оттого шея казалась чуть искривлённой. И полноватые в щиколотках ноги тоже казались кривоватыми из-за перекрученной стрелки чулок. Эмилия Степановна была в прекрасном настроении от тёплой, почти летней погоды, от принесённых учениками букетов, от своего нового платья, которое она непрестанно одёргивала на талии, и от ощущения себя — молодой, красивой и любимой. Она вынула из папки пачку фотографий их класса, сделанных приглашённым фотографом, и начала их раздавать.

— Через пятнадцать минут мы построимся на торжественную линейку, — сказала она подрагивающим от волнения голосом, — и вы перейдёте в пятый класс. У вас начнётся совсем другая, почти взрослая жизнь. Новые предметы, новые учителя. Но я хочу надеяться, что вы не забудете меня, свою первую учительницу, которая вела вас четыре года и научила не только арифметике, чтению и письму, но и доброте, дружбе и всему, что пригодится в жизни. А вот эти фотографии помогут вам, уже взрослым людям, вспомнить наш класс и меня — такую, как сейчас.

Дима взглянул на фото. Двенадцать мальчиков в два ряда справа от учительницы и десять девочек слева. Он и Мирра по краям. Лица Мирры не видно, потому что голова опущена, длинная чёлка закрывает глаза, а плечи подняты, будто она стыдится своего роста и хочет казаться ниже, незаметнее, сделать вид, будто её вообще нет.

— Ну, а если о ком-то хочется забыть, то это легко сделать,— продолжила Эмилия Степановна.

Она взяла ножницы и аккуратно вырезала Мирру, оставив на её месте овальный силуэт.— Надеюсь, уроки труда не прошли для вас даром,— закончила она и ласково улыбнулась так, что милая ямочка на щеке обозначилась ещё глубже.

Что-то мешало Диме дышать, точно так же, как во сне, когда он бежал и хватал ртом воздух, и плакал, и кричал, пока не утыкался в мамину юбку, а проснувшись, не мог вспомнить, что заставило его искать спасения.

Да вот он, этот альбом с фотографией, в книжном шкафу на верхней полке. Дмитрий Павлович раскрыл его посередине: коричневые толстые страницы,— сейчас таких не делают,— с прорезями для обрезанных зубчиками фотографий. Вот и он, крайний слева: смоляные вьющиеся волосы, торчащие уши, нос с горбинкой, внимательный взгляд прямо в объектив, чуть опущенные уголки губ. И два зияющих пустотой контура — учительницы в центре и Мирры — справа. Он вырезал их обеих: Мирру — ещё тогда, на последнем уроке, а Эмилию Степановну — вечером, когда вернулся домой, заперев учительницу в опустевшей школе. Он и сейчас до мелочей помнит её, сидящую за столом, напоследок заполняющую классный журнал — стопка учебников рядом. Белые туфли-лодочки валяются под стулом, и сидит она, по-детски свесив одну ногу, подогнув другую под себя. Сняла очки, устало потёрла глаза и картофельный носик, зевнула и снова принялась сосредоточенно писать. Дима закрыл дверь и повернул украденный днём у вахтёрши ключ. Последнее, что он услышал, был негромкий удивлённый вскрик и шлёпанье босых ног по полу. А когда Эмилия Степановна начала стучать в дверь, он был уже на улице, и оттуда смотрел на мечущуюся тень в единственном освещённом окне.

Дмитрий Павлович усмехнулся той детской попытке стереть, вырезать из памяти то, что не в его силах было изменить, то, что отрицало справедливость и свидетельствовало о его слабости. И эта невесть откуда появившаяся женщина, Вера, подтвердила её тщетность.

Летом Мирра исчезла: он больше не видел её ни во дворе, ни в близлежащем парке, где до того она часто возилась с малышнёй. Оказалось, её поместили в какую-то лечебницу для детей с нарушенной психикой.

— Вот несчастная семья, — сказала мама за обедом, — своего ребёнка потеряли, чужого взяли, и тот не здоров.

— Как чужого, — удивился Дима, — это Мирра чужая?

— Да. Их девочка умерла от тифа в эвакуации, а эту, — звали её Маша Никитина, — подобрали в поезде, когда возвращались домой. Её мать умерла в том же поезде, уж не помню, от чего. А Маше они дали имя своей дочки, она и возраста такого же была.

— Так получается, Мирра — русская?

— По крови — да, но не по документам. Понять-то их можно. Но дочку ведь не вернёшь, а ребёнку с таким именем жить, как с клеймом, хоть и не похожа она на еврейку. Жаль и её, и родителей. Теперь вот неизвестно, заговорит ли опять, и главное, не могут определить причину — то ли что-то наследственное, то ли результат шока. Как же определить, если молчит она?

Незаметно стемнело, но свет включать не хотелось. Дмитрий Павлович отложил альбом и лёг. Через открытую форточку доносился только шум дождя: окна квартиры выходили не на шумный проспект, а во двор. Завтра рано утром ехать на дачу. Он обещал жене, тем более что и сын с семьёй там будет, и гостей пригласили отметить начало дачного сезона. Длинным оказался день, и эти творческие встречи невероятно утомляют своей бессмысленностью. А когда-то так нравилось быть в центре внимания, ощущать интерес к себе, обсуждать написанное, что-то доказывая людям, которых он видел впервые и с которыми больше никогда не встретится. Тогда это вдохновляло, потому что заряжало верой в себя, в исключительность своего таланта. А теперь он таким образом осознанно убивал время, потому что это было проще и менее унизительно, чем чтение собственных бездарных, вымученных за ночь строк.

Растревоженная память не давала уснуть. Пахнущая сиренью и кофе ночь, казалось, замерла между вечером и утром, между когда-то пережитым, но забытым прошлым, — и настоящим.

Была дорога, в низине, под косогором, и были слышны паровозные гудки, стук составов на перегоне. Да, по другую сторону проходила железная дорога. А он шёл по жаре, в пыли. В сандалии набился песок, но почему-то нельзя было остановиться и вытряхнуть его. Он шёл очень долго, в веренице других людей. Никто не знал, куда они все идут. А он всё спрашивал у женщины, державшей его за руку. Лица её он не мог разглядеть. Сзади шла девочка лет семи, рыжая в веснушках, тащила сумку, из которой выглядывала лысая кукла. Справа, чуть поодаль, шёл человек в форме, в сапогах, с автоматом. Лица не видно из-под каски. Вот он прошёл вперёд, и видна его спина в мокрой от пота форме. Слышны выкрики. Что-то происходило там, куда прошёл солдат, и они наконец-то остановились. Женщина, державшая его за руку, присела на корточки, — у неё совсем молодое лицо, чёрные кудрявые волосы под косынкой, — и зашептала, обнимая: «Даня, посмотри туда. Видишь, наверху, на косогоре, стоят три женщины? Беги к той, которая плачет, слева. Слышишь. Только к ней. И не оглядывайся. Пожалуйста, не оглядывайся!»

Она оторвала его руки от своих, подтолкнула, и он побежал. Сначала молча, а потом, карабкаясь наверх, крича и задыхаясь от страха и отчаяния. И там, наверху, его встретили другие руки, и он замолчал, потому что на плач не осталось сил. На миг он подступил к краю и нашёл глазами женщину в косынке. Она брела, не оглядываясь, сгорбленная, похожая на старуху.

Лязгнула дверь лифта, и опять стало тихо. В комнату, сквозь неплотно задёрнутые шторы, щупая первым солнечным лучом натёртый паркет, вползало утро. Обмотавшись пледом, Дмитрий Павлович потянулся к телефону и набрал номер дачи.

— Я не смогу приехать, — сказал он жене, — срочная командировка, извинись перед гостями.

Теперь надо было позвонить маме и потом ехать в аэропорт, попытаться купить билет у стойки. Он снял трубку и набрал номер.

— Да, слушаю, — ответили на другом конце.

Мамин голос с годами ничуть не изменился, никогда не скажешь, что он принадлежит восьмидесятилетней женщине. Вот отец — другое дело, покашливает по-стариковски, и голос от многолетнего курения стал скрипучим и осипшим.

— Да, я слушаю. Говорите.

— Мама, ты? Я, может, прилечу сегодня. Если достану билеты. Нет, ничего не случилось, так, по работе, заодно и с вами повидаюсь.

Так, теперь насчёт билетов. Он снова потянулся к телефону, но раздался звонок.

— Дмитрий Павлович, это Антон, из Союза писателей. Через два часа прилетает делегация зарубежных литераторов. Непременно надо встретить. Ваше присутствие абсолютно необходимо. Знаем, что воскресенье, но молодым такую ответственность доверить не можем. Имена не те, да и вести себя достойно ещё не научились. Там, наверху, ваши отговорки не поймут. Так что ждите машину.

Гудки перебили запоздавшие возражения, и Дмитрий Павлович положил трубку. Ну, может оно и к лучшему. Та женщина просила его не оглядываться, и он сдержит слово. А сны — это всего лишь следы детских страхов и догадок, ответы на которые лучше не знать.

Какой всё-таки навязчивый запах у сирени. Дмитрий Павлович вытащил из вазы букет, засунул его в полиэтиленовый пакет и направился к мусоропроводу.

Начинался новый день.

Точка пересечения

(*монологи в стиле блюз*)

Кошка на подоконнике

Мне дали плебейское имя Мурка, а могли бы назвать Эльвирой или Изабеллой. Мурка вызывает ассоциации с существом тусклым и примитивным.

Помню, в приюте, откуда меня забрала мама, этих, образно выражаясь, мурок было не считано: невыразительная внешность, нелюбопытный, ограниченный ум. Именно из-за таких нас считают глупее собак. Хотя я всё пытаюсь и не могу понять, в чём выражается пресловутая собачья сообразительность. Вон бежит пёс, не помню, как называется порода эта мордатая, и непрерывно отряхивается под моросящим дождём. Спрашивается, чего отряхиваться, если через минуту опять мокрый? Нормальным, уважающим себя кошкам, чужда эта собачья суетливость, как и заискивающий взгляд, сопровождаемый слюноотделением и вилянием хвостом. И уж точно никто бы не смог меня заставить идти на поводке, да ещё под дождём. А этот трусит рядом, преданно смотрит хозяину в глаза и не понимает, что вывели его только для того, чтобы в доме не нагадил. Вот пожалуйста, уселся под деревом. Даже зарыть за собой не может. Смотреть противно.

Учительница предпенсионного возраста

Когда я поняла, что у меня начался климакс, тут же купила книгу «100 рецептов счастья». Диагноз я поставила себе сама, ещё до визита к врачу. Сидела, смотрела по телевизору передачу о здоровье — и вот все перечисленные симптомы совпали: раздражительность, головные боли, увядание кожи во всех видных и скрытых одеждой местах, апатия, и эти жуткие непредсказуемые приливы. Ночью ещё чёрт с ними, но в рабочее время, когда чувствуешь, как багровеет лицо и шея при разговоре с завучем, этим старым бабуином, — а он прекрасно понимает причину позора, — ненавидишь и себя, и его, и унизительность таких моментов — в принципе. Пару лет назад, сидя в ресторане на юбилее у подруги, я заметила, как внезапно побагровело её лицо, как она салфеточкой старалась незаметно промокать пот, но не успевала, и несколько капель со лба скатились в салат. И все притворились, что ничего не произошло, потому что люди взрослые, воспитанные. Не то что дети — они народ непосредственный. Вчера до потери голоса объясняла урок. Вроде бы, все поняли, как записать дробями разрезанную на восемь порций пиццу. Интересуюсь, вопросы есть? Есть: а почему у вас шея красная? Короче, не стало счастья ни дома, ни на работе.

Сегодня по дороге домой зашла в книжный. Мне вообще нравится этот магазин по соседству с итальянским ресторанчиком: тяжёлая, отделанная металлическими пластинами дверь, ковровые дорожки цвета гнилой вишни, светильники на стенах; в такой дождливый день туда особенно приятно зайти. Ничего конкретного я не искала, просто переваривала рабочий день, не хотела тащить домой школьное послевкусие. Шла мимо полок, скользила глазами по разноцветным корешкам, и мои мысли тоже скользили, ни на чём не останавливаясь. Потом села в кресло и на овальном столике увидела брошенную кем-то книжку с рецептами счастья. Открыла на первой странице и прочитала: «Если вас всё раздражает, значит, эта книга — для вас». Конечно, это был знак, и я пошла платить.

Кассирша, миниатюрная смазливая брюнетка лет тридцати, срослась с мобильником. Прижав его к уху приподнятым плечиком, она ловко принимала деньги, отсчитывала сдачу, да ещё успевала сладко улыбаться покупателям. А те с готовностью отвечали тем же. Видимо, я одна была не в настроении и потому сказала ей, что личные разговоры надо оставлять на нерабочее время. Она подняла на меня свои профессионально накрашенные глазки, посмотрела, как на душевно больную и сочувственно вздохнула. А я со злорадством подумала, «ничего, лет через десять твоя симпатичная, подпитываемая натуральным коллагеном мордашка сморщится, побежит морщинками, и никакая косметика не поможет замазать набрякшие под глазами мешки, и будешь ты по утрам стоять у зеркала, пальцами наглаживая на скулы обвисшую кожу, тупо повторяя мантру: я молода, я красива, я счастлива».

Вообще-то я верю, что иногда не озвученные, но от души подуманные мысли, могут достичь цели. Кассирша демонстративно захлопнула перламутровую крышечку телефона, засунула его в кармашек рабочего халатика, затем с изящной небрежностью упаковала мою книжку: обернула её облачком папиросной бумаги, опустила в глянцевый мешочек. И посмотрела сквозь меня. А я подумала, что так и не научилась как следует подводить глаза, чтобы оттенки от светло-серого до чёрного и тончайшая стрелочка по краю век, и блёстки на мохнатых ресничках.

Во времена моей молодости в книжных магазинах работали желтолицые, от нехватки витамина Д, «синие чулки» с перманентной завивкой или с забранными в прилизанный пучок волосами. Они были помешаны на книгах, таскали домой все новинки, чтобы успеть прочитать их ночью, а утром положить под прилавок для специальных покупателей, таких же помешанных, как они сами. А теперь пишут все. Книг, как мусора, и среди них слишком много плохих. Потому и нужны здесь такие вот барби в обтягивающих юбочках и распахнутых настежь блузках. Но ничего, все говорят, я выгляжу гораздо моложе своих лет. А если ещё сделать ботокс…

— Вот ваша покупка, — невозмутимо улыбнулась кассирша и приложила к уху вновь зазвонивший телефон.

Я задержалась у двери, раскрывая зонт, и услышала: «Извини, котик, пришлось отключиться. Приходила тут одна истеричная пенсионерка, счастье покупала».

Психолог

КАЖДУЮ СРЕДУ, ПОСЛЕ ПРИЁМА, я захожу поужинать в итальянский ресторанчик, тот, что по соседству с книжным магазином. Мне вообще нравится итальянская еда, а здесь готовят изумительный минестрони. Я перепробовала с десяток рецептов — у меня такой суп не получается.

Официантка принесла пахучий чесночный хлеб, налила в блюдечко оливкового масло. Чёрный передник едва завязывался на её расплывшейся талии. Ещё год назад она была намного стройнее. Значит, что-то с гормонами. Вот и волосы посеклись, поредели. Стресс? Да, скорее всего, именно это. На пальце след от тесного обручального кольца: может, бросил муж, ушёл к молодой и проворной. Дня не проходит, чтобы такие вот брошенные не появлялись в кабинете. Хотя, если честно, иногда они вызывают не сочувствие, а раздражение, потому что страдают манией величия. А те, к которым уходят, они без претензий: не хотят быть одни, вот и программируют себя правильно.

Волшебный суп: душистый и, что немаловажно, горячий. Согревает изнутри. Приятно сидеть в тепле и наблюдать, как о стекло ударяются мелкие, похожие на рассыпающиеся бусинки дешёвого стеклянного ожерелья, капли первого осеннего дождя. У меня ничего не болит, и дома всё в порядке. Это — счастье. Или покой, что одно и то же. Он хрупкий, как ёлочная игрушка: чуть сжал — остались осколки и лёгкая золотистая пыльца на кончиках пальцев. Заболел зуб, вылез геморрой, зазвонил телефон, и вместо счастья — тревога, которая, сама себя подпитывая, множится, как глисты в кишечнике, и в итоге может привести к эмоциональной непроходимости. По всей видимости, женщина за соседним столиком к этому близка если купила «100 рецептов счастья».

Я писала эту чушь с единственной целью — заработать деньги на домик у моря где-нибудь в Греции. Чтобы выйти на крыльцо, а впереди — синева и кажется, что тебе принадлежит не только клочок этого песчаного побережья, но и пространство вдаль, ввысь — до самого горизонта.

Предчувствие осуществления этой мечты вдохновляло меня в течение двух лет писать книжку, страницы которой эта усталая женщина так увлечённо читает. Она пьёт кофе, промокает салфеткой чуть вспотевшее, раскрасневшееся лицо. Возможно, перевернув последнюю страницу, она догадается, что чужие рецепты ей не подходят, потому что у каждого — своя копилка счастливых мгновений, свои мечты и своё понимание счастья. Но это уже не моё дело.

Официантка

ДО ЧЕГО МНЕ осточертели эти жующие рты и запах макарон с чесночным соусом. Тридцать лет таскаю подносы в ресторане. И вот так, в тупой беготне между столиками, от чаевых до чаевых, от открытия до закрытия прошла жизнь. Уже самой не верится, что я была гораздо красивее этой кассирши из книжного магазина, к которой год назад ушёл муж. Молодая паршивка, накрашенная как проститутка, с выставленными напоказ сиськами, оттопыренной попой и сладкой улыбкой. Сунуть бы в её ухоженные ручки этот поднос с двумя первыми и тремя вторыми. Она же тяжелее книжки в своей жизни ничего не подымала. Вся такая воздушная, миниатюрная, на каблучках. У меня в шкафу ещё с прежних времён лежат такие же остроносые туфельки на шпильках: носила, пока не разбухли вены на ногах. А теперь вообще выпирают так, что смотреть страшно. И боли ноющие, особенно по ночам. Врач настаивает на операции. А мне страшно. В больнице ещё присмотрят, помогут, а дома, кроме кошки, никого. И бывшего о помощи просить не хочется.

Вон он прошёл, — торопится к закрытию магазина встречать свою кралю. Сам закутался в дождевик, а ей притащил зонтик. И собака рядом. Он всегда хотел собаку, а я терпеть не могла собачий дух и пятнадцать лет назад взяла, на счастье, трёхцветную кошку, которую муж научился переносить. Ну вот, теперь он счастлив — завёл собаку. Как называется порода эта мордатая? Не помню. Да и какая разница! Все они одинаково воняют псиной. Тем более, мокрой. Надо же, за год муж приобрёл собачьи повадки. Вот они остановились на миг, одновременно отряхнулись, обдав друг друга брызгами, и одинаковой расхлябистой походкой потрусили через дорогу. Ну какой смысл отряхиваться под дождём?

Хотя вот в книжке, которую эта раздражительная дама, — школьная учительница, — забыла на столе рядом с чаевыми, написано: «Прекратите искать во всём здравый смысл, и вы сделаете шаг навстречу счастью».

Как тянется этот бесконечный рабочий день! В такую погоду посетителей больше: забегают согреться и сидят дольше. Ещё час, и я смогу пойти домой, в одинокий уют квартиры, где на подоконнике, вглядываясь в осеннюю темень, меня ждёт моя Мурка.

Картина

Самолёт летел в Израиль, и я летела в нём, намертво вцепившись в подлокотники. По всей видимости, я не была птицей в прошлой жизни. А может, как раз была, и что-то страшное прервало полёт. И с того мгновения душа сохранила ощущение жуткой неотвратимости стремительно приближающейся земли, невыносимой тошноты, остановившей дыхание, и страха, остановившего сердце. Страх высоты — это у меня врождённое.

Я не люблю лифты и всегда предпочитаю лестничные пролёты, потому что ступеньки — это устойчиво, хоть и утомительно, а лифт — это скольжение и зависание в воздухе, в плоскости, которую нельзя потрогать, а значит, и доверять не рекомендуется. Я не нахожу ничего притягательного в горах. То есть, я не отрицаю их необыкновенную снежно-солнечную красоту и романтику, но красота эта слишком холодная, неуютная: чтобы ею насладиться, необходимо потратить слишком много усилий. То ли дело — море... Впрочем, в штате, где я живу, лучше держать подобные мысли при себе. Скалистые горы для жителей Колорадо — это святое.

Находясь в самолёте, я как-бы становлюсь его частью, чутко реагирующей на малейшие изменения в шуме моторов, подрагивание крыльев и внезапные турбулентные содрогания. Я отношусь к нему, как к живому существу, падкому на лесть, и потому мысленно заискиваю, упрашивая не поломаться. А ещё есть Он, с кем я нашла особый путь общения. При взлёте и посадке я пытаюсь закрыть глаза таким образом, чтобы затем, в точечной темноте, увидеть яркое пятно. И вот если удастся это сделать, то временный контакт налажен и Его можно просить о милосердии.

Тот полёт в Израиль был моим вторым трансатлантическим полётом в жизни. Первый, Москва-Нью-Йорк, оставил самые неприятные воспоминания по многим причинам. После этого я не летала четыре года, и только наш переезд в Денвер вынудил меня погрузиться в самолёт, чтобы, оторвавшись от земли, снова испытать мерзкое ощущение беспомощности и страха.

Решение съездить в Израиль зрело давно, но реальная возможность появилась только в 99-м году. Билеты были куплены за три месяца до поездки, и всё это время я буквально жила её ожиданием, предвкушая долгожданную встречу с друзьями, Средиземным морем и землёй, которую, никогда не видела, но всегда считала своей. Тем не менее, пропорционально приближению дня поездки росли мои пред самолётные страхи. Потому последние пару недель я практически не спала, и вот в таком возбужденно-депрессивном состоянии появилась на борту самолёта.

«Мой отпуск начинается с той минуты, когда я сажусь в кресло самолёта, — говорит моя подруга детства. — Работа, хоть и временно, осталась там внизу под облаками, вместе с боссом и его жлобскими шутками, вместе со всеми остальными проблемами. Теперь настало моё время отдыхать, и именно самолёт — отличное место, чтобы начать расслабляться и почувствовать себя человеком».

Я решила расслабиться и приняла снотворное. Все вокруг спали: мой муж, дочь и сын, многочисленные арабские дети с их завёрнутыми в чёрные вороньи балахоны матерями, и не менее многочисленные еврейские дети, облепившие своих чуть более разноцветно одетых матерей. Судорожно вжавшись в кресло, я сидела в полутёмном салоне, ждала действия таблетки, принятой ещё три часа назад, и ощущала себя сторожевым ангелом, несущим вынужденную службу по охране самолёта и его пассажиров.

Надо же, есть на свете счастливые люди, способные спать в любое время и при любых обстоятельствах. К примеру, много лет назад, в Кишинёве, у нас был приятель, который умудрился проспать сильнейшее, семибалльное землетрясение. Дело было поздним летним вечером. Надо сказать, что весь этот воскресный день Илюша провёл, помогая тёще делать закрутки на зиму. Ну, как положено, гивеч, синенькие, помидоры в собственном соку. К ночи, спасаясь от духоты и кухонного пара, он прилёг отдохнуть на лоджии, предварительно плотно закрывшись изнутри. (А жили они на первом этаже.) Примерно в одиннадцать случился первый толчок, и уже через десять минут весь город, во всяком случае, вся ходячая часть населения, была на улице. Но Илюша спал. На какое-то время жена Илюши, как и её родители, упустили из виду его отсутствие, так как были заняты пятилетней Эвелиной. Когда же, благополучно выбежав из волнообразно дёргающегося дома, они отбежали на безопасное расстояние и перевели дух, соседка сердобольно спросила Милочку: «А что, муж твой сегодня дома не ночует?» Та ахнула и бросилась к дому, но тут опять тряхнуло, и на глазах у онемевших жильцов лоджия со спящим на ней Илюшей слегка отделилась от стены и медленно сползла на газон.

— Илья, — заголосила тёща, — выходи немедленно!

— Да он бы вышел если б смог, — мрачно заметил тесть.

— Илюша! — уже в два голоса вопили Милочка с мамой.

— Папа не любит, когда его будят, — напомнила Эвелина. В эту минуту с балкона наконец-то высунулась голова заспанного, недовольного Илюши. На его голове зрела внушительных размеров шишка.

— Что случилось с твоей головой? — поинтересовалась тёща.

— Это ваши банки с помидорами посыпались с полки. Честное слово, мама, просто невозможно отдохнуть. Уже ушёл спать на балкон, так тоже достаёте.

— При чём тут я! — обиделась тёща. — Землетрясение! Мы тут чуть не погибли все. А он спит, как слон!

— Вы ещё скажите, что война началась! — зевнул Илюша, и с грохотом задвинул стекло.

— Я же говорю, папа не любит, когда его будят, — подытожила Эвелина.

Вот и я хотела бы обладать подобным умением расслабляться, но, к сожалению, мне это не дано. Напротив, я ещё умудряюсь и всех окружающих довести до нервного состояния. Как-то мы возвращались из Калифорнии и, пролетая над Скалистыми горами, попали в грозу. Самолёт потряхивало, но народ не особенно реагировал и мирно дремал... до тех пор, пока я не заметила, что правое крыло, на мой взгляд, как-то необычно функционирует. Какое-то время я напряжённо вглядывалась, пытаясь понять последовательность этих странных подёргиваний и поворотов. Но не найдя этому объяснений, начала энергично озираться и беседовать вроде как сама с собой: «Хм, очень странно. Сколько летаю, никогда такого не видела...»

Заметив мои ёрзания и пришепётывания, ко мне направилась стюардесса, с которой я немедленно и уже в полный голос поделилась своими опасениями. Тут пассажирам стало не до сна: кто-то заметно напрягся, кому-то срочно захотелось в туалет, некоторые стали придирчиво сравнивать синхронность работы обоих крыльев, а особо впечатлительные даже успели обсудить статистику и причины авиакатастроф последних лет. Стюардесса подарила мне косую улыбку и сказала: «Именно так крылья и должны работать. Я бы попросила вас не создавать панику».

Мой муж укоризненно посмотрел на меня и пристыдил: «Ну ты ни себе, ни людям покоя не даёшь».

И вот в этот раз я молчала. К тому же, не ела и не пила. Всю дорогу. Все четырнадцать часов.

Но всему приходит конец, и когда шасси всё-таки коснулось бетонной полосы, я моментально ожила и заторопилась на волю — только теперь, по ту сторону самолёта, начинался отсчёт вымечтанного, долгожданного путешествия.

С первой же минуты я чувствовала себя как дома. Такое странное двойственное ощущение: вокруг говорят на непонятном языке, а ты почему-то уверена, что просто забыла этот гортанный язык много поколений назад, но вот ещё немного времени побудешь здесь, и непременно вспомнишь его, как внезапно вспоминают своё прошлое вынырнувшие из амнезии люди.

Наша гостиница в Тель-Авиве на берегу моря... Давным-давно в посылке от Джойнта, вместе с искусственной дублёнкой мы получили цветной фотоальбом «Знакомьтесь, Израиль». Я храню его до сих пор. Под одним из снимков было написано: Тель-Авив. Набережная. На ней незаконченным полукругом высились белокаменные гостиницы, а дальше — песок и полоска моря, слегка загороженная свежевыкрашенными грибками. Я вышла на залитое солнцем заднее крыльцо Марриотта и ахнула: вот же он, этот пляж, зажатый между ребристыми отелями и безмятежной голубизной моря. Тот же топтаный-перетоптанный песок, те же грибочки, возможно те самые, но уже выросшие дети, и я, словно появившаяся на этом снимке из другого измерения. А когда спустилась по трём раскалённым ступенькам и подошла к воде, фотография и вовсе стала панорамной: море было повсюду, а за полосой высоток открывался вид на Яффо: причудливые дома с плоскими крышами и пришвартованными вблизи лодками. Именно тогда пришло явственное ощущение смещённости, неопределённости пространства и времени, уже не покидавшее меня на протяжении десяти последующих дней.

Той ночью я почти не спала — стояла на балконе, разглядывая толпы людей на набережной, в переполненных ресторанах под тентами. Там, внизу, кипела ЖИЗНЬ, от которой я так отвыкла в замолкающем после семи вечера Денвере. Только к утру набережная постепенно опустела, а я всё никак не могла заснуть от перенасыщенного раствора впечатлений и осознания безграничного счастья. Оно оставалось со мной и в коротком цветном сне: лёжа на песке лицом к морю, я трогала, растирала меж пальцев белые гребешки волн. А потом на ладонь упала тёмная дождевая капля. За ней другая, на грудь. Расползаясь, они тяжелели, причиняя боль, и когда дышать стало невозможно, я проснулась. Сердце билось уже где-то вне моего стиснутого спазмами тела. Взглянув на свои скрюченные судорогой пальцы, ещё секунды назад игравшие с волнами, я поняла, что черта, отделяющая реальность от субстанции, не имеющей названия, весьма размыта, и что зыбкая эта линия может иногда разомкнуться, чтобы впустить странствующую душу, а потом вытолкать её обратно, в смятении и невнятной тоске.

Между спазмами я пыталась понять, что со мной происходит. И будь промежутки между ними короче, может, я бы и догадалась, что захвативший меня врасплох приступ паники, не что иное, как пост-реакция моего организма на 14-часовой перелёт и все этому предшествующие страхи. Но, как известно, испуг порождает ещё больший испуг. И потому моя мыслительная деятельность на тот момент ограничивалась лишь одним назойливым выводом: вот оно, еврейское счастье — задохнуться от этого самого счастья на земле предков, чтобы всем испортить отдых.

Через час друзья уже везли меня в госпиталь. Честно говоря, в мои планы не входило знакомство со страной и её обычаями настолько изнутри, и уж во всяком случае не в качестве пациента скорой помощи.

Тель-Авивский госпиталь своей скученностью и многочасовыми ожиданиями сильно напоминал автовокзал. Разве что народ был явно общительнее. Пациенты обсуждали друг с другом свои симптомы, анализировали их развитие, а за тех, кто был не в состоянии или настроении разговаривать, это делали пришедшие с ними родственники. Вокруг оказалось много русскоязычных, и вся атмосфера напоминала посиделки, когда, жалуясь и заодно подбадривая друг друга, люди отвлекаются от боли и тревоги.

Рядом с нами сидели две пожилые женщины, благообразные русские еврейки. Одна — полногрудая, с аккуратным крупным перманентом, другая — помельче, с поредевшими рыжеватыми волосами и нелепой для своего возраста чёлкой, в проборе которой проступала сильная седина. Я так и не разобралась, которая из них была пациенткой, а кто сопровождающей, поскольку обе они терпеливо, без малейших признаков раздражения, ждали своей очереди, беседуя о жизни и смерти. Причём, у той, с чёлкой, голос звучал, как иерихонская труба. Она рассуждала о том, что каждый человек должен иметь право уйти из жизни тогда, когда сам примет решение это сделать. Например, доктора должны выдать всем желающим по шесть таблеток (почему именно шесть, а не три или вообще одну для простоты?), и, если человек узнал, что неизлечимо болен и обречён на страдания, он просто примет эти выданные загодя таблетки — и всё. Не надо мучиться от нестерпимых болей и мучить окружающих. И буквально сразу, на том же дыхании: «Зина, вы любите маслины? А маслины с хлебом? Да? Так я вас угощу бутербродом». С этими словами она энергично полезла в сумку. В течение последующих десяти минут Зина сосредоточенно пережёвывала бутерброд вместе с полученной информацией, а затем задумчиво произнесла: «Вы-таки правы, Рая. Только эти таблетки должны иметь большой срок годности».

То ли осознание того, что необходимая помощь находится рядом, на расстоянии вытянутой руки, то ли сам по себе этот перенасыщенный людской раствор придал мне уверенности, но через три часа ожидания я почувствовала себя гораздо лучше, и тут меня зазвали в отделённую задёргивающейся ширмой комнатку. Появился врач, судя по имени — араб. Да, еврейского счастья не бывает мало. А тут оно просто наступало на пятки. Вот правда удачная — приехать в Израиль, в страну, которая славится своей медициной во всём мире, и попасть именно к врачу-арабу! По-английски он говорил с трудом, мучительно подбирая слова. Учитывая это обстоятельство, я старалась как можно доступнее объяснить ему, что произошло. Он долго мял мой живот, почему-то в области удалённого лет пятнадцать назад аппендикса. Потом подозвал медсестру и жестом, не оставляющим сомнений в его брутальных намерениях, указал на клизму, змеёй зависшую на стене. Я сказала, что клизму делать категорически отказываюсь.

— А что, если он ещё там? — обеспокоенно спросил врач, указывая пальцем на мой живот.

— Кто?

— Ну он, animal.

Тут до меня дошло, что врач принял произнесённое мной слово *енета* (клизма) за *animal* (животное) и потому решил, что у меня в животе поселилось нечто, ставшее причиной моего визита в госпиталь. Именно в тот момент непонятное заболевание отпустило меня: я начала хохотать, до колик, до слез. Медсестра, доставившая каталку, на которой меня должны были отвезти в рентген кабинет для изучения желудочного монстра, с недоумением и некоторым сожалением, — как смотрят на душевнобольных, — взирала на моё трясущееся от смеха тело. В довершение ко всему, из-за ширмы сбоку раздался скрипучий голос: «Имейте уважение, мне вот-вот начнут смотреть в прямую кишку, а из-за вас я не могу сосредоточиться». Я уже не смеялась, а просто стонала, держась за живот. В таком состоянии меня и увидел пришедший на помощь другой врач, на этот раз — русский. На иврите, он перекинулся несколькими словами с арабом и, строго посмотрев на меня, сказал: «Туристы, а? Что, в Израиле кроме госпиталя смотреть больше нечего? Нашли место цирк устраивать!» Непроизвольно продолжая похрюкивать, я ввела его в курс дела, а когда непосредственно дошла до enema-animal части, его глаза неожиданно окрасились еврейской грустью и он произнёс: «Вам ещё повезло, что он не назначил срочную операцию по извлечению этого самого зверя. Вообще-то, он хороший врач, если так быстро вас вылечил. Не знаю, правда, от чего. И всего за...»

«Триста пятьдесят долларов», — бодро закончила я его мысль, взглянув на счёт.

С этим мы и уехали из госпиталя. На всякий случай, последующие дни я сидела на диете, питаясь в основном изумительной израильской брынзой, маслинами, помидорами и сочными длинненькими яблоками, напоминавшими давно забытую «антоновку». Вся эта история, сама по себе на тот момент, не очень важная, имела своё продолжение, и её второй этап пришёлся на следующий же после нашего возвращения из Израиля день.

На этот раз, дорога от тель-авивской гостиницы до дверей нашего дома заняла двадцать три часа. Сидя в аэропорту, я изо всех сил старалась заблокировать своё воображение, упорно рисующее картину ночного неба над бесконечным океаном, и нашего самолёта, разрезающего грязную стекловату густых облаков. Я прокручивала в памяти всё увиденное мною в Израиле: бесконечные экскурсии, залитые солнцем пляжи, извилистые улочки Акко, петляющую дорогу наверх к Иерусалиму, и сам город, внезапно открывшийся с холма, как открывшаяся после блужданий истина. Я подумала, что этих счастливых воспоминаний мне хватит на обратную дорогу. И тут я услышала разговор. Собственно, это был монолог, потому что расположившийся напротив пожилой еврей хоть и смотрел на своего собеседника, но обращался, скорее, к себе.

— Нет, вы только представьте, этот молодой человек рылся в шкафах. Искал спрятанные моим братом деньги. Знал, что старые люди имеют привычку засовывать десятку-другую под стопку полотенец или в карман старой душегрейки. Прячут на чёрный день, потом забывают... А находят — радуются. Ну вот и он радовался. Там пара шекелей, тут ещё заначка. И это на следующий после похорон день, вместо сидения Шивы, когда душа покойного ещё не разорвала связи с телом и, возвращаясь, оплакивает его. И что эта душа увидела? Копошащегося в белье сына. Так вы мне скажите, где он есть, этот покой?

— Не мне вам говорить, — поддержал его собеседник, — когда человек хочет вываляться в грязи, никто не в силах его удержать.

— Правда, — вздохнул первый, — но дело в том, что мой племянник со всеми своими свежими прегрешениями летит с нами тем же рейсом. Вы думаете, его грехи не притянут самолёт к земле раньше времени?

Объявили посадку. И снова всё повторилось: бессонный перелёт, безуспешные попытки расслабиться с помощью таблеток, и скорая помощь, уже в Денвере. Местные врачи тщательно провели все исследования, проверили всё, что можно, но ничего не нашли.

Только через полгода, зимой, мне поставят правильный диагноз. А тогда я тихонечко лежала под капельницей, и со мной происходили странные вещи. Я видела, или в этом случае правильнее сказать, смотрела сон. Да, именно смотрела, потому что это был необычный сон, разворачивающийся, как холст картины. Я видела дорогу и бредущий по ней караван, погоняемый несколькими женщинами в длинных одеждах. Они шли вдоль невысокой изгороди, мимо двухэтажных глинобитных домов с балконами, по узкой кривой улочке, вымощенной булыжником, покрытым налётом песка. Смеркалось, и голубизна южного неба сменилась глубокой синевой. Караван двигался в полной тишине, а я летела над ним и удивлялась тому, как неслышно идут животные. Воздух был очень тёплым, и пахло какими-то цветами.

Почему-то, я была уверена, что находилась в Израиле, хотя само место было мне незнакомо. Я вовсе не была заблудившейся странницей, а наоборот, чувствовала себя абсолютно причастной к происходящему. Мне было очень интересно и комфортно в этом состоянии парения. Но затем что-то стало мешать моему полёту. Неприятный, надоедливо повторяющийся звук врывался в моё сновидение, и картина начала рваться, как старая киноплёнка, пока и вовсе не исчезла. Очень недовольная, я открыла глаза и поняла, что раздражающий звук исходил от монитора, измеряющего моё давление. Медсестра колдовала над капельницей.

— У тебя сильно понизилось давление, ниже допустимой отметки, — сказал мой муж, — и они никак не могли привести тебя в чувство. Дыхания почти не было. К тому же, ты явно не хотела просыпаться и всё время, пока они тебя тормошили, старалась покрепче зажмурить глаза.

Я взглянула на прищепку, сжимавшую мой палец и ведущий от неё тонкий провод, соединивший на несколько минут больничную реальность с реальностью видения, и ответила: «Это правда. Мне приснился очень странный сон. Я в нём летала, и мне там было хорошо и совсем не страшно. Почему нельзя было оставить меня там хоть ненадолго?»

С тех пор прошли годы, но в отличие от множества других снов, которые обычно легко таяли и испарялись из памяти, вытесненные рассветом и суетой жизни, этот сохранился в мельчайших деталях, может быть благодаря тому, что я много раз пересказывала его друзьям и знакомым. Я вообще не уверена, что это был именно сон, потому что у меня осталось ощущение перемещения в другое измерение и, что самое удивительное, ощущение естественности этого состояния. И как подтверждение, поздней осенью прошлого года, эта история неожиданно получила продолжение, когда самым удивительным образом виртуальный мост перекинулся из Израиля в мою теперешнюю жизнь.

В тот день, как обычно во время обеденного перерыва, я залезла в интернет, проверила почту, а потом пошла в Google и почему-то начала бродить по израильским художественным галереям. И вдруг... я увидела ту самую картину. Это было так неожиданно, что в течение нескольких минут я просто сидела, тупо уставившись на монитор. Та же узкая извилистая улочка, перетекающая из прошлого в будущее, та же насторожённая безмятежность, разлитая в предвечернем воздухе. Вот только каравана нет: он, видимо, уже прошёл, не оставив следов на стёртой веками мостовой.

«Lanes of Safed» (Переулки Цфата) — так Moshe Yair (Моше Яир) назвал свою картину. В общем-то, я нисколько не сомневалась, что увиденное мною в полубессознательном состоянии место, действительно существует или, во всяком случае, существовало. Я была абсолютно уверена, что оно находилось в Израиле, но Цфат? Все мои познания об этом городе ограничивались вскользь обронённой фразой моей подруги из Беер-Шевы о том, что Цфат — город художников, и что она сама приобрела там несколько картин. Более того, к своему стыду, я даже не знала, что Цфат и Сэйфед — одно и то же. Теперь же мне необходимо было узнать как можно больше об этом месте, спрятанном в горах Галилеи. Я выяснила, что именно благодаря своему местоположению, Цфат оставался хорошо скрываемым, секретным местом даже для большинства израильтян. Согласно великим еврейским теологам прошлого, на своём пути в Иерусалим Мессия пройдёт через Цфат. А великий каббалист Ари ХаКодеш сказал, что до того времени, когда наконец-то будет возведён третий храм, именно над Цфатом будет сильнее всего ощущаться присутствие Б-га. Цфат, вместе с Хевроном, Иерусалимом и Тиверией олицетворяет одно из четырёх святых мест Израиля. Он символизирует воздух и, как указывает Зохар, один из основоположников еврейского мистицизма, воздух Цфата — самый чистый в Израиле. Ребе Менахем Мендель, основавший в Цфате общину хасидов, вынужден был оттуда уехать, объяснив это тем, что из-за необыкновенной чистоты и святости воздуха он непрерывно слышал небесные голоса, нарушавшие его сон. Я так же узнала, что в XVI веке многочисленные знаменитые религиозные учёные переселились в Цфат из Испании, спасаясь от инквизиции, и именно тогда этот город стал духовным центром еврейского мира, где Каббала достигла своего расцвета.

Моше Яир как раз и являлся потомком испанских беженцев в седьмом поколении. Его семья непосредственно участвовала в строительстве Цфата, а прапрадед, ребе Моше Рахамим, 400 лет назад построил там синагогу, где Моше-младший молится и сегодня. Она находится в старой части города, которая представляет собой узкие, мощёные булыжником улочки, а вдоль них теснятся многочисленные художественные галереи, средневековые синагоги, гостиные дворы и частные домики. Словом, именно туда каким-то необъяснимым образом меня занесло, скажем так, моё больное воображение.

Каждый день я открывала интернет, вглядывалась в картину, и каждый раз меня охватывало странное ощущение причастности к этому месту. Причём, рамка картины совершенно не ограничивала её диапазон, потому что я прекрасно помнила, что находится за очерченным ею пространством: я ведь тогда над ним летала.

В итоге, я всё же послала Моше Яиру электронное сообщение. Ответа не было довольно долго, несколько недель. А потом неожиданно ответ пришёл: «Извини, был на сборах».

Позже, в скупых интернетных упоминаниях об авторе картины, я прочитала, что он шесть лет служил штурманом в лётных войсках.

Интернет невероятно экономит время. Всего лишь нескольких нажатий кнопки достаточно, чтобы обо всём договориться. И вот в один из первых весенних дней, вернувшись с работы и войдя в гостиную, я почувствовала какую-то перемену. Сначала не могла понять, в чём дело, но, увидев загадочные лица детей и мужа, оглянулась, подняла глаза, и увидела на стене картину. А на столе — квитанцию о пересылке и записку на английском:

«Zoya, Shalom. This is the painting you've asked for. I hope you will enjoy it. This is the painting of the Holy City of Safed. Thank you for everything.[1]

Moshe Yair».

---

[1] Здравствуй. Вот картина, о которой ты спрашивала. Надеюсь, она тебе понравится. Это вид Святого города Цфат. Спасибо за всё.

Ночное дежурство

Роженицу привезли в первом часу ночи. Вернее, в госпиталь она приехала раньше, но в отделении оказалась уже после полуночи. Женщина была одета в длинное тёмное платье. Из-под мокрого подола выглядывали разношенные плоские туфли. Складки мешковатого полупальто слегка обтягивали живот, и на первый взгляд женщина казалась скорее обрюзгшей, чем беременной. Она сидела в кресле-каталке и тяжело дышала, время от времени отирая ладонью пот со щёк.

Из раскрывшейся двери лифта вышел мужчина. Впереди себя он подталкивал детей шести-семи лет, мальчика и девочку. Не взглянув на жену, он бросился к сидевшей за стойкой у компьютера медсестре: «Is doctor Bennani here»?

— Нет, — ответила Линда, — её не будет, не смогла доехать. Сами видите, какая метель.

— Что значит, не смогла доехать?! — мужчина моментально сорвался на крик. — Мы же доехали!

— Вам повезло, — невозмутимо заметила Линда, взмахнув мохнатыми ресницами, — а могли бы и застрять. Пройдите с детьми в комнату ожидания. Ваша жена должна переодеться, её осмотрит врач. Она набрала номер: «Доктор Зубов, тут новая роженица».

На работу ехать не хотелось. Весь день шёл снег: с утра мокрый, степенный, а после полудня начало сыпать вихрящейся снежной пылью, вмиг изменившей вид из окна: вместо рождественской картинки — едва различимые контуры домов и деревьев на захлебнувшейся непогодой улице. Чтобы не опоздать на смену, Ирина выехала на час раньше, а уже по дороге пожалела, что не осталась дома. На светофоре нащупала в сумке взятый на всякий случай термос с горячим чаем — советская привычка. Последние кварталы ехала вслепую за траком и едва не пропустила поворот на парковку. Гараж продувало. Ирину несло от машины к лифту так, что ей оставалось только перебирать ногами. «Не дай бог, кому-то приспичит рожать,— подумала она, нажав кнопку вызова лифта». И вот накаркала.

Роженица выглядела грузной и отёкшей. Она беспрерывно что-то бормотала — то ли молилась, то ли ворчала. Иногда вскрикивала. Линда никак не могла найти вену — игла входила, как в воск, оставляя на желтоватой коже углубления, из которых сочилась отёчная жидкость.

— Чего ты так разнервничалась? — удивилась Ирина.

— Сама не знаю. Вот она, вена, нашла наконец-то.

— Тяжёлая у тебя рука,— заметила роженица, глядя на Линду,— каменная. Крестики в уши повесила, а бога не боишься.

Линда вздрогнула: «При чём тут серьги? У вас вены плохие и отёк сильный».

Женщина продолжила, словно не расслышав: «Если умру, муж отомстит, сын отомстит. Запомни».

Линда побледнела. Ирина заметила, как у неё задрожали руки. «Не обращай внимания,— сказала она,— мало ли что может сказать человек в таком состоянии. Вызови анестезиолога, а я пойду поговорю с её мужем».

Ирине нравились ночные смены. Вообще ночь была её любимым временем суток со студенческих времён и ассоциировалась с тишиной, грудой учебников и запахом кофе. Но не того из госпитального автомата, у которого сейчас стоял худощавый, слегка сутулый мужчина, а настоящего, крепко заваренного в пожелтевшей эмалированной кастрюльке с деревянной ручкой.

Держа двумя пальцами картонный стаканчик, мужчина сделал шаг навстречу Ирине. Из комнаты ожидания, откуда доносились шум и смех, выбежал ребёнок и, балуясь, шлёпнулся под ноги отцу. Горячий кофе выплеснулся на пол. Ирина едва успела отскочить, но капли обрызгали и моментально впитались в тонкую ткань её голубых брюк. «Как размазанная кровь»,— подумала она. Мужчина дёрнул за руку ребёнка с пола так, что тот подпрыгнул и встал на обе ноги. Их лица были очень похожи: те же сросшиеся на переносице брови, чёрные, чуть навыкате глаза под тяжёлыми веками, короткий нос с глубоко вырезанными ноздрями, странный, словно растянутый в улыбке рот — у мальчика, а у отца — почти неразличимый из-за многодневной щетины на щеках и подбородке.

«Sorry», — зачем-то сказала Ира, наблюдая, как мужчина отчитывал сына, тряся его за плечо. Из дверного проёма за происходящим следила девочка. Она улыбалась, продолжая повизгивать и приплясывать на месте, ожидая продолжения игры. И когда мужчина движением пальца указал ей вернуться в комнату, та скорчила Ирине хитрую гримаску и вместе с братом, как ни в чём не бывало, запрыгала по сидениям сдвинутых к центру стульев. По этой гримаске Ирина её и узнала.

Вчера утром они с сестрой заехали в магазин — купить подарки к Новому году. Уже чувствовалась перемена погоды: пронизывающий, набирающий силу ветер натягивал с гор плотные серые облака. Прозрачная зимняя голубизна приобретала мышиную окраску. Сжимаемое свинцовым обручем восковое солнце, бледнело и сжималось, как постепенно гаснущий диск люстры перед началом спектакля.

— Я только сейчас поняла, почему терпеть не могу зиму, — сказала Ира, придерживая свободной рукой капюшон куртки, — это самое неуютное время года.

— А осень — уютное? — потянув на себя дверь магазина, спросила Люба.

— В общем, да, потому что красочное. Красота — греет.

У касс ещё никого не было — магазин только открылся, продавцы раскладывали товар по стеллажам и полкам. Тем более странно и неуместно в пустоте рядов воспринимался галдёж назойливых детских голосов. В первую очередь, Ира с сестрой прошли в секцию сумок. Они искали светлую, на весну, вместительную и главное, лёгкую сумку маме, но шум и возня в нескольких шагах, отвлекали и раздражали. Чтобы слышать друг друга, сёстрам приходилось повышать голос. У стеллажей с обувью прыгали дети. Мальчик методично скидывал обувь на пол, а девочка засовывала в неё свои обутые в резиновые сапожки ноги, затем отшвыривала очередную пару и, наступая на разбросанную вокруг обувь, бегала кругами, издавая пронзительный писк. Мальчика вся эта игра сильно заводила и он, подскочив к висящим початкам зонтиков, принялся срывать их с крючков.

— Не дети, а террористы какие-то, — заметила Люба, пятясь к витрине с украшениями. — Почему бы продавцам не сделать замечание их мамаше?

— Потому что покупатель всегда прав, — ответила Ира, — и вообще, это тебе не Советский Союз, где все считали себя вправе делать замечания и учить жизни.

— Знаешь, кое-что из той советской жизни не мешало бы внедрить в эту американскую. Например, некоторые правила поведения. Вот же мамаша наглая, стоит в пяти шагах, слова не говорит, да ещё усмехается, видя, что её детки действуют на нервы, а народ играет в политкорректность, делая вид, что ничего не происходит.

— Да отойди в другой конец магазина, — предложила Ира, или просто не обращай внимания. Пусть хоть весь магазин разнесут. Тебе-то что?

— Excuse me, — мимо сестёр прошёл мужчина спортивного вида в яркой куртке и лыжной шапочке. — Совершенно дикие дети, — пробурчал он, неодобрительно качая головой.

— Yes, these kids are quite annoying, but look at their cute, happy faces,[1] — укоризненно возразила ему пожилая дама. Подбирая серебряные серьги, она прикладывала их к ушам и, казалось, рассматривала в стоящем на высоком прилавке зеркале не столько украшения, сколько свои морщинки под глазами и аккуратную, хоть и несколько старомодную, по мнению Ирины, укладку волнистых, чуть подсинённых волос.

«Хотела бы я так выглядеть в её возрасте, — подумала Ира. — Ведь ей уже хорошо за семьдесят, а держится, как королева. Непонятно, как американкам удаётся сохранить эту доброжелательность, терпимость? Каким образом то, от чего мы моментально раздражаемся, они умеют воспринимать снисходительно-отстранённо, не портя нервы себе и другим»?

Слева из-за стеллажа, ловко уворачиваясь от зонтика, которым размахивал старший брат, выбежала девчонка. Не удержав равновесия, вытянутыми руками она толкнула старую даму в спину, и та, покачнувшись, ударилась грудью о стекло витрины.

---

[1] Да, эти дети надоедливы, но взгляните на их счастливые, милые лица.

— Oh,— вскрикнула она от боли и задышала часто, смахивая перчаткой внезапные слёзы, а потом, глядя на замерших от неожиданности детей, прошептала прерывистым голосом: «What are you doing? Calm down!»[2]

Дети отбежали к матери и, указывая пальцами на скривившуюся от боли женщину, захныкали, явно жалуясь на своём гортанном языке. На смуглое, с лёгкой желтизной, одутловатое лицо матери набежала тень, брови сошлись к переносице, бледные губы сжались в едва различимую линию. Ирина поразилась этой мгновенной перемене. «Дай ей в руки нож — убьёт, а не дай — так загрызёт»,— невольно подумала она.

— Ты что сказала моим детям? — взвизгнула мать, вплотную подойдя к старушке.— Смотри, как ты их напугала! Ты кто такая?!

Опешив, та смотрела на усталую, грузную, беснующуюся женщину с недоумением, словно не веря, что эти вопли, проклятия и трясущийся перед её лицом указательный палец с обломанным ногтем, могут относиться к ней. Немного придя в себя, она медленно и раздельно произнесла: «Я учительница, тридцать лет учила детей. А теперь вижу, что зря. Твои даже не извинились».

— Извинились?! — Задыхаясь от ярости, женщина говорила торопливо, но с тяжёлым акцентом.— Ты орала на моих детей. Именно на моих. Ты сказала, что вызовешь полицию, что их посадят в тюрьму. Это я тебя посажу в тюрьму. Смотри, там тоже плачет ребёнок. Почему ты ему не сделала замечание?

Словно под гипнозом, старушка оглянулась, следуя направлению пальца и, увидев коляску, растерянно ответила: «О чём вы говорите, при чём тут младенец? Я не грозила полицией. Зачем вы это выдумываете? Какой урок даёте собственным детям? Вот же люди слышали и видели... Я ничего подобного не говорила. И вы зря потакаете их враньью».

— Мои дети — моё дело,— не успокаивалась женщина. Иди к себе домой и там командуй, а моих детей не трогай.

— Вот же дрянь,— возмутилась Люба в пространство,— и наглая такая. И деток таких же вырастила.

---

[2] Что вы делаете? Успокойтесь.

— Знаете что,— не выдержала Ирина, обратившись к разъярённой мамаше,— я правда сейчас вызову полицию, а когда они приедут, просмотрят запись камеры наблюдения. Вот, видите, над вашей головой,— и тогда станет ясно, кого куда заберут. Может, детей — от вас, или вас — от детей. И вообще, где охранник?

— Как же так,— выдохнула пожилая дама,— голос её звучал хрипло и прерывисто,— как странно, как стыдно, что все промолчали. И только вы одна...

— С такими никто не хочет связываться, и они это знают, потому и ведут себя, как дома,— опустив глаза, заметила молчавшая до сих пор продавщица.— Что с вами? — вскрикнула она, увидев, как старушка начала оседать, неловко опершись о стекло прилавка: её рот чуть искривился, а правая рука повисла плетью.

Их окружили, и никто не заметил, куда девалась женщина с детьми.

К утру ветер успокоился, и снег падал лениво, словно устав от ночной истерии. В палате было тихо. На кровати у окна мать кормила грудью младенца. Его крошечное смуглое личико еле виднелось из-под полосатой вязаной шапочки. Расплющенный нос утыкался в массивный чёрный сосок; завёрнутый в пелёнку ребёнок был вполовину меньше набухшей материнской груди. Женщина смотрела на сына и зевала, демонстрируя безупречно ровные зубы. Увидев Ирину в дверях палаты, она улыбнулась ей, приподняла младенца и сказала нараспев: «Ахме-е-ед».

Закончив смену и переодевшись, Ира набрала телефон сестры: «Привет Любочка, ты сегодня дома? Как, вы открыты? Ты шутишь. Ну ладно, будь осторожна за рулём. Кстати, помнишь вчерашнюю мамашу с детьми? Этой ночью я приняла у неё роды. Да, представь. Нет, в форме и маске она меня вряд ли узнала. Ты веришь в переселение душ? Ведь не может быть, чтобы душа той учительницы переселилась именно в этого ребёнка? Хорошо, заеду к тебе в субботу».

Ирина положила трубку и расплакалась.

Учитель музыки

Затянувшаяся осень закончилась сизым декабрьским утром. В течение одной ночи город поседел. И седина эта разом стёрла остатки застиранной дождями листвы с окоченевших деревьев, скользких крыш и подёрнутых позёмкой тротуаров. К обеду повалил снег, вмиг залепивший кухонное окно.

— От на тебе пожалуйста, — пожаловалась сама себе баба Маня, — я и сапоги ещё не достала, а уж сыпет.

Она залезла на стол и, придерживаясь правой рукой за холодильник, левой захлопнула форточку. Потом подогнула колени, опёрлась на плиту и сползла в распластанные на полу тапки. Метнув в кипящий борщ накрошенную петрушку, она прошлёпала по длинному полутёмному коридору мимо соседских комнат к кладовке. Из-под ног метнулась кошка, и баба Маня, неловко оступившись, крикнула в пустоту: «Терпеть на могу эту тварь чёрную! Всё одно, что половик лежит, что она!» Проводив нехорошим взглядом растворившееся в потёмках животное, она нащупала выключатель и в тусклом свете пыльной лампочки стала грохотать содержимым чемоданов и коробок. Задник сапога застрял в чемоданной щели. Баба Маня дёрнула голенище. Сапог послушно прыгнул в руки. От неожиданности она потеряла равновесие и ударилась плечом об косяк. Досада требовала выхода. Врезав каблуком сапога пару раз в соседнюю дверь, она крикнула: «Привадил животное — держи при себе! Разве нормальные люди заведут такое уродство?» Переждав тишину, добавила, распаляясь: «Может, не слышишь, так я и громше могу!» Дверь открылась, и баба Маня, прильнувшая к ней всем телом, упала на грудь Самсона Петровича, обтянутую полосатым шерстяным свитером.

Ой Сенечка, хорошо, что ты дома, — пропела она, — а я вот думаю, может выйдешь, снег расчистишь. Видал, чё творится?

— Ну да, понятное дело,— Самсон Петрович принял правила игры,— я-то подумал, с чего вы так надрываетесь. Только снег чистить нечем. Лопату, вроде, экспроприировали. Вы же сами недавно жаловались. Кстати, на ты мы с вами, Мария Андреевна, ещё не переходили. И зовут меня не Сенечка. Сколько раз можно повторять?

— Ох ты боже ж мой,— обиженно передёрнула плечами баба Маня,— сколько гонора. Только не вижу повода. Почему нельзя человеческим языком сказать — спёрли лопату! Нет, надо непременно учёность свою показать.

По-утиному переваливаясь, баба Маня пошаркала на кухню, а Самсон Петрович, раздосадованный совершенно ненужным конфликтом, взял толстый, набитый нотами портфель, натянул куртку — капюшон на голову — и негромко захлопнул за собой дверь. Мокрый снег обжёг лицо, забился под небрежно обмотанный шарф. Самсон Петрович подёргал заевшую молнию и торопливо зашагал к метро. Его раздражала погода, подслеповатые из-за летящего снега прохожие, необходимость тащиться на урок, и обречённость возвращения в неуютную комнату.

Самсон Петрович поселился в коммуналке два месяца назад, после развода разменяв трехкомнатную квартиру на Плющихе. Жена с дочкой переехали в Измайлово, а он — в старый двухэтажный дом неподалёку от Кузнецкого Моста. Центр — это было важно. Нужные ученики обитали именно там, да и музыкальная школа, место основной работы, находилась в нескольких остановках. Но через месяц, когда Самсон Петрович обжился на новом месте, неожиданно выяснилось, что дом идёт под снос. Жильцы со второго этажа немедленно съехали, предпочтя отдельное жильё в новостройках протекающей крыше и частому отсутствию горячей воды. А Самсон Петрович, баба Маня и переехавшие из Молдавии супруги Фрунзе упорно надеялись на справедливость и еженедельно отправляли совместные петиции в соответствующие инстанции. Ответа не было. Счета за коммунальные услуги тоже перестали приходить. Молдаване предположили, что адреса дома больше не существует; именно так произошло в Кишинёве, когда после землетрясения их частное жильё было определено под снос. Но тот факт, что дом так и остался стоять, и его даже удалось обменять на комнату в Москве, обнадёживал их и в теперешней ситуации. Тем не менее, московская суета утомляла, серое осеннее небо угнетало, и потому, получив приглашение на свадьбу родственников, они с радостью укатили домой ещё в ноябре. С тех пор время от времени они напоминали о себе канистрами домашнего вина, которые их знакомые проводники поезда «Молдова» доставляли непосредственно на квартиру, а баба Маня выставляла строго по размеру вдоль стены.

Самсон Петрович обнаружил, что здание метро осталось позади. Возвращаться не хотелось, и он, спустившись по Кузнецкому мимо букинистической лавки, завернул на Петровку и потом налево в Столешников, где ветер почему-то ощущался гораздо меньше. В подъезде он перевёл дыхание, потом долго сбивал налипший снег, топоча ботинками о плиточный пол, и грелся, прижав руки к тёплой батарее. Дверь открыла заспанная Анжела, и Самсону Петровичу сразу стало ясно, что его не ждали.

— Ой, а мы думали, вы не придёте в такую погоду, — промямлила она. — Ребёнок устал после школы. Спит. Не хочется будить. Она нетерпеливо переминулась с ноги на ногу; красные меховые помпоны качнулись в такт.

— Наверное соседка забыла передать, что вы звонили, хотели предупредить, что урока не будет, — произнёс Самсон Петрович, дыша на посиневшие руки.

— Я не звонила, — без тени раскаяния сказала Анжела, — не успела, да и уверена была, что не придёте в такую погоду. Она попробовала изобразить улыбку, но получилась ухмылка. — И за урок я не заплачу. Его же не было… Давайте в субботу, в три.

Красные помпоны гипнотизировали и не позволяли Самсону Петровичу ответить так, как хотелось.

— Может, пока спит, мы чаю выпьем? — предложил он, надеясь немного отогреться.

— Вы меня извините, Самсон Петрович, но муж вот-вот вернётся с работы, а мы с вами чаёвничаем, — начала раздражаться Анжела. — Приходите в субботу, раз уж так получилось.

Она зябко передёрнула плечами и выразительно посмотрела на входную дверь. Самсон Петрович, не прощаясь, вышел.

2

Столешников опустел, но в гастрономе суетились покупатели — «выбросили» финские конфеты. Потолкавшись в очереди, Самсон Петрович почувствовал, что проголодался и направился было домой, но перспектива ужина в комнате — с телевизором или ворчливой бабой Маней — на кухне, заставила его зайти в «Арфу». Он ел там довольно часто, заказывая одно и то же: шницель с мелко наструганной жареной картошкой и серым хрустящим хлебом. Жареная картошка — это любимое, она никогда не приедалась. Мама нарезала её крупно и готовила под крышкой, добавляя воду для мягкости. Катя, жена, наоборот, стругала соломкой и зажаривала до полу подгорелого состояния. А баба Маня доводила разнеженные в сливочном масле аккуратные дольки до золотистого цвета и потом, как акцент, ссыпала в сковороду мелко нарезанный чеснок с травками. В этот момент Самсон Петрович всегда выходил из кухни — чувствовал, что не устоит перед этим наиаппетитнейшим в мире запахом и напросится на обед. А баба Маня, кто знает, в каком она настроении. Угостить — угостит, но с колкостью, с издёвкой. А унижений в этом мире и без бабы Мани хватает; никакая картошка того не стоит.

Взять хоть его имя — Самсон. Сейчас-то ничего, люди только вежливо недоумевают — брови домиком. А в школе проходу не давали, что в обычной, что в музыкальной. В музыкальной, пожалуй, ещё обидней дразнили, потому что со знанием дела. Самсон и Далила, кто ж не знает. И самое смешное, что наградили его этим именем как раз в честь того самого оперного героя, чью партию отец исполнял в камерном театре. Это уже потом мать случайно узнала, что с театральной Далилой у отца был роман, и поняла, что сценическая страсть и искренность, принятая зрителями и критиками за актёрское мастерство, имели несколько иное объяснение. Но имя было дано, и менять его сначала не соглашались родители, а потом, после шестнадцати, уже не хотелось ему самому — из принципа. Хотя имя стоило ему концертной карьеры. В седьмом классе его друг, Лёвка Мильштейн, на уроке, ради хохмы, отрезал прядь волос на затылке, прямо по центру. — Вот она, сила богатырская, у меня в руках. Класс рыдал. Лёвка целых пять минут упивался собственным остроумием и ещё пять — всенародной славой. А потом они подрались, и Самсон Петрович сломал мизинец, когда припечатал Лёвку к стене. Сросся палец как-то неудачно, и о концертной карьере пришлось забыть. От мечты осталась только фотография в нарядной рамке, на которой маститый дирижёр пожимает руку девятилетнему коренастому мальчику с кудрявыми светлыми волосами, а оркестранты, стоя, аплодируют юному дарованию.

На самом деле, глядя на эту фотографию, Самсон Петрович не испытывал сожаления о несостоявшихся гастролях, неуслышанных аплодисментах, неполученных премиях, а заодно — бесчисленных часах, не проведённых за инструментом. Но когда речь заходила о причине его работы учителем в обычной музыкальной школе, он в философской манере, ненарочито-многозначительно намекал на судьбоносные случайности, которые, на самом деле, были банальными закономерностями. Иными словами, его вполне устраивала работа с детьми — не сильно ответственная, порой однообразная, но стабильная. Главное, Самсон Петрович чувствовал себя на своём месте. Правда, он не любил академические концерты и раздражался, выслушивая третий раз за час ту же заигранную сонатину Клементи или этюд Черни. А вот ежедневная рутина, наоборот, успокаивала, придавала размеренность и значительность каждому прожитому дню.

В отличие от многих преподавателей, он одинаково терпеливо относился и к талантливым ученикам с будущим, и к тем, кто играл для себя, за что его особенно ценили родители, рекомендуя друзьям и знакомым. Но предпочитал детей с посредственными способностями. Одарённые — вечно были с придурью, и вместо того, чтобы просто учить, надо было постоянно вникать в их настроение, подстраиваться под непростой характер, чтобы не дай бог, не оскорбить их ранимые души — результат избалованности, как считал Самсон Петрович.

Имея две ставки и частные уроки, он верил, что обеспечивает семью и потому принципиально не работал во время каникул. Но Катя думала иначе. Она постоянно ставила ему в пример Лёвку, который халтурами зарабатывал намного больше и, кроме машины и дачи, мог позволить себе свозить жену в отпуск дважды в год. Несмотря на многочисленные попытки, Самсону Петровичу так и не удалось убедить бывшую супругу в том, что не все музыканты могут играть на слух, как Лёвка. И что он не умел это делать не потому, что не хотел или ленился, а потому что научиться этому невозможно. По мнению Кати, с её конкретным мышлением инженера-строителя, музыкант должен уметь играть всё и всегда; ноты ведь те же самые, тем более что их всего семь. Кроме того, она считала, что профессия учителя музыки годится для женщин, а учителя мужчины хороши только в профессорском звании. По этому поводу у Кати со свекровью возникали колкие перепалки, с годами переросшие в гнойный нарыв принципиального несогласия. Нарыв прорвался грандиозным скандалом в присутствии Лёвки, в лицо которому свекровь бросила презрительное — лабух! И добавила: «А мог бы стать вторым Гилельсом!». Но Катю это не убедило, и на месте нарыва остался рубец, воспалявшийся каждый раз, когда речь заходила об отпуске или крупной покупке.

Однако, причиной развода стали вовсе не эти разногласия, а внезапная смерть тёщи. Спустился человек в халате и тапочках на первый этаж в гастроном — и не вернулся. Умер в очереди в кассу от сердечного приступа. С пачкой вологодского масла и палкой сервелата в руках. Пока неумело оказывали помощь, пока сообразили вызвать скорую, пока заведующая вынимала из посиневших тёщиных рук неоплаченный дефицит, та перестала дышать. После суетливых похорон и ненужных тягостных поминок стало ясно, что именно она, тёща, своим умением сказать нужные слова в нужное время, ровно как и умением промолчать, создавала ощущение семьи и домашнего покоя. Выяснилось, что именно ей были интересны рутинные новости Катиных проектов складских помещений и нехитрые секреты детских влюблённостей внучки. Именно её советы помогали Самсону Петровичу мирно сосуществовать в чисто женском школьном коллективе, не будучи вовлечённым в подводные течения мелочных обид и интриг. После её ухода совместные ужины и воскресные обеды стали поводом для выяснения отношений, любая тема — очередным шагом к непониманию и неприятию другого мнения. Через три месяца, без ссор и ругани они разошлись.

Первое время Самсон Петрович жил у Лёвки. В принципе, там ему жилось совсем неплохо; отдельная комната в огромной квартире, где никто ни у кого не мельтешил перед глазами. Да и общаться, в принципе, особого времени не было. После занятий в школе и частных уроков Самсон Петрович приходил поздно. При звуке открывающейся входной двери из семейной спальни обычно высовывалась всклокоченная Лёвкина голова: «А, это ты, привет. А мы тут уже как бы спать собрались». Рядом возникало помятое лицо Марины. Придерживая бретельку рубашки, она ласково говорила: «Самсончик, там ужин на столе и фрукты в холодильнике. Обязательно поешь. Ладно?» После чего они оба, уже до утра, скрывались за дверью. Лёвка женился рано, ещё учась в консерватории, но Марина никак не беременела, что вовсе не приводило их в отчаяние, а, наоборот, заставляло ещё активнее решать проблему.

Самсон Петрович искренне обрадовался, когда документы были подписаны, и можно было переезжать хоть и в комнату, но свою. Он перевёз книги, ноты, диван и пианино, на котором играл в отсутствии бабы Мани. Ему казалось, что серьёзная музыка вызывает у неё если не классовую ненависть, то раздражение, и что расценивает она его игру не как необходимую составную профессии или хотя бы коротание времени, а выпендрёж образованием и нарочитое противопоставление интеллигентности — её простоте. Вот и сегодня, при чём тут учёность и кошка, которой не повезло родиться белой и пушистой?

3

БАБА МАНЯ ДОЕДАЛА ЖАРЕНУЮ КАРТОШКУ. Уже была сыта, но не выбрасывать же. Хлебной корочкой собрала масляные картофельно-чесночные крошки. Вымыла тарелку — удивительно, что воду и тепло до сих пор не отключили. За окном окончательно стемнело. Тусклым зимним светом зажглись фонари. Из аптеки напротив торопливо вышел последний покупатель и тут же слился с обнявшей его промозглой ночью.

«И где же этого пианиста носит, — подумала баба Маня. — Неужто так в деньгах нуждается, чтоб и в непогоду по урокам таскаться? Нет чтоб посидеть в тепле, за картошечкой с солёными помидорчиками поговорить о том, о сём. Да куда там, он такими блюдами простецкими брезгует. Только хочешь предложить попробовать, так он сморщится, — чесноком, видите ли, пахнет, — и выйдет из кухни, дескать, дух плебейский не переносит. А сам потом колбасу в комнате жуёт и со своей кошкой делится. Может, всё-таки прав был отец, когда не позволил ей тогда, двадцатилетней, замуж за музыканта выйти?»

Познакомились они в торговом техникуме; их ансамбль на вечере играл. Она стояла у стеночки, скромная, в платьице перешитом, ладная, ножки крепкие, стройные, не то, что сейчас. А он на саксофоне играл, и всё на неё поглядывал. Сам модный такой: пиджачок с накладными карманами, брючки трофейные, яркий галстук, косая чёлка на глаза. В перерыве подошёл, познакомились. Потом домой провожал. Долго вокруг дома ходили. Ей интересно с ним было, а ему с ней — кто знает. Скорее всего, просто приглянулась. Простая, нецелованная, не то, что эти раскованные девицы с локонами из-под шляпок-менингиток и наведёнными бровями. А друзей его она стеснялась — вдруг что невпопад скажет. Подумают, дура. Лучше уж слушать молча, может чему и научишься. Ходила она в консерваторию на капустники всякие, концерты. Там жизнь кипела, не то, что в её техникуме. Месяца через три после знакомства он пришёл к ним домой на обед. Мама грибочки замариновала, студень свиной приготовила — хоть через крышу бросай — так она говорила, когда застывал хорошо. А он весь вечер яблоки мочёные нахваливал, от грибочков отказался — гадость, мол. Мама обиделась, но виду не показала. А отец всё водки себе подливал, но не пьянел, а только хмурился. И молчал — злости набирался. А как дверь за гостем закрылась, она на кухне затаилась, знала, что скандал будет. Но отец даже голос не повысил, сел на стул и глухо сказал: «Чтобы я этого пижона в нашем доме больше не видел. Чужой он и всегда чужим будет. Ты слышала, мать, он студень холодцом обозвал, грибами побрезговал». Потом обернулся к дочери: «Этот музыкантик что, надеется своей дудкой семью кормить? Или на моей шее сидеть собирается?»

Она послушалась, потому что понимала — отец прав: всегда он будет чужим в их семье, и она в его не приживётся. И всё же не выдержала, через год, в зимнее воскресное утро зашла с днём рождения поздравить. Он дверь открыл, узнал, удивился, а из-за плеча девушка выглянула заспанная, разомлевшая.

— Это кто? — Спросила машинально, каменея от предчувствия ответа.

— Жена моя! Я ведь женился. Вчера как раз свадьбу сыграли. Хочешь, проходи.

У самого голос ласковый, счастливый. Вроде разговаривает с тобой, а смотрит и улыбается — молодой жене. Пробормотала положенные слова, попрощалась, и ещё долго сидела на лестнице, уставясь в одну точку, сжимая в потной руке неотданный подарок. И плакала злыми слезами, стыдясь сохранённого неизвестно зачем и для кого — целомудрия, и знала, что не будет в её жизни унижения больнее этого.

Пару лет назад в ЦУМе на них наткнулась — чулки ажурные выбирали. Он взглядом скользнул — не узнал. И хорошо. Она теперь гораздо старше своих лет выглядит, не то, что его жена — худенькая, вертлявая, с модной причёской. Похоже всё, чего ей в жизни не хватает — это ажурных чулок со стрелочкой на тощих ножках. И он — моложавый, элегантный, хорошо одетый, ухоженный. Видать, дудка-то неплохо кормит.

Да она тоже не нуждается. В доме всё как положено, на столе всё, что надо, и более того. Правда, квартира в коммуналке — та, что от родителей досталась, но зато комната огромная и в центре города. А что семейная жизнь не задалась, так вон сколько вокруг разведёнок. Да и сама тоже виновата. Мать тогда к цыганке отвела, погадать. Та и насоветовала: будешь сидеть и принца ждать, в девках останешься. Иди ищи своё счастье. Оно недалеко. Она и стала искать, как грибы.

И правда, недалеко идти пришлось. Под первым же кустиком нашла поганку по имени Эдгар. Просто удивительно, как имя его навороченное не соответствовало простецкой внешности: на плоском лице утиный нос, да хитрые глазки под длинными девичьими ресницами. Но прыткий, деловой был. В овощном магазине заведующим работал. Туда и её пристроил. Пил только. Ну, выпить рюмочку-другую она и сама не против, но пенсию пропивать не позволит. Потому и развелась сразу, как отец, собутыльник его, умер. Хорошо хоть сын не в деда и не в папашу своего — толковый, спокойный, непьющий. На Севере прорабом работает, там женился и внука родил. Только она внучка своего ещё не видела. Вот уже пять лет просит по дороге из отпуска хоть на пару дней в Москве остановиться. Да нет, говорят, даже денёк на море жаль терять, особенно ребёнку. Успеет ещё Кремль посмотреть и с бабушкой познакомиться. А она бы ему и блинов нажарила, и супы-борщи-каши варила, и в секцию какую водила, и по театрам-зоопаркам. А так сидишь одна в кухне и ничего не хочется. Даже свет включить. Зачем? Что при свете, что без него — потёмки жизни.

4

Открылась входная дверь. Холодный уличный воздух скользнул по коридорному паркету и растворился в тепле кухни. «От, пришёл наконец. Видать, все деньги на сегодня заработал, — подумала баба Маня, — может хоть чаю придёт попить. Я бы брусничное варенье открыла».

Самсон Петрович развесил на стуле промокшую куртку. Ему очень хотелось горячего чая, но в комнате бабы Мани не горел свет, и это означало, что она опять сидит на кухне в потёмках — экономит электричество. Уж лучше подождать, чем давиться чаем под её осуждающим, вечно недовольным взглядом. Из подаренной учеником заграничной бутылки Самсон Петрович налил себе немного коньяка, открыл пианино и, присев на стул, заиграл в ползвука. Это была даже не игра, а наигрывание. Так, детский репертуар — «Осенняя песня» Чайковского, с её вопросительно-тоскливыми квартами. Потом начал что-то ещё меланхоличное, под настроение. Но резко перестал, уловив шорох за дверью. И правда, разыгрался. Нашёл место и время.

— Всё, — крикнул он, — концерт окончен, не волнуйтесь.

Шорох прекратился, но за дверью явно кто-то стоял.

— Вот же вредная бабка, — с досадой подумал Самсон Петрович и зло распахнул дверь.

Баба Маня сидела под дверью, на складном стуле, уперев локти в колени и положив голову в раскрытые ладони.

— Ну, чего раскричался, — укоризненно сказала она, смахнув с носа слезу, — может, билеты надо купить, так ты скажи.

Самсон Петрович поперхнулся недосказанным раздражением и ударившим в нос лёгким водочным перегаром.

— Я думал, такая музыка не в вашем вкусе.

— А ты меньше думай, оно здоровее будет,— миролюбиво посоветовала баба Маня.— Сыграй чего-нибудь ещё, я послушаю.

— Да уж расхотелось,— ответил Самсон Петрович, всё ещё ожидая подвоха.

— Ну, не хочется, тогда может пойдём чаю попьём,— предложила баба Маня,— я летом варенья наварила, вот в первую метель и откроем, пробу снимем. И мармелад есть фирменный, яблочный, на Кировской купила.

— Горячего чаю было бы хорошо,— сдался Самсон Петрович.— А домашнего варенья я давно не ел. И если вы варите варенье так же хорошо, как жарите картошку, то я с удовольствием.

Баба Маня ошалело уставилась на Самсона Петровича.

— Картошку? Ты ж чесночного духа не переносишь.

— С чего вы взяли,— в свою очередь изумился Самсон Петрович. Какая же картошка без чеснока!

— А может, грибочков с водочкой? — неожиданно для себя самой спросила баба Маня.

— Нет, вот это без меня,— поморщился Самсон Петрович.— Не люблю грибы.

— А вот объяснить можешь, отчего такие, как ты, грибами брезгуют? — прищурилась баба Маня.— Мне давно понять хочется, откуда такое интеллигентское чистоплюйство происходит?

— Это обычная разница во вкусах, а не чистоплюйство. Мне лично они на вид неприятны. Скользкие, серые. Не овощ, не фрукт, не мясо. Так что интеллигентность или образование тут ни при чём. А вот как вы, Мария Андреевна, относитесь к финским конфетам? Я тут коробочку купил.

— Синие с золотом, что ли? — по-деловому осведомилась баба Маня.

— Вроде они.

— Эх, раньше-то импорт ещё можно было купить, а сейчас всё по блату, да по случаю. Вот пять лет назад, во время олимпиады, хорошее время было. Всех подозрительных за сто первый километр выслали, как при Сталине. Ни тебе командировочных, ни местной швали, хиплов этих нечёсаных. На улицах пусто, а в магазинах густо. И сайра тебе пирамидками на витринах, и корейка на прилавке, и напиток тот чудной, Фанта назывался. А потом эти,— она ткнула пальцем в сторону заблокированной канистрами двери,— опять понаехали, и как шаром покати.

— И о чём с ней беседовать, затосковал Самсон Петрович, не зная, как продолжить разговор.

— Вот ты скажи, Самсон Петрович,— поинтересовалась баба Маня, откусив верхушку конфеты и разглядывая её содержимое,— откуда у тебя такое заковыристое имя? Отродясь такого не слышала.

— Не заковыристое, а мало употребляемое. Сейчас библейские имена не в моде.

— Библейское, это как, явврейское что ли?

— Почему? Не обязательно. Это имена, упомянутые в Библии, в Ветхом Завете. Но конкретно Самсон — историческая личность, герой, силач необыкновенный. Тогда, несколько тысяч лет назад, иудеи воевали с филистимлянами. Теперь тоже воюют. Только теперь называются палестинцами. Короче, задача Самсона, ну или судьба заключалось в том, чтобы помочь своему народу победить этих самых филистимлян. Боролся с ними Самсон в одиночку, убивал тысячами до тех пор, пока не влюбился в Далилу, филистимлянку. За хорошие деньги она притворилась влюблённой, выведала его секрет и пока он спал после секса, отрезала волосы, потому что оказалось, что именно в них его сила. Тогда враги выкололи ему глаза и посадили в темницу, потом привели его в языческий храм, поиздеваться хотели. Но не учли, что волосы к тому времени у него немного отросли. А Самсон попросил подвести его к столбам, на которых держался храм, упёрся в них руками и развалил всё вокруг. Короче, под развалинами все и погибли—и враги, и он сам. Ну, меня и назвали в его честь, вернее, в честь героя оперы «Самсон и Далила». Мой отец был оперным певцом, исполнял его партию.

— А проститутка эта тоже со всеми погибла?— задумчиво спросила баба Маня.

— Тоже.

— И поделом. Хорошо бы ещё имя её из названия убрать. А то получается, прославили на равных и её, и героя. Выходит, имя у тебя со смыслом. Так что не стану больше тебя Сеней звать.

— Ну спасибо,— усмехнулся Самсон Петрович,— только и у меня к вам вопрос: «Сколько вам лет, что бабой себя зовёте?»

Баба Маня покраснела от смущения.— Чай сильно горячий, прям кипяток,— сказала она, утирая испарину.— Вот ещё конфетку возьму, а то не распробовала.

Заметив замешательство бабы Мани, Самсон Петрович пожалел о своём вопросе. «Чего я лезу не в своё дело,— подумал он.— Сейчас пошлёт подальше, и будет права».

— Вопрос твой, конечно, нескромный, но я сегодня добрая,— сказала баба Маня, аккуратно слизывая начинку с пальца.— Честно сказать, я и не помню, кто и когда меня так стал называть. Как-то само-собой получилось. С мужем развелась, сын вырос. Чего зря наряды покупать, маникюры-причёски делать — только деньгами сорить. И работа такая, в ажурных чулочках не походишь. Между ящиками да бочками жизнь прошла. Накладные, ревизии, отчёты. Потом смотрю, время к пенсии. Могла бы ещё поработать, да зачем? Пенсия хорошая, на всё хватает. Да к тому же из тех, с кем работала, никого не осталось. А молодые пришли, с высоким образованием, так для них я и правда — баба. Ну и пошло, баба Маня то, баба Маня это. И привыкла. А что, не смотрюсь бабкой ещё? — нарочито безразличным тоном спросила она.

— Так вам, получается, и шестидесяти ещё нет,— подсчитал Самсон Петрович.

— Пятьдесят шесть мне,— сухо уточнила баба Маня и стала демонстративно собирать со стола посуду.

5

По пятницам Самсон Петрович работал с обеда и потому вставал поздно, дожидаясь, когда баба Маня пойдёт по своим делам. Тогда можно было не спеша принять душ, постирать бельё, выпить заваренный в турочке кофе и насладиться гулкой тишиной, нарушаемой только своим присутствием, своей собственной жизнью. Но в это утро поспать не удалось — в дверь настойчиво поскреблись, и скрипучий голос бабы Мани окончательно разбудил Самсона Петровича, с остатками сна уничтожив предвкушаемое пятничное блаженство.

— Ты бы снег почистил, Сенечка…, Самсон Петрович, — сказала баба Маня. — Парадную дверь не открыть, намертво занесло. Мы так до весны из дому не выйдем.

— Так ведь чистить нечем, — не открывая глаз огрызнулся Самсон Петрович.

— А я лопату вчера вечером соорудила, — шипящим шёпотом доложила баба Маня. — Я бы и сама почистила, да дверь приоткрыть не могу — завалило.

— Ну что за бесцеремонность, — вспылил Самсон Петрович, — почему надо будить человека в восемь утра, да ещё в его выходной?!

— Так ведь из подъезда не выйти.

Чавканье шлёпанцев стало еле слышным. Самсон Петрович понял, что спорить не с кем — баба Маня скрылась в своей комнате. Принять душ не удалось — ванная была увешана только что постиранными цветастыми байковыми халатами и ночными рубашками в горошек. Чертыхнувшись, Самсон Петрович наскоро умылся и, брезгливо раздвигая капающие на голову тряпки, ногой открыл дверь ванной. Рядом с дверью, в углу, стояла лопата. Самсон Петрович с изумлением заметил, что её металлической частью был дорожный знак, прикреплённый проволокой к палке от швабры.

— Мария Андреевна, — крикнул он в гулкую пустоту коридора, — вы что это творите! Да за такие вещи и посадить могут! Вы когда этот знак отдирали, вас точно никто не видел?

— А хоть бы и видел, — отозвалась баба Маня, выглядывая из комнаты, — мне что, надо было вчера, в метель, по магазинам бегать, лопату искать? И что там за знак такой важный?

— Это знак ограничения скорости. Он где висел, у поворота? А за тем поворотом — спуск. И теперь народ скорость снижать не будет, значит, авария произойти может. И в этом будет ваша непосредственная вина. Вы это вообще понимаете?

— Ой Самсончик, как будто они когда на те знаки смотрели. Едут куда хотят и как хотят что со знаками, что без. Ну в крайнем случае, новый повесят — не обеднеют. А ты ж меня не выдашь? Я тут ещё один, кругленький, взяла прямо у въезда во двор — он уже и так на соплях болтался. Им как раз бочонок с солёными помидорками прикрыла. А то ведь помёрзнут в сарайчике.

— Кирпич, что ли?

— Нет, ну кирпичи на меня вешать не надо. Ещё не хватало мне кирпичи таскать. Железку — могу, а кирпичи — на что они мне?

— Кирпич — это знак, запрещающий въезд во двор. Вы и его стащили?

— Э-э-э, — задумалась баба Маня, — может, и его. — Я на картинку-то не особо смотрела. Меня конфигурация привлекла. И я тебе скажу, глазомер у меня что надо — точно по размеру на бочку подошёл.

— И теперь вы меня подставить хотите, — рассвирепел Самсон Петрович. — Так, что ли?! Вы, значит, солёными помидорчиками лакомиться будете, а я — штрафы платить!

— Что ты такое говоришь, — перепугалась баба Маня. Я и не думала тебя подставлять. Снег шёл, холодно, ты куда-то умотался, молдаване вообще пропали, помочь некому. Вот я и соорудила... из подручного материала. Слушай, Самсончик, ты быстренько расчисть снег-то, а потом я лопату аккуратно разберу и новую куплю. Только сейчас мне непременно уйти надо. Если с утра не побегу в продуктовый, эти приезжие всё разберут. Так что ты давай немного физическим трудом позанимайся. Тебе полезно.

— Мне знаете, что полезно, — сквозь зубы заметил Самсон Петрович, — найти способ от вас абстрагироваться.

— Ой, напугал, слово-то какое! — насмешливо взвизгнула баба Маня. — Тут до тебя тоже один интеллигентный жил, слова всякие умные говорил и в шахматы сам с собой играл. Так пока он этим онанизмом занимался, его жена с Пашкой, слесарем нашим, своё подорванное женское здоровье поправляла. А потом она же этого шахматиста и бросила, а ты в их квартире поселился. Тебя, тоже, небось, жена послала подальше.

Схватив швабру-лопату, Самсон Петрович прогрохотал по коридору, а баба Маня снова скрылась в своей комнате, бормоча незнакомое ей, длинное, похожее на ругательство, слово.

Заледеневший за ночь снег не поддавался гнущейся железке самодельной лопаты. Кое-как Самсон Петрович соскрёб склеившуюся, похожую на замёрзшую кашу, массу с крыльца и проложил узкую дорожку к тротуару. За его спиной, скользя, изо всех сил стараясь сохранить равновесие, прошла баба Маня. Провожая взглядом её невысокую фигуру, завёрнутую в старомодную котиковую шубу, Самсон Петрович ещё раз пожалел об убитом дне и о том, что, торопясь съехать от Лёвки, согласился на невыгодный для себя обмен, обернувшийся потерей личного пространства и личной жизни.

Принесли почту. Положив толстый конверт с мурманским адресом на кухонный стол бабы Мани, Самсон Петрович позвонил Лёвке.

— Слушай, ты занят? Может, заедешь?

— Не, мне лень из дома вылезать. Лучше ты. Тем более Маринка куда-то свалила.

— Ладно. Через полчаса буду,— согласился Самсон Петрович.

Аккуратно причёсанный, незаспанный Лёвка открыл дверь. Бросив привет, как дела, мелькнула вернувшаяся из магазина Маринка и скрылась на кухне.

— Пошли в комнату, что ли,— пригласил Лёвка, коньячок неплохой есть, фисташки.

— Как скажешь,— согласился Самсон Петрович, чувствуя какую-то перемену в доме.— А что это вы по разным комнатам сидите, поссорились?

— Не,— нахмурился Лёвка,— мы теперь беременные.

— Ну? Наконец-то!— искренне обрадовался Самсон Петрович.— Поздравляю!

— С чем?— осведомился Лёвка? Моя функция выполнена, ребёнок зачат, стало быть, я, как мужчина, больше не нужен. Ну что ж, природа знает такие примеры. Вот дельфины, к примеру, высокоразвитые животные, а самка после удачного спаривания тоже теряет интерес к сексу.

— Лёвка, ты о чём? Тебе ли жаловаться на нехватку секса? Мне-то хоть мозги не парь.

— Так теперь это всё в прошлом,— с неподдельной горечью вздохнул Лёвка.— Мы уже неделю в разных спальнях, с того самого дня, как она узнала, что беременна. Ты понимаешь, я, дурак, верил, что у нас любовь, и что процесс траханья — её доказательство. А оказалось, я ей нужен только как самец, исключительно для продолжения рода. Она меня использовала. Вот что самое обидное!

— Лёвка, ты неправ, ты — эгоист, — сказал Самсон Петрович. — Во время беременности женщина уже думает о ребёнке, о его безопасности, и от секса практически не получает удовольствия. Это закон самосохранения. Придётся тебе перебиться пару месяцев.

— Нет, это ты, старик, неправ, потому что не умеешь смотреть на шаг вперёд. А я там впереди, в плане интима, ничего хорошего для себя не вижу. После родов ещё хуже станет. Ой тише, не тряси кровать — ребёнка разбудишь. Ой ты что не понимаешь, я так устала за день, а ты тут со своими приставаниями. Ах, не трогай мою грудь, молоко пропадёт, — кривлялся Лёвка.

— Да кончай ты преувеличивать. Помню, у меня с моей бывшей до рождения дочки тоже отношения другие были. И что?

— Да, вот именно, и что? — многозначительно подытожил Лёвка. — Где сейчас ты, и где — она?

Они допили остатки коньяка.

— Так ты чего увидеться хотел, случилось что или так просто? — вспомнил Лёвка.

Самсон Петрович замялся. Стало ясно, что проблемы, связанные с упёртой бабой Маней, будут выглядеть слишком мелочными в сравнении со вселенскими масштабами Лёвкиных переживаний.

— Да нет, так просто зашёл, давно не виделись, а тут часок перед работой выдался. Ну ладно, я побежал. Не провожай.

6

Последняя ученица ушла домой. Было тихо. Только из дальнего класса доносились виолончельные рыдания: кто-то упорно заучивал пассаж, повторяя одну и ту же ошибку. «Надо бы подойти, подсказать, что диез там во втором такте», — подумал Самсон Петрович. В дверь постучали и, не дожидаясь приглашения, в комнату вошла молодая женщина. Она держала за руку мальчика лет десяти.

— Вы Самсон Петрович, верно? — спросила она и, снова не дожидаясь ответа, выдохнула, — хорошо, что я вас застала.

— А в чём, собственно, дело? — спросил Самсон Петрович, надевая куртку.

— Я понимаю, уже поздно, вы спешите, — занервничала женщина, — но я только хочу попросить прослушать моего сына.

— Мы не набираем детей в середине учебного года, — сказал Самсон Петрович, — и поверьте, я говорю это не потому, что спешу и хочу от вас отделаться. На самом деле, я вообще никуда не спешу, — неожиданно для самого себя добавил он.

Женщина смутилась: — Я знаю, что набор окончен ещё летом, но мне вас порекомендовали. Сказали, вы находите подход к любым детям. А мой — не совсем обычный. Все говорят, у него неплохие музыкальные способности, но он… замкнутый. С ним нелегко найти общий язык.

— Так может, это оттого, что он вовсе и не хочет заниматься музыкой? Может, его в спортивную секцию лучше отдать, а? — улыбнулся Самсон Петрович, подмигнув ребёнку.

Женщина устало села на стул и пристально посмотрела на Самсона Петровича. Под безжизненным электрическим светом её лицо внезапно постарело. От уголков рта, как от брошенных в воду камешков, разбежалась рябь тонких морщинок.

— Вы только его прослушайте. Знаете, он ведь сам играть научился. У нас пианино осталось от прежних жильцов. Ему никто и не показывал, как играть. И вдруг сам… Ты ведь сыграешь учителю, да, сына? — просящим тоном сказала она, обняв ребёнка за плечи.

Тот дёрнулся и остался стоять, глядя себе под ноги.

— Вот капризный пацан, — подумал Самсон Петрович, — может он ждёт, что я начну его уговаривать?

Слегка подталкиваемый матерью, мальчик нехотя сдвинулся с места.

— Ну, как же тебя зовут? — спросил Самсон Петрович, стараясь звучать, как можно приветливее.

— Его зовут Виталик, — поспешно ответила женщина.

— Садись, — Самсон Петрович указал на рояль, — сыграй что-нибудь.

Мальчик подошёл к инструменту и неожиданно стал сметать ладонями невидимую пыль с его крышки. Он делал это пугающе методично, не обращая никакого внимания на присутствующих. Так же сосредоточенно он сложил лежащие на рояле ноты в идеально ровную стопку, открыл крышку и сел на стул, аккуратно положив руки на колени. Не поднимая головы, он взял аккорд и снова замер, словно ожидая или прислушиваясь к чему-то. Фальшивая виолончельная нота надоедливой мухой жужжала из-за стены. Теряя терпение, Самсон Петрович сказал: «Ну давай, покажи, что умеешь делать». Мальчик продолжал сидеть, что-то соскребывая с клавиши.

— Послушай, получается, мама зря тащила тебя в такой мороз. Ну-ка, посмотри на меня. Я не кусаюсь, не кричу, я только музыке учу, — бодро зарифмовал Самсон Петрович, стыдясь фальши неожиданного словесного экспромта и своей педагогической беспомощности.

Мальчик повернул голову и поднял глаза. Самсон Петрович попытался перехватить его взгляд и осёкся, поняв бесполезность этих попыток. Стараясь скрыть свою растерянность, он открыл крышку второго рояля и взял пару аккордов. Перестав постукивать костяшками пальцев по стулу, мальчик повторил аккорды, не меняя их последовательности. Не говоря ни слова и не глядя на ребёнка, Самсон Петрович наиграл отрывок первого пришедшего на память вальса. По-птичьи склонив голову и шевеля губами, ребёнок старательно повторил услышанное и снова замер, надёжно спрятав глаза под густой низкой чёлкой.

«Какой неприятный, насторожённый взгляд, — подумал Самсон Петрович, — не на, а сквозь. Взгляд, словно обтекающий лица и предметы».

Отойдя к окну, Самсон Петрович сказал: «Молодец! А теперь сыграй что-нибудь на свой вкус. Я не буду на тебя смотреть, только послушаю».

Ребёнок снова неуклюже склонил голову к чуть приподнятому плечу и заиграл тот же вальс, но уже по-другому — оживлённее и неряшливее. Проиграв отрывок, он не остановился, как в первый раз, а заиграл его совершенно иначе — с иной, режущей диссонансами гармонией, с синкопами, казалось бы абсолютно здесь неуместными, но каким-то непонятным образом легко и естественно совместившимися с неприхотливой заезженной мелодией.

— Так звучит лучше, чем в оригинале — свежее, талантливее, — отметил про себя Самсон Петрович. — Как он это делает?

Такому нельзя научиться. Если бы не эти гуттаперчевые пальцы, эти ужимки, я бы решил, что он гений.

Виталик продолжал играть те же двадцать тактов, и с каждым повтором Самсон Петрович всё больше ненавидел этот вальс. А мальчик, как игрушка, заведённая большим металлическим ключом на определённое количество оборотов, ждал, когда кончится завод, постепенно затихая и замедляя темп. Правая рука легла на колено, а левая продолжала стряхивать неслышимые остатки звуков с влажных клавиш.

— Виталик, — тихо, но настойчиво сказала женщина, — хватит, иди сюда.

Ребёнок послушно подошёл к ней.

— Я не уверен… Вернее, совершенно уверен, что не смогу учить такого… стеснительного ребёнка, — сказал Самсон Петрович, надеясь избежать дальнейших объяснений и возражений. Он отвернулся и стал сосредоточенно запихивать ноты в портфель.

— Это не стеснительность, — тихо проговорила женщина, — это аутизм. Нам нужна ваша помощь.

— Что? — опешил Самсон Петрович. — Почему вы решили, что именно я могу вам помочь? Я, к сожалению, не врач, а всего лишь учитель музыки.

— Врач у него есть, и он уверен, что музыка поможет Виталику стать более контактным. Поймите, ему это необходимо.

— Это вы поймите, у меня нет опыта работы с такими, — Самсон Петрович снова запнулся, подыскивая слово, — сложными детьми.

— Но у вас есть интуиция. Вы же почувствовали, что он избегает контакта, догадались стать у него за спиной и добились своего.

— Пойдёмте, я провожу вас к метро, — уклончиво ответил Самсон Петрович и щёлкнул выключателем.

7

САМСОН ПЕТРОВИЧ НИКОГДА НЕ УМЕЛ читать в транспорте. Даже в поезде метро уже через несколько минут строчки сливались, и его начинало подташнивать. Но думалось хорошо. На пересадке вместе с ним в вагон зашли две девочки — похоже, сестры, и сели напротив. На младшей была такая же шапка, что у его дочери: жёлтая, мохнатая, похожая на шмеля. А на этой — заснеженный шмель. Чем старше становилась дочка, тем более странной и отчуждённой становилась. Куда-то ушла та безраздельная, всепринимающая любовь, какой он любил её в раннем детстве. Странным казалось её поведение, её неподобающие столь юному возрасту мелочные, даже меркантильные интересы и самое главное, полное отсутствие каких бы то ни было музыкальных способностей. Классическая музыка не только не интересовала её, но вызывала откровенную скуку, которую она и не пыталась скрыть — отвлекалась, начинала дурачиться, или просто выходила из комнаты. В глазах учеников Самсон Петрович искал и видел восхищение. Ему хотелось верить, что воодушевление передаётся даже самым ленивым, и потому равнодушие собственной дочери воспринималось, как желание сделать назло, как личная обида. Этот мальчик, Виталик, кажется... Даже его, благодаря своему педагогическому таланту, он сумел вытащить из-под панциря одиночества. Помог, пусть ненадолго, преодолеть цепкий страх болезненного недоверия. Конечно, вряд ли он позвонит этой женщине. Такой тяжёлый ученик отнимет слишком много времени и нервов, потребует энергии, которой хватило бы на трёх обычных. Хотя с профессиональной точки зрения, кому-то это было бы интересно. Но не ему.

Самсон Петрович с неприязнью вспомнил взгляд мальчика. В конце концов, гениальность — тоже болезнь, ошибка природы. И лучше наблюдать её со стороны, чем каждый раз, вступая в контакт, снова и снова осознавать свою — нет, не посредственность, — обыкновенность. Да и вообще, какое ему дело до чужого ребёнка, влезшего в его жизнь, если с собственным они говорят на разных языках? Иногда дочка казалась ему слишком сообразительной, вызывающе бесцеремонной в оценках и суждениях, дерзко мыслящей для своих лет. Споря с ней, он раздражался до злости, признавая неординарность её мышления, а потом стыдился своей реакции и неприязни, которую отец не должен испытывать к собственному ребёнку.

Развод она приняла спокойно, без слёз и расспросов. А когда, попрощавшись и взяв чемоданы, Самсон Петрович направился к двери, она, пройдя мимо открытого инструмента, зло ткнула кулачком в клавиши, наслаждаясь извлечённым диссонансом и болезненной реакцией своего отца.

Самсон Петрович еле удержался на ногах, поскользнувшись на припорошенном снегом льду. Навстречу шла женщина, нагруженная сумками. Самсон Петрович прижался к сугробу, уступая узенькую, протоптанную редкими пешеходами дорожку. В ботинки попал снег и начал таять, противно стекая внутрь. В подворотне то ли дворник, то ли жилец колол лёд, громко матеря зиму, которая хоть и запоздавшая, но для московских служб наступила, как всегда, неожиданно.

Дверь в квартиру оказалась открытой. В коридоре участковый Стоянов на повышенных тонах спорил с одетой в ядовито-зелёное атласное кимоно бабой Маней.

— Нет, гражданка Суркова, раз вещественные доказательства найдены по месту вашего общего с гражданином Веселовским проживания, стало быть, и ответственность перед законом у вас общая. Понесёте и за воровство, и за нанесение ущерба государству, и за преднамеренное создание опасной дорожной ситуации, могущей повлечь жертвы. Хорошо хоть у нас ещё есть сознательные граждане, сигнализирующие о подобных безобразиях.

— И что, те сознательные на меня указали? Может, они рядом стояли и железяку эту со мной откручивали?

— Не стояли, не откручивали, но собственноглазно из дома напротив наблюдали, как ваш сосед снег чистил вот этим самым орудием! — участковый указал на швабру. — А подъезд ваш общий, как и адрес этот. Стало быть, и протокол на обоих составлю. Мне ведь всё равно, кто задумал, а кто воплотил, так сказать.

— Так ты посмотри, где оно лежит, орудие это, — не сдавалась баба Маня, — у его двери! И чистил он! Стало быть, с него спрос.

Участковый, озадаченный последним аргументом, выругался и начал оформлять новый протокол. Баба Маня победно вскинула голову, но, заметив стоящего в дверях, белого от злости Самсона Петровича, неожиданно взяла участкового под руку и вкрадчиво сказала: «От что ты доцепился до этого знака? Ну одолжил человек железку. Так не заработал же на ней — снег расчистил. Завтра на место вернёт. А ты нервничаешь, время тратишь. Лучше вот возьми себе на память канистрочку. Видишь, у стеночки стоят, и иди с богом».

— Так,— взбодрился Стоянов,— канистрочки говоришь? Так вы ещё солярку воруете?

— Ты что, на что нам солярка? Это вино молдавское, домашнее. Красное, белое... Бери канистру, какая нравится, и забудем этот разговор.

Стоя за спиной участкового, Самсон Петрович увидел, как у того шея стала малиновой. «Всё,— подумал он,— приехали».

— А две можно,— выдавил из себя Стоянов,— вот эти с краю, пузатенькие?

— Можно,— безразличным тоном ответила баба Маня,— но только знак сам обратно прицепишь. А то ведь Самсон Петрович у нас не кто-нибудь, а знаменитый музыкант, пианист. Нечего ему руки морозить. О, вот и он сам,— радостно удивилась она.— Надо же, как поздно, всё работаете, детишек учите. Вы, Самсон Петрович, проходите, а то мы тут коридор перегородили, о ерунде всякой болтаем. Участковый наш уже уходит.

Бережно неся канистры, Стоянов направился к выходу. Выйдя на лестничную площадку, он обернулся и злорадно объявил: «Да, кстати, тут супруга моя, она в этом...ну, в общем, где надо работает, сказала, что в начале года вас выселят. Так что пакуйтесь и скажите спасибо, что предупредил. Салатик оливье на чемоданах жевать будете».

— Так до Нового года всего-то две недели осталось,— крикнула в серую ворсистую спину баба Маня и растерянно посмотрела на Самсона Петровича.

— Как же...?

— А как вы так можете?— не выдержал Самсон Петрович.— Вчера чаёк, домашнее варенье, а сегодня за спиной гадости делаете, свои поступки идиотские на меня валите? Вы, Мария Андреевна, непорядочный человек. Вот что я вам скажу.

— Значит, я — непорядочная? Сволочь значит, ты это хотел сказать? Ну конечно, мы люди простые, бумажки в портфелях не носим. А вы, музыканты,— интеллигенты, значит? Знала я одного такого. Тоже чистоплюй вроде тебя. Правильно папаша мой покойный их всех терпеть не мог. Ну Лещенко там, Кобзон — ещё ничего, приличные. А остальные — или алкаши вроде Высоцкого, — через водку и помер, — или никчёмные, вроде тебя.

— Вы сами не знаете, что несёте, — обиделся Самсон Петрович, — наверное, опять выпили.

— Ой, чуть не забыла, — баба Маня ловко перевела тему, на минуту прикинувшись глухой, — тебе тут дочка звонила. А ты и не говорил, что у тебя дочка есть. Как её зовут?

— Маша, Мария, — автоматически буркнул Самсон Петрович.

— Надо же, тёзка, — умилилась баба Маня.

Самсон Петрович внутренне содрогнулся, на секунду представив, что его курносая сероглазая дочка может вырасти и превратиться вот в такую бабу Маню со свисающими на уши, пахнущими пивом бигуди.

— А лет ей сколько?

— Ну двенадцать. Это что, допрос? Вам какое дело? — бросил Самсон Петрович, снимая побелевшие от влаги ботинки.

— Да никакое. Вот потому ты один, что во всём подвох ищешь, людям не веришь. А я только передать хотела, что дочка твоя звонила. Скучает.

— Так и сказала, что скучает, или вы это только что придумали? — безразличным тоном осведомился Самсон Петрович.

— Наверное, скучает, раз звонила, — снова огрызнулась баба Маня.

— Это же как долго вы общались?

— Да минут десять. О, чайник свистит. Пойду выключу. А ты приходи на кухню, если хочешь.

Самсон Петрович молча пил крепкий, настоянный на неизвестных ему травах, чай, прихлёбывая клюквенную наливочку и закусывая ненавистными солёными опятами. С бабой Маней было удобно — не требовались пространные объяснения, можно было односложно отвечать или просто кивать-качать головой, думая о своём. Ну вот кто он? Неудачник, неудавшийся пианист, не самый лучший муж и уж совсем никакой отец.

— Так я и говорю, — продолжала баба Маня, тыча пальцем в конверт из Мурманска, — спрашивается, куда я денусь с внуком? Переселят к черту на кулички, тогда ни в секцию какую, ни в школу музыкальную не добраться. А он у меня непременно на пианинах играть будет, как ты.

— Какой внук?

— Ну я же тебе толкую, внук приезжает, жить у меня будет. То за пять лет ни разу не навестили, а то вот мальчик болеть стал, так вспомнили. Сразу нужна стала.

— Вы никогда о нём не упоминали.

— Так, во-первых, разве ж с тобой можно говорить по-человечески? Ты ж простых людей не замечаешь. Смотришь то ли сквозь, то ли сверху вниз, словно не люди, а предметы вокруг. Будто ты сам по себе, а остальные мимо проходят. И только когда толкнут, локтем заденут, внимание обратишь. А во-вторых...

— Конечно,— Самсон Петрович снова отключился от трескотни бабы Мани,— сверху вниз. Как персонажи любимого им Шагала. Летают себе и смотрят оттуда спокойно и отстранённо. Сверху, из собственного некоммунального мира не так заметны уродливые мелочи жизни, поломанные судьбы. Оттуда не слышны просьбы, упрёки, и потому можно представить, что к оставшейся там, внизу, суете, не имеешь никакого отношения. Вроде как выпустил душу полетать, когда ей тяжело. Только она падает вниз, возвращается на своё место, потому что земное притяжение.

— ...и что нам теперь делать? В райсовет, а может, прямо в Моссовет обратиться?

— Что делать, что делать? Паковаться,— ответил Самсон Петрович, звякнув о блюдце пустой чашкой.

8

ЛЕНИВЫЙ МАРТОВСКИЙ ДОЖДЬ ПРЕВРАЩАЛ ПОДТАЯВШИЙ СНЕГ в месиво. «Отличная погодка для переезда»,— подумал Самсон Петрович, подходя к дому. Баба Маня стояла у подъезда и руководила грузчиками, затаскивающими в кузов бочонок с солениями.

— Что вы с этим будете делать на пятом этаже? — поинтересовался Самсон Петрович.

— Застеклю балкон, да и все дела. Не оставлять же. Ты-то как, устроился?

— Я у друга пока живу. В новой комнате ремонт надо делать. Вроде жила там приличная дама, доктор наук по древним рукописям, а клопы даже при дневном свете ползают.

— Вот оно и есть, то самое горе от ума: книжки читать умеем, а подтереть за собой или унитаз помыть — это ниже нашего достоинства.

— Ладно, Мария Андреевна, давайте не будем ссориться напоследок. Я ведь кошку пришёл забрать. Спасибо, что присмотрели.

— Да ладно, невелика забота, — отмахнулась баба Маня, вынимая животное из набитой подушками плетёной корзины. Та покорно перебралась в руки Самсона Петровича.

— Надо же, да она поседела за неделю, что с вами жила!

— Ну ты придумаешь, Самсончик. Разве ж кошки седеют? Я только её чуть перекисью обесцветила. Хвост и одно ухо. Чтоб не совсем чёрная была. Она ж мне сто раз на день дорогу переходила, то в коридоре, то на кухне, я уж плевать через плечо утомилась, — оправдывалась баба Маня.

Онемевший Самсон Петрович тупо смотрел, как массивная, с подмёрзшими подтёками рассола бочка, накренилась от толчка тронувшейся машины и, медленно перевалившись через борт, упала на дорогу. Влипшие в грязный снег, расплющенные розовые помидоры, напоминали непонятного сорта цветы, разбросанные на нестираном нейлоновом покрывале. Жестяной кругляш дорожного знака завихлял на ребре и упал у ног оторопевшей бабы Мани.

— Видать не судьба, — философски произнёс Самсон Петрович, стряхивая с брюк липкую веточку сельдерея. Ну, всего вам. Может, ещё когда увидимся. Земля ведь круглая.

— Точно, круглая, — хмыкнула баба Маня, кивая на вошедшего во двор человека.

Прищурившись и вертя головой по сторонам, он прошёл мимо них, осторожно неся тяжёлую, издающую булькающие звуки и винный запах канистру. Найдя нужную дверь, он облегчённо вздохнул и бодро зашагал к подъезду опустевшего, пережившего свою последнюю зиму, дома.

У САМОГО СИНЕГО МОРЯ

«Вы говорите — время идёт.
Глупцы — это вы проходите».
Талмуд

1

...**Н**икого не было. Море штормило третий день, и недовольные пляжники перебрались на набережную, откуда поглядывали на волны, оставлявшие на песке слюнявые пенистые подтёки. Ленивые облачные дни ползли медленно, переваливаясь от неторопливого плотного завтрака к ненужному, — чем бы заняться, — обеду и позднему нескончаемому ужину. Окольцованный широкой деревянной верандой, пансионат прилепился к склону холма, за которым прятался спуск к морю. Незатейливой постройки, но удобно расположенный, он пользовался неизменным спросом у тех, кто предпочитал отдых на средиземноморском побережье Испании — любому другому.

По кручёной лестнице Соня спустилась на веранду, заставленную круглыми столами с нависшими над ними медузами бесцветных, выгоревших на солнце зонтиков. Народу было немного. Обед заканчивался. Измученные жарой и бездельем, постояльцы доедали десерт. Соня села на своё обычное место напротив вальяжного Михаила Альбертовича, или Мольбертыча, как за глаза называл его киевлянин Саша Телегин, намекая на профессию. Вот и сейчас раскрытый мольберт с пришпиленным листом ватмана, стоял позади художника. Впрочем, этим летом Саша сам стал объектом шуток, поскольку фамилия его в результате принудительного обмена переведённых на украинский паспортов, поменялась на Бричкин.

— Интересно, как бы на вашей Украине перевели мою фамилию Гринблат? — не отрываясь от мороженого, спросила Муся, медсестра из Ашкелона.

— Даже и не сомневайтесь, для таких звучных фамилий на, или как сейчас говорят, в Украине, всегда есть точный перевод, — заверил её Мольбертыч. — Разве не так, Александр?

Тот зашёлся незлобным смехом.

— Ваша шутка отдаёт жёлчью и к тому же не смешна, — повернув к Мольбертычу своё мелкое, с кокетливыми кудряшками над вечно удивлёнными глазами и трагически изогнутыми а-ля Джульетта Мазина бровями лицо, строго произнесла Лидия Борисовна, бывшая диктор телевидения, ведущая известной детской передачи.

— Ну это зависит от чувства юмора, с которым, знаете ли, рождаются, — прочавкал Михаил Альбертович.

— Зато я могу отличать здоровый юмор от пошлятины, а также придаю значение манерам. Воспитанные люди едят арбуз так, что окружающим не приходится потом отдавать одежду в химчистку, — брезгливо стряхивая розовые капли с рукава блузки, ледяным тоном парировала Лидия Борисовна.

Михаил Альбертович возмущённо выпучил глаза и быстро зажевал, намереваясь немедленно ответить на колючий выпад соседки по столу, но лишь закашлялся, подавившись арбузным соком. Однако Лидия Борисовна уже забыла о нём. Соня безучастно наблюдала за происходящим.

— Вы не хотите прогуляться? Пойдёмте к морю. — позвала Лидия Борисовна. Соня молча отодвинула стул, отщипнула пару иссиня-чёрных виноградин и пошла за ней. В кремовой блузке-разлетайке, лёгких, сливочного цвета брюках и кокетливом розоватом шарфике, Лидия Борисовна в свои семьдесят выглядела хрупкой и грациозной.

«Ну просто клубника в сливках», — отметила про себя Соня.

— Что же вы? Догоняйте, — обернулась Лидия Борисовна. — Знаете, я никогда не умела медленно ходить. Всё спешила. Хотелось всюду успеть, всё узнать, растянуть день. А порой, и ночь, — кокетливо добавила она.

«Кокетство к лицу только миниатюрным женщинам, — подумала Соня. — Крупных, вроде меня, оно делает смешными».

Молча, они спустились к набережной, на удивление оживлённой в это время дня, предназначенного для сиесты. «Боже мой, — оживилась Лидия Борисовна, — кого только тут не встретишь! Знаете, когда-то бабушка мне рассказывала, что на водах в Бадене или Ницце странно было не встретить хороших знакомых или каких-то известных людей. Я имею в виду русских. Потом наступили печальные времена, когда русская речь за границей стала редкостью. И вот опять наши повсюду.

— И в большом количестве, — усмехнулась Соня.

— Ну да, мусора многовато. Но встречаются настоящие жемчужины. Вам бы следовало присмотреться, здесь можно найти залежи материала. Вы ведь журналист? Наш умник Мольбертыч сказал, что читал ваши очерки и рецензии в каком-то столичном журнале.

— Я не журналист, я — отдыхающая. Такая же, как и вы. По крайней мере, на две недели моя цель — остыть от светских сплетен, интервью, и всего, что связано с работой. Мне надо привести в порядок свои мозги и нервы, а не залезать в чужие.

Лидия Борисовна резко остановилась и, одарив Соню недоумевающим взглядом, медленно и проникновенно сказала: «Милая моя, у творческих людей отпусков не бывает. Как вы можете отпустить саму себя в отпуск? Это нонсенс. Вы просто обязаны носить свою профессию в себе и с собой, а не пробивать карточку с восьми до четырёх».

Они поравнялись с кафе, и Лидия Борисовна предложила зайти. Заказали десерт и кофе.

— Вам нравится флан? — спросила Лидия Борисовна у Сони и, не дожидаясь ответа, заметила. — По-моему, он слишком приторный и даже чем-то напоминает манную кашу. Видите крупинки? — Ложечкой, она расковыряла залитый глазурью пудинг. — Знаете, в своём голодном военном детстве мне довелось попробовать флан, приготовленный не из сливочного масла с сахаром, а из кабачков и шпината. Это был такой серо-зелёный кирпичик, пища богов с летящим, загадочным названием. Фла-а-а-н. Вы не смейтесь, но только с тех пор мне всегда хотелось увидеть Испанию своими глазами. И вот я здесь, и флан настоящий... Но тот казался вкуснее. — Она отодвинула тарелку с развороченным десертом. — А вас что сюда привело?

— Я приезжаю ежегодно, практикуюсь в испанском. Но именно в этом городке впервые, — ответила Соня, допивая кофе. — Пойдёмте обратно. Как странно, такая жара, а море штормит. Лучше вернуться в номер.

— Вечером, Соня, я приглашаю вас на концерт. Выступает известный гитарист, исполнитель фламенко. У меня лишний билет.

2

УЖЕ НА ПОДХОДЕ К ВЕРАНДЕ ОНИ УСЛЫШАЛИ громкие голоса Бричкина и Мольбертыча. Соня и Лидия Борисовна переглянулись: что можно не поделить совершенно чужим людям на отдыхе? Они застали художника, стоящего в позе Моисея с воздетыми к небу руками.

— Побойтесь бога, Александр! Как вы можете утверждать, что не видели мою новую картину, когда прошлым вечером она стояла в вашей комнате, и мы имели о ней содержательную беседу? Мне срочно нужны были деньги, а кассы обмена уже были закрыты, только поэтому я оставил её вам в качестве залога. Вот ваши пятьдесят евро: верните картину!

— Да в глаза я не видел вашу картину. И опустите руки, а то затекут. Не сможете потом творить свои бессмертные шедевры, — усмехнулся Бричкин.

— Кому из них вы верите? — наклонившись к Соне, прошептала Лидия Борисовна.

— Мольбертычу, — не задумываясь ответила Соня, — Саша чересчур правдиво смотрит ему в глаза; знаете, как пьяный, изо всех сил старающийся идти ровно.

— Согласна. Тем более, что я видела эту картину. Испанские мотивы, довольно мрачное полотно, и...

Её голос потонул в вопле Михаила Альбертовича: «Так может, вы мне объясните, каким образом она оказалась выставленной на продажу в магазине, среди всякого антикварного барахла?!»

— У вас мания величия или прогрессирующий склероз, — невозмутимо отбил удар Саша, — и кроме всего, вы — неисправимый скандалист. Впрочем, это и так все знают.

Он обвёл глазами окружающих.

— А вы, Бричкин, — вор! Немедленно идите в эту лавку и верните мне моё лучшее полотно!

— Да забодали! Какое, на хрен, полотно? Какие пятьдесят евро? Спрячьте свои деньги и идите лечиться! — заорал потерявший самообладание Саша.

— Конечно, вам теперь не нужны мои жалкие деньги, потому что вы получили гораздо большие от этого гобсека, — скупщика краденого, — не унимался возмущённый художник.

Разморённые сытным ужином и бездельем, отдыхающие встрепенулись и ждали развязки. Русские надеялись на драку, иноязычные, не понимая, что происходит, тревожно переглядывались.

— Прекратите, — зашипела Лидия Борисовна, — к нам уже идут.

Похожий на молодого Марчелло Мастроянни официант, подошёл к их столу и без тени улыбки сказал: «Que esta pasando aqui? Pueden discutir en otra parte?»

— Чего ему надо? — не унимался Бричкин. — Занимался бы своим делом.

— Он просит перенести ваш спор в другое место, — пояснила Соня.

Официант благодарно кивнул и, уже глядя на неё, продолжил: «La gente esta tratando dedivertirse. Gracias».

— Люди пытаются отдохнуть, — перевела Соня и добавила от себя: — А вы, Саша, сами-то ничего не путаете?

— Та христом богом клянусь. От провалиться мне на этом месте. Ничего я у него не брал. — От негодования Саша перешёл на украинский воляпюк: — Он тех картин клепает каждый день по пачке. А тут вдруг — лучшее полотно, бессмертное творение. Та пусть пошукает у себя у номере.

— Это действительно моя лучшая картина, — с пугающей уверенностью произнёс Михаил Альбертович, — я шёл к ней всю жизнь. И только здесь, после поездки в Гранаду, внезапно понял, как это сделать. Я просто взял кисть, мастихин и написал то, что мучило меня. Вам, Александр, не понять. Вы — коммерсант, человек приземлённый, конкретный. Что для вас мысль, ощущение, осознание чего-то нематериального, которое годами мучает вас из-за невозможности выразить себя несовершенным языком живописи? Вы не в состоянии понять своим прагматичным умишком, что это такое, когда вашей рукой водит Он?

— Та богом клянусь!

— Что вы, Бричкин, заладили: Христос, бог? Ваша религия — товар–деньги–товар. И не надо упоминать Его всуе. Вдруг услышит.

— Ничего я у вас в залог не брал. И не надо мне тут испанскую инквизицию устраивать. Видели свою картину в магазине, так бегите и купите её. А с меня хватит. Ухожу! — огрызнулся напоследок Саша.

— Я только что оттуда, — обречённо произнёс художник, — её уже купили.

3

К вечеру море стихло. Постепенно сползая с пляжа, оно обнажало мокрый, тёмный песок с налипшими ракушками, водорослями и отполированными бутылочными осколками. Желтоватые гребешки, слившиеся с равномерно покачивающейся рябью, по своему рисунку напоминали кружева-кроше на манжетах вечерней блузки Лидии Борисовны, поджидавшей опаздывавшую Соню.

Концертный зал находился в здании бывшей церкви и славился прекрасной акустикой. Проходя с патио в вестибюль, Соня в очередной раз убедилась, как легко и непосредственно испанцы перестраивают всё, что угодно во всё, что угодно. Бывшую табачную фабрику, где работала Кармен, — в университет, дом Маймонида — во дворец Таурино, колокольню — в минарет, монастырь — в больницу, синагоги и мечети — в соборы и церкви. По меткому определению Мольбертыча, таким образом они здорово экономили на фундаменте и стенах. За время их многочисленных совместных экскурсий в Севилью, Гранаду и особенно Кордову, он с удовольствием учил Соню вчитываться в характерный орнамент, почти уничтоженный временем и людьми, в полустёртые надписи, хранящие память времени. Вот и сейчас, войдя в зал и увидев размещённые под потолком двенадцать полукруглых окон, два из которых, видимо лишних, были заделаны, она поняла, что находится в молельном зале бывшей синагоги, где число окон символизировало двенадцать колен Израилевых. На стенах сохранились едва заметные среди тончайшего орнамента гипсовых арабесок, надписи на иврите — строфы из Книги Псалмов. Четыре сквозные арки, отделанные голубыми глазурованными изразцами, отделяли зал от верхней галереи, с которой шесть веков назад женщины наблюдали службу. Соня прикоснулась к стене, погладила алебастровое кружево, затем прошла в глубь заполнявшегося зрителями зала к уютно расположившейся напротив сцены Лидии Борисовне. Заняв соседнее кресло, Соня обшарила взглядом зал и галёрку, пытаясь найти Бричкина и Мольбертыча. Но их нигде не было.

Соня едва не пропустила появление гитариста, настолько неказист и незаметен он был. Маленького роста, худощавый, узкоплечий, с тёмными прямыми волосами и непропорционально крупным острым носом на мелком невыразительном лице, он не вышел, а словно проскользнул на площадку. Только яркое пятно его жёлтой рубашки навыпуск невольно концентрировало внимание публики. Играть он начал тоже как бы незаметно, негромко перебирая струны, словно раздумывая вслух. Публика продолжала переговариваться. Но резкие ритмичные аккорды требовательно заявили о себе, и тогда в наступившей тишине возникла рваная синкопированная мелодия, чередующаяся с восклицательными знаками ударов костяшек пальцев по деке. «Вот он, duarte, дух фламенко, — подумала Соня, — от меланхолии до страсти один шаг». Гитарист играл одну пьесу за другой, и Соня с удивлением отметила, что с каждой новой волной аплодисментов черты его лица изменялись. Словно прочитав её мысли, Лидия Борисовна прошептала: «Всю жизнь не устаю поражаться тому, как вдохновение красит людей. Смотрите, какая подлинная страсть и искренность. Нет, даже не искренность, а откровение».

«Как вообще можно описать талант, — подумала Соня, — какими словами выразить и донести ощущение совершенства? Разве такие слова существуют? И даже если их найти, скольким из прочитавших дано понять их истинный смысл? Передастся ли им ощущение молчаливой печали этого зала, печали, которую не изменят ни яростные переборы гитары, ни нарочитая грубость цыганских soleares, ни галечная дробь каблуков под мелькающими разноцветными юбками, ни восторженные аплодисменты возбуждённой публики?»

По дороге домой говорить не хотелось. Соня думала о муже, который, видимо, был прав, настаивая на том, чтобы она поменяла профессию. Последняя ссора была особенно неприятной ещё и потому, что напоминала бездарный оперный дуэт, где каждый толкует о своём, хоть и в одной тональности, а слов не разобрать и смысла не найти. Она — о том, что замучилась выслушивать людей, желающих казаться лучше, чем они есть и потому требующих вычеркнуть из готового интервью осколки правды, которые Соне удалось насобирать. Он — о бессмысленности почти дармовой работы и нервах, на неё затраченных. Она — об ощущении, когда видишь людей, держащих в руках журнал, открытый на странице с твоим текстом. Он — о том, что ему нужна жена, мысли которой хоть изредка созвучны его… И вообще, почему бы Соне не начать писать книги? Тогда есть надежда, что хоть они не окажутся в мусорном ведре, как все вчерашние газеты и старые журналы. Потому что именно там оканчивает жизнь её творчество.

4

ИЗ ПАНСИОНАТА НА ПЛЯЖ ВЕЛИ ДВЕ ДОРОГИ: короткая, по стоптанной, с резкими поворотами пыльной тропе, и длинная — через Птичий парк. Соня выбрала вторую. Своей субтропической растительностью парк сильно напоминал Сочи: те же пальмы, рододендроны, олеандры, бугенвиллии. Только здесь они были выше, гуще, и к тому же необычно соседствовали с издающими сильный лимонный запах кустарниками, а также экзотическими кактусами, будто перенесёнными из Аризоны. По дорожкам разгуливали куры и голуби разных мастей, ползали черепахи. Кролики беззастенчиво выпрыгивали из-под ног многочисленных прохожих, а сытые кошки лениво разглядывали вихляющих боками павлинов. Странный парк был похож на маленький отсек Ноева ковчега, обитатели которого мирно сосуществовали и наслаждались жизнью.

Спускаясь к морю по петляющей, засаженной розами аллее, Соня наткнулась на фасолеобразный пруд с переброшенным деревянным мостиком, через перила которого дети кидали крошки выныривающим из мутной воды уткам. Возле него, в образовавшейся лужице, лежало какое-то многоногое, мерзкого вида насекомое. Оно шевелило чёрными конечностями, пытаясь выбраться из воды. Но даже эта беспомощность вместо сочувствия вызывала брезгливость. Сбежавший с мостика мальчишка, скривился, увидев насекомое и, не задумываясь, на бегу, пришлёпнул его носком сандалии. Соню затошнило от вида дёргающейся полураздавленной тушки и от мысли, что это уродливое существо, было создано только для того, чтобы вызывать отвращение. Она перевела взгляд на искрящуюся, сливающуюся с горизонтом полосу моря, и, забросив за плечо сумку с полотенцем, поспешила на пляж.

Даже среди буйного разноцветья шляп и зонтиков, ярко-оранжевая кепка Михаила Альбертовича смотрелась вызывающе. Соня заприметила её ещё с набережной. Лавируя среди лежаков и подстилок, она добралась до неподвижно сидящего на собственной майке художника, но, не заметив его присыпанные песком сандалии, споткнулась и упала. Михаил Альбертович не пошевелившись, продолжал сидеть в той же позе, уставившись в одну точку. Проследив за его взглядом, Соня увидела стоящего по пояс в воде Бричкина. Тот разговаривал по телефону. Увидев Соню, он на секунду оторвал его от уха и помахал, дружелюбно приветствуя обоих. Всё так же не отрывая от Бричкина тяжёлого взгляда, Михаил Альбертович, сказал: «Вот вы, Соня, интеллигентный человек, объясните, как такое может быть. Он ведёт себя, словно ничего не случилось: ходит, ест, заигрывает с девушками, наслаждается солнцем и морем. Сбыл мою картину, купил себе кинокамеру, новый телефон, а меня представил сумасшедшим. И я, взрослый, сильный, уважающий себя человек, ничего, понимаете, ничего не могу сделать. Моё самолюбие сжалось, как пружина под самым сердцем. Если она распрямится, со мной случится инфаркт».

На долю секунды Михаил Альбертович всё же оторвал взгляд от безмятежно улыбающегося Бричкина, чтобы оценивающим взглядом художника проводить двух гологрудых девушек. Одна из них, с распущенными по спине тёмными волосами, как и Соня, споткнулась о сандалии, и её груди колыхнулись на уровне лица оторопевшего Михаила Альбертовича. Стараясь удержаться, девушка опёрлась на его колени. Волосы, рассыпавшись каштановой волной, накрыли обоих.

— Lo siento. No he visto sus sandalias,[1] — улыбнулась девушка.

Приобняв её за плечи, и слегка сдвинув с вектора наблюдения, Михаил Альбертович потребовал: «Соня, попросите её прийти вечерком в наш пансионат попозировать. Можно с подружкой».

— Они согласны, — перевела Соня, — а вы убрали бы свою обувь. Расставили, как паук паутину. И перестаньте испепелять взглядом Бричкина. Во-первых, он всё равно на вас внимания не обращает. А во-вторых, вы себе испортите остаток отдыха и потом, в вашем сыром, промозглом Питере, себе этого не простите.

— Вы, Соня, такая же беспринципная, как большинство людей вашего безбожного поколения. Разве можете вы понять, как себя чувствует творческий человек, когда у него крадут душу?

Он снял с головы кепку и помахал удалявшимся девушкам. Соня еле сдержала улыбку: трагизм и пафос переживаний художника звучали явным диссонансом пляжному легкомыслию.

— Вот здесь вы сильно ошибаетесь, — сказала Соня, аккуратно расстелив полотенце. — У меня не только украли, как вы выражаетесь, душу, но и присвоили её.

— Да что вы говорите, — заинтересовался Михаил Альбертович, — и как же это?!

— Легко. Вместо моего имени под стихотворением, поставили своё, потом написали действительно талантливую музыку и живут с этим. Я думаю, тот человек со временем даже поверил в собственное авторство. Причём настолько, что даже общаясь с тем, у кого украл, об этом не вспоминает, и муки совести его не посещают по ночам. И знаете, самое смешное, вся эта история пошла мне на пользу: я вовремя перестала писать стихи.

— Кошма-а-ар! — воскликнул Михаил Альбертович. — Вы архи-беспринципны! Не только позволили себя унизить, но и не потребовали сатисфакции. Как же может воцариться в мире справедливость, если им правят вот такие… телегины-бричкины!

---

[1]   Простите. Я не заметила ваши сандалии.

— Да было это сто лет назад. Что же мне, до сих пор жаждать крови? А сами-то вы, что собираетесь делать, вызвать Сашу на дуэль? — съязвила Соня. — Не надо было закладывать картину, оставили бы ему часы или мольберт...

Она достала крем для загара и начала равномерно наносить пахнущую кокосом массу на загорелый живот. И вдруг впереди, возле самой воды что-то полыхнуло, раздался громкий треск, потом крики — и всё стихло.

— Соня, вы видели? Ведь это была молния, — враз осевшим голосом сказал Михаил Альбертович.

— Видела. Что-то. Но ведь на небе ни облачка. Откуда молния? Здесь в это время года дожди, и то редкость.

К воде сбегались люди, а потом в обратном направлении промчались уже знакомые девушки с криками о помощи: «Ayuda! Doctor!» И Соня с Михаилом Альбертовичем, до этого стоящие в оцепенении, присоединились к расползшейся толпе. Сквозь частокол полуголых тел ничего нельзя было разобрать. Стоящие впереди женщины тихо переговаривались. «Dios mio. Mira! Es terrible. Esta muerto?»[2]

— Боже мой, — прошептал Михаил Альбертович, заглядывая через их плечи, — ведь это Бричкин. Там, на песке.

Прерывисто дыша, он протиснулся вперёд, протащив Соню за собой. Бричкин лежал у воды. Его голова была неестественно вывернута, а шея, правая рука и нога — почерневшими от ожогов. Над ним склонилась потная Муся, пытающаяся поцелуями искусственного дыхания добиться появления хоть каких-то признаков жизни. Подошедший сбоку врач, принялся массажировать неширокую, покрытую редкими волосами грудь Бричкина, правая сторона которой посерела, а левая оставалась беззащитно-розоватой, слегка обгоревшей от солнца.

Рядом валялся расплавившийся мобильник.

5

В БОЛЬНИЦЕ было тихо и душно. Кондиционеры не работали. Обмахиваясь кремовым с розовыми кисточками веером, Лидия

---

[2] Боже мой. Смотрите! Это ужасно. Он мёртв?

Борисовна нетерпеливо поглядывала на дверь палаты, где уже больше двух часов находились Бричкин и Михаил Альбертович, которого доставили в ту же, единственную в городке больницу, с диагнозом сердечная недостаточность.

— Ну что вы молчите, Соня? Вы же присутствовали при этом ужасе. — Прохладными пальцами она тронула Сонину руку. — Вот не верила в проклятия, но пришлось. Вы же сами говорили, что он глаз с несчастного Бричкина не сводил. Это как же надо пожелать, чтобы вот такое, извините, накаркать.

— Человека оскорбили. Вы что ему предлагаете? Другую щёку подставить? Не желал он Бричкину того, что с ним случилось. Просто хотел справедливости.

— Возмездия, точнее сказать.

— Пусть возмездия, если вам так больше нравится. Но когда случилось то, что случилось, пружина под сердцем распрямилась. И теперь непонятно, кто из них двоих первым предстанет перед тем, кто эту справедливость восстановил таким страшным способом.

Пупырчатые стеклянные двери резко открылись, и врач, одетый во всё жёлтое, подошёл к Соне. «De jiste que el hombre que encontro el relampago, es Russo…?»[3] — спросил он, вытирая шапочкой пот со лба.

— Ну да, — Соня и Лидия Борисовна согласно кивнули.

— Bueno, — усмехнулся врач. — Pero el habla espanol perfectamente, y sin acento. Aunque es espanol que no mucha gente hoy en dia.[4]

— Вы, вероятно, говорите о ком-то другом, — возразила Соня. — Наш знакомый вообще не владел испанским. Ни современным, ни старым. Проще говоря, ни слова. Тем более, без акцента.

— Alejandro? Correcto? — озадаченно осведомился врач — Pueden seguirme si lo desea.[5]

---

[3] Вы сказали, что молодой человек, которого ударила молния — русский?

[4] Хорошо. Но он говорит по-испански, причём, без акцента. Однако, это испанский, давно вышедший из употребления.

[5] Александр, верно? Вы можете пройти со мной убедиться.

Они прошли в тесную комнату, где на расстоянии метра друг от друга, под допотопного вида мониторами лежали Михаил Альбертович и Бричкин. Увидев двухцветное лицо Саши и его торчащие из бинтов чёрные пальцы, Лидия Борисовна вскрикнула, но тут же зажала рот обеими руками. Веер упал на пол сморщившейся бабочкой. Соня, уже видевшая Бричкина сразу после случившегося, не испытала вторичного потрясения. Её больше насторожила застывшая на Сашином лице улыбка, сморщившая серую щеку под закрытым глазом и сожжённой бровью. Правый глаз был открыт и, не моргая, смотрел на лимонную стену.

— Боже мой,— воскликнула Лидия Борисовна,— такие лица я видела в музее восковых фигур в разделе, посвящённом Великой Французской революции! Соня, спросите врача, почему он так плохо выглядит и когда сойдёт этот жуткий пепельный цвет? Он так ему не к лицу.

— Врач говорит, он удивлён уже тем, что Саша остался в живых. Молния ударила в телефон, который он держал в левой руке, и, пройдя через правую, ушла в воду. Саша стал проводником. Он выжил только благодаря тому, что правая рука в момент удара, была опущена в воду. Выйди разряд через левую руку, сердце бы не выдержало. А что касается сожжённой кожи, потребуется пластическая операция.

Не поворачивая головы, Бричкин перевёл взгляд на стоящих у своего изголовья женщин и глухо проговорил: «Quienes son ustedes, senoras? Como llegaron a este apesadumbrado lugar?»[6]

Соня вздрогнула от неожиданности и посмотрела на стоящего по другую сторону кровати врача. «Что происходит?» — шёпотом спросила Лидия Борисовна.

Позади послышалось шуршание и кашель. Михаил Альбертович пытался приподняться на сползших подушках. Сидевшая в углу пожилая санитарка, безучастно наблюдавшая за происходящим, неодобрительно покачала головой. Устав от борьбы с подушками, Михаил Альбертович затих, но, обнаружив стоящих сбоку женщин, строго посмотрел на них и, направив указательный палец в потолок, прохрипел: «Небеса

---

6   Кто вы, сеньоры? Что привело вас в это мрачное место?

разверзлись. И огнём поразили. Вы видели. Он — есть. А я, глупец, сомневался».

Услышав голос справа, Бричкин скосил открытый глаз. Разглядев профиль Михаила Альбертовича, он судорожно зашептал: «Ay Dios mio! Es el! El que era mi amigo, que hizo mi retrato y luego me triasiono. Que mas quere? Yo acorde a convertirme y aceptar a Jesucristo. Mi alma esta entumecida y para mi familia estoy muerto. Y para aquellos que fueros mas fuertes que yo».[7]

Соня с благодарностью вспомнила профессора Мушкина, заставлявшего своих студентов сутками просиживать в лингафонных кабинетах. Он утверждал, что медленная испанская речь, как, впрочем, и итальянская, теряет часть своего очарования, и потому тот, кто не в состоянии понимать реальный язык, не заслуживал положительного балла. Бричкин продолжал бормотать. И хотя Соня понимала почти каждое слово, смысл монолога до неё не доходил.

— Он бредит, — предположила Лидия Борисовна.

— Если даже так, — заметила Соня, — почему бы ему не бредить на родном языке?

Сложив руки на груди и покачиваясь с пятки на носок, врач задумчиво смотрел на Бричкина, которого Лидия Борисовна бережно обмахивала поднятым с пола веером. Взяв Соню за локоть, тщательно подбирая слова, и оставляя паузы для перевода, он дал собственное объяснение странной метаморфозе, происшедшей с Бричкиным. Согласно его версии, временная потеря памяти вследствие удара молнией — явление распространённое. Случались вещи и похуже. Но вот появившееся владение иностранным языком и амнезия на свой родной, в его практике пока не встречались. Да и в мировой, таких последствий электрического шока он не припомнит. Что касается странных видений, то из сказанного больным, ему лично кажется, что сеньор Бричкин видит себя еретиком-иудеем, которого сеньор с соседней кровати выдал Инквизиции. «Ну что

---

[7] О Господи! Это он! Тот, который был моим другом, написал мой портрет, а потом предал. Чего ещё ты хочешь? Я согласился поменять веру и принял Христа. Моя душа онемела, и я умер для своей семьи. И для тех, кто оказался мужественнее меня.

же вы хотите, сеньора, это наша история: ею пропитано всё материальное и нематериальное, сам воздух. Вот и это здание больницы, очень старое, построенное в XIV веке, служило синагогой, потом церковью, и только каких-то 200 лет назад было слегка перестроено под больницу. Сеньора верующая? Это важно, потому что не всё можно научно объяснить. К тому же, от лишних знаний хоть и увеличивается мозг, как от переедания — желудок, но зато ссыхается душа. Хотя сеньора может со мной не согласиться».

Бледное постаревшее лицо Михаила Альбертовича приобрело лиловый оттенок. Он скомкал в кулаке и без того мятую простыню, устало закрыл глаза и выкрикнул из последних сил: «Нет предела человеческой наглости! Украл картину и ещё утверждает, что я — злодей. А он — жертва. Переведите меня в другую палату. Пусть он тут без меня в испанском практикуется».

— А вы, Соня, верите в реинкарнацию? — спросила Лидия Борисовна.

Они шли по широкой улице, огибающей городок с юга на север. Несмотря на полуденную жару, солнце не обжигало, благодаря высоченным, высаженным во всю длину дороги платанам. Море то скрывалось внизу за парапетом, то ослепляло синей с золотыми прожилками тканью.

— Приходится верить, когда видишь всё своими глазами. А вы что думаете?

— А я совершенно согласна с моей бабушкой, весьма умной женщиной. Получив, заметьте, лишь домашнее образование, она говорила на пяти языках. Так вот, она верила в реинкарнацию и потому учила меня жить полной жизнью. Не совершать подлостей, но и святой не быть. Потому что нечестивцы, как и праведники, не возвращаются обратно, им не даруется следующая жизнь. А вот тот, кто совмещал в себе плохое и хорошее, кто не достиг совершенства в этой жизни, получит шанс сделать это в следующей. Пока не достигнет такого состояния души, которое позволит вернуться туда, откуда он пришёл. Только вдумайтесь! А ведь это упрощённая концепция, возникшая из каббалы. Ну а каббала, вы знаете, родом как раз отсюда, из Испании. В общем, мне лично нравится возвращаться в этот мир, чтобы понемногу, не спеша, совершенствоваться с каждым перерождением. Только подумайте, жить в разных эпохах, странах, в разных оболочках наконец, сохраняя при этом свою душу! Жаль, что с каждым новым приходом мы забываем всё, что с нами происходило до того, но видимо, в этом есть свой смысл.

— Если верить теории вашей бабушки, Бричкину даже повезло.

— Именно! — Подхватила Лидия Борисовна. — Ему было позволено на какое-то время вернуться в одно из своих прежних воплощений.

— Вопрос — на какое время...

— Нет, вы только представьте, — Лидия Борисовна развила мысль, — мы тут с вами идём вдоль берега, а Бричкин, — в том же географическом пространстве, в километре от нас, у того же моря, — пребывает где-то в пятнадцатом веке. И какая-то невидимая, неощущаемая, не имеющая названия преграда, не допускает его в наше сейчас, а нас — на любой другой уровень временного колодца. Высокопарно, да? Но главный вопрос, сохранит ли он испанский, когда придёт в себя?

— Врач сказал, что это ладино, язык средневековых евреев.

— Ой, ну почему непременно евреев, — нахмурилась Лидия Борисовна, — почему надо непременно сползать в национальность?

— Что делать? Факты — упрямая вещь. Ладино — диалект, но он довольно заметно отличается от испанского. Кроме фонетических различий, в нём есть вещи, безошибочно указывающие на то, что им пользовались именно евреи. Например, испанцы-католики обращаются к богу как бы во множественном числе, Dios. Конечная «s» предполагает множественное число. Для евреев это неприемлемо. Для них бог — один: El Dio. Или слово воскресенье, Domingo, что означает Божий День. У евреев этот день, естественно, Суббота, и потому они используют слово Alhat. Ничего общего с Domingo.

— Где вы этого набрались? — всплеснула руками Лидия Борисовна.

— Да был у нас на третьем курсе один занудливый профессор, — улыбнулась Соня.

6

НА ВЕРАНДЕ БЫЛО НЕПРИВЫЧНО ШУМНО. Натренированным взглядом Соня заметила снующих между столами репортёров. Опутанная микрофонами Муся, темпераментно общалась через переводчика. Впрочем, она так отчаянно жестикулировала, что и без перевода слушатели могли легко представить и ударившую в мобильник молнию, и распластанного на песке Бричкина, и саму Мусю, склонившуюся над бездыханным телом.

Один из журналистов, пожилой, небритый, неопрятного вида, в упор смотрел на Мусю и стрелял короткими, как плевки, вопросами, заканчивая их вопросительным «Э?», как бы удостоверяясь, что каждый из них дошёл по назначению.

— Сеньор Алехандро упал сразу или постоял, э? По-вашему, он успел осознать, что именно произошло, э? Что вы, как медик, думаете о будущем этого молодого человека, э? Кто возьмёт на себя расходы по отправке «un loco»[8] на родину, э?

Кулак микрофона у Мусиного носа гипнотизировал и мешал сосредоточиться. Поэтому на всю серию вопросов она ответила одним утвердительным «Э». Увидев Соню, Муся искренне обрадовалась и немедленно сообщила о её появлении: она там тоже была и всё видела! Пожилой репортёр медленно повернулся к Соне, трескуче почесал ногтем свою многодневную щетину, и лениво спросил: «Судя по всему, ваш приятель двинулся мозгами от шока. Э-э-э. Думаете, он закончит дни в психушке, э?»

— Я думаю, он проник туда, куда нам вход запрещён. И я могу только надеяться, что выход оттуда для него остался открытым. А вот у меня к вам встречный вопрос,— продолжила Соня, жестом руки отправляя переводчицу,— почему вы позволяете себе работать в таком виде? Небритый. Запах пота за версту. Вы вообще кто, журналист или погонщик мулов? Э? — зло добавила она неожиданно для самой себя, и, не дожидаясь ответа, вернулась к еле живой от жары и сутолоки Лидии Борисовне.

— Не знаю, что вы наговорили этому субъекту, но он даже приоткрыл глаза,— сказала Лидия Борисовна.

— В смысле?

---

[8] сумасшедший

— Разве вы не заметили, у него глаза, как у Каа, — удава из мультфильма про Маугли, — почти полностью прикрытые веками. Оттого и взгляд тяжёлый. И вот он очнулся только после вашего «э?», а вы ушли. Довольно грубо, между прочим. Вы ведь журналист, а братию свою богемную не жалуете. С чего бы это?

— Знаете, Лидия Борисовна, — Соня внезапно остановилась посреди лестницы, — а вы, пожалуй, правы. Это, наверное, оттого что я сама впервые ощутила, как «приятна» журналистская бесцеремонность. Давайте на время об этом забудем. Мне ведь уезжать через два дня. Не хотите с утра пройтись по местным лавкам? Заодно подарков купим. Договорились?

Поднявшись в комнату, Соня плотно задвинула шторы, легла поверх льняного, в голубых квадратиках покрывала, и тут же уснула.

7

Утренние газеты пестрели фотографиями свидетелей: пляжников, медперсонала больницы и обитателей пансионата. На одной из них Соня увидела себя. Заголовок гласил: «Молния — аналог машины времени». И далее: «Сердитая русская журналистка опасается, что Алехандро остался замурованным навеки в своём прошлом».

— А что, не так плохо на самом деле, — прокомментировала Лидия Борисовна, — с фантазией, с драйвом, как сейчас говорят. Краски, конечно, несколько сгущены и эмоции бьют через край, но что вы хотите, это же Испания. В здешних краях было бы глупо ожидать нордическую сдержанность и беспристрастность. И посмотрите на нашу Мусю, кто бы подумал, что она так фотогенична! Ну что, давайте завтракать. Вот несут ваши любимые тапас. Вы какие предпочитаете?

— С козьим сыром и сардинами. А вы?

— А я всему этому великолепию предпочитаю банальную овсянку.

— Бабушкина рекомендация?

— Именно. И знаете, дожила она до девяноста лет и никогда на желудок не жаловалась.

— А я не понимаю, как можно на берегу Средиземного моря одновременно наслаждаться видом оливковых рощ и овсянкой. Овсяная каша больше соответствует дождливым пейзажам Англии — так же, как чай с молоком. Вы, кстати, такой любите?

— Нет, в отношении чая я придерживаюсь традиционной, если так можно сказать, ориентации.

— Это сближает, — улыбнулась Соня. — Так куда пойдём, у вас есть идея? Здесь неподалёку, за парком, есть такая улочка, Calle Jacinto. Там продают всякую всячину.

Узкая, извилистая Calle Jacinto тянулась от ворот Птичьего парка и, как большинство улиц приморских городов, утыкалась в море. Старые двухэтажные дома стояли впритирку, как бы поддерживая друг друга серыми, изъеденными временем стенами. Первые этажи занимали обновлённые, подкрашенные кафе и магазинчики. Вторые этажи ничем не привлекали внимание, и лишь украшенные яркими южными цветами балкончики, выдавали присутствие жизни за наглухо зашторенными окнами.

Уже пройдя мимо одной из лавок, торговавшей антиквариатом, Лидия Борисовна внезапно вернулась на несколько шагов и, остановившись у тускло освещённой витрины, поманила Соню.

— Посмотрите-ка на эту картину в левом углу, — изумлённо сказала она, — ведь это пропавший холст Михаила Альбертовича.

— Не может быть. Он сам сказал, что его уже продали. Вы что-то перепутали.

— Я ничего никогда не путаю, — возразила Лидия Борисовна, — я прекрасно запомнила ту картину, хоть видела её всего один раз. Видите тот разрезанный гранат рядом со свечой? Михаил Альбертович объяснял, что именно он несёт смысловую и образную нагрузку картины, как плод, произраставший на ветвях древа жизни и украшавший Иерусалимский храм. Ещё как символ плодородия. Здесь он разрезан поперёк — верхняя половинка вместе с короной, венчающей плод, упала на стол, и сок вытек. А вот там, на заднем фоне, тень лисы за камнями. Это всё символика. Помните экскурсию в Гранаду? В мавританской крепости, в Альхамбре, эта русская девочка, экскурсовод, прочитала стихотворение... да вы, наверное, не обратили внимание, а у меня профессиональная память. Так вот там были строки:

Божественный закон
Тобою позабыт.
Ты счастлив, а Сион
Весь лисами разрыт.

— Да, я знаю. Это Галеви. Десятый век, — подхватила Соня. Там дальше:

И как мы можем жить,
И как глаза поднять,
Когда нам негде жить
И негде умирать!

— Совершенно верно. Вот после возвращения с той самой экскурсии Михаил Альбертович и написал то, что мы с вами сейчас видим. Я же вам говорила, мрачное полотно. Но написано, безусловно, талантливо.

— Слушайте, — предложила Соня, — тогда давайте просто купим её и отдадим Мольбертычу. Какая нам разница, как она сюда попала. У нас и так за последнее время накопилось слишком много непонятного. Поэтому не будем усложнять жизнь ещё больше. Давайте изобразим туристов-покупателей.

Она потянулась к двери, но вместо обычной ручки увидела медную, покрытую светло-голубой эмалью кисть руки, мизинец которой был украшен перстнем с продолговатым синим камнем.

— Надо же, какая прелесть, — восхитилась Лидия Борисовна, — умеют люди украшать свою жизнь!

По-моему, это ручка — талисман, — сказала Соня. Она проверяет намерения входящего. Я что-то такое слышала. Она осторожно вложила руку в нагретую солнцем ладонь и повернула её, одновременно толкнув дверь. Они очутились в прохладном полумраке, и Соня вздрогнула от неожиданности, увидев возникшего рядом с ней продавца.

— Сеньора интересуется картиной в окне, — сказал он, — у сеньоры хороший вкус.

— Откуда вы вообще знаете...,

— Разве сеньоры не разглядывали картину?

— Ну хорошо. Да, мы бы хотели купить её. Сколько она стоит?

— К сожалению, картина пока не продаётся. Это старинное полотно, и мы назначим цену только после консультации эксперта. Зайдите попозже.

— О чём вы говорите, — возразила Соня, — мы знаем, кто автор картины, кто её сюда принёс и сколько примерно вы за неё отдали. Картина написана три дня назад. Нельзя же так бессовестно обманывать.

— Сеньора, — сухо ответил продавец, — вы хоть на раму обратили внимание? Ей по меньшей мере лет триста, и сама картина — тоже безусловный антиквариат. Если вы ищете сувениры, вам через дорогу, — добавил он, направляясь к стойке.

— Сонечка, мне кажется, только испанцы умеют вот так, спиной выражать презрение и оскорблённое достоинство, — восторженно заметила Лидия Борисовна, ступив на мощёную крупной галькой мостовую, — этому не научишься.

— Лидия Борисовна, — сказала Соня, — я вам поверила, но, согласитесь, продавец был убедителен. Рама-то действительно старинная. Они могли бы её продать саму по себе, а не жертвовать на принесённую Бричкиным безделицу.

— Поживём — увидим, — многозначительно произнесла Лидия Борисовна.

— Вы, наверное, на пляж. Давайте встретимся часов в семь в больнице.

И она пошла в сторону парка, на ходу поправляя и без того идеально сидящую соломенную шляпку.

8

ТЕНИСТЫЙ ДВОР ОКРУЖАЛ СЕРОВАТОЕ квадратное здание больницы. Старые кипарисы, высаженные по его периметру, скрашивали неприглядность двухэтажной постройки. Лидия Борисовна опаздывала, и Соня, почти задремавшая на скамейке, решила подождать её наверху, в палате. Михаил Альбертович выглядел значительно лучше. Он приветствовал Соню своей неподражаемой радостно-саркастической улыбкой,— левый уголок губ вниз, правый вверх,— которую никому не удавалось сымитировать. Кровать Бричкина была пуста.

— Сонечка,— сказал он,— рад вас видеть. Вы чудно выглядите. Вроде бы даже похудели. А загар! Он вам невероятно идёт! А я тут совершенно извёлся. Не с кем пообщаться, пофилософствовать, поделиться мыслями.

— А где Бричкин? — перебила Соня.

— А-а-а, вот этого я не знаю,— помрачнел Михаил Альбертович.— Мне кажется, его перевели в другое отделение. Для специфических больных. Ну вы понимаете.

— Догадываюсь.

— Ну вот,— Михаил Альбертович почему-то перешёл на шёпот,— врачи решили, что он помешался. Этот невесть откуда взявшийся испанский, крики, бред. И агрессивность. Чуть ли не кидался на меня. Но я вам скажу, он не сумасшедший,— Михаил Альбертович многозначительно поднял костлявый, слегка тронутый артритом палец,— он просто путешествует. И когда время придёт, вернётся.

— О, вы только посмотрите, кто пришёл,— воскликнул он, увидев появившуюся в дверях Лидию Борисовну.— Вы балуете меня своим вниманием. Я чувствую прилив сил и энергии.

— Дорогой мой,— загадочным тоном произнесла Лидия Борисовна,— вы сейчас исцелитесь полностью. Посмотрите, что я вам принесла. Она бережно положила пакет на плоский живот Михаила Альбертовича.— Ну же, разверните, сделайте одолжение.

Соня вопросительно посмотрела на Лидию Борисовну и, получив утвердительный кивок, недоверчиво покачала головой:

— Как вам это удалось? — прошептала она, не сводя глаз с Михаила Альбертовича, увлечённо шуршащего упаковочной бумагой.

— Сонечка, вы меня извините, но вам недостаёт дипломатии. Ваша прямота отпугивает людей, особенно мужчин. Они, знаете ли, не любят, когда на них давят и взывают к здравому смыслу. Когда мужчина, тем более испанец, тем более, лавочник, сказал нет, ему очень трудно тут же сказать да. Поэтому я вернулась в лавку попозже, как он и посоветовал, и начала разговор заново. И вот результат.

— Да как же вы общались?

— Я немного знаю английский. Так вот, мне удалось его убедить в том, что картина не имеет большой ценности. Я рассказала ему всю эту невероятную историю, показала газетные вырезки, и в конце концов, он согласился продать картину. Но только в раме. И потому цена оказалась очень высокой. Такими деньгами я не располагала. Пришлось отдать веер.

Лидия Борисовна вздохнула.

— Веер! — недоверчиво сказала Соня. Тот розовый в цветочках?

— Представьте, — холодно ответила Лидия Борисовна. Этот веер, дорогая моя, принадлежал ещё моей бабушке. Она рассказывала, как обмахивалась им, проезжая в экипаже по Невскому. А государь-император Николай раскланивался с ней из встречной кареты.

— Да просто трафик какой-то был на вашем Невском, — пошутила Соня, но осеклась, поймав осуждающий взгляд Лидии Борисовны.

— Вот именно эту вашу черту, Сонечка, я имела в виду. Избавьтесь от неё, и ваша жизнь изменится в лучшую сторону. Так вот, веер как раз — настоящий антиквариат в отличие от этой вот подделки. Ну что же вы молчите, уважаемый, — обратилась она к застывшему над картиной Михаилу Альбертовичу, — вы что, не рады получить обратно своё сокровище?

— Это действительно сокровище, — прошептал Михаил Альбертович, — но не моё. Где вы это взяли?

Он вопросительно посмотрел на Лидию Борисовну, и Соня увидела, как её лоб под кудряшками покрылся мелкими капельками пота. Лидия Борисовна по привычке потянулась к сумочке, но, вспомнив, что веера там нет, так её и не открыла.

— Как это не ваше? — упавшим голосом, в котором всё ещё жила надежда, спросила она. — Ведь вы сами мне показывали картину и объясняли про гранат и лису...

— Да, сходство есть, причём, удивительное. Идея, исполнение, даже цветовая гамма. Но нет, это не моя картина. Вот здесь, рядом с гранатом стоял кувшин и лежала виноградная гроздь.

И знаки зодиака над камнями. Здесь их нет, и смотрите, в кресле — затёртый силуэт фигуры…, видите, осталась тень под слоем краски. На моей картине кресло пустое, хотя действительно, впечатление такое, будто его продублировали. Эта кожаная обивка, потёртость на подлокотнике. Невероятно! Как я мог вообразить то, на что неизвестный мне художник смотрел пугающее количество лет назад?

— Но как же, — растерялась Лидия Борисовна, — ведь тогда получается, что это действительно старинное полотно. Я должна немедленно его вернуть.

— Из-ви-нии-те, — сказал Михаил Альбертович, прижав картину к груди, — но подарки не забирают. Это, в конце концов, неприлично. А вот и доктор! — воскликнул он, явно радуясь возможности сменить тему и прекратить назревающую перепалку с Лидией Борисовной.

— Слава богу, в палате только вы, — облегчённо выдохнул влетевший в палату врач. Эти журналисты жить не дают, не то что работать. Что за народ! Вашего друга Алехандро пришлось перевести в другое отделение. И что вы думаете, они и туда пробрались, и фотографировали. Крупным планом, обожжённого, полуживого, безумного. А весь этот бред про инквизицию, что он несёт, напечатали. И теперь серьёзные люди на телевидении это обсуждают. Завтра переправим его в Барселону. Может хоть там оставят в покое. А когда на родину — время покажет.

— То есть, вы считаете, это бред? Вы сами раньше намекали на нечто сверхъестественное, не имеющее аналогов и объяснения, — возразила Соня.

— Все мы люди, и нам свойственно видеть загадочное в необычном. Но я — врач. Я не имею права на фантазии и домыслы. Последствия шока до конца не изучены. Хотя известно, что одним из них может стать шизофрения, сопровождающаяся амнезией. Что, скорее всего, и произошло.

— А прогноз? Соня, спросите его о прогнозе, — вконец расстроилась Лидия Борисовна.

— Только он, — врач выразительно посмотрел наверх, — знает. А вы, — обратился он к художнику, — готовьтесь к выписке.

9

СОНЯ СТОЯЛА НА БАЛКОНЕ, опершись локтями на широкие сдвоенные перила. Море уходило вдаль и вширь, и только справа замирало, обнимая рыжую скалу, у подножия которой начинались холмы с шахматными полями оливковых деревьев. В летних сумерках море казалось очень тёмным, почти чёрным. Но всё же это был синий цвет, глубокий и насыщенный, чуть подсвеченный заходящим за горизонт солнцем.

«Интересно, — подумала Соня, — замечают ли родившиеся здесь эту ежедневную красоту, уже от одного осознания которой можно чувствовать себя счастливым? Ценят ли возможность любоваться морем, когда вздумается, бродить по мокрому, обласканному волнами песку, вдыхая солёный воздух странствий?»

Соня сняла с перил пропахший йодом купальник и кинула его вместе с полотенцем в дорожную сумку. На кровати валялось платье, предназначенное для завтрашнего полёта. Оставалось упаковать сувениры. В дверь постучали. На пороге стояла Муся. Её лицо и плечи были обмазаны сметаной. Лямки цветастого сарафана спадали на локти.

— Вот, сказала она, — уснула в кресле на веранде и обгорела. Видите, на груди уже волдыри. А вам тут просили передать. Помните того журналиста? Ну, такой привлекательный мужчина, настоящий мачо? Вот, от него.

Она протянула Соне небольшой свёрток, небрежно завёрнутый в газетный лист с недавним очерком в центре и фотографией Бричкина крупным планом. Помедлив, Соня развернула пакет, из которого выскользнула тонкая потрёпанная книжка. Она открыла её на заложенной бумажкой странице и увидела репродукцию старинного портрета. Одетый в коричневую бархатную куртку, постаревший Бричкин сидел в глубоком, обитом кожей кресле. Источённая кожа его лица, покрытая желтовато-бурыми рубцами, напоминала папиросную бумагу. Правая рука, спрятанная в перчатку, лежала на колене. Левая сжимала пустой бокал. Сок разрезанного граната стекал со стола винными каплями.

Соня попробовала прочитать изящную вязь комментария, но буквы прыгали перед глазами — дрожали пальцы. Она положила

277

книжку на стол рядом с мятым газетным листом. Неправдоподобная очевидность сходства разделённых веками фотографии и портрета, размывала грань между совпадением и закономерностью. Соне почему-то стало холодно. Она прикрыла балконную дверь, села за стол и включила лампу. Скупая аннотация сообщала, что на портрете изображён Альфонсо Фернандес, в прошлом Самуэль, богатый купец, марран, вынужденный принять христианство. Он жил в пятнадцатом веке и, будучи приближён к королю, Хуану II Кастильскому, сделал очень удачную карьеру. Поменяв имя и веру, Самуэль, как тысячи conversos, скрытно продолжал исповедовать иудаизм и, умирая, оставил всё своё состояние не церкви, а бедным евреям — на то, чтобы дать им возможность соблюдать Субботу. Веруя в единого Б-га, он распорядился похоронить себя, положив крест — в ногах, Коран — на грудь, а Тору, его жизнь и свет, — в изголовье.

Логика — только ей Соня доверяла, с ней сверяла важные решения, оставляя эмоции в стороне. Теперь она не находила логического подтверждения своей догадке и балансировала на её острие, пытаясь крепче ухватиться за протянутую ниточку, ведущую к истине. Но клубок не разматывался, а только скользил по спирали, с каждым витком приближая рассвет. И когда полукруг проснувшегося солнца вынырнул из бледной голубизны заспавшегося моря, Соня спрятала в сумку книжку с вложенной в неё газетой и вышла из комнаты, захлопнув за собой дверь.

Несмотря на ранний час, аэропорт был переполнен. Пройдя регистрацию, Соня зашла в киоск и, выстояв длинную очередь, купила блокнот. В кафе оказалось несколько пустых столиков. Соня устроилась у окна. Официант принёс ароматный, горячий кофе с яблочной тарталеткой. Вылет задерживался. Соня открыла блокнот и крупными буквами написала заголовок:

У самого синего моря...

10

Каждый раз открывая глаза, Бричкин раздражался серости окружающей его обстановки: стенам мышиного цвета, вылинявшим простыням, наволочкам в дурацкий цветочек, пыльным стёклам окон и передвигающимся фигурам людей в больничных или докторских халатах. Серый цвет палаты навевал тоску, из которой ему хотелось вырваться так же, как из опутывавших его тело бинтов. После нескольких операций боль наконец-то отпустила, но рука постоянно ныла, и разговаривать было трудно из-за пропитанной лекарством повязки, прилипшей к обожжённой щеке. Эта больница отличалась от двух предыдущих. Бричкин подозревал, что находится если не в психлечебнице, то уж точно в отделении для душевнобольных. Чтобы отгородиться от навязчивой безликости пространства, Бричкин спал днём, а по ночам пытался связать обрывки воспоминаний, но лица расплывались неразборчивыми пятнами, узнаваемые поначалу, места сливались и исчезали после треска и багровой вспышки, которой всегда всё заканчивалось. Впрочем, в воспоминаниях непременно присутствовало море, но и оно было серым.

— Ну, как вы сегодня, Александр Романович, — обратился к Бричкину долговязый носатый врач, — кем себя ощущаете? Я — доктор Васильев.

«Зубы себе вставил бы, — неприязненно подумал тот, — неужели зарплаты такие нищенские?» В двух предыдущих больницах врачи выглядели получше, но и говорили они на другом языке, том, который Бричкин понимал, когда цеплялся за обрывки воспоминаний. Он заметил, что цвет появлялся именно в связи с теми обрывочными воспоминаниями на когда-то знакомом, но сейчас почти забытом языке.

— Нехорошо мне, доктор, — признался он, стараясь как можно меньше двигать губами, чтобы повязка не царапала заживающие шрамы, — вроде знаю, кто я, а вроде я — это ещё кто-то. И тот другой — очень старый.

— Молодец, — невпопад отреагировал врач и записал: «Навыки владения родным русским языком закрепились».

— Híjole, — вздохнул Бричкин.

— Вы слышали, доктор, — внезапно возбудился больной с соседней кровати, — опять матерится. Хоть и на чужом языке, а обидно. Ему чё, всё можно, потому что журналисты всё ходят, смотрят, исследуют, словно он — восьмое чудо света?

«Испанский периодически возвращается в виде междометий», — записал врач. Он поддел сползавшие с переносицы очки и спросил: — А почему гулять не ходите? Вам разрешено.

— Спать я хочу, — буркнул Бричкин и повернулся на бок.

— Гляньте, опять о нём в ящике, — не унимался сосед, тыча пальцем в допотопный черно-белый телевизор. — И дамочку эту я помню — она сказки на ночь читала.

Бричкин скосил незабинтованный глаз на экран, вгляделся в миниатюрную, с птичьим профилем женщину в кокетливой блузке, и задумчиво произнёс: «Да, я тоже её помню. Но только она не та, за кого себя выдаёт. Она — жена этого дьявола Мигеля-Альберто, художника, моего друга. Бывшего».

В палате стало очень тихо, и оттого голос женщины на экране казался ещё более высоким: — Да, мы близко познакомились с Сашей за те несколько недель, проведённых вместе в Испании. Это такая трагедия — человек потерял себя, собственное «я», ощущение себя во времени. И нам, тем, кто стал невольными свидетелями случившегося, тоже было нелегко. Представьте, вот перед вами весёлый, я бы даже сказала, бесцеремонный молодой человек, и за какой-то миг с ним происходит нечто такое, что не поддаётся объяснению.

— А скажите, Лидия Борисовна, — допрашивала длинноногая журналистка, — это правда, что перед случившимся Бричкин побожился в том, чего якобы не делал? Я имею в виду продажу картины художника Михаила Альбертовича Либермана?

— Ну допустим, — насторожилась та, — и к чему вы клоните?

— Ну как же, вот и испанские газеты подозревают, что удар молнии был знаком, так сказать, свыше, возмездием, если хотите. И потому мнение человека, на глазах которого всё это произошло, то есть, ваше, нам особенно интересно.

— Деточка, на моих глазах произошёл только спор между Сашей и Михаилом Альбертовичем, а сцена, как вы говорите, возмездия, меня миновала. Так что не надо искать в моих словах подтверждения собственным домыслам.

— Она всегда была такая надменная, — хихикнул Бричкин, — и Мигеля под каблуком держала, католичка ненормальная. А тот за неё держался, чтоб его христианство не вызывало сомнений. Наивный самовлюблённый дурак — ведь подозревали всех, включая самого Павла де Санта Марию.

— Это кто такой? — осведомился врач.

— Да вы тут совсем страх потеряли! Епископа Бургоса не знаете! — возмутился Бричкин. — Ну его настоящее имя Соломон Га-Леви, и служил он Бургосским раввином, но вовремя опомнился и в новой вере обрёл новое величие — стал папским легатом и наставником принца крови. Знал бы об этом его дальний предок Иегуда, знаменитый иудейский поэт! — Бричкин хрипло рассмеялся. — Так я к чему — даже ему до конца не верят. Мне достоверно известно, что в одну из суббот король наш, Хуан II, приказал своим людям подняться на городскую башню и проверить, идёт ли дым из трубы дома епископа. Если нет — значит тот тайно соблюдает Субботу. А уж Мигель по сравнению с ним — сорняк и всегда под подозрением, несмотря на знатное происхождение своей жены.

— Я главврачу жаловаться буду, — плаксиво сообщил голос с соседней кровати, — почему я должен с психами лежать?

— Доктор, я же говорил, нехорошо мне, тревожно как-то, — вздохнул Бричкин и закрыл глаза.

11

СЕРОСТЬ И БЕЗЛИКОСТЬ моментально исчезли: теперь красок было слишком много, от их яркости слепило глаза. Багровый свет, сполохи, впереди молочная завеса тумана и за ней — город. Всё узнаваемо, но нереально, потому что не объёмно, ничто не отбрасывает тени — ни дома, ни деревья, ни люди. Ветки платана не качаются, хотя в воздухе явно чувствуется морской бриз, добавляющий сырости осеннему вечеру. За камнями притаился лис: его острый нос принюхивается к доносящимся из города запахам.

Лидия хорошо готовила. Особенно ей удавалась рыба с миндалём и луком, запечённая в глиняных горшочках. Алехандро-Альфонсо прибавил шагу — может, он ещё успеет к ужину. Мигель хоть и был скуп, но всегда выставлял на стол кувшин хорошего холодного вина. Так что, если поторопиться, он сможет провести ночь в доме друга, а не на провонявшем мочой постоялом дворе, где можно легко подхватить проказу. До женитьбы Мигель, хоть и принявший католичество, продолжал жить в альхаме — еврейских кварталах, отгороженных от остальной части города стеной и массивными воротами. Но Лидия, происходившая из знатного и богатого рода, умело воспользовалась семейными связями и превратила мужа из никому не известного ремесленника — в придворного живописца. Теперь их дом стоял на Calle Jacinto, в двух шагах от городской площади, сразу за крутым, ведущим к морю спуском. Из-под ног сыпались камешки вперемешку с пустыми серыми ракушками улиток. Наконец-то из-за поворота показался знакомый двухэтажный дом. Алехандро постучал, и во внутреннем дворике, скрытом от посторонних глаз высоким забором, послышались шаги.

— Ты! — воскликнул Мигель и отшатнулся.

— Я пройду в дом. Устал, проголодался, — бесцветным голосом сказал Алехандро.

— Откуда ты? Твои сапоги в грязи. Почему пешком? — допытывался Мигель, следуя за ним.

— Де Луна в изгнании. Король бежал в Саламанку. Инфанты добились своего. Власть перешла к ним. Я пришёл предупредить. Времена меняются, и нам надо быть осторожными.

Они зашли в дом. Там ничего не изменилось. Побелённые каменные стены, контрастирующие с чёрными потолочными балками и тёмной приземистой мебелью. Кованый дубовый сундук возле ниши, откуда слепо глядели фигурки святых с висящими над ними чётками. Напротив — другая ниша с посудой и продуктами, соседствующая с плетёной лежанкой, глубоким, обитым крашеной свиной кожей креслом и массивным обеденным столом. Мигель зажёг свечу, и в её зыбком свете Алехандро увидел стоящую поодаль Лидию. Сбросив мокрый плащ, она осталась в строгом коричневом платье с пелериной и стоячим воротником. Его треугольный силуэт делал её ещё более плоской и миниатюрной. Гладко причёсанные, заплетённые в косу и поднятые наверх волосы почти полностью скрывала накидка из тонкой белой ткани, придерживаемая узким, украшенным драгоценностями металлическим обручем. Ещё выше подняв и без того трагически изогнутые брови, она сказала: «Недаром утром из камина выпала головня — вот и гость на пороге. Ты выглядишь ужасно. И эти жуткие рубцы на лице, уж не след ли какой болезни? Если так, лучше уходи».

Алехандро усмехнулся. — Ты, как всегда, гостеприимна и подозрительна. Нет, это не зараза. Я помог бежать его Величеству, и это след факела, который бросили мне в лицо люди инфанта Энрике. Я успел прикрыться, — он осторожно снял перчатку с правой руки, покрытой такими же бурыми, с серыми краями рубцами, — но стал калекой.

— Какой ужас, — прошептала Лидия, поджав губы в ниточку, и, резко отвернувшись, крикнула, — Химена, подавай ужин!

12

— Эй ты, псих, — толкнул Бричкина сосед, страдающий маниакально-депрессивным психозом, — поднимайся, ужин принесли.

Бричкин открыл глаза. Он действительно был голоден и потому взял с подноса тарелку, но съел только серый хлеб с бесцветным сыром, оставив нетронутыми клейкие серые макароны. Сосед возбуждённо чавкал, дожёвывая хлебную корочку, одновременно повествуя в пространство историю своей первой любви.

— ...и вот когда я увидел её из окна, такую кудрявую, фигуристую, я просто с подоконника и выпрыгнул ей навстречу. Но сильно ударил колено. И так это меня разозлило, что я за ногу её схватил. Она упала, платьице своё светленькое порвала. А потом как вблизи увидел её лицо, так опять аж горло от любви сжало...

Бричкин проковылял к окну и увидел торопливо шедшую к больничному подъезду женщину. Моросил дождь, и над головой она держала пластиковый мешок, заменявший зонт. У женщины была необычная покачивающаяся походка. Точно так, словно пританцовывая, через несколько минут она вошла в палату.

— Саша, вы уже встаёте, — бросила она с порога, — как хорошо! Я — Соня, журналистка, мы отдыхали вместе, вы меня помните?

— Нет, — не колеблясь ответил тот.

— А я вот вам соки принесла.

— А лучше бы вина, — неожиданно сказал Бричкин.

— Вина, какого вина, почему?

— Ну, какого? Хереса, конечно. Того, что можно купить по дороге в Эль-Пуэрто-де-Санта-Мария.

— Послушайте, Саша, я не принесла вина, но принесла вот это, — Соня вынула из сумки книжку в отваливающейся потёртой обложке, — каталог картин неизвестных художников средневековья, — и раскрыла её на заложенной закладкой странице. — Посмотрите, вам этот человек кого-то напоминает?

— Это был хороший вечер, — вздохнул Бричкин. — Вино в кувшине, кстати, как раз то, о котором я говорил. Гроздь винограда — с лозы, что у них во дворе растёт. А вот граната этого не было. Мигель его пририсовал. Любил язык символов.

— Что вы имеете в виду, — спросила Соня, присаживаясь на продавленную скрипучую кровать. — Я знаю, гранат — символ плодовитости, так?

— Вот и жене своей Мигель точно так объяснял про плодовитость, — уголком рта усмехнулся Бричкин. — В гранате шестьсот тринадцать косточек, как заповедей в Торе. И разрезанный гранат кровоточит, каплями стекает на пол. Это понять надо. Да, хороший он художник, хоть и сволочью оказался.

— А куда девалась картина, которую в пансионате вам заложил Михаил Альбертович? Вы продали её?

— Какой пансионат, — захныкал Бричкин, — вы это называете пансионатом, или те две предыдущие больницы, где мне, кстати, тоже не давали покоя журналисты?

— Нет, ну что вы, — не сдавалась Соня, — пансионат в Испании, жара, веранда, синее-синее море, пляж, молния. Неужели вы совсем ничего не помните?!

— Возможно, я помню не то, что должен. Моё море — серое. И ваше лицо мне не знакомо.

13

Ужин подходил к концу. На столе возле глиняных горшочков лежали рыбные кости. На тарелке оставалась разломанная лепёшка, в глубоком глиняном блюде — виноград. Уставившись в одну точку, Мигель-Альберто отщипывал иссиня-чёрные ягоды и с треском их надкусывал. Лидия брезгливо стряхнула с узкого рукава капли, брызнувшие из его рта, и сложила руки в молитве.

— Agimus tibigratias, omnipoteus Deus, за все твои благодеяния и за дары, которые мы вкушали, благодарим…, — произносила она, подняв глаза к потолку.

— Барух ата Адонай, — беззвучно вторил ей Алехандро на древнейшем из языков, — благословен Ты за то, что дал нам землю и пищу...

Белая свеча оплавилась и накрыла серым грибом витую ручку кованого подсвечника. Лидия отправилась наверх читать детям на ночь священное писание, её монотонный голос сливался со стуком барабанившего по крыше осеннего дождя.

— Куда ты теперь? — спросил Мигель. — Я не могу тебя прятать слишком долго.

— С рассветом уйду в Бонилью, — там пережду до лучших времён. Верные люди будут ждать меня за городом. Но не это тревожит меня: я всё пытаюсь понять, откуда инфантам стало известно о плане побега. Я должен узнать, кто нас предал, кто указал место, где мы скрывались и чудом избежали смерти. Мигель, когда-то ты помог мне советом и деньгами. Благодаря тебе я выбрал правильное дело, стал купцом, разбогател. И сегодня ты тоже не оставил меня в беде, дал кров и еду. Я хочу, чтобы ты знал, — половина того, что у меня есть, спрятана в ущелье, где была устроена засада. Вот карта, тут всё отмечено. Если получишь известие о моей смерти, знай — всё остаётся тебе. С драгоценностями поступай как знаешь, а что делать с деньгами, написано в завещании. Оно лежит там же, завёрнутое в кожу. Если останусь жив, деньги мне понадобятся, остальное — твоё.

— Ты разрешишь мне написать твой портрет?! — воскликнул Мигель и, бросив взгляд на лестницу, закончил шёпотом, — на память, в знак нашей дружбы. В нём будет твоя душа и наша вера.

— Пиши, — пожал плечами Алехандро, — до рассвета время есть. А вера наша покидает эти края. Так сказал Соломон-Га-Леви, епископ Бургосский, его святейшество Павел-де Санта-Мария.

— Неужели и с ним ты удостоился встречи? — восхитился Мигель, раскладывая кисти и краски.

— Да, я беседовал с ним несколько раз. Первый — когда он ещё был раввином Бургоса, последний — девять лет назад, за день до его ухода. Он был очень слаб, и тень смерти уже окрасила желтизной его кожу. Я решился задать мучивший меня вопрос, зная, что в такие минуты у человека уже нет сил лгать ни другим, ни себе. Я спросил, как могло случиться, что он, знающий Закон, как никто другой, мог поменять веру.

— Возьми в левую руку бокал, — попросил Мигель.

Сняв стёганый, на ватной подкладке колет, он остался в холщовой сорочке, выпущенной поверх коротких, до колен, шаровидных штанов.

— Как ты осмелился?! Неужели он ответил?

— Да, и назвал меня глупцом. «Что могла дать мне Тора кроме неприятностей? — сказал он. — А благодаря распятому Иисусу, я обладаю такой властью, что весь город дрожит передо мной».

— Тогда что же мешало вашему Святейшеству способствовать возвышению соплеменников? — спросил я.

— Это правда, я старался отдалить их от двора для их же блага, потому что в хорошие времена им милостиво разрешат отдавать знания, мудрость, деньги, но как только придёт беда, именно на них будет обращён гнев народа. Так было, есть и будет всегда. Иудеи умны, изобретательны и честолюбивы, но в высокомерии своём забывают, что пришли сюда нищими, а теперь богатство их мозолит глаза, и порождённая ими зависть обернётся гибелью не только для них, но и тех, кто пребывает в бедности. «Такова наша судьба, — говорят мудрецы, — грешит один, а платят все». Потому держись в тени, если не хочешь навлечь несчастья на себя и соплеменников. А сохранить дух еврейства, приняв крещение, — в твоей воле.

— Потом он закрыл глаза, — продолжил Алехандро, — а посеревшие губы его шептали молитву, и в ней он просил прощения у Творца за то, что нарушил волю Его.

14

Михаилу Альбертовичу нездоровилось: мучила отрыжка и жгло под ложечкой. Он надкусил ломтик солёного арбуза, но его затошнило. Сморщившись, он с размаху швырнул розовую губчатую массу в ведро: белый кафель окрасился бледными каплями сока.

— Всё не слава богу, — подумал он. — Когда наконец пришла известность, когда можно сделать хорошие деньги, нет ни здоровья, ни желания работать. Заказов полно, но все однотипные, все просят что-то под старину. Конечно, о славе мечталось, но обидно быть за неё благодарным какому-то проходимцу. Впрочем, этот жулик поплатился с лихвой. Со слов Сони, Бричкин хоть и выглядит гораздо лучше, но в смысле психики полное выздоровление ему не грозит.

Михаил Альбертович подошёл к окну. — Нет, из окна художника должен открываться иной вид. Этот хорош только для иллюстраций к Достоевскому — облупившиеся стены дома, двор-колодец, арка, под которую проскальзывают силуэты озябших, спешащих домой соседей. В этом городе невозможно согреться: всё пропитано вековой сыростью и ещё чем-то неуловимым, чему нет названия, но что постоянно гнетёт и печалит.

Вот фотография в рамке с завитушками: он на пляже. Оранжевая кепка, козырёк надвинут на очки, но и это не спасает от солнца. И море — необыкновенно яркой синевы, уходящее за ржавую скалу, бесконечное и прекрасное. Оно было таким всегда. Возможно, море и есть единственный ориентир, помогающий тем, кто обречён странствовать во времени. Лидия Борисовна, эта лиса неопределённого возраста, сказала, что причина изжоги — в подавляемых им угрызениях совести и нежелании признать умышленность навлечённого на бедного Сашу проклятия. А Соня, хоть и не говорит об этом так категорично, явно с ней согласна. Хотя в чём, собственно, его вина? Возможно обе они правы только в одном — надо соблюдать приличия и навестить бедолагу. Тем более, Соня почему-то уверена, что его визит пойдёт Бричкину на пользу.

Алехандро проснулся и натянул на себя лоскутное одеяло. В доме было сыро: он был расположен слишком близко к морю, а камин ещё не разжигали. Сквозь ставни проникал слабый дрожащий луч наступающего дня. Он падал на картину, оставленную на мольберте, и освещал её половину так, что изуродованная сторона лица Алехандро оставалась в тени.

Сверху послышался шёпот Лидии:

— У тебя мало времени. Скоро рассветёт, и он уйдёт. Поспеши.

— Я этого не сделаю.

— Сделаешь. Ты пойдёшь в ущелье Деспеньяперрос и возьмёшь всё, что тебе причитается, а то, что не твоё — отдашь Церкви.

— Этого не будет, — ответил Мигель. — Постой, а откуда ты знаешь название места? Алехандро его не произнёс, и карту я тебе не показывал.

Алехандро кожей почувствовал разлившее в воздухе напряжение, его спина стала липкой от пота.

— Не может быть, — Мигель ладонью заглушил сорвавшийся с губ крик, — так это ты выдала их! Но как ты знала?

— Не задавай лишних вопросов. Я знаю тех, кого не знаешь ты.

— Но зачем... Ведь Алехандро — мой друг.

— Друг? — усмехнулась Лидия. — Ты уверен? Как может быть другом тот, кто так и не принял истинную веру душой своей, и тем неугоден Творцу нашему?

— Я не пойду воровать у того, кто рискует жизнью. И я не предам дважды, — голос Мигеля дрожал то ли от злости, то ли от едва сдерживаемых слёз отчаяния.

— Тебе придётся это сделать, иначе я сама пойду и засвидетельствую, как ты подавал милостыню нищему еврею. Тебе известно — за это следует семь лет тюрьмы. Я надеюсь, ты достаточно умен, чтобы предпочесть богатство этого еретика — страданиям и позору.

Стараясь не скрипеть, Алехандро встал с плетёной лежанки, надел сапоги, закутался в плащ и вышел, плотно притянув тяжёлую дверь за медную, сделанную в форме кисти ручку. В углу дворика Химена выливала содержимое ночных горшков; едкая вонь нечистот сопровождала Алехандро на всем пути до городских ворот, пока не сменилась чуть гниловатым запахом увядших виноградников. Внизу показалась плоская серая полоска моря. Надо было спешить пока не встало солнце.

15

Больница пахла борщом, хлоркой и уборной. Михаил Альбертович сморщился: его пугал запах болезни и старости.

— Боже мой, вы всё-таки приехали! — сзади раздался знакомый голос. — Я так и предполагала, что слухи о вашем нездоровье несколько преувеличены, да и мужчины, как известно, весьма мнительны. В конце концов, если вам станет хуже, прямо здесь и подлечат. Ну-ну, не обижайтесь. — Лидия Борисовна рассмеялась и взяла его под руку. — А знаете, Соня тоже здесь. Она приходит ежедневно, разговаривает с Сашей, пытается как-то вывести из депрессии. Врачи утверждают, что положительная динамика есть, но они не могут найти объяснения некоторым странностям его поведения.

— Как холодно, — заметил Михаил Альбертович, застёгивая стёганую замшевую куртку, — могли бы и затопить, осень уже.

— Это нервы, мой дорогой, здесь довольно тепло, — возразила Лидия Борисовна и продолжила, — так вот, все считали, что рассказы Бричкина о прошлом, о каких-то, скажем так, персонажах, — полный бред. Но Соня выяснила, что люди эти действительно существовали, причём именно в том временном отрезке, с которым он себя ассоциирует. Понимаете? Он описывает детали, которые придумать невозможно. Он помнит запах свернувшейся крови, доносящийся из бойни, он помнит лицо обезображенного оспой человека в окошке, затянутом бычьим пузырём, он ужасается залитым нечистотами городским улицам, он непроизвольно чешется, вспоминая кишащие насекомыми и крысами постоялые дворы. Но то, что произошло этим летом в пансионате и непосредственно на пляже, словно стёрто из его памяти. Поэтому вы непременно должны с ним увидеться, — закончила она.

— Не вижу логики, — пробурчал Михаил Альбертович, остановившись у дверей палаты.

— Поскольку вы и раньше были для бедного Саши эдаким раздражителем, теперь мы попробуем использовать это свойство в полезных целях, — интеллигентно съязвила она и открыла дверь.

Бричкин стоял посреди комнаты и разговаривал с Соней, возбуждённо размахивая здоровой рукой.

— Хуан II попал в плен. Но через три года жители Вальядомиды его освободили. Вот только я не помню, сколько лет после этого он находился у власти, — смутился Бричкин. — Может я умер раньше него...

Он оглянулся на скрип двери и осёкся, увидев входящих в палату Михаила Альбертовича с Лидией Борисовной.

— Ой, смотрите, живая легенда, — обрадовался больной с крайней кровати. — А в ящике выглядит моложе.

Лидия Борисовна приветливо улыбнулась, привычным движением поправила серебристый шарфик за отворотом плаща и хорошо поставленным голосом сказала: — Добрый день, друзья. Саша, посмотрите, кто пришёл вас навестить!

Губы Михаила Альбертовича раздвинулись в подобии улыбки. Скорбные морщины прочертили исхудавшее лицо Бричкина.

— Y te atreves a venire aqui? Tal ves usted ha venido a disculparse por su codicia? Demasiado tarde! Pedir perdon de El, y puede ser un castigo terrible no pasara.

— И вы посмели явиться сюда? Быть может, вы пришли извиниться за свою алчность? Поздно! Просите прощения у Него, и может быть, страшная кара вас минует, — синхронно перевела Соня.

Лидия Борисовна беспомощно посмотрела на неё. — Теперь и я в чём-то виновата. Бедный, бедный Саша. Что же делать?

— В чём виновата ты?! Ты? Я всё слышал той ночью, — дрожащий голос Бричкина сорвался на крик. — Да тебе место в аду!

— Я позову врача, — прошептала Соня, но тот уже шёл к ним, торопливо загребая длинными худыми ногами.

— Доктор, что же это, сделайте что-нибудь, — Лидия Борисовна театрально развела руками.

— Для того, чтобы врач излечил душевнобольного, он сам должен войти в его состояние, — изрёк Михаил Альбертович. — Так написано в древних книгах.

— Предатель, — вскинулся Бричкин, — и ты ещё говоришь о священных книгах!

— Твой мозг воспалён, — в той же пафосной манере подхватил Михаил Альбертович, — не предавал я тебя, богом клянусь!

Тот затих и сел на кровать. Длинная, тяжёлая слеза капнула на его забинтованную руку.

— Душно здесь, — сказал врач и приоткрыл окно.

Запахло осенней влагой и палёными листьями. Усиливающийся дождь забарабанил по железной решётке, стёклам и подоконнику. Тонкая мутная струйка стекла на пол и расползлась по затёртому паркету. Отдалённые раскаты грома чередовались с порывами ветра, в такт которым дребезжала торчащая из пустого стакана чайная ложечка.

— Странно, — произнесла Соня, — гроза в такое время года, — и замерла, увидев, как из приоткрытого окна, обогнув застывшую в неестественной позе фигуру врача, вплыл небольшой, светящийся, голубоватый шар.

Он плавно двигался, издавая чуть слышный треск, огибая людей и предметы, то кружась на одном месте, то скользя по прямой.

— Шаровая молния, — выдохнула Лидия Борисовна.

— Бричкин их притягивает, — заметил застывший в нелепой позе Михаил Альбертович.

Словно под гипнозом, Соня протянула руку к поравнявшемуся с её лицом золотисто-голубому сгустку, но не ощутила исходящего от него тепла.

— Главное, не шевелитесь, — прошипел врач, — шаровые молнии реагируют на движение воздуха.

Шар завис над головой Михаила Альбертовича. Его мерцающая поверхность стала изгибаться и тускнеть. Треск усилился. Бричкин, закутавшись в одеяло, не мигая смотрел на происходящее. Не выдержав напряжения, Михаил Альбертович резко отступил к двери. Молния дёрнулась вниз, задела карман его куртки, и затем, словно от чего-то оттолкнувшись, ударила в экран включённого телевизора. После яркой вспышки и грохота палата погрузилась в полумрак. Телевизор плавился, издавая шипящие звуки. Искры подскакивали на полу и рассыпались оранжевыми соцветиями.

Соня ощутила странную лёгкость в теле, похожую на невесомость, но, сделав шаг, покачнулась.

— Смотрите, куртка прожжена, — нарушил молчание Михаил Альбертович. Он засунул руку в дырявый карман и вынул горсть монет, сплавленных в бугристую пластинку. — Как же это...? Ведь...на миллиметр...

Он побледнел и стал задыхаться. Врач осторожно положил его рядом с Бричкиным, не отрывавшим взгляда от взорвавшегося телевизора.

— Саша, подвиньтесь, — приказала Лидия Борисовна, — что вы сидите, как неживой, честное слово!

Но тот смотрел мимо, мучительно вглядываясь в пространство, словно пытаясь увидеть что-то недоступное ни ему, ни другим.

— Usted era mi amigo, y mantuve tu retrato. Cuando murio, he cumplido su voluntad,[9] — простонал Михаил Альбертович.

— Ещё один! Заразился! Точно заразился! — захохотал больной с соседней кровати.

— По-моему, я тоже схожу с ума, — всхлипнула Лидия Борисовна. — Каких-нибудь три месяца назад всё было так прекрасно. Помните нашу веранду с зонтиками, кипарисы, пляж, море…

— Море, — задумчиво произнёс Бричкин, — и потерял сознание.

16

Волны лениво облизывали серый песок. На горизонте, там, где море сливалось с хмурым, осенним небом, появилась светлая полоска. Алехандро оглянулся. Очертания города на холме стали зыбкими, как оплывающий воск, а потом и вовсе исчезли, словно съеденные утренним туманом. Из-за ржавой скалы выплыло солнце. Море, теряя свинцовую окраску, заиграло золотистой синевой, на которой покачивались лодки. Одна из них ждала Алехандро и его попутчиков.

— Я уже был здесь когда-то, — подумал Бричкин и проснулся.

Палата была залита солнцем. Бричкин присел на кровати и огляделся. Надоевшая ему комната выглядела иначе: серые стены прибрели голубизну, на побелевших наволочках проявилась желтизна цветочков. Уборщица мыла пол, отдирая от него кусочки расплавленной пластмассы. У окна стояла Соня.

— Да, Лидия Борисовна, — объясняла она, прижимая к уху телефон, — он пришёл в себя. Выглядит нормально и смотрит осмысленно. Я побуду здесь ещё немного, поговорю с врачом и дам вам знать.

---

[9] Ты был моим другом, и я хранил твой портрет. Когда ты умер, я выполнил твою волю.

— Как там Альбертыч? — внезапно спросил Бричкин, пристально глядя на онемевшую Соню, и, не дождавшись ответа, продолжил: — Сволочь я, конечно. За бесценок продал картину. Но я же не знал, что он станет таким знаменитым. Жаль, продешевил я. Это точно.

— А кому вы продали её, Саша, — спросила Соня.

— Да какому-то туристу у магазина. Там в витрине стояла похожая, в старинной раме, ну я и сказал, что продаю незаконченное полотно того же автора.

— Знаете, Саша, вы были недалеки от истины. Я узнала, что существует несколько вариантов той картины, и неоконченный, и подправленный.

— Бедняга Альбертыч. Как он после вчерашнего?

— Плохо. Лежит в соседнем отделении. Сердце. Да и заговаривается, словно потерял ориентацию в пространстве и времени.

— Ничего, — усмехнулся Бричкин, — поскитается, увидит всё, что ему предписано, и вернётся. Не помню, где я слышал, а может, читал в какой-то древней книге, — продолжил он, — но суть в том, что это не время идёт, а мы сквозь него проходим.

Его лицо в несвежих, пожелтевших бинтах казалось постаревшим, в голосе звучала усталость. Он закрыл глаза и вздохнул. Соня надела плащ и вышла за дверь. Больничный двор был засыпан влажными жёлтыми листьями. Они шуршали под ногами, и Соне казалось, что именно так звучит время, через которое она шла.

Целитель

Глава первая: Новые жильцы

До середины октября осень была солнечной и молчаливой. Можно было подолгу сидеть на веранде, глядя на величественно-неприветливую гряду Скалистых гор, мечтая о море. В соседнем доме никто не жил с весны, и двор пришёл в запустение: сорняк подобрался к ссутулившемуся, местами припавшему к земле забору, выкрашенное в зелёный цвет строение поблёкло, — то ли от жалящего горного солнца, то ли от вынужденного сиротства. За соседским гаражом, напротив окна моей спальни, громоздилась старая чугунная ванна: в ней летними вечерами бывшие хозяева купали собак. Одна из её изогнутых, похожих на лапы таксы ножек, была отломана; покосившийся край купального мелководья полюбился воробьям, безбоязненно плескавшимся там после дождей.

Новые хозяева нагрянули воскресным утром, доставив своё имущество на внушительного размера фургоне. Процессом разгрузки руководил крепкого сложения мужчина в майке и круглой войлочной шапочке. Молодые парни, судя по энтузиазму, родственники, перекрикиваясь, по цепочке передавали и заносили в дом утварь; женщины с казанами-кастрюлями семенили через двор, осторожно, практически на ощупь переступая порог дома. Эта кутерьма продолжалась до позднего вечера.

Видимо, я задремала, а проснулась внезапно, от тишины. За окном разлилась осення темнота, но посреди соседского двора горел огонь, похожий на пламя костра. Только пламя это не взвивалось лепестковыми шпилями, а напротив, было придавлено чем-то овальным, чёрным и тяжёлым: кроме ванны там ничего быть не могло. На верху этой странной конструкции что-то шевелилось и заунывно пело.

Было всего лишь десять вечера. Я поняла, что опять не усну: если днём ещё как-то удавалось отвлечься рассылкой резюме

и домашними делами, то к ночи тревога, в её концентрирован-
ном виде, подавляла и не позволяла расслабиться. Я позвонила
Вале, закадычной подружке.

«Поёт и шевелится, говоришь? Тебе надо привести в порядок
нервы, — сказала она после секундной заминки. — Ты без работы, муж улетел на собеседование. Есть от чего нервничать».

Интересно, какого цвета нервы? Скорее всего, серые или белые. Я представила, как ниточки моих расшатанных нервов постепенно распутываются, становясь шелковистыми и расслаб-
ленными, как морские водоросли.

«Ты меня слышишь? Тебе нужна помощь. Нормальным людям не мерещится поющий огонь. Кстати, на каком языке он
пел?»

«Не знаю. Это было не пение, а что-то заунывно-монотонное».

«Было или есть»?

«Сейчас посмотрю. Странно, вроде бы темно, ни костра, ни
песен».

«Ну вот, я же говорю, сходи к шринку».

«Да ну, я буду душу изливать, а он сидеть с умным видом
и пометки в блокноте делать. Глупо деньги выкидывать, тем более, в нашей нынешней ситуации».

«Тогда сходи к целителю, — продолжала настаивать Валя, —
он, кстати, где-то в наших краях живёт. Лечит от всего, или
почти от всего. Во всяком случае, люди довольны. Его даже по
американскому русскоязычному каналу показывали. Ведущая,
не помню имени, но она когда-то ещё на советском телевидении новости читала, худенькая такая, плоскогрудая. Я сначала
её не узнала, потому что она волосы отбелила до цвета извёстки, а сама сильно белокожая, и теперь волосы со лбом сливают-
ся, — впечатление, что она вообще лысая».

Валя — парикмахер-стилист, лауреат всяких конкурсов. Она
знает точно, как кто должен выглядеть.

«И дальше...?»

«Ну да, так вот в студию она вошла, сильно хромая, с палочкой, при том, что сама ещё вполне себе молодая. Поговорили они
с этим целителем минут двадцать, может, полчаса. Не помню
точно его имя, то ли Самуил, то ли Эммануил, что-то величе-
ственное. Не хочу врать, порой этот дядька типа бредил, а может,

я чего не поняла, но ведущая впечатлилась, особенно в конце, когда смогла несмело так, но пройтись вдоль стола, практически не хромая. Согласись, главное же результат? А вообще, — усилием воли Валя вернулась к исходной теме, — что за идиотизм держать во дворе металлолом? Только американцам может прийти такое в голову — купать собак в покорёженной ванне».

С утра поднялся ветер. В соседнем дворе невесть откуда взявшаяся лохматая дворняга гоняла обнаглевших, обленившихся за лето зайцев. Погавкивая время от времени, она носилась по периметру пока, устав, не улеглась, подперев ванну костлявой спиной. Падающие на уши листья были почти такого же цвета, как её шерсть. Накинув на халат старую, ещё в Союзе вручную связанную кофту, я вышла на веранду расставить перевёрнутые ветром цветочные горшки. От сквозняка громко захлопнулась дверь, и тут же опять залаяла собака. Она подскочила к забору, и, не переставая гавкать, заметалась вдоль него. Из дома вышел хозяин: тот самый крепкий мужчина, накануне командовавший разгрузкой скарба. На нём был спортивный костюм с надписью Puma поперёк груди.

— Is your dog sick or something? — спросила я, — It looks so skinny.

— Yes, my dog. No English, — ответил сосед с явным русским акцентом.

— Ваша собака болеет? — переспросила я. — Она такая тощая.

— Собака должна быть худой, голодной и злой, иначе от неё никакого толка.

Déjà vu. Точно такой ответ я слышала много лет назад от жителя села, куда нас, студентов, прислали собирать виноград.

— О, русская! — оживился сосед. Тебя как зовут?

«С чего это он тыкает? Жлоб попался, — подумала я, но промолчала, — человек сильно в возрасте, зачем отношения выяснять, сосед тем более…»

— Ася.

— Ася! Асясяй был клоун такой, помнишь? Низзя, говорил.

— Смешно, — ответила я, изобразив понимающую улыбку.

Теперь сосед стоял вплотную к прогнувшейся секции забора, и его можно было хорошо разглядеть. Крупной головой, простоватым лицом, хитрым с прищуром взглядом, он напоминал актёра Михаила Ульянова в роли постаревшего председателя колхоза.

— Скажите, это вы ночью вот здесь, в ванне сидели и звуки странные издавали?

— Ну да, я. Мой внук, рукастый парень, джакузю сообразил. Горячей воды в доме нет, хотелось помыться, вспотел весь пока разгружались. Вот он огонь развёл, вода нагрелась. Искупался, а заодно и космической энергии набрался.

— Рафи-и-к, — звонко позвала с крыльца женщина в ярком халате, — иди завтракать.

— Это к вам обращаются? Помню были такие автобусы — рафики, — съехидничала я и тут же пожалела, что взяла реванш такой же тупой шуткой.

— Моё имя Рафаил. Означает — Бог исцелил, и взял я это имя не просто так. Мне миссия дана — словом людей исцелять, — произнёс мой странный сосед, многозначительно указав пальцем в небо цвета алюминия. Как знак свыше, на воротник его спортивного костюма ляпнулась желтоватая жижица.

— Хороший знак, — натянуто улыбнулся Рафаил, — к денежке. Я вообще деньги притягиваю. Деньги знают, к кому прилипнуть. Но раз уж ты рядом стояла, может, и к тебе пара лишних долларов приклеится. Он аккуратно, без тени брезгливости отёр рукавом куртки вязкую кашицу и направился к дому шагом делового, знающего себе цену человека.

Глава вторая: Аида

А я пошла звонить Вале. Она долго молчала, подбирая слова, потом потрясённо произнесла: — Точно... Рафаил. Ты же понимаешь, это знак. Глупо не воспользоваться таким случаем. В смысле, соседом. Пусть проверит, прочистит твои чакры. Муж работу потерял. Издательство твоё вылетело в трубу, закрылось навеки. Пособие по безработице — дело временное. Когда и где вы найдёте работу, никто не знает.

— Со мной всё в порядке. Лучше бы этот целитель не мои чакры, а забор починил. И собаку покормил.

Валя была права, как всегда. Кроме тех случаев, когда она ошибалась. Но мне хотелось закончить этот разговор, и я торопливо наврала: кто-то звонит в дверь.

Самое смешное, это оказалось правдой. На пороге, в накинутой на плечи кашемировой шали, стояла женщина библейской красоты. Я по-настоящему поняла смысл выражения красиво стареть. Ключевое слово — красиво, поскольку первоначальная, природная красота в этом случае, — необходимое условие.

— Аида, — приветливо представилась соседка, — жена Рафаила. Ты разговаривала с ним сегодня... Вот, принесла немного сладостей, познакомиться, — она протянула накрытую фольгой тарелку. — Тарелка бумажная, мы ещё не распаковались, но пахлава вкусная, не сомневайся.

Я поймала себя на том, что её обращение на ты не только не оскорбляло мой слух, но напротив, звучало тепло и естественно.

— Ну что вы..., ты, какая тарелка! Это я должна была прийти к вам, новосёлам, с угощением. Давайте, ...давай я заварю кофе к пахлаве?

— Мне бы похудеть, — улыбнулась гостья, — обойдусь без сладкого, а от кофе не откажусь.

В её словах легко было уловить привычное кокетство женщины, знающей всё о своей пленительной внешности. Конечно, худеть ей было ни к чему: она была не полной, а женственной, и цветастый приталенный халат, при ближайшем рассмотрении оказавшийся платьем, только подчёркивал рельефные достоинства её фигуры.

— Хороший кофе, — похвалила Аида, — правильно сахар ложишь.

— Очень вкусная пахлава, — никогда такой не пробовала, обычно она слишком сладкая, — сделала я ответный комплимент.

Мы молча допивали кофе; я не очень понимала о чём говорить, какая тема могла быть интересной нам обеим. Ничего умнее, чем спросить, где они жили до переезда, в голову не пришло. Аида восприняла мой банальный вопрос весьма воодушевлённо:

— Ой, где мы только не жили! В этот дом переехали из другого конца города, а вообще, столько стран и городов поменяли, книгу написать можно. Мой муж считает, что сочинители романов воруют у людей время и деньги. А я любила читать в юности. Была такая книжка в оранжевом переплёте, не помню кто написал — «Птичка певчая» называлась. О турецкой девушке-учительнице.

Она покрутила золотое с рубиновыми веточками колечко на среднем пальце. — Красивое, да?

— Да, необычное.

— Старинное. Рафик купил много лет назад на первую выручку от продажи кроликовых шапок, — и она начала увлечённо рассказывать о том, как они, совсем ещё молодые, рисковали, чтобы заработать. Рафаил, которого звали тогда иначе, — впрочем, это неважно, — приносил от своего знакомого кроличьи шкурки. Сначала их необходимо было намочить с изнанки, растянуть, подбить гвоздиками к колодке и подсушивать под батареей отопления дня два, не меньше. А уж затем Аида кроила шапки и шила их вручную, поскольку иметь дома скорняжную машину было делом подсудным. За каждую ушанку они с мужем получали двадцать рублей при государственной цене двенадцать за штуку, а уж сколько зарабатывал тот третий, кто продавал их на базаре, Аида не знала и знать не хотела.

— Ну чего мы всё обо мне? Ты-то чем занимаешься по жизни?

Вот это «чего» и «ложишь» настолько диссонировали с идеальной внешностью Аиды, — безупречным профилем, миндалевидными карими глазами, идеальным лицом, которое не портили ни морщинки, ни резкие носогубные складки, ни седина всё ещё густых в пучок собранных волос, — что на какое-то мгновенье я пришла в замешательство. Эту женщину можно было принять за учительницу музыки, профессорскую жену или бывшую актрису, а она сидела, помешивая остатки кофе, и рассказывала о том, как надёжнее закрепить козырёк на какой-то шапке.

— Я работала в издательстве, но оно закрылось неделю назад.

— Так ты писатель?

— Нет, писатель — это немного другая профессия.

— Неважно! В издательстве — значит, пишешь. Послушай, напиши статью о Рафике. У него клиенты есть, но надо бы побольше, а то он когда делать нечего, с ума сходит и нам всем покоя не даёт. Тебе же деньги нужны, а я заплачу. Сколько это стоит, долларов пятьдесят?

Я усмехнулась.

— Сто, двести? Хорошо, триста долларов хватит?

Этот торг, как и само предложение, стало для меня абсолютной неожиданностью, и первой реакцией, естественно, был отказ. Конечно, я могла бы пристроить текст в несколько изданий, но ни тема, ни сам экстрасенс-чудотворец меня не привлекали. Я знала, мне будет сложно скрыть иронию или, того хуже, сарказм в общении с таким человеком. С другой стороны, лишние несколько сот долларов на дороге не валяются, особенно в период вынужденного безделья, и с третьей стороны, любопытство взяло верх. Я согласилась.

— Ладно, только мне надо будет посмотреть, как Рафаил работает. В смысле, исцеляет.

— Я с ним поговорю, но ты уж напиши так, чтоб зацепило, чтоб люди слетались к нему, как мухи на сладкое.

— Это зависит от того, что твой муж интересного расскажет.

Мы поболтали ещё полчаса и распрощались под шум и скрежет: со двора вытаскивали ванну.

Глава третья: Рафаил

Через неделю Аида позвала меня на ужин.

Я давно стараюсь избегать поздних застолий. К тому же, напрягала навязанная законами гостеприимства вынужденность ответного приглашения. Лучше на чай-кофе. Прихватив корзинку ароматных осенних яблок, я отправилась в гости.

— Наверху у нас ещё беспорядок,— Аида сделала извиняющийся жест рукой.— А вот кухня и гостиная уже в приличном виде. Давай проходи, не стесняйся.

Я, собственно, и не собиралась делать обход дома. Я вообще не любитель осматривать чужие спальни и в свою не приглашаю. Мебель в доме уже была расставлена, картины развешены, семейные фотографии выставлены на всех плоских поверхностях, рамка к рамке—в серванте меж кобальтовых чашек и вазочек цветного стекла. Мне всегда нравилось цветное стекло, особенно богемское, но не в такой перенасыщенной плотности радужно-переливчатой массы. В просторной кухне ждал щедро накрытый стол: нарядный чайный сервиз, блюда и блюдечки с печеньем, восточными сладостями, фруктами. Корзинка краснобоких яблок завершила натюрморт.

— Вы вдвоём живёте в этом доме? — спросила я.

— Вдвоём, — ответил Аида, — но есть спальни для внуков. Вот дочка с семьёй — она указала на фотографии, примостившиеся на подоконнике рядом с сидящим на нём жирным котом. Дом этот на неё записан. Она удачно замуж вышла, — у зятя бизнес, магазин сантехники. А это — сын. Он ветеринар. Своя клиника.

— Да уж, клиника. На три комнатки, повернуться негде, — с горечью в голосе подхватил Рафаил.

— Но зарабатывает он хорошо, пациенты уважают, и семья ни в чём не нуждается, — сказала Аида, бросив на мужа укоризненный взгляд.

— Что за профессия для мужика?! Вон племянники, ты видела их: один — боксёр, другой машинами торгует, а этот ничего лучше не нашёл, чем кошек-собачек лечить. До одиннадцати лет был парень как парень, а потом из-за какой-то паршивки малолетней у него вроде как винтик в голове открутился. И пошло-поехало. А я тогда ещё не знал духовный язык, не умел молиться, упустил сына.

Я не стала разглядывать фотографии: вежливый интерес к одной, как правило, заканчивается разглядыванием незнакомых лиц в многостраничных семейных альбомах, что никак в мои планы не входило.

— А вы, Рафаил, чем занимались до того, как обнаружили в себе способности к целительству? — поинтересовалась я, пытаясь сменить тему.

— До этого я жил как нормальный человек: пил водку, кушал шашлык, — хмыкнул Рафаил.

— Я не о вкусовых предпочтениях. Кем вы работали, чем занимались?

— Много чем, — не переставая отщипывать и класть в рот виноградины, ответил герой моего будущего очерка. — Работал завхозом, потом заведующим базами. Короче, где деньги хорошие были, там и зарабатывал. Ну и в милиции служил пару лет перед отъездом. Оперативником. Понятное дело, оружием пользовался. Себя защитить надо было и у других взять, что причиталось. Времена беспокойные были. Страна развалилась. Но потом у меня появилось оружие посильнее. Дар открылся.

— А как это произошло?

И тут Рафаил рассказал историю, показавшуюся мне, хоть и с налётом мистики, но вполне достоверной, учитывая, что произошла она в Израиле. Более того, в Иерусалиме. А там, как известно, может произойти всё что угодно. Словарный запас Рафаила был довольно ограничен, потому изъяснялся он короткими фразами, многократно используя одни и те же слова, но его наблюдательность и прекрасная память, компенсировали скупость речи.

— Случилось это в Израиле, в самом начале девяностых. Ты же знаешь, евреи, те, что могли, бежали из Союза в рай,— Рафаил усмехнулся.— А вместо рая оказалось, не хочу говорить что. Работы нет, значит, кушать нечего. Мне-то всего пятьдесят с хвостиком. Молодой, здоровый, крепкий мужчина, и такое унизительное положение. Тем более, я всегда умел деньги из воздуха делать. Никогда моя семья не нуждалась. А тут полгода, и уже чувствуешь себя попрошайкой. И тогда решил я поехать к Стене плача. Попросить. Потому что местные верующие евреи говорили, если чего там у Стены попросишь, то Бог даёт. И я поехал. Помню, автобус тащился вверх, и пассажиры вроде как дремали,— от жары, духоты,— и вдруг все как один ожили и в ладоши захлопали. Это они с вершины холма Иерусалим увидели. Я тогда восторга не понял, время ещё не пришло.

В общем, пошёл я за группой русских туристов, старался не упустить из виду флажок их гида. А потом дошло: все туда идут, к Стене. Заблудиться невозможно. И когда увидел её, подумал, какая она маленькая, неприглядная. Не Стена, а так себе, старые камни, пучки травы торчат из щелей, записки — какие застряли, какие на землю сдуло. Я себе другое напредставлял. Но толпы такой, муравейник настоящий, никогда раньше не видел, и неба такого синего. Рядом двое пожилых в шляпах чёрных молятся, как эпилептики прямо. Значит, думаю, есть в этом месте что-то такое, не все же с ума посходили. Короче, я руку на стену положил. Даже не успел как следует просьбу свою в голове составить, чтоб покороче была, вдруг вспышка, лежу на земле. Потерял сознание.

— С вами солнечный удар случился! — не удержалась я от комментария.

Рафаил проигнорировал мою непосредственную реакцию и продолжил: — Сколько я был в таком состоянии, не знаю. Очнулся, а пальцы ещё помнят камень шероховатый, как будто я всё ещё его трогаю. Открыл глаза — на меня две телекамеры смотрят, я в кадр попал. А когда встал, чувствую, будто меня светом наполнили. И вдруг, неожиданно для себя самого говорю: «Ревим, аблахит, кенгудар...», и сам ничего не понимаю, что за язык такой, но остановиться не могу. А эти, которые с пейсами, в шляпах, окружили меня, тоже растеряны, переговариваются, не понимают, что происходит. Тут один из них, русскоязычный, подошёл, положил руку мне на голову и сказал: «Сегодня Бог коснулся тебя своим крылом».

Рафаил достал из корзинки яблоко и откусил румяный его бочок с таким хрустом, что задремавший на подоконнике кот, вздрогнул от неожиданности и свалился на пол.

— Котик, бедный, ты не ударился? — кинулась к нему Аида, но, поймав недовольный взгляд мужа, сделала вид, что ничего не случилось. — Рафик, расскажи ей про девочку на пляже, — подсказала она.

Рафаил ещё раз кинул негодующий взгляд на кота, которому явно было проще остаться лежать на том же месте, куда он грохнулся, чем запрыгнуть обратно на подоконник.

— Вот, сыночек как-то притащил этого дармоеда на мою голову. Так о девочке... это моя первая пациентка, — продолжил хозяин дома. — Вернулся я из Иерусалима, и вроде ничего вокруг не изменилось. Только я стал спокойнее. Например, меня больше не раздражало собачье дерьмо в подъезде, или соседская дочка, которая с голой задницей загорала на балконе и тарахтела по телефону с утра до ночи. Мне не давался иврит, — я и потом в Америке три раза свалился на английском экзамене пока стал гражданином, но после того, что случилось, мне всё это стало до одного места, потому что теперь я понимал язык духовный.

Я часто ходил на пляж, а в утро после моего возвращения из Иерусалима там оказалась девочка лет одиннадцати с бабушкой, — они рядом расположились. Дыхание у этой девочки страшное было, что-то булькало в груди. Я поинтересовался, можно ли, говорю, вашей внучке руку на грудь положить. Она спросила, вы экстрасенс? А я сам не знал, кто я, но кивнул. В общем, положил я руку, и в ту же минуту ребёнок всю эту гадость, что внутри него сидела, выкашлял прямо на песок. Через неделю эти люди увидели меня и дали восемьдесят шекелей. Оказалось, как только врачи ни лечили девочку, что только родители ни делали, даже в ванну с холодной водой помещали, чтобы надпочечники начинали работать, — никакого толка. А я вот так запросто, прикосновением и словами божьими исцелил. — Он строго посмотрел на меня, как бы проверяя насколько всерьёз и ответственно я восприняла эту информацию.

Конечно, все эти истории звучали странно и вызывали массу вопросов. Например, почему к Рафаилу обратился именно русскоязычный харедим, если до этого мгновения Рафаил не произнёс ни единого слова? Ну допустим, по внешнему виду? Мы все умеем безошибочно определять «своих» в толпе даже из окна машины. А эта история с девочкой: какая связь между надпочечниками и выкашлянным содержимым бронхов или лёгких? А главное, не выдумана ли вся легенда для большей убедительности; наверняка у каждого шарлатана есть своё предание, в которое он сам же и верит. Но задать тогда эти вопросы я не решилась, понимая, что они будут восприняты негативно, — как сомнение в правдивости его пафосных откровений. А мне хотелось продолжения этой мистической истории. Потому я промолчала и правильно сделала. В отличном расположении духа Рафаил проводил меня до калитки, предложив прийти завтра «поприсутствовать на сеансе излечения и убедиться своими глазами».

Безымянная собака проводила нас безразличным взглядом: видимо, она уже знала в лицо надоевших ей дворовых зайцев и теперь лежала на траве, обречённо положив голову на скрещённые лапы. Так человек преклонного возраста поздней осенью смотрит в окно в ожидании неминуемой зимы, надеясь её пережить.

Глава четвёртая: Пациенты

Бессонница стала изматывать. Медитировать, замедляя дыхание, расслабляя поочерёдно мышцы лица, шеи, плеч, рук, ног, — не получалось. Мне казалось, я уже и так расслаблена до состояния варёной макаронины, но уснуть не получалось. Рафаил… он явно напоминал кого-то, с кем я не была знакома, но встречалась давно. Я пыталась вспомнить, где его видела, чтобы понять, почему общение с ним вызывало настороженность, но мысли о безработном будущем заботили больше. Не знаю, как долго я пыталась уснуть, а под утро приснились стоящие одна напротив другой песочного цвета трёхэтажки, отделённые продольной каймой травы и цветущего кустарника, играющие летним днём дети; что-то узнаваемо-тревожное и потому невольно или намеренно забытое.

— Я представлю тебя своей ученицей, чтоб народ не нервничал. Хотя нет, для ученицы ты старовата. Будешь помощницей, — с порога предупредил Рафаил. На этот раз, одет он был в джинсы, которые уместнее было назвать штанами из джинсовой ткани, и заправленную в них мышиного цвета трикотажную рубашку на трёх пуговках: плечистый, ширококостный, без намёка на излишний вес мужчина. Единственное, что портило общий вид, были эти коротковатые, подхваченные повыше талии старомодным плетёным ремнём, штаны. Тем не менее, для своих семидесяти с хвостом лет Рафаил выглядел весьма моложаво. Он провёл меня в небольшую безликую комнату, где стояли стул, кресло, а у стены напротив — болотного цвета диван, — не офисный, а обычный спальный, с продавленной средней подушкой.

— Старый диван, но безотказный, — сказал Рафаил, прочитав недоумение в моём взгляде. Я ведь некоторые вещи сам объяснить не могу. Вот приходят люди с порчей. Я намеренно ставлю их возле дивана, потому что после моих молитв они падают. Как брёвна. Так пусть уж на мягкое, правильно? Мне тут переломы и сотрясения мозгов не нужны. Ты спросишь, откуда я знаю, что это порча, а не болячка или собственная лень? Ответ простой: знания свыше, — он мотнул головой наверх, к подвешенной на шнуре унылой лампочке.— Человек заходит, а мне уже понятна его проблема.

— А кто и как именно наводит порчу?— поинтересовалась я, поспешно включив диктофон.

— О-о-о, есть серьёзные люди. Они гадают на картах, могут пищу заколдовать, и человек начинает чахнуть, болеть. Энергия из него уходит, нет сил сопротивляться, а я его освобождаю. И то, что я говорю,— исполняется.

— А себя вы можете лечить если что?— не отставала я, пользуясь временем до появления пациентов.

— Ты же видишь, мне далеко за семьдесят, а я красив, здоров и крепок. И в семье моей никто к врачам не ходит. Я сам справляюсь.

— Вот вы сказали, что знаете, с чем пришёл пациент, что его беспокоит. А можете вы, впервые видя человека, определить его возраст, профессию?

Рафаил посмотрел на меня, как смотрят на умственно отсталых:— А зачем мне это надо? Я что, прокурор?

Сама виновата,— вопрос был дурацким. К счастью, подоспела Аида. Она завела в комнату нескладного долговязого подростка лет пятнадцати, которого сопровождал яйцеголовый мужчина, по всей видимости, отец. Ссылаясь на жену, которая настояла, а вообще-то парень должен сам, и он бы ни за что сюда не пришёл, но что мы теряем, правильно? Мужчина тихонько подтолкнул сына к Рафаилу. Тот побуравил парня лукавым взглядом, вздохнул и указал на диван. На примостившегося в углу отца он не обращал никакого внимания.

— Ну что, боишься в школу ходить? Одноклассники достали?— спросил он.

— Так он из дома выходить боится,— подал голос отец.— Как сглазил кто.

— Не как, а так и есть,— отозвался Рафаил,— даже скажу, кто. Родственница ваша близкая...

— Вот! Жена так и сказала,— подскочил со стула мужчина,— свояченица, ведьма эта! Её сынок— ровесник моего, а ростом гриб с кепкой. Мой-то Олежек вон как вымахал.

— Угощения вам носит, котлетки там разные, тортики?— допрашивал Рафаил, неотрывно глядя на паренька.

— Бывает. Как раз вчера банку компота притащила.

— Вот! Что и требовалось доказать! — Рафаил многозначительно посмотрел в мою сторону.

Затем он подошёл вплотную к неуклюже примостившемуся на диване подростку, положил руку на его голову и замер. Неожиданно для всех, закрыв глаза и чуть раскачиваясь, он стал нараспев выговаривать что-то непонятное: «Череви, котомар, расуни, бенигир…». Продолжалось это таинство минут двадцать, после чего усталым голосом Рафаил объявил папе, что сын исцелён, и даже второго сеанса не потребуется. Самым удивительным было преображение Олежки: ожившие глаза, расправленные плечи, улыбка, открывшая красивые, крепкие зубы, даже дыхание стало другим — спокойным, размеренным. Потрясённый отец поинтересовался, сколько он должен.

— Четыреста долларов, — ответил Рафаил и снисходительно добавил, — это после скидки, я вам дискаунт дал.

— Послушайте, — воскликнул разом вспотевший папа, — это что же, двадцать долларов в минуту?!

«И правда безобразие, — мысленно согласилась я с ним, — четыреста за двадцать минут абракадабры, а за мой будущий очерк всего триста?»

Рафаил нахмурился: — Ты ответь мне, хоть один врач твоего сына вылечил? Молчишь! Если бы ему кто помог, ты бы ко мне не пришёл. Посчитай, сколько ты на врачей и таблетки потратил? А я — исцеляю, потому что для меня нет ни профессоров, ни Иисуса, ни Папы Римского, ни апостолов. Я общаюсь через творца, который мне открылся. И это чудо, а ты тут копейки считаешь.

После этих слов папа немедленно сник, а юноша Олежка покраснел и через комнату направился в гостиную, где уже ждала Аида со следующими посетителями. Я проводила его взглядом. Сложно было не заметить, как изменилась его походка: из стеснительной, угловатой, сутулой, она стала свободной и чуть небрежной. И это действительно было чудо, если что чудом называется то, что объяснению не поддаётся.

В комнату вошли две женщины: одна лет двадцати с небольшим, другая вдвое старше. Та, что моложе, выглядела заплаканной. Другая всем своим видом показывала недовольство. Не поздоровавшись с Рафаилом, ещё из двери она громогласно пожаловалась на Аиду, не хотевшую её пускать без записи.

— У вас тут не Белый дом, чтобы заранее апойтмены назначать. Вы обещали, что она (кивок в сторону апатичной то ли дочки, то ли невестки), забеременеет? Обещали. Три месяца прошло? Прошло. И что? И ничего. А деньги платили? Платили. А...

По всей видимости, эта женщина привыкла вести диалог с собой и могла продолжать его довольно долго. Но я уже поняла, что первым законом деятельности Рафаила был постулат: время — деньги. И точно. Резко поменяв приветливое выражение лица на обиженное, усталым голосом Рафаил прервал её монолог, сообщив, что из каждых десяти его пациенток беременеют девять.

— Вы мне рот не затыкайте, — вскинулась посетительница. Начав точно с того места, где её прервал Рафаил, она продолжила, — ...а забеременела я! В моём-то возрасте! Мне это надо? Нет. Я за это платила?? Нет.

Безусловно, Рафаил растерялся: он был явно не готов в такому повороту событий. Да и кто бы мог? Но к моему восхищению, заминка продолжалась всего несколько секунд, — я проверила это уже дома, прослушивая диктофонную запись. Дальше, расположившись в кресле, жестом указав одной посетительнице на диван, другой на стул, он прочитал им мини-лекцию о том, каким образом душа выбирает себе маму.

Оказалось, начинается всё в небесном мире среди облаков, но не обычных, какие видны людям с земли или из самолёта. Те облака скользкие, энергетические. Днём и ночью ангелы летают на специальную планету, где обитают души, и призывают их. Они приходят по десять-пятнадцать одновременно, и с ними ангел спускается на землю к мамам. Но только к тем, которые готовы их принять. Ангел предупреждает души не отлучаться, потому что в атмосфере обитают грязные, злые духи. Если душа затеряется, то попадёт в плен навеки. Спустившись на Землю, каждая душа выбирает себе маму. Поначалу душа обитает в её доме, невидимая. Наконец-то она попадает в материнское чрево. Когда ребёнок толкает мать впервые, он даёт ей понять, что душа ожила. Приходит время, ангел снова поднимается за новой партией душ. — В вашем случае, — Рафаил строго посмотрел на беременную предпенсионного возраста, — душа избрала вас. А она, — неодобрительный взгляд на дочку, — значит, не была готова к материнству.

Устав переминаться с ноги на ногу в своём углу, я замерла. Я предположила, что некстати забеременевшая дама физически расправится с Рафаилом или хотя бы испепелит его взглядом, способным оставить от целителя горстку золы. Но в её глазах читалось благоговение, какое испытывают люди, потрясённые великой мыслью или деянием. Мне оставалось только догадываться, чем была эта маленькая проповедь — мгновенной гениальной импровизацией или искренним убеждением, так естественно и непринуждённо разрядившим обстановку.

Домой я вернулась в полном недоумении и с дикой головной болью. Полежав некоторое время, накрыв голову подушкой, я отправилась на кухню, решив заварить кофе покрепче. И тут зазвонил телефон. Рафаил интересовался, как идёт работа над статьёй.

— Никак, — ответила я, — у меня мигрень. Скорее всего, от переизбытка впечатлений.

— Биг дил, — заговорил по-английски мой сосед, — ерунда, сейчас я тебя вылечу. Положи руки на лоб и затылок.

Я несмело возразила: — Вообще-то, мигрень — это боль в виске и за глазом.

— Ну положи сбоку. Канда-кундо, откройтесь сосуды кровеносные, берибохунду-кундо-кендо, уйдите, спазмы сосудов, хараим-бериту, расслабься. Ну что, полегчало?

— Да, спасибо, — ответила я из последних сил, запивая таблетку от мигрени горячим кофе.

— Ну кто бы сомневался, — удовлетворённо подытожил Рафаил, — за этот сеанс ничего с тебя не возьму. Иди работай.

Глава пятая: Трусиха

Мне сложно было представить этого человека разговаривающим нормальным, а не приказным или нравоучительным тоном. Видимо, сказывались бывшие профессии: мент, заведующий базой; да кто знает, чем ещё он занимался в прошлом, до момента озарения. В любом случае, после увиденного накануне и особенно «исцеления» от мигрени, мне стало совершенно ясно, что рекламной статьи не получится. Конечно, можно было подать шарлатанство под соусом «очевидное-невероятное», но в том-то и дело, что очевидное я видела своими глазами. Этот забитый, стеснительный паренёк, изменившийся до неузнаваемости в течение максимум получаса, и женщина. В её возрасте и намеренно ребёнка зачать практически невозможно. Скорее всего, в первом случае, сработал метод плацебо, во втором — совпадение. А с моей мигренью Рафаил пролетел, хоть и не узнал об этом. Вроде бы всё ясно, жуликоватый невежда, каких всюду полно, морочит голову тем, кто к этому готов. Но мне казалось, вернее, я надеялась раскопать в его личности что-то потаённое, замаскированное, чего он сам про себя не понимает. Ведь не может же в голове адекватного человека, тем более, верующего иудея, каким позиционировал себя Рафаил, твориться такая путаница. Хотя нет, дело было не столько в желании «дойти до самой сути», сколько в боязни назвать вещи своими именами. Мне всегда было неудобно, а в большинстве случаев, невозможно сказать в лицо идиоту, что он идиот и невежда. Я старалась избегать конфликтов, чтобы не оскорбить грубым словом, хотя спорила, отстаивала своё мнение, что, конечно, ещё глупее. Я вообще трусиха по жизни: по деревьям не лазила, уроки не пропускала и по-настоящему отчаянных поступков не совершала. Разве что в детстве, да и то, получилось это спонтанно. А самое главное, я тут же до смерти перепугалась, хоть ни разу не пожалела о своей внезапно пробудившейся и так же внезапно испарившейся смелости. Конечно, надо было поговорить с Рафаилом ещё раз. На свою удачу, я застала его за час до отъезда, — он собирался навестить старшего брата, обосновавшегося в Аризоне, и уже запихивал вещи в багажник.

— Здесь прохладно, скоро начнутся дожди, — сказал он, — а там самая красота. Вот жена ехать не хочет, говорит, надо ещё коробки распаковать, уют навести. Ну пусть. А у тебя что, ещё вопросы? Спрашивай, но коротко.

— Скажите, до всей этой истории в Иерусалиме, вы были верующим?

— Ну как советский человек мог быть верующим? Это теперь я знаю, что есть сила Божья. Его самого я не знаю, но мне известна тайна языков, которую Он мне открыл. Между прочим, апостол Павел объяснил это как молитву души, которая прямо наверх идёт, а ещё Павел растолковал, что злые духи поднебесные контролируют людей. Потому врачи, что бы они там ни выписывали, какие бы процедуры ни назначали, не помогут. Вселившийся дух не поддаётся лекарствам. А я приказываю выйти вон на понятном им языке. Я излечиваю эпилепсию, позвоночную грыжу, артрит, язву, лейкемию, женские болячки всякие. Вот можешь Аиду спросить, хоть раз ходила она к врачу?

— Но я не пойму, к какой конфессии вы себя относите. Как-то путано всё: и Ветхий завет, и апостол Павел, и...

Рафаил нервно вздохнул, видимо раздражённый моей тупостью: — Я иудей, как и апостол Павел.

— Вы неправы, — сказала я, тоже раздражаясь, — Павел был евреем, пока его звали Шауль, а у вас иудаизм и христианство в одном флаконе. А главное, в Торе бог называет целителем — себя, и в утренней молитве иудеи прославляют Его как целителя. А вы, получается, с ним на равных... Нескромно как-то.

Я думала, Рафаил вспылит, нахамит, развернётся и уйдёт, но ошиблась. Он молча сверлил взглядом моё лицо, и хоть в этом взгляде не было ни явной угрозы, ни ненависти, я ощутила невнятное беспокойство, как в недавнем сне.

— Ты хочешь сказать, я людей обманываю? Так скажи, не держи фигу в кармане! Но вместо этого ты споришь, умничаешь, потому что — трусиха. Знаю эту породу, встречал таких. Вроде как воспитание не позволяет им правду-матку резать, а на самом деле — это трусость. Все твои проблемы от неё: и мигрень, и спина, и бессонница, а может, и в сердце уже непорядок. Но это не твоя вина, это даже не порча. Твоя душа такой пришла в этот мир, потому что по дороге сюда, грязные духи её напугали. Если я помолюсь, в следующей реинкарнации ты нормальной будешь, а в этой уже поздно. Сорри!

— Последний вопрос: вы никогда не улыбаетесь. Почему?

— Потому что деньги есть, дом, машина, семья, всё, а счастья нет. Но про это можешь не писать. Ты давай пиши то, что надо, что к делу относится, а ковыряния эти в религии и душе людям ни к чему. Бог — он один на всех. Кто вверх смотрит, тот сам меня находит, — ты видела, — но мне надо, чтоб ещё те пришли, которые под ноги смотреть привыкли. Вот твоя задача в чём.

— А чего не хватает для счастья?

— Может ты знаешь? Ты же образованная.

Закутанная в кашемировую шаль, Аида вышла проводить мужа. Она показалась мне бледной и усталой. Как только чёрный Лексус выехал на дорогу, она подошла ко мне и попросила дать готовую статью ей, прежде чем её увидит Рафаил. Я пообещала принести распечатку текста следующим утром. К полуночи у меня не осталось сомнений в бесполезности потраченного на эту затею времени.

— Нет, дорогая, — вздохнула Аида, — не отдавай вот это в печать. Давай я заплачу за твоё время… ну не всю сумму, половину. Ты старалась, ничего не выдумала, написала честно. Но люди такую правду не примут, потому что читать, как человек исцеляет непонятными им словами — это одно, а ощущать на себе лечебную энергию — другое. Понимаешь? Ну кто поверит, что эти кундо-кендо-молитвы — язык Всевышнего?

— Аида, — спросила я неожиданно для себя, — почему ты вышла замуж именно за Рафаила или как там его раньше звали?

Она улыбнулась: «Я красивая была, а он из обеспеченной семьи. Да, в чужих глазах брак по расчёту, а на самом деле, так суждено было. Ещё девчонкой-школьницей иду по улице. Пыль от грузовиков, жара. Я в ситцевом выцветшем сарафанчике, талия, как у балерины, коса ниже пояса. Впереди плетётся с базара женщина, со спины вижу, пожилая. Несёт два ведра вишни на закрутки. Я догнала её, предложила помочь. Когда дошли до её дома, она говорит: «Вырастешь, выйдешь замуж за моего внука. Хорошая жена из тебя получится». Смешно, а через несколько лет так и вышло. Вот посмотри, — она достала с полки альбом, открыла на первой странице, — наши свадебные фотографии. А вот здесь мы уже с Эдиком, сыном. Тут ему годик, вот здесь — первый день школы, а на этой он уже пятиклассник, лет одиннадцать». На фоне песочного цвета трёхэтажного дома, стоял коротко стриженый мальчишка в клетчатой рубашке и шортах. Он улыбался хитроватой улыбкой, такой же, как у его отца, стоящего рядом. Чуть поодаль и сбоку в это замершее мгновение попала девочка со скакалкой: навсегда застывший над головой резиновый шнур, платьице в цветочек, размытый поворот головы к кому-то, кто остался за аккуратно обрезанной зубчатой кромкой. Конечно, моя подружка, в кадр не попавшая. Звали её Валя. Как раз она и показала папе Эдика, в какой квартире я живу. Не предала, просто испугалась.

— Где это они? — спросила я нарочито безразличным тоном.

— Ой, говорила тебе, где мы только не были! В этом городе жили пару лет, вот в этом доме временного проживания — всего пару месяцев. Напротив такой же стоял. Без балконов, типа коммуналок, на две семьи с общим длинным коридором, туалетом и кухней. Ни ванны, ни душа, зато баня рядом. Туда селили тех, у кого шёл капитальный ремонт: кому трубы заменить, кому стены после землетрясения залатать, ну долговременные работы строительные. Понимаешь, да? Вот и мы там оказались, приехали в мае и до осени жили. Хорошо было, тепло, озеро рядом, парк большой, розарий, детей много, соседи приличные. Но Рафик об этом времени даже вспоминать не хочет, это как на мозоль наступить. Он считает, сглазили там сына, сильную порчу наслали.

Дальше Аида рассказала, как среди бела дня домой прибежал заплаканный Эдик и пожаловался на девчонку, которая из-за какой-то кошки отхлестала его веткой. Действительно, на плече и груди ребёнка багровел и вспухал свежий рубец. Схватив Эдика за руку, Рафаил помчался разбираться. Дверь открыла та самая хулиганка, девочка лет девяти, Эдику по плечо. На её счастье, родителей дома не оказалось. Рафик еле сдержался чтобы не размазать её по стенке. Больше всего его завела упёртость этой малолетки. Рафик даже имени её не переносил и каждый раз, когда вспоминал, называл или паршивкой, или наглой мерзавкой.

— Почему наглой? — поинтересовалась я.

— Потому что она хоть и тряслась от страха, но не извинилась. Ну знаешь, как дети обычно обещают, больше не буду или что-то в этом роде? Нет, она ещё спорила, условия ставила,— а вот пусть он не обижает животных. Я лично никогда ту девочку не видела: то ли она во двор больше не выходила,— боялась, то ли болела, то ли они вскоре съехали. Отец ожидал, что сын настоящим мужчиной вырастет. А он выучился на ветеринара. Лечить собачек, птичек для нашей родни — всё равно что быть чокнутым. Ну такие люди. Что делать! Так мы с тобой договорились насчёт статьи, да? Рафику скажу, не получилось у тебя. Да, забыла тебе сказать. Помнишь тех двух женщин, мать вместо дочки забеременела? Так мне знакомая по секрету сказала, что молодая тоже беременная, только не от мужа. Рафаил такой, он с людей зря денег на берёт.

— Повезло вам всем, однако. Дома свой бесплатный лекарь, никто из домашних к врачам не ходит, да?

Из глубины кухонного шкафчика Аида вытащила жестяную банку в горошек советских времён с надписью МУКА. «Вот, милая моя, здесь мои лекарства. Да, прячу от Рафика. Обманываю. Знаешь, люди говорят, святая ложь. Это она и есть. Кому будет лучше от правды? Он верит, что я верю, — и всем хорошо.»

Дома я открыла свой альбом, тот, что от мамы остался. На чёрно-белом фото — я, подружка Валя со своей кошкой Кларой на руках и соседские близнецы Ярик и Гарик — неразлучная компания. Мы ещё не научились позировать, потому лишь жмуримся из-за яркого июльского солнца и гримасничаем. Роскошная рыжая кошка Клара любит свободу и приходит домой то под вечер, то к утру. Я слышала, как Валина бабушка презрительно называла её гулящей проституткой, которая обслуживает полгорода. Мы с Валей не до конца понимали эти откровения, но догадывались, о чём идёт речь. В тот вечер мы болтали у подъезда, когда из-за кустов вальяжной походкой вышла Клара и потрусила к дому. «О, явилась, гулящая, — прокомментировала Валя, в точности имитируя интонацию своей бабушки, — небось жрать захотелось». Подпирающие входную дверь старшие пацаны захихикали, а один, захлёбываясь в собственном смехе, предложил её «проучить». Он подобрал валявшийся рядом ивовый прут и полоснул животное. Кошка взвыла от боли и понеслась в подъезд. «Ты что делаешь, — закричала моя подружка, — ей же больно!» Не помню, что ответил Эдик, имени которого я до того момента не знала, и ответил ли вообще. Я только помню, как от злости мне заложило уши и застучало в висках. Вырвав ветку из его рук, я хлестнула, не глядя. Он заорал. Последнее, что я видела перед тем, как убежать, капли выступившей крови на его голой груди и костлявом плече.

Дома я судорожно заперла дверь на оба замка. Потом долго мыла руки, пытаясь унять дрожь. В комнате родителей были гости, пили чай с пирогом, смеялись о чём-то. Я ждала у входной двери: надо было успеть открыть её до того, как позвонят, чтобы соврать — родителей дома нет. Услышав громкую речь и шаги, я вышла на лестничную площадку. Нет, я вовсе не сожалела о своём поступке, и зарёванный Эдик не вызывал жалости. Но, увидев дядьку в милицейских штанах на подтяжках и растянутой майке, открывавшей заросшие подмышки, я заплакала; потому что струсила, потому что спонтанная смелость оказалась минутной, потому что стыдилась своей слабости и ненавидела мерзкий холодок страха, расползавшийся по спине.

— Ну что, паршивка, смотри что наделала, — прошипел милиционер, ткнув пальцем в стоящего позади сына. — Думаешь, ты герой? За кошку поганую заступилась? Так запомни: человек — муха. Прихлопнул — и нет героя! — рявкнул он, наглядно хлопнув ладонями у моего носа.

Нас могли услышать родители. Я представила, что будет если мой папа начнёт драться с этим взбешённым человеком, и от этой мысли стало ещё страшнее.

— Чтоб я тебя больше не видел рядом с Эдиком и вообще во дворе. Поняла, дура сопливая? Отвечай!

Эдик выглянул из-за отцовского плеча, и, глядя ему в лицо, я пискнула: «А пусть он обещает не трогать Клару. И вообще, он, он... трус последний».

— Пап, ну идём уже, идём домой, а? — всхлипнул мальчик.

— Щас идём. Ты смотри у меня, я шутить не умею, — пригрозил напоследок Рафаил.

Я подождала пока эти двое скрылись за лестничным поворотом, тихонько прошла в свою комнатку и вышла оттуда только утром, когда родители ушли на работу.

Два дня подряд шли проливные дожди. Я сидела дома, занималась мелкими переводами за неплохие деньги. По ночам под шум дождя прекрасно спалось, и серые дни вовсе не угнетали. А потом выпал первый снег, но тут же растаял, успев чуть припудрить жухлую траву.

— Как резко похолодало! Терпеть не могу зиму: снег, гололёд, — пожаловалась Валя с порога. — Она заехала поболтать и заодно по дружбе подкрасить мои седеющие волосы. — Ну что, ну как? Ты была у этого Рафаила?

— Была.

— Ой, это ж там у гаража его Лексус?

— Его. Он вчера вечером вернулся из Аризоны. В гости ездил.

— Лексус — это показатель, это статус. Значит, народ ходит.

— Да, — подтвердила я без энтузиазма, — недостатка в страждущих нет. Народу хочется чудес. Желательно, по умеренной цене.

— Всё умничаешь, — заметила Валя, размешивая адское зелье в пластиковой мисочке. — Ну что у тебя нового? Рассказывай.

— Всё отлично. После Дня благодарения переезжаем во Флориду.

Минуты три Валя переваривала новость: — Вот молодец твой Гарик, нашёл всё-таки что искал! А моего с места не сдвинешь. Близнецы, а какие разные. Ну, теперь вы будете ближе к детям, и море под боком. Всё как ты хотела. Слушай, а выглядишь-то ты лучше: отдохнувшая, расслабленная, цвет лица человеческий, даже волосы блестят и гуще стали. Не-е-т, это всё не просто так. Это всё он наколдовал, — Валя махнула свободной рукой в сторону соседского двора, — точно! Его заслуга. Что я говорила! Ты хоть достойную статью о нём написала?

— Нет, — ответила я, — не получилось. Не моё это.

— Ну и зря. А что это за стук? — спросила Валя. — Прям дурдом какой-то. И лай этот непрерывный. Собака в истерике.

Я глянула в окно: Рафаил с бригадой родственников строил новый, выше прежнего, забор. Пора было выставлять дом на продажу.

Концерт для Гретхен

Артур

Всю жизнь я посвятил музыке: сочинял, наивно полагая, что это нужно кому-то кроме меня самого. А сейчас, оглядываясь назад, я напоминаю себе навьюченного иллюзиями ишака, обречённо бредущего к ошибочно избранной им цели. Конечно, выпадали времена, когда, звонко цокая копытами, мне удавалось с разбега покорить холм или горку и тогда, с вершины достигнутого успеха, я гордо взирал на спины пасущегося внизу стада. Но гораздо чаще я видел перед собой чужие хвосты и туловища, заслонявшие дорогу к славе и признанию. Цель, казавшаяся абсолютно ясной и достижимой в десять лет, к пятидесяти потускнела, и сейчас, в свои шестьдесят, я убедился в её иллюзорности. Я понял, что желание завоевать мир притягивает тщеславных, но возможность — даётся только гениям. Остальные нужны для фона, для сравнения. А тогда, с высоты неполных десяти лет, заглядывая в полуподвальное окно, за которым угадывался силуэт Греты, я не собирался быть одним из многих. Я не сомневался, что стану знаменитым и знал, как это осуществить.

Каждый день, возвращаясь из школы, я шёл домой одним и тем же маршрутом. Я и сейчас мог бы пройти по нему с закрытыми глазами. Улица, ведущая от школы, была засажена каштанами, и осенью тротуар покрывал неровный ковёр расколотых колючих оболочек вперемешку с идеально отполированными коричневыми плодами, которые я зачем-то азартно собирал, рассовывал по карманам, а дома не мог найти им применения и без сожаления выкидывал в мусорку. Перед тем, как завернуть за угол, я всегда замедлял шаг возле одноэтажного кирпичного здания, в котором располагалась типография. В любое время года его окна были открыты, и вместе с непрерывным шумом печатных станков оттуда доносился запах краски, смешанный с кислым запахом пота. Я уже знал в лицо рабочих и различал их надорванные голоса. Дальше я шёл мимо детского сада, с его свитой из чугунных прутьев оградой, и потом по переулку, застроенному двухэтажными особнячками одинакового голубого цвета. За лето интенсивная голубизна выгорала, затем дожди вымывали остатки краски, и осенью стены напоминали вылинявшие пелёнки моего младшего брата Кости. Перед ноябрьскими праздниками стены красили заново, потом они синели всю зиму, оттеняя свисающие с крыш кривые голубоватые сосульки.

В тот сентябрьский день, проходя по переулку, я услышал музыку. Это была очень красивая мелодия, «Сентиментальный вальс» Чайковского в переложении для флейты. Но тогда, естественно, я не знал названия, да и не имело это никакого значения. Я просто пошёл на звук, озираясь и заглядывая в каждое окно, пока не увидел то самое, с развевающимися ситцевыми занавесками, а за ними — сидящую на стуле девочку с поднесённой к губам флейтой. Окно было полуподвальное. Присев на корточки, я заглянул вниз. Девочка играла, надавливая пальцами на металлические кружочки клапанов. Иногда она сбивалась, и, снова набрав воздух, терпеливо повторяла ту же фразу. А я слушал и не мог сдвинуться с места точно дрессированная кобра, до тех пор, пока женский голос не позвал: «Грета, обедать».

Весь вечер я думал об этой девочке, и всё в ней казалось мне необыкновенным. Её чуть скрипучее нездешнее имя из страшноватых немецких сказок, возбуждало воображение и, засыпая под неотвязную мелодию вальса, я уже знал, что снова вернусь к этому дому.

Я приходил каждый день, пристраивался на асфальте за створкой ставни и слушал музыку, краешком глаза наблюдая за тем, что происходило в полумраке квартиры. Семья Греты казалась мне странной. Отец — грузный, вечно небритый, с густой чёрной шевелюрой и кустистыми бровями — громогласный, занимающий практически всё пространство маленькой кухни. Я узнал в нём работника из типографии: он паковал простыни свежих газет. Мать — круглая, сдобная, в красном фартуке, вечно колдующая над плитой или моющая посуду. Грете на вид было лет пятнадцать. Чертами лица она походила на мать, но была выше и тоньше, хотя уже тогда её грудь казалась непропорционально пышной, в сравнении с её хрупким телосложением. Но мне это нравилось, как, собственно, всё в ней: прямые до плеч смоляные волосы, бледное лицо, миндалевидные глаза, пальцы, так ловко находившие нужную кнопочку на матово поблёскивающем инструменте.

В октябре начались дожди, и окно держали закрытым. Я по-прежнему приходил к дому, но музыку можно было услышать только прижавшись ухом к холодному стеклу. И звучала она особенно отчаянно — словно кто-то пытался дозваться, докричаться, дать о себе знать. Возможно, всё это было подсказано моим разыгравшимся детским воображением, подпитанным прочитанными книжками и врождённой впечатлительностью. А на самом деле, ничего романтического в этой ситуации не было — доносящиеся через закрытое окно звуки разучиваемой пьесы... Но одной музыки мне уже не хватало. Я должен был видеть Грету. Из подслушанных разговоров я узнал, что она учится в музыкальной школе, и в один из дней пошёл туда.

Я ещё издали заметил её сидящей на скамейке с книжкой в руках. На ней было серое пальто с продетым под воротник белым вязаным шарфиком. Всю дорогу я переживал о том, под каким предлогом зайду в школу, как разыщу Грету. А тут судьба мне подыграла, но я не был готов к её подарку и потому растерялся. По инерции, я сделал ещё несколько шагов и остановился возле Греты. Она подняла глаза от книжки с портретами композиторов на обложке и посмотрела на меня с недоумением. Никогда — ни до, ни после я не видел, чтобы женщина так поднимала веки, сначала медленно, а потом словно распахивая их тебе навстречу.

— Мальчик, ты что, потерялся? — спросила она и зевнула, аккуратно прикрыв ладонью рот.

Позже я диагностировал тогдашнее своё состояние как синдром Буратино, который, оказавшись наедине с Мальвиной, ощутил своё ничтожество. Я ничего не ответил, плюхнулся на скамейку рядом с Гретой, потом сорвался с места и убежал. Дома, раздевшись, я увидел, что моя куртка была абсолютно мокрой от пота. Оказалось, можно вспотеть не столько от бега, сколько от смущения.

За ужином я сообщил родителям, что стану музыкантом, и не просто музыкантом, а композитором. Мои родители были образованными, но весьма далёкими от музыки людьми. Мама работала в библиотеке, отец преподавал математику в школе. Естественно, они не придали значения моему заявлению. Но в тот день несмелые желания и мечты обрели чёткие очертания. Я решил поступить в музыкальную школу, затем в консерваторию, чтобы научиться сочинять музыку, которую когда-нибудь сыграет Грета.

Грета

НЕ ПОМНЮ, КОМУ ПРИШЛО в голову отдать меня в музыкальную школу. По-моему, это была мамина идея. Денег на пианино не было, купили флейту. Папа поначалу подшучивал — пастуший инструмент, но со временем маме удалось убедить его в том, что лучше профессии для женщины быть не может.

— За фальшивую ноту не судят, — говорила она, — на кусок хлеба всегда себе заработает и с культурными людьми общаться будет. Не то, что...

На этом месте мама всегда замолкала, но окружающие легко могли закончить её мысль, — ...не то, что я, в столовой или дома у плиты топчусь.

Нравилось ли мне учиться музыке и в частности, играть на флейте? Наверное. Во всяком случае, я получала удовольствие, ощущая себя другой, особенной, умеющей то, что большинству детей не было дано. Я откровенно наслаждалась, развлекая гостей, или замечая, как прохожие замедляют шаг, услышав мою игру. Я даже помню смешного мальчишку, прятавшегося за ставней. Лица его увидеть было невозможно из-за дурацкой кепки с длинным козырьком, но зато всегда торчали голые по колено ноги в синих кедах. Я тогда мечтала, чтобы вместо него появился взрослый парень или мужчина, похожий на актёра Вячеслава Тихонова, который заглянул бы в наш подвал и увёл меня оттуда навсегда. Но ничего не менялось. Занятия музыкой вырабатывают привычку, и уже перестаёшь понимать, любишь ты то, чем занимаешься или делаешь это по инерции.

Как-то незаметно для себя я поступила в консерваторию и большее время суток проводила там. Во-первых, много времени отнимали занятия и репетиции. А во-вторых, гуляние в прилегавшем к консерватории парке, доставляло гораздо большее удовольствие, чем сидение в полутёмной, пропитанной запахами кухни, квартире. Парк ярусами спускался к озеру, края которого летом были покрыты зарослями камыша, а зимой — лёгкой коркой льда. Я любила верхний ярус, с зелёными деревянными скамейками и круглыми, белыми, в ромбовидную дырочку, беседками, из которых было очень удобно наблюдать за всем и всеми. Я знала, кто прогуливал лекции, кто с кем встречался, я наблюдала за личной жизнью сокурсников, не имея при этом своей. Да и что удивительного, я не была красавицей: желтоватая кожа лица, чёрные, как уголь, волосы без малейшего намёка на завитки — внешность весьма банальная. А мне нравился Сергей Александрович, мой концертмейстер. Его все звали Серёжей, хотя он уже был женат, и они с женой ждали второго ребёнка. Серёжа был статен, широкоплеч и кудряв. Кроме всего, он прекрасно играл и чувствовал солиста так, как мало кто из преподавателей. Попасть к нему было удачей, и мне в этом смысле повезло.

Приближались госэкзамены. Мы репетировали допоздна, оставаясь в пустом классе опустевшего здания, и именно там, не отходя от рояля, прекратив репетицию минут на пятнадцать, я потеряла невинность.

— Ну вот, — сказал Серёжа, застёгивая брюки, — теперь ты точно сыграешь пассаж как надо. Тебе явно не хватало азарта, страсти. Но я знал, что ты — девушка эмоциональная, и не ошибся. Давай-ка ещё разок сыграем с начала.

Мы позанимались ещё полчаса, пока нас не выгнала уборщица. Я шла мимо типографии, с её непрекращающимся даже ночью треском. В голове звучал доведённый до совершенства пассаж. Выкрашенные синькой стены дома в этот поздний час казались серыми, под цвет моему заплёванному спермой настроению. Мне хотелось быстрее нырнуть в подъезд, чтобы спрятаться в своём подвале, который впервые казался убежищем, а не темницей.

Наутро мы узнали, что у Серёжи родился сын. А ещё через неделю я пришла на экзамен. Серёжа выглядел невыспавшимся и помятым, но это никак не отразилось на его игре, и репетиция прошла отлично.

— А тебе к лицу это сиреневое платье. И поясок подчёркивает тонкую талию, пышную грудь. Настоящая Гретхен,— сказал он и улыбнулся своей открытой, ласковой улыбкой.— Если сыграешь так же страстно, как тогда,— он подмигнул,— получишь пять баллов.

Мы вышли на сцену. Серёжа ободряюще кивнул, я вступила и с первой ноты поняла, что играю ноты, но не музыку. То есть, конечно, это была заученная до автоматизма соната Моцарта, но мне не удавалось извлечь из инструмента душу, потому что моя собственная была в смятении. Играла не я, а мои пальцы. И только прозвучавшая в прозрачной моцартовской гармонии фальшивая нота вернула меня к реальности. Диссонанс был так резок и пронзителен, что я вздрогнула. И мне показалось, со мной вздрогнул весь зал. Я видела, как, болезненно вытянув губы, скривился Серёжа, как мой профессор недоуменно поднял брови, я услышала шёпот. Но Серёжа продолжал играть, и я пошла за ним, про себя решив, что с последней нотой этой сонаты закончится моя не начавшаяся сольная музыкальная карьера. Я знала, что страх сцены поселился в моей душе навсегда.

Артур

Конечно, осознание самонадеянности, с которой я принял решение стать композитором, пришло гораздо позже. Ведь до встречи с Гретой я никогда не был в опере или филармонии и даже не понимал, каких данных требует профессия музыканта. Но, к счастью, выяснилось, что у меня абсолютный слух и прекрасная музыкальная память. Учиться, перескакивая через классы, было весело и легко. Я, правда, никогда не получал пятёрки на академических концертах, да я и не собирался становиться пианистом. Меня не волновала постановка рук или техника исполнения. В поставленную цель не входило безупречное владение инструментом и потому, выступая перед публикой, я не переживал по поводу каких-то технических ошибок и погрешностей. Я внушал себе и другим, что музыка — не в руках композитора, а голове, и что его задача — дать исполнителям работу, а слушателям — удовольствие. Для себя же я желал признания и обеспеченного существования — с Гретой, конечно.

Я видел её изредка, когда приходил на консерваторские концерты. Она играла в оркестре: чёрная юбка, белая блузка. Я никогда к ней не подходил и не заговаривал, понимая, что ещё рано заявлять о себе: ведь несмотря на то, что мои оркестровые пьесы уже исполнялись на радио, я пока не создал ничего, достойного Греты и её флейты.

В год моего поступления в консерваторию, Грета её заканчивала. Я сидел сбоку у окна, в зале, где потом не раз звучала моя музыка, и представлял, что Грета играет не для экзаменационной комиссии, а для меня. Она потрясающе выглядела в сиреневом, с чёрным лаковым пояском платье и туфлях-лодочках. Такая хрупкая в талии, царственная в груди, женственная, праздничная. Концертмейстер, молодой, слишком плечистый для своей профессии парень, смотрелся рядом с ней неуместно атлетичным. Грета выглядела абсолютно спокойной, и была похожа на фарфоровую куклу: матовое неподвижное лицо, ровная чёлка над миндалевидными, чуть раскосыми глазами. Она поднесла флейту к губам, заиграла, и я понял, что это было не спокойствие, а безразличие. Слушая музыку Моцарта, я поймал себя на том, что почти оправдываю Сальери. Смог бы я, достигнув славы, терпеть рядом с собой гения? Смог бы изо дня в день подавлять в себе зависть к баловню судьбы, который так легко, изящно, не напрягаясь, создаёт совершенную гармонию просто потому, что бог поцеловал его, а не меня? Я совершенно расслабился, погрузившись в математически выверенное совершенство этой музыки, но неожиданно вздрогнул от писклявой, фальшивой ноты. Грета держала флейту у рта, словно в прерванном поцелуе, растерявшиеся пальцы замерли над клапанами. Но аккомпаниатор продолжал играть свою партию, и Грета, очнувшись, пошла за ним. Теперь в её игре звучало то же отчаяние, которое я услышал восемь лет назад, застыв у полуподвального окна.

— Так облажаться надо уметь, — прошептала сидящая рядом девушка. — Теперь ей не видать ни красного диплома, ни аспирантуры.

— Сама виновата, — ответила её соседка, — нашла время романы крутить. Да ещё с кем — с Серёжей, с этим женатым бабником. Дура, ну что тут скажешь.

Грета

— Дура! — кричала мама, вытряхивая из пузырька валерьяновые капли. — На кой те чёрт этот ребёнок? Просрала свою жизнь и нас не пожалела.

— Надо бы ему морду набить, — вторил отец, — да неохота в тюрьму садиться. Может, теперь хоть квартиру дадут, всё какая-то польза от ребёнка будет.

Но он ошибся. Родителей оставили доживать в старом доме, а мне с дочкой дали однокомнатную квартирку в новом районе. К тому времени я уже успела устроиться на работу в оркестр оперного театра. Мама приезжала, сидела с Наташенькой, помогала с варкой, стиркой. Она не знала, что всё это время я продолжала встречаться с Серёжей, при этом прекрасно понимая, что в смысле семейных отношений, мне рассчитывать не на что. Да и не такого мужа я хотела. В принципе, мне даже нравилась моя жизнь. Вернувшись домой с утренних репетиций, я всегда выходила на балкон и смотрела, сверху вниз, на играющих в песочнице детей, на кроны недавно высаженных деревьев. Я не понимала, как могла прожить столько лет, глядя на бесконечное мелькание коленок и подошв, дыша уличной пылью и подвальной сыростью. Единственное, чего мне не хватало, это денег. По сути, моя зарплата не особенно отличалась от студенческой стипендии. Серёжа помогал, но поскольку я не подала на алименты, помощь эта была нерегулярной и незначительной. В основном он приносил или одежду, из которой выросли его собственные дети, или продукты. В один из дней, укачивая Наташеньку в подаренной соседкой коляске, я поняла, что любовь надо оставить позади и цинично сосредоточиться на поисках мужа.

Я никогда не была высокого мнения о музыкантах: рядовые — в большинстве своём слишком много пили, талантливые были заняты карьерой, а близкие к гениальности жили в замороченном, оторванном от реальности мире. В нашем оркестре из этих трёх категорий присутствовали первые две, но даже из их числа наиболее приспособленных к семейной жизни уже разобрали. На флирты и ни к чему не ведущие романы у меня не было времени: после репетиций или концертов я бежала домой к дочке.

В тот вечер у выхода меня остановил Артур Симкин, композитор, чью одноактную оперу мы играли во втором отделении. Я никогда раньше с ним не разговаривала, видела только на репетициях. Со стороны он выглядел своеобразно: носил слишком зауженные брюки, рубашки ярких цветов и вечно съезжавший чуть набок парик. Музыканты посмеивались, когда Артур, эмоционально размахивая руками, включался в процесс дирижирования своими произведениями, и этот рыжеватый парик чуть сдвигался, обнажая край ослепительной, покрытой испариной лысины.

— Вам понравилась моя опера? — спросил он

Я удивилась: — А вы что, всех оркестрантов опрашиваете?

— Нет, — серьёзно ответил он, — только вас. Вообще-то, я хотел вас проводить. Не знал, как начать разговор.

— И давно вы собирались его начать?

— Вы даже себе не представляете, Грета, как давно я хотел это сделать.

Конечно, он тогда меня удивил. И не столько тем, что знал моё имя, но интонацией, к которой мы, музыканты, особенно чутки. Было в его голосе что-то собачье-тоскливое: отголосок одиночества напополам с надеждой быть приласканным. Он и пошёл рядом со мной по-собачьи, приотставая на полшага. Оказалось, в детстве мы жили буквально на соседних улицах: ходили вдоль тех же неизменно голубых домов, глядели в типографские окна, подбирали каштаны. Правда, выяснилось, что Артур был младше меня, хотя из-за громоздких, с толстыми стёклами очков, выглядел старше своих лет. Говорил он, не переставая: рассказывал какие-то анекдоты, истории о своих друзьях и недругах, жаловался на завистников, сыпал шутками. Я даже засомневалась, то ли хочет понравиться, то ли до такой степени нуждается в собеседнике.

Почему-то меня всегда считали скромной, даже застенчивой, и я не пыталась никого в этом разубедить. Так мне было удобно, меньше лезли в душу. Я не любила её обнажать, выворачивать, и терпеть не могла, когда со своими душами это делали другие. Многословие — обратная сторона глупости и несостоятельности, когда вместо действий — бесконечные фразы, повторяющиеся расхожие шутки или приевшиеся жалобы. У мамы была подруга детства, часто заходившая к нам в гости. Ещё совсем ребёнком я спрашивала себя, как в этой миниатюрной женщине умещается такое количество обид и переживаний, как за каких-нибудь полчаса ей удаётся выплеснуть столько эмоций на моих родителей? Вместе с ароматом польских духов «Быть может…», после её ухода в нашей квартирке оседал запах досады и недовольства, который долго надо было выветривать. После этих визитов мама чувствовала себя усталой и сонной, а папа — раздражённым, в отличие от подруги, словно приобретшей второе дыхание и свежий цвет лица. Эти воспоминания навсегда оградили меня от желания иметь близких подруг с их навязчивой искренностью. Женская дружба мне доверия не внушала, в мужскую тоже верилось с трудом. Но с Артуром было удобно — ему требовался слушатель, а не собеседник. Достаточно было подавать реплики, удивляться, восхищаться, чтобы он, вовлечённый в собственные переживания, продолжил монолог, им принимаемый за разговор.

Обычно он говорил о себе и воспринимал себя как личность, как частицу мира, у которой в этой жизни есть предназначение. Своё предназначение он видел в музыке, в её создании и в согласии им написанного — с красотой и устройством мира. Мне казалось, он страдает манией величия — как по поводу степени одарённости, так и в оценке своих композиций. В отношении мировой гармонии у меня тоже возникали сомнения. Мне вообще было непонятно, как можно столько говорить о музыке, вникая в детали, интересные только автору. Музыку надо слушать и чувствовать, как стихи, а не разбирать на секвенции, каденции и тональные переходы. Мне не хотелось обижать Артура, поэтому я так и не ответила на его вопрос о том, понравилась ли мне его музыка. Собственно, она была не хуже и не лучше той, что сочиняли местные композиторы. Может, более сентиментальная, меланхоличная, и в то же время пафосная, как золочёные пуговицы на его модном пиджаке. Он и в жизни был такой: мог замереть от восторга, увидев красивый закат или багровый осенний лист..., и тут же рассказать пошлый анекдот.

— Вот посмотри, — говорил он с придыханием, — эти прожилки на листе, почти пересохшие, как вены у старого, умирающего человека. В них уже застыла кровь. Как это передать в музыке? Ты задумайся, зачем вообще нужен этот лист — ведь во всём должен быть смысл. Вот как всё понять и осмыслить? Я даже по этому поводу слова для романса написал.

На осеннем листке — прожилками
Восемь месяцев жизни отмечены.
От апреля, с последними льдинками,
До ноябрьских ветров переменчивых.
Набираю листву ладонями,
На которых судьба начертана.
От октябрьского утра сонного
До порога — мне неизвестного.

— Артур, — удивлялась я, — как здорово! Ты это только что придумал? Экспромтом?

— Нет, вчера на профсоюзном собрании в консерватории. Я и мелодию набросал. Вот думаю сделать обработку для тенора или баритона? А ты вообще знаешь, какая между ними разница?

Не дожидаясь ответа, он залился смехом и выпалил: «Баритон — такой же дурак, но на октаву ниже!»

Его задевало моё недоумение по поводу подобных шуток. Он принимал его за надменность, а мы просто не совпадали. Но вместо того, чтобы перевести разговор на другую тему, он навязчиво пытался меня развеселить.

— Ты знаешь, каково расстояние между женскими грудями, если пользоваться музыкальной грамотой? Как? Ты же музыкант! Это — октава! Си-си.

И он хихикал, похотливо, как тринадцатилетний подросток. А мне хотелось нахамить и стукнуть его чем-то тяжёлым. Несколько раз я пыталась оборвать наши отношения и уходила. Тогда он разыскивал меня у родителей, и мама нас всегда мирила, не потому что ей нравился Артур, а потому, что считала меня безнадёжной дурой с навеки испорченной репутацией. Артур, в свою очередь, объяснял мой «сумеречный» характер следствием подвального детства, как и желтоватый цвет лица или привычку жмуриться на солнце.

— Ты — принцесса-улитка, тебе удобно в ракушке, одной,— убеждал меня Артур, сидя в тот осенний вечер на маминой кухне.— Вылези из неё не хочешь, а вдвоём там тесно, вот потому ты ищешь повод для обид.

Он с шумом втянул с ложки борщ и закатил глаза.— Блаженство!

— Грета, иди сюда,— из комнаты послышался слабый, дребезжащий голос отца. После инсульта у него отнялась правая сторона и стала невнятной речь. Он полулежал на старом, с засаленной обивкой кресле-кровати. Рядом на тумбочке стояла баночка с вымоченным черносливом и чашка с недопитым чаем.

— Брось его. Никчёмный он. Только о себе думает... Ни в доме что сделать, ни вас обеспечить. Болтун. Прошу тебя, подумай, пока ты ещё молода. Относительно.

— Папа, мне кажется, он любит меня. Как умеет. Просто любят все по-разному. Вон Серёжа меня, вроде, любил, а толку? Подожди, я сейчас вернусь, там шум какой-то.

Я вернулась на кухню. Артур, красный от злости, уже был в прихожей.

— Вы — мелочные люди, обыватели, мещане! — кричал он, не попадая ногой в ботинок.— Конечно, ты не могла вырасти другой в доме, где материальное важнее духовного.

— Что случилось? — спросила я, пытаясь придержать его за рукав плаща.

— Спроси у своей мамы,— огрызнулся Артур и захлопнул за собой дверь.

Артур

С детства нас с братом приучали заканчивать начатое дело: дочитывать книжку, даже если она скучна и плохо написана, решать задачку на встречное движение пока не сойдётся с ответом, доедать всё, что положили в тарелку. До середины жизни я верил, что только так и правильно жить, что именно постоянное насилие над собой может привести к достижению цели. С годами я в этом засомневался. Но было поздно: лучшие годы оказались позади и то, что в молодости могло принести удовольствие, сейчас уже не имело смысла. То, на что было потрачено столько времени и сил, оказалось не столь уж важным и необходимым. Например, женитьба на Грете. Если я и женился по любви, то по остывающей. Да, я уже тогда понимал, что моё мальчишеское обожание было надломлено некоторым разочарованием от взятой Гретой фальшивой ноты и затем появлением ребёнка, но я женился — по инерции. Я не умел останавливаться или менять цель на полдороги.

Каждый раз глядя на Наташу, я видел её сходство с Серёжей: те же светлые кудрявые волосики, вечно румяные вспотевшие щёчки. Так же, как её отец, она была добродушна, всем улыбалась и даже смеялась, как он — будто захлёбываясь. Впервые я увидел её, ещё будучи студентом. Я шёл на занятия через парк, а Грета сидела на скамейке и жмурилась, подставив лицо июньскому солнцу. Рядом на траве стояла маленькая белобрысая девочка, в одной маечке, и писала. Прозрачные струйки стекали по её пухлым кривоватым ножкам, а она беспомощно улыбалась. Я почему-то вспомнил об упавшем на мой балкон голубе, которого несколько месяцев безуспешно выхаживал. Я насильно его кормил, перевязывал крыло, а он умер. Вернувшись с какого-то позднего концерта, я застал его уже окоченевшим. До сих пор не могу себе объяснить связь между дохлой птицей и обмочившимся ребёнком, но именно в тот момент, я простил Грете измену, о которой она, естественно, не подозревала.

— Мамаша, у вас ребёнок описался, — сказал я ей.

— Я вижу. Спасибо. — ответила она.

Солнечные лучи окрасили её волосы в рыжеватый цвет.

Я часто завидовал невозмутимости Греты, умению скрывать эмоции. Иногда я нарочно пытался её задеть, обидеть, вывести из себя, но она лишь медленно подрагивала своими мраморными веками и пристально смотрела на меня, спокойно и недоуменно, как тогда, в детстве. — Мальчик, ты что, потерялся?

Да, я искал себя, пытался понять, обладаю ли талантом, позволяющим быть замеченным, узнаваемым, знаменитым, и пришёл к неутешительному выводу — серьёзная музыка нужна единицам, а талант — вовсе не гарантия успеха, особенно у женщин. Много лет спустя, уже разведясь с Гретой, я вновь и вновь убеждался в женской меркантильности, неспособности принять творческого человека таким, какой он есть.

Моя тёща, поначалу, была рада замужеству дочери, но в душе не одобряла невыгодную для Греты разницу в возрасте. Тем не менее, она искренне старалась выказать своё расположение, награждая меня несколько двусмысленными комплиментами.

— Ничего-ничего, — приговаривала она, заботливо наливая наваристый борщ в мою тарелку, — смотри, как быстро ты лысеешь. Вот и выглядишь старше своего возраста. Да и очки не молодят. Конечно, постоянно ковыряться в нотках, тут и ослепнуть недолго. Ничего-ничего, очки, они солидность придают. А вот Греточка у нас молодо смотрится, порода такая.

Я давился борщом, а она продолжала: — чем успешнее муж, тем эффектнее жена.

— Мама, ты о чём? — Грета непонимающе распахивала глаза.

— Ну, как же! Чем больше муж зарабатывает, тем меньше морщинок у жены, потому что не считает каждую копейку. Что нужно, купит и себе, и ребёнку, и в дом. Хороший муж, он об этом в первую очередь думает.

— Это вы в мой адрес камни кидаете? — не выдерживал я.

— Ну зачем же сразу камни? Мы же одна семья. Кто правду скажет, если не мы? Вот почему бы тебе песни не писать? За них, я слышала, платят побольше, чем за симфонии да оперы всякие. Я и сама серьёзную музыку люблю. Греточка приучила. Но ведь мог бы для заработка чего-то попроще сочинить? Смотри, эстрадный композитор…, в телевизоре постоянно, забыла фамилию, ну он ещё песню эту, апрель-капель написал, её по радио крутят целыми днями, — на какой машине шикарной разъезжает, а ты всю одежду пообтирал в автобусах. Разве это справедливо?

Вкусная еда располагает к миролюбию, ощущение сытости делает человека ленивым, ему не хочется ссориться, выяснять отношения. Я ел борщ, закусывал хлебом домашней выпечки и терпел. Позже я назвал этот день — днём терпимости.

Не заладилось с утра, когда в Союзе композиторов мне отказали в путёвке в Дом творчества. Секретарша, милая одинокая женщина, с которой у меня сохранялись более чем близкие отношения ещё с холостяцких времён, рассказала, что путёвку отдали музыковеду Вексману, этому самодовольному гусю. В тот же день я встретил его перед заседанием. Он шёл, как всегда загребая ногами внутрь, задрав голову, обрамлённую полу-веночком седого, старческого пуха. Застыв на одной ноге и отставив другую, как цапля на болоте, он оглядел зал. Когда его взгляд уткнулся в меня, я подошёл к нему и спросил: «И не стыдно вам, Семён Яковлевич, чужое брать? Зачем вам Дом творчества, если вы сами ничего не творите? Вы свои статейки и книжки можете дома на кухне писать».

— А, то есть вы хотите сказать, что творите? Да уж, натворили в оркестровой сюите на народные темы, особенно во второй части, помните, где у вас гобой, как мартовский кот мяукает. А если ещё убрать эту оригинальную оркестровочку, то обнаруживается сильное сходство с темой одного весьма известного композитора, не будем называть его имени, вы и так меня поняли. Впрочем, если вы настаиваете, я могу его обозначить в статье, которую как раз собираюсь писать в Доме творчества.

Он прошёл в зал, намеренно задев меня своим вздутым портфелем, а я всё заседание ловил на себе насмешливые взгляды коллег и мучился, физически ощущая бродившую где-то под сердцем жёлчь.

На заседании хвалили выскочку Трухина, хотя все знали, что инструментовки за него делает кто угодно, даже студенты. Но Трухин — племянник министра культуры, и это тоже всем известно. О том, что мой цикл романсов получил одобрение самого Хренникова, не было сказано ни слова. До вечера я тесно общался с секретаршей Танечкой, единственным сочувствующим мне человеком, а потом поехал к тёще: Грета уже несколько дней жила у неё, объясняя это необходимостью ухаживать за больным отцом.

Я не был голоден, но отказаться от тёщиного борща было бы глупо. Готовила она невероятно вкусно. Жаль, Грета не унаследовала её таланта, хотя поесть любила. Я сидел за столом и слушал обычный набор тёщиных жалоб: лекарства дорогие, врачи ничего хорошего не обещают, в квартире требуется ремонт, мебель новую не мешает купить — эта разваливается, Наташеньке нужна шубка, да и Грета пообносилась.

Тёща ждала реакции, а я молча ел горячий борщ цвета гнилой вишни.

— Вот сколько авторских ты получил за свою симфонию? — не выдержала она. — Небось, копейки. А эстрадникам, которых ты так презираешь, за каждое ресторанное исполнение платят. Тут на кооператив накапает, там на манто жене.

— А то, что моя симфония, над которой я работал ГОД, посвящена моей жене, вашей дочери, для вас что-то значит?! — Я бросил ложку на стол, и она, отскочив, упала на пол, по траектории забрызгав вышитую руками тёщи скатерть.

— Что? Ты подарил своей жене симфонию?!! — завопила она, и её круглое лицо с аккуратными круглыми ушками за щеками, стало похожим на сдвоенный вишнёвый вареник. — Да на чёрта ей твоя симфония! Лучше бы ты подарил ей серёжки. Бриллиантовые! Или хотя бы жемчужные.

— Дремучая вы женщина. Мещанка! Бетховен, Чайковский тоже посвящали женщинам свои произведения, которые те ценили дороже золотых цацок. Кто бы вообще помнил их имена, если бы не посвящённая им музыка?

— Так ты ж не Чайковский, — выкрикнула она мне в лицо. Ты — Симкин! Чувствуешь разницу?

Когда Грета выбежала из комнаты, я уже был в прихожей. Она пыталась меня удержать, но я не собирался разменивать свой талант на мещанские ценности. Нельзя достичь цели, глядя себе под ноги. А Грета со своей семьёй становилась препятствием, балластом. И я ушёл.

Грета

АРТУР УШЁЛ, хлопнув дверью и никто не побежал вслед. Стоя у полуподвального кухонного окна, я смотрела, как он шёл, огибая лужи: полусогнутые ноги, шаркающая походка близорукого человека. Таким я его запомнила.

Через много лет, став женой Серёжи и переехав в Москву, я увидела Артура на фестивале «Московская осень». Исполнялась его симфония, а потом он вышел на сцену,— совсем другой походкой,— и стоял там долго, дольше, чем того требовала ситуация. Я подумала, что в моменты счастья человек невероятно меняется. И Артур, с букетом в руках, купающийся в аплодисментах и признании публики, пожимающий руку дирижёру, был человеком, вымечтавшим своё будущее. Словно прочитав мои мысли, Серёжа сказал: «Вы не смогли ужиться, потому что для тебя музыка — только профессия, а для него — всё. Если бы ты захотела это понять, то приняла бы его со всеми странностями и недостатками». Но существовала ещё одна причина: когда на меня смотрел Серёжа, я чувствовала себя желанной, и мне хотелось раздеться. Во взгляде Артура было собачье обожание и похоть, от которой хотелось защититься, застегнувшись на все пуговицы.

В наш с ним первый и единственный совместный отпуск мы поехали в Кисловодск. Июль оказался дождливым и холодным. Я чувствовала себя неуютно, мёрзла и скучала, но Артур наслаждался всем и особенно природой. В один из дней, по дороге к источнику, он сорвал примятую чьим-то каблуком ромашку, сунул её мне под нос и сказал: «Невероятно, как эти незатейливые лепестки любят жизнь. Самая яркая красота — незаметная. Люди топчут её, а потом жалуются на серость и однообразие мира». Он приходил в экзальтацию от любой мелочи. Например от того, что лежал в той же нарзанной ванне под номером пять, в которой в 1915 году отмокал Фёдор Шаляпин, но так же легко впадал в уныние от чьего-то недоброго слова или взгляда. И вот эта ранимость в сочетании с цинизмом и нездоровой тягой к женскому телу меня раздражала и отталкивала. Там же в санатории, в ожидании процедуры, мы увидели сидящую напротив девочку лет одиннадцати. У неё было славное, открытое личико. Светлое ситцевое платьице, едва прикрывающее коленки, крепко обтягивало её не оформившуюся фигурку. И вся она была необыкновенно нежная и солнечная, чем и обращала на себя внимание. Я любовалась ею и думала о Наташеньке. А потом девочка внезапно смутилась, покраснела и сдвинула коленки. Я посмотрела на сидящего рядом Артура и перехватила его похотливый взгляд. Именно тогда я решила, что рано или поздно нам придётся расстаться.

Но Артур об этом не догадывался и потому возненавидел мою маму, именно её считая причиной развода. А она жалела о том кухонном скандале, особенно, когда от Серёжи ушла жена, и он переехал ко мне. Если для Артура мама готовила его любимый борщ и котлеты по-киевски, то при появлении Серёжи она уходила к себе и демонстративно включала телевизор, бормоча: «Интересно, где он был, когда ребёнок в нём нуждался? А теперь осчастливил, пришёл на всё готовое и принёс с собой свою расхристанную жизнь». Через некоторое время Серёже удалось найти работу в Москве, и мы все, сделав сложный квартирный обмен, переехали. Папы уже не было в живых, Наташа училась в Новосибирске, а маме пришлось поселиться с нами. Она вышла на пенсию, но сидеть дома не хотела и устроилась подрабатывать в больничную столовую на Шаболовке. Я преподавала в музыкальной школе неподалёку и заходила за мамой по дороге домой, — ей уже было трудно ходить.

— Знаешь, Грета, — говорила она, — оказывается, душевнобольные гораздо доброжелательнее и вежливее нормальных. К ним, конечно, привыкнуть нужно.

А я поняла, мы их считаем ненормальными и потому разговариваем снисходительно, дескать, ты же дурак, что с тебя взять. А они точно так же принимают нас за ненормальных, потому только улыбаются в ответ. И смотрят всё равно в себя. Окружающие им неинтересны. Недавно мама рассказала, как к ней подошёл пожилой, очень близорукий человек и попросил передать повару не добавлять уксус в борщ.

— Вы здесь борщ варить вообще не умеете, — сказал он укоризненно. — Вот я знал женщину, тёщу мою бывшую, её борщ до сих пор мне снится по ночам, и я просыпаюсь, обливаясь слюной. Он захихикал, и мама узнала в нём Артура.

Артур

При всей моей антипатии к Вексману, я не мог не признать его эрудицию и чувство юмора. Как-то, встретив меня в консерватории, — мы оба сидели в экзаменационной комиссии, — он сказал: «Вот вы, молодой человек, всё стремитесь сделать карьеру, даёте волю амбициям, распихиваете локтями конкурентов.

Вы уже старший преподаватель. Наверняка хотите стать доцентом, потом академиком? Ну допустим, воплотите вы эту мечту в реальность. А потом что? Знаете, о чём мечтает достигший всех почестей академик? О том времени, когда он был молодым и неизвестным, но зато его желудок работал регулярно. Такова низменная правда жизни».

Каждый раз оказываясь в больнице, я невольно вспоминаю его слова. Вот и сейчас медсестра поинтересовалась, принял ли я слабительное перед процедурой. А сама, даже не дослушав ответ, уже тычет иглу в вену и опять не попадает, и снова хладнокровно втыкает её, нисколько не смущаясь причиняемой мне боли. А ведь это не какая-то провинциальная, — это столичная лечебница, санаторное отделение клиники неврозов. Я люблю капельницы, с нетерпением жду момента, когда прозрачная жидкость начинает двигаться в прозрачном тросике, с каждой каплей вытесняя тревогу и страх. Не знаю, что мне вводят, но всю ночь я сплю, а днём нахожусь в приятной полудрёме. Мне так хорошо и спокойно, что возникает желание пребывать в этом состоянии всегда, не возвращаясь в ежедневную суету внебольничной жизни.

Последние тридцать лет — это пребывание в однокомнатной квартирке в районе станции Аэропорт. После переезда в Москву и пятилетнего кочевания по общежитиям и съёмным квартирам, она показалась мне желанным прибежищем. Так, наверное, радовался Колумб, увидевший полоску земли после многомесячных скитаний. Правда, при ближайшем рассмотрении, эта земля оказалась не Индией, а кучкой островов без намёка на бесценные пряности, но поначалу радость обретения затмевала разочарование от несоответствия достижения и затраченных на него усилий.

Не ожидая лифта, я на одном дыхании взбегал на свой этаж, открывал дверь и упивался тишиной, нарушаемой только гулом полупустого холодильника и воркованием голубей над балконом. Я не особенно занимался благоустройством квартиры: во-первых, потому что проводил много времени вне дома, а во-вторых, откладывал деньги на чёрный день. Но рынок обвалился, и все сбережения превратились в ничто. Мать Греты, эта меркантильная женщина, оказалась права дважды:

во-первых, симфоническая музыка не приносила практически никаких доходов, а во-вторых, я действительно быстро старел. Болезни не уходили, а становились хроническими. К камням в почках добавилась катаракта, затем началась стенокардия, приведшая к инфаркту. Но самым неожиданным и неприятным стало частое состояние тревоги, ещё более провоцирующее и усиливающее симптомы всех моих болячек. На сеансе гипноза у профессора Синявского выяснилась истинная причина нервного сбоя, от которого я уже никогда не смог избавиться.

В то декабрьское утро я прогуливался вокруг санатория, где восстанавливался после инфаркта. Я не люблю холодов, но подмосковная природа необычайно хороша именно зимой. Высокие сосны, распластанные на снегу ветви елей, всё это сочетание строгой белизны, сумрачности деревьев и прозрачности воздуха всегда настраивало меня на философский лад, а какая-нибудь нахохлившаяся птичка или застрявшая в сугробе шишка могли привести в состояние восторга и умиления.

После столовского воздуха, насыщенного парами каши и общепитовского чая, на улице дышалось необыкновенно хорошо.

Я шёл по аллее к лесу. Внезапно в тишину, нарушаемую только скрипом моих шагов, ворвалось собачье рычание. Я повернул голову и увидел лохматую собаку, злобно грызущую что-то у стоящей неподалёку скамьи. Она мотала головой, и это что-то свисало из её пасти и тоже моталось. А какие-то разорванные, недогрызенные кусочки падали на снег и пачкали его, оставляя кровянистые разводы. Я закричал, схватил первую попавшуюся палку и запустил ею в собачью спину. Собака отбежала, то ли испугавшись, то ли насытившись, а я стоял, вмёрзнув в наст, и не решался подойти поближе.

С сосны соскользнула белка и, метя серым хвостом, подбежала к бурой, с остатками шерсти кучке. Потом начала метаться, застыла на минуту, и судорожно стала собирать передними лапками кусочки месива. Она оттаскивала их в сторону и зарывала под развесистым кустом. Белка продолжала носиться взад и вперёд не больше десяти минут, но мне показалось, что этому не будет конца. Меня затошнило. Я прислонился к спинке заснеженной скамьи и стоял, не двигаясь, пока снова не ощутил биение своего замеревшего сердца.

До обеда я сидел в комнате, переписывая с черновиков струнный квартет. Нотные знаки разбегались на бумаге, как собачьи следы на снегу. Не отдавая себе отчёта, я заменял благозвучные аккорды на диссонансы пока гармония репризы не изменилась до неузнаваемости. От усталости слезились глаза и болела голова. Я прилёг, но почувствовал, что мне нельзя оставаться одному и пошёл в столовую. Разносили обед. Я пододвинул к себе компот из сухофруктов и зачем-то стал помешивать его ложечкой. Она стучала о края стакана, компот пролился на белую скатерть.

— Что вы здесь гадите? Поаккуратнее нельзя? — сделала мне замечание официантка. — А ещё творческая интеллигенция называется.

Я не ответил: по двору, опустив мосластую голову, бежала та самая лохматая собака.

— И правда, — с укором сказала моя соседка по столику, пышнотелая дама, складчатую шею которой обхватывала массивная, похожая на собачью, серебряная цепь, — только сели покушать, а уже грязно, неприятно.

Я посмотрел в её тарелку, где лежали обглоданные перепоночки куриного жаркого, и почувствовал нестерпимую тошноту, как утром, когда смотрел на растерзанного бельчонка. Моему оперированному сердцу стало не хватать воздуха. Последнее, что я запомнил, было возмущённо-испуганное лицо пухлой дамы и свесившаяся на мой лоб серебряная, в крупных кольцах цепь.

По мнению профессора Синявского, именно тот, вполне прозаичный эпизод из жизни животных, повлиял на мою впечатлительную натуру столь нежелательным образом. Я уехал из санатория вечером того же злополучного дня, но с тех пор панические состояния подстерегают меня с постоянством ненавистной, но преданной женщины, с которой только смерть в состоянии разлучить.

Я стараюсь лечь в стационар при каждом удобном случае. Мне там спокойнее. Не надо думать о бытовых проблемах: готовке, уборке, передвижении по городу. Квартирка, в которой я провёл столько приятных плодотворных лет, стала ненавистной из-за новых соседей-жлобов, которыми полнится этот мир.

Сверху доносится постоянный глухой стук: долгими дождливыми вечерами мне кажется, что там заколачивают гробы. А внизу поселилась семья алкоголиков, от воплей которых невозможно уснуть. Конечно, здесь в больнице тоже хватает идиотов, но в моём отделении не лежат сумасшедшие. Тут, в основном, или люди с хрупкой психикой, или слабоумные. Последних почти не выпускают из палат. Хотя вчера один проник в мою комнату. Я обнаружил его роющимся в тумбочке и испугался, что он прольёт кисель на оставленный сверху клавир моего концерта. Но он только спросил, где улица Неглинная. Я указал на дверь, и он, вежливо поблагодарив, вышел. Тут ещё бродит один старик, на вид ему дет девяносто, он постоянно спрашивает, который час. Мне кажется, в таком возрасте это уже не имеет значения, если только кто-то сверху не сообщил ему точную дату ухода в мир иной, и теперь он сверяет оставшееся ему время. Его спокойствие и отрешённость поразительны. Видимо, он завершил земные дела и смирился с неизбежным. И это ещё раз подтверждает мою догадку: простому, нетворческому человеку легче прожить жизнь, в которой, может, и не было взлётов, но не было терзаний, падений и вечной неудовлетворённости собой. Соответственно, и расстаться с такой жизнью легче, потому что нет ощущения невостребованности таланта, не мучает осознание ошибочно избранного пути. И чтобы не думать об этом, я продолжаю сочинять, хотя уже пять лет мои новые произведения не покупают, прежние — не исполняют. А я знаю, что пишу лучше, чем в молодости, потому что музыкальную мысль рождают боль и страдания, которых сейчас у меня больше, чем достаточно. И красота.

Вчера вечером я вышел во двор — санитарка попросила вынести ведро с мусором. Я спустился по цементным ступенькам, толкнул дверь и замер: во всё небо над городом полыхал закат. Крыши унылых серых зданий отсвечивали оранжевым пламенем, а плывущие в этом зареве облака светились изнутри и непрерывно меняли очертания. И я понял, как инструментовать заключительную часть концерта. Я слышал зовущее соло флейты, вздохи виолончелей и аскетичный шелест ударных.

На скамье, видимо ожидая кого-то, сидела женщина. Что-то в её позе, наклоне головы напоминало Грету, но моя близорукость и катаракта мешали разглядеть её лицо. Она подняла голову и, глядя на заходящее солнце, сощурилась. Из дверей, прихрамывая и тяжело переставляя опухшие ноги, вышла старушка – она работала у нас на раздаче. Женщина поднялась ей навстречу, взяла под руку. Опираясь друг на дружку, они медленно пошли к троллейбусной остановке.

Опорожнив мусорное ведро, я поднялся в палату. Под матрацем, спрятанный от непрошеных гостей, лежал клавир концерта для флейты с оркестром. *Посвящается Гретхен* — написал я на титульном листе.

Завтра меня выписывают. Лечащий врач считает, что какое-то время я вполне смогу обходиться без стационарного лечения.

— Ваше лекарство — музыка, — сказал он.

И я не стал с ним спорить, потому что даже себе самому боюсь признаться в том, что музыка меня предала. А я, не простив, так и не научился без неё жить.

Муза

1

Киевский вокзал встретил нудной холодной моросью, и Вике показалось, что за двадцать часов её путешествия кто-то вырвал из календаря летние страницы, а на этой вымарал все краски, кроме серой. Дома был сезон клубники, на базаре продавали черешню — вёдрами, как принято на юге. Дозревала вишня. На подоконниках остывали прикрытые бумажками первые в сезоне баночки ароматного варенья. Дольки лимона в стеклянных блюдцах ждали своей очереди быть брошенными в почти доваренный компот. И солнце ежеутренне выплывало из-за крыш новых многоэтажек, лишь изредка уступая место ватным скользящим облакам, чтобы потом мгновенно высушить следы нечаянного летнего дождя.

А здесь — мокрый асфальт, серые плащи, серые здания, уходящие в стальное, запачканное тучами небо, и медленно проплывающий мимо троллейбусных окон муравейник московских улиц, к шуму и сутолоке которых Вике не пришлось привыкать. Она сразу почувствовала себя так, будто всегда ныряла и растворялась в толпах вечно спешащих людей. Её не раздражали потоки машин и толкотня в метро. Ей почти не приходилось спрашивать, как куда пройти, потому что улицы и переулки каким-то необъяснимым образом сами выводили её именно туда, куда ей было надо. И ей нравилось, выбрав какую-нибудь неприметную улочку, следовать её изгибам, стараясь угадать, что откроется за следующим поворотом. В первый же вечер она попала в Большой на лишний билетик, и это тоже показалось ей добрым знаком. А наутро распогодилось, и сейчас о недавнем дожде напоминал только свежий запах вымытой июньской листвы.

Вика шла по пустынным в этот полуденный час аллеям парка Горького, стараясь не думать о конкурсе в институт и о результате первого, только что сданного вступительного экзамена.

Внезапно к ней подбежал мальчик лет пяти, смуглый, черноглазый и черноволосый, в шароварах и короткой курточке с криво застёгнутыми пуговицами.

— Тётя, — заканючил он, ухватив её за рукав платья, — ты такая красивая и добрая. Дай рубль. И будет тебе удача.

«Удача — это именно то, что мне нужнее всего», — подумала Вика, расстёгивая сумку. Она вложила купюру в грязную ладошку, выпрямилась и вздрогнула от неожиданности, обнаружив позади себя группу цыганок. Мальчик исчез так же неожиданно, как появился, а они, беззвучно, словно тени, окружили Вику. Их вид хоть и не вызывал страха, но был ей неприятен. Яркие блузы, заправленные в длинные юбки, а поверх — нелепые кримпленовые, у иных — грубо вязаные кофты. Сальные волосы. И глаза. Взгляд — вязкий, как мазут. Одна из них, в красной капроновой с блёстками косынке, подошла вплотную и зашептала на ухо — так, что круг золотой серьги коснулся Викиного лица.

— Ты ведь боишься чего-то. Вижу, хорошая ты девушка, добрая, вот сыночку рубль подарила. Но проблемы у тебя. Ты кошелёк-то не прячь. Денег дашь — глядишь, и уйдут твои заботы. Вот пятёрочку эту не пожалей. Не последняя ведь.

— С какой радости буду я вам деньги давать? Нашли дуру, — сказала Вика, стараясь не отводить взгляд от лица цыганки. И зачем-то протянула ей пять рублей.

Остальные женщины что-то непрерывно бормотали, и было непонятно, то ли они переговаривались, то ли нарочно создавали этот гул, от которого хотелось бежать. Вика попыталась оттолкнуть ту, в массивных серьгах. Цыганка не противилась, но Вика почему-то не могла сдвинуться с места. От ощущения собственного бессилия ей стало страшно до тошноты.

— А вон у тебя десяточка рваная. Зачем тебе такая? Ты ведь не хочешь рваную жизнь? — бумажка растворилась в ладони, прижатая пальцами с обломанными, ярко-красными ногтями.

Гул не прекращался. Цыганки плотно обступили Вику, и ей показалось, что запах их дешёвых духов начал впитываться в её собственную одежду.

— А, не видать ей счастья всё равно. Не от сердца деньги отдаёт, — дыхнула в лицо сигаретной вонью пожилая цыганка с волосами, заплетёнными в две жидкие длинные косицы, и выхватила из кошелька двадцать пять рублей.

— Отдайте, у меня же ничего не осталось, — пискнула Вика.

— А на те рублик сдачи, — весело рассмеялась та, в серьгах, потом порылась в декольте цветастой кофты, вытащила рублевую бумажку и, смачно плюнув на неё, припечатала к пустому кошельку.

Вику стошнило на её чёрную в воланах юбку. Цыганка грязно выругалась и, глядя Вике в глаза, прошипела, брызгая слюной: «Про́клятая будешь пять лет, и каждый день рождения будешь меня вспоминать. А расскажешь или пожалуешься кому, тебя перекосит навсегда. Уродкой станешь».

— Так, разошлись гражданочки. Опять стаей налетели, — послышался мужской голос, — и Вика увидела милиционера, пробирающегося к ней сквозь кольцо нехотя расходящихся цыганок.

— Тебе что, мало дают, Степан? — поинтересовалась молодая, поправляя капроновую косынку. Чё-то ты прыти много показываешь.

Она прошла мимо, вызывающе покачивая бёдрами.

— Иди, иди, шалава, — устало проворчал милиционер ей вслед.

— Мои деньги, — сказала Вика, морщась от внезапной головной боли, — они взяли все мои деньги.

— Ну так на то они и цыгане. Сама виновата. Небось шла ворон считала. Документы-то целы?

— В общежитии оставила.

— Вот и двигай себе дальше. Радуйся, что серёжки с тебя не сняли, часики вот тоже при тебе...

Вика непроизвольно сунула руку в карман платья. Милиционер криво усмехнулся: — не бойсь, я сегодня добрый, — и пошагал кривоногой походкой.

Стараясь не прикасаться к заплёванной рублевой бумажке, Вика выбросила кошелёк в бетонную урну и вытерла руки влажной травой. В кармане платья оставалась мелочь на метро, а в общежитии, в паспорте, лежал обратный билет и двадцать пять рублей, которые надо было каким-то образом растянуть на две недели вступительных экзаменов.

2

ХЛЁСТКИЙ ПОРЫВ ВЕТРА ПЛЮНУЛ в лицо снегом. Вика передвигалась перебежками: от метро в магазин и мимо театра на Таганке — через дорогу и за угол, в булочную. Слегка отогревшись горячим, отвратительного вкуса ячменным кофе, она замотала лицо шарфом по самые глаза, глубоко, про запас вдохнула тёплого воздуха и обречённо шагнула на улицу. Дворами прошла к дому, взобралась по засыпанным ступенькам, набрав полные сапожки снега, и позвонила в дверь. Ей открыл высокий полноватый мужчина лет сорока в коричневом бархатном халате поверх пижамы.

— Вы к кому? — недоуменно спросил он.

— Так это же... забыла имя, наших танцоров племянница,— возникла из-за его плеча плоскогрудая рыжеволосая женщина.— Девушка, видно, не в курсе, они уехали на гастроли. Дай бог, надолго.

— Я в курсе,— невнятно сказала Вика. Замёрзшие губы не слушались.— Тётя разрешила здесь пожить. В общежитии отключили воду, и отопление.

— Надо же, твоя добрая тётя год назад как вселилась, а уже гостиницу устраивает. Надеюсь, вы ненадолго.

— Да что ты, Валюша, в самом деле,— не выдержал мужчина,— девушка окоченела, синяя вся. Вы проходите...

— Вика.

— Очень приятно. Виктор Янович. Можно просто Виктор. Ключ от комнаты под половиком. Располагайтесь.

— В кухню пойдёте, за собой уберите,— не сдавалась Валюша,— а то крошек оставите — тараканы набегут.

Согреться и спать,— подумала Вика, завернувшись в тёткин байковый халат,— с сумками разберусь утром.— И вскрикнула от боли, пытаясь снять примёрзшие к ногам колготки. Стараясь не споткнуться о выставленную вдоль стены обувь, она на ощупь добралась до ванной и долго стояла под горячим душем, потихоньку отрывая капрон он покрасневшей кожи. Потом аккуратно собрала ошмётки колготок и проскользнула в комнату.

Не день, а одно расстройство, — пожалела она себя, — с самого утра неприятности. Накануне пьяный истопник уснул в котельной, и ночью трубы в общежитии полопались из-за замёрзшей в них воды. Притащившись на Главпочтамт в семь утра и прождав больше двух часов, периодически напоминая о себе в голос зевающей телефонистке, Вика наконец-то поговорила с тёткой и поехала на занятия. Она опаздывала и потому неслась по ступенькам эскалатора и потом по застывшим от холода улицам, обгоняя осторожно идущих прохожих, соскальзывая с протоптанных дорожек — в сугробы. До сессии оставалась неделя, а курсовая не клеилась, и Вика должна была встретиться с профессором Красотиной в десять, чтобы забрать просмотренные главы. Но в одиннадцать, всё возле того же кабинета, её разыскала Регина Эристави и сообщила, что та не вышла на работу по причине погоды, «несовместимой с нормальной деятельностью», и потому ждёт Вику у себя дома.

— Представляешь, как тебе повезло, — позавидовала она, — никому из наших не довелось побывать у неё, а тебя сама Красотина будет поить чаем с вареньем, водить по квартире, показывать фотографии небожителей с их автографами.

Воодушевившись пророчествами Регины, Вика отправилась на другой конец города, долго ходила кругами пока нашла нужный дом только для того, чтобы, поднявшись на третий этаж, увидеть свёрнутую трубочкой, привязанную ниткой к дверной ручке, свою тетрадку. И записку: «Просмотрела. Увидимся завтра по расписанию. В.К.».

— Вот стерва, — искренне расстроилась Регина, — поверить не могу, что она заставила тебя тащиться в такую погоду и даже не открыла дверь. Единственная польза от этой беготни, что ты двигалась и не ела — наверняка сбросила килограмм-другой.

— Ну разве что, — Вика нехотя улыбнулась, подхватив шутку. — Самое интересное, что в курсовой она позачёркивала то, что сама же насоветовала добавить неделю назад. Не пойму, что ей от меня надо.

— Да сунь ей чего-нибудь, она ж тебе ясно дала это понять, — посоветовала Регина.

— В смысле?

344

— Ну, я не знаю. Презентуй ей пару бутылок вашего южного вина. Москвичи любят сладкое, креплёное вино, а в сухом ни черта не понимают.

— А если не возьмёт, — засомневалась Вика, — ещё хуже может быть.

— Возьмёт и не моргнёт, — заверила Регина. — Проверено временем. — Ладно, пошли к Ланде, а то мест опять не будет. И точно, в аудитории уже не оставалось свободных мест, и им пришлось довольствоваться предусмотрительно расставленными в коридоре стульями.

— Вот ОН — необыкновенный, — прошептала Регина, провожая повлажневшими глазами пробирающегося к кафедре невысокого лысоватого человека. — Настоящий профессор, не то, что эта крыса Красотина, со всеми её степенями, званиями и мелким перманентом времён моей бабушки. Ты посмотри на его лицо — сразу видна порода. А как одежда на нём сидит! А как говорит! Без бумажки, без эканий-бэканий. Вообще непонятно, как можно держать в голове столько информации. Я бы его слушала и слушала, особенно где-нибудь наедине. Кстати, он холостяк…

— Слушая Ланду, Вика на время забывала о ненавистном общежитии с двумя душевыми на этаж и невыводимым запахом сигарет, о вонючих столовках с непременным рассольником и плавающими в нём кружками сырых сосисок, о нелепой московской погоде, когда в июне носишь плащ, а зима длится девять месяцев в году.

Лекция прервалась внезапным появлением Кузнецова — полковника в отставке, преподавателя научного коммунизма. Рукой, вдетой в неизменную чёрную кожаную перчатку, безупречной выправкой, седой стрижкой ёжиком и серыми колючими глазами, он неизменно создавал вокруг себя ощущение непонятной, идущей из области диафрагмы тревоги. Не повышая голоса, Кузнецов предложил всем разойтись. Студенты нарочито медленно собирали тетради, негромко переговаривались, стесняясь встречаться взглядом с Ландой. А тот тоже избегал их взглядов и старался казаться невозмутимым, следуя за безупречной полковничьей спиной, не переставая при этом бормотать список рекомендуемой для зачёта литературы. И чем больше своим видом он старался убедить их в том, что ничего особенного не происходило, тем очевиднее было испытываемое им унижение.

— Это из-за вчерашнего,— трагическим шёпотом сообщила Регина.— Помнишь, он рассказывал о цензуре при Елизавете. А потом не выдержал, провёл параллели с тем, как это делается в театре сейчас. Ну ещё о «Гамлете» на «Таганке» чего-то вякнул? Точно, кто-то уже успел заложить. Теперь ему ещё больше часов урежут. А всё почему? Жаба ест, что к нему, а не к ним народ валит. И ведёт-то всего лишь факультатив.

— Что-то сегодня всё с ног на голову,— вздохнула Вика, смазывая тёткиным импортным кремом шелушащуюся кожу ног. Ну что ж, эта непроветренная, неприбранная, с подозрительными пятнами на старых обоях, но тёплая комната, приятнее неотапливаемого общежития с его неистребимым запахом дешёвой гостиницы.

3

ВИКА ПРОСНУЛАСЬ ОТ ЗАПАХА хорошо заваренного кофе. Сквозь неплотно задёрнутые шторы несмело пробивался сероватый свет. Зимнее московское утро ничем не отличалось от сумерек.

На широком кухонном подоконнике, с чашкой в одной руке и сигаретой в другой, сидела худощавая, элегантно одетая, умело накрашенная женщина, в которой Вика с трудом признала Валентину.

— Доброе утро,— сказала та, стряхнув палочку пепла в красную, гранёного стекла пепельницу,— как спалось?

— Уже не помню,— осторожно ответила Вика, потуже запахивая тесноватый халат.— Я, пожалуй, попозже чай вскипячу.

— А ты мне не мешаешь. Хочешь, угощу кофе,— равнодушно-дружелюбным тоном предложила Валентина. — Куришь?

— Нет, бросила.

— Тебе на вид лет двадцать,— усмехнулась Валентина,— а ты уже успела и начать, и бросить.

— Хотела похудеть,— не зная зачем, начала объяснять Вика, показывая на грудь и бёдра,— но сигареты не помогли. Зато зубы стали темнеть.

— Худеть? — удивилась Валентина. — Вот уж точно, что имеем — не ценим. — У тебя какой размер — третий? А у меня первый. Со школы мучаюсь, таким, как ты завидую.

— Сейчас широкие бёдра и полная грудь уже не в моде. У меня все подружки миниатюрные, худенькие, а я среди них, как корова, — пожаловалась Вика и рассмеялась. Она всегда предпочитала первой посмеяться над собой, это было проще, чем подыгрывать чужим насмешкам.

Но смеха не последовало.

— Глупости. Тебе внушили — ты поверила. Высокая, длинноногая. Какого чёрта не хватает? Кстати, что у тебя с ногами? — она с недоумением посмотрела на красные, свисающие с обмороженных коленей плёночки кожи.

— А, вчера колготки примёрзли. Пройдёт, — ответила Вика, допивая кофе.

— Я, конечно, понимаю, что ты из южной провинциальной столицы, но уже здесь, в Москве, можно было догадаться купить пару брюк?

— Как раз у нас на периферии носят и брюки, и джинсы. Это в вашем столичном ВУЗе они запрещены, — обиделась Вика.

— Это где такие драконовские законы? Ты где учишься?

— В пединституте.

— Да, дремучесть у нас всегда была в почёте. А что будет, если штаны наденешь?

— Стипендию снимут. Мы же будущие учителя. Должны воспитывать нравственность.

— Логично, — зло хмыкнула Валентина и затушила сигарету, — нравственность — она в штанах и находится. Идём, я тебе хороший крем дам.

В комнате Валентины горел свет: большая настольная лампа под желтоватым, расшитым стеклярусом абажуром, стояла на письменном, покрытым стеклом столе, по периметру которого аккуратными стопками были разложены рукописи.

— Вот, возьми крем с алое, — Валентина протянула тюбик, — вернёшь, когда заживёт.

— Спасибо. А… вы что, редактор или корректор? — не удержалась Вика, хотя ещё в кухне интуитивно почувствовала, что

Валентина — человек настроения, и что её благожелательность может резко смениться раздражением.

— Редактор отдела поэзии в газете «Молодёжная правда». Слыхала о такой?

— Конечно слыхала. Значит вы — Валентина Касьянова? Я же была в вашем кабинете весной, в мае, помните? Пришла узнать, напечатаете ли моё стихотворение. Я тогда не смогла вас как следует разглядеть, потому что вы стояли спиной к окну, а солнце так интересно огибало спину со всех сторон, что лицо казалось пустым, как бы не разрисованным. Я ещё подумала, что лучи венцом над головой делали вас похожей на лубочного Иисуса. А потом вы меня быстро выгнали.

— И правильно сделала, — без тени раскаяния отрезала Валентина. — Нечего осаждать редакцию. Представь, что будет, если все начинающие авторы, каждый из которых считает себя гением, станут требовать личных встреч с редактором. Терпение надо иметь.

— Я ждала полгода. Подумала, может, затерялось. Я вам напомню, — с энтузиазмом сказала Вика и, засунув руки в карманы разошедшегося на груди халата, начала читать:

> «Во сне, как наяву,
> Но — ближе,
> Закрыв глаза, на ощупь,
> Зная,
> что не надеясь,
> Лишь мечтая,
> Я ту Испанию увижу,
> Которая...»

— Достаточно, — оборвала Валентина, — ты не на сцене. Это, во-первых. А во-вторых, тебе не те сны снятся. У нас страна какая огромная, а тебя в Испанию занесло. Нам это по тематике не подходит.

— А как же Блок, Светлов, вы бы их тоже из-за этого не напечатали? — возразила Вика.

— Нет, твоё провинциальное нахальство меня забавляет. Ты кем себя вообразила? Я хотела помягче, но ты вынудила.

Стихотворение — дерьмовое. И мой совет — не обольщай себя понапрасну, потому что разбитые мечты порождают неудачников. И халат запахни. Розовое бельё — это пошло. Запомни — только чёрное или красное.

4

Под ногами чавкал разбухший от химикатов снег. Сверху продолжала сыпать мокрая крупа, но на этот раз Вика не замечала ни сырости, ни ветра. «Вот дура. Чего меня понесло! Обрадовалась случаю — такое полезное знакомство! Вела себя, как настоящая идиотка. Ещё бы на стул залезла эту чушь собачью декламировать». Её бросила в жар от недавней картины: она, в тесном халате, розовое кружево из декольте, обмороженные колени, испанские страсти... Пошлятина! Больше не посмотрит в мою сторону, и правильно сделает. Она споткнулась, чуть не сбив с ног идущую навстречу даму в дублёнке с изящным «дипломатом» в руке.

— Смотреть под ноги надо, деревня. Тут нормальные люди на шпильках ходят, а ты в своих валенках болоньевых ползать ещё не научилась.

И она пошла дальше, каким-то непонятным образом легко и уверенно рассекая тонкими каблучками комки смёрзшейся рыжей слякоти.

— Вот она, бегущая по волнам, — позавидовала ей вслед Вика. — Я тоже научусь так ходить... Как только достану сапоги на шпильках.

— Ну что, принесла мзду? — встретила её Регина.

— Принесла. Там в серванте у тёти этого добра немеряно.

— Так вперёд и с песней, — благословила та.

Постучав в обитую коричневым дерматином дверь, Вика вошла в просторный, заставленный горшками с геранью кабинет.

— Ну что вы встали на пороге? Проходите. Надеюсь, вы нашли время поработать над моими замечаниями прошлой ночью?

— Да, конечно, — замямлила Вика, ковыряясь в сумке. — И вот ещё тут как раз Новый Год скоро. Я вот всё забываю отдать.

Ненавидя себя за неумение скрыть боязливую неловкость, стараясь не смотреть на вермишельки поджатых розово-перламутровые губ профессора Красотиной, она поставила на массивный стол две бутылки коньяка.

— Я ещё не переписала её начисто, — засуетилась Вика.

— Ничего, перепишете, когда будете из неё кандидатскую делать. В вашем светлом будущем.

Она открыла тетрадь на последней странице и мелким витиеватым почерком, написала: «Отлично. За сообразительность и раскрытие темы». — Занесёте зачётку через неделю.

— Это ты мне должна поставить бутылку за сообразительность, — ворчала Регина в кондитерской, доедая пирожное картошка. — А знаешь что, я и твоё съем. Ты всё равно на вечной диете, и я, как настоящая подруга, не позволю тебе с неё слезть.

— Я вообще сегодня не ела.

— И не ешь. Ты же хочешь носить батнички в обтяжку, а не эти бесформенные свитера?

— А мне сказали, что у меня ноги красивые, — невпопад сказала Вика, перекладывая своё пирожное Регине в тарелку.

— Это да. Но только до бёдер. А бёдра должны быть, как у мальчика, чтоб джинсы сидели. И ещё кудри твои… совершенно не по делу. Сейчас модно под Мирей Матье — пажиком. Хотя из твоих волос такое не получится, — вздохнула она с сожалением, поправляя свою безупречно подстриженную, спадающую на выщипанные стрелочками брови, чёлку. — Вот ничего не скажешь, хорошие пирожные, но на Арбате — лучше, — добавила она, облизывая ложечку.

— Я пойду, — засобиралась Вика, — между лекциями три часа, как раз успею на репетицию в филармонию.

— Что-то ты подозрительно часто туда бегаешь. Откуда такая любовь к симфонической музыке?

— Просто на концерты билетов не достать. А на репетиции — пожалуйста.

— Неужели?

Вика улыбнулась этому трескучему неуже-е-ели не с вопросительной, а характерной падающей интонацией.

— Тогда я, пожалуй, пойду с тобой, приобщусь к прекрасному.

5

Пятый ряд, слева у прохода. Оттуда его было видно лучше всего. Он выходил из кулис, обычно переговариваясь с кем-то из оркестрантов, как бы невзначай оглядывал зал и, сев за пульт, открывал ноты, которые, в принципе, были ему не нужны. Потом настраивал скрипку, присоединяясь к общему разнозвучию и снова смотрел в зал. Вике казалось — на неё. Но скорее всего, на серьёзного тучного парня с клавиром в руках, вечно располагавшегося позади неё. Или на молодую женщину сбоку, наверное, журналистку, что-то строчившую в блокноте. Появлялся дирижёр — молодой, но уже седеющий, почти всегда в чёрной водолазке, заправленной в чёрные брюки, стучал палочкой по пюпитру, и они начинали. Вике было всё равно, что именно они играли, она смотрела на скрипача, а он, в паузах, на неё. И потому лучше всего она запоминала очерёдность пауз, когда струнная группа отдыхала, и он, опустив скрипку с плеча, слегка поворачивал голову, чтобы встретиться с ней взглядом. Во всяком случае, ей отчаянно хотелось в это верить.

— Слушай, зашептала Регина, — а этот, с шевелюрой и бархатными глазами, на тебя смотрит. Вы что, знакомы?

— О, гобои опоздали, — удовлетворённо отметил парень сзади, шурша страницами партитуры.

— Нет, мы не знакомы, И с чего ты взяла, что он смотрит на меня? Он просто знает свою партию наизусть, ему делать нечего, вот и разглядывает публику.

— Неуже-е-ели? — ехидно улыбнулась Регина. — А я вот вижу, вы оба друг на друга взгляды кидаете.

— О, вторые валторны не пошли на крещендо, или я пропустил? — озабоченно пробормотал парень.

— Слушай, ты, музыкальный инспектор, что ты гундосишь? Пересядь куда-нибудь, — не выдержала Регина.

— Я учусь на композиторском, и у меня, между прочим, пропуск есть на посещение репетиций. И вообще завтра экзамен по инструментовке. А вы, наверное, сюда греться ходите. Сами валите. Сейчас позову кого надо.

— Ладно, не кипятись, — резко подобрела Регина, — а то чего-нибудь важное пропустишь.

Скрипки наслаждались собственным звучанием: они синхронно переставали дышать, когда на мгновение смычки покидали струны, и снова оживали от их прикосновений. И его скрипка играла так, будто именно в ней рождалась эта музыка. Дирижёр резко опустил руки, и, перегнувшись через пюпитр, ткнул палочкой в сторону медной группы, потом пропел несколько нот и нервно дёрнул головой.

— Ну что я говорил? — торжествующе воскликнул парень, — валторны не тянут!

— Свободен. Пять! — немедленно отреагировала Регина.

И они все рассмеялись. И скрипач отвернулся, увидев их, над чем-то смеющимися.

И только в самом конце, уже уходя со сцены, оглянулся. А Вика не встала, пока не опустела сцена — не хотела, чтобы он увидел её, пусть и скрытую длинным свитером, явно не мальчишескую фигуру.

— Так что у тебя с ним, — не отставала Регина по дороге в институт, — это из-за него ты туда бегаешь?

— Ничего у меня с ним нет и быть не может, — отмахнулась Вика. — Ты посмотри на него и на меня.

— Да, он тоже породистый, — согласилась Регина, — как Ланда. И так же, кстати, как и он, лет через десять лишится своей пышной шевелюры.

— Не в этом дело. Он — талант и красавец. А я обыкновенная. И толстая.

— Ты не толстая, ты упитанная, — сочувственно сказала Регина. — Некоторые мужчины таких любят. Правда, при этом всё равно на миниатюрных косятся, потому что с ними чувствуют себя сильными. Слушай, а давай после лекции пойдём ко мне. Я попрошу отца достать нам билеты в филармонию, а ты мне заодно поможешь с английским.

У Регины в доме пахло пирогами с капустой.

— Ну всё, значит, к пирогам будет борщ и капустняк. Бабуля если уж накупает капусты, значит на первое, на второе и на десерт будет одна капуста. А следующие пару дней — всё картофельное, потом — творожное или мясное. Она это называет безотходным производством. Правда, бабуля? — обратилась она к вышедшей в переднюю дородной пожилой женщине.

— Правда, что вы очень вовремя пришли. Всё горячее. Садитесь за стол.

Вика любила бывать в этой пятикомнатной, с высоченными потолками и просторной кухней квартире. Тишина, уют, запах домашней еды, сумрак гостиной, заставленной книжными шкафами красного дерева, коллекция картин, собранная дедом Регины, — бывшим батраком, а ныне знаменитым революционным поэтом, — окна, занавешенные тяжёлыми бордовыми шторами, — всё это создавало ощущение покоя, надёжности и стабильности, чего так не хватало Вике в чужом городе.

— Что же ты пирожок не попробуешь? — осведомилась бабушка.

— Она на диете, — ответила Регина.

— Да нет, я просто пирожки с капустой не очень люблю.

— Надо же! Какая привереда! Это ж самая что ни на есть русская еда! А с чем, если не секрет, ты любишь?

— С картошкой, яблоками и особенно вишней, — разоткровенничалась Вика.

— С вишней! Странные какие капризы. Ну, милая моя, это не юг, у нас тут вишня не растёт. Так что чем богаты, как говорится.

— Да она просто худеет, бабуля, не обращай внимания, — прокомментировала Регина, доедая второй пирожок, — она волю закаляет.

— А-а, ну тогда хоть борщика поешь. Диеты какие-то выдумывают. Разве с природой поспоришь?

— Борщ я с удовольствием, — торопливо заверила Вика, опасаясь остаться ещё и без обеда.

— Только сметаны ей не клади, — заботливо подсказала Регина.

До вечера они занимались английским, и когда Вика добралась до Таганки, металлический голос Нонны Бодровой, несущийся из комнаты Виктора Яновича и Валентины, уже объявлял о начале программы «Время».

6

ВРЕМЯ СТОЯЛО НА МЕСТЕ, и утро никак не наступало. От четвёртой чашки растворимого кофе разболелся желудок, а усталость не уходила, и спать хотелось ещё больше.

— Ты ведь не спишь? — после короткого поскрёбывания, в комнату вошла Валентина. — Три часа ночи. Свет горит, пахнет хоть и паршивым, но кофе. К сессии готовишься?

— И это тоже. А вообще-то у меня день, вернее, ночь рождения.

— Не вижу связи.

— Уже три года подряд в ночь на мой день рождения мне снится один и тот же сон. Жуткий. Его цыганка нажелала. Я вот подумала, не лягу спать, может, на этот раз пронесёт. — Вика помолчала. — Я знаю, это звучит смешно.

Валентина закурила сигарету: — расскажи.

— Ничего особенного, никакого закрученного сюжета и цветных полётов. Сначала возникает тёмное пятно с прожилками, как если ты на ярком солнце с закрытыми глазами. Потом, постепенно, очень-очень медленно, но неотвратимо оно расползается, и в самом центре появляется жёлтый глаз. Да, тёмно-жёлтый, с угольно-чёрным зрачком. А прожилки перетекают в паутину. И просыпаешься в этой липкой, серо-желтой паутине, содрогаясь от брезгливости и страха. В свой день рождения. Зная, что и от этого года ничего хорошего ждать не следует.

— И правда, мерзко, это что же, сглаз?

— Да, на пять лет. Глупо во всё это верить, да?

— Верь-не верь, но сон-то повторяется. Ну ладно, бодрствуй.

Она вышла в коридор, снова приоткрыв дверь, сказала: «На праздники мы уезжаем за город. У меня есть абонемент в филармонию. Если тебя это интересует, можешь воспользоваться. Жаль, если билеты пропадут. Хотя... ты, наверное, на каникулы домой уедешь?»

— Нет! Я останусь.

Чтобы не уснуть, она пересела с дивана на стул и снова раскрыла конспекты. Билет номер пять: Образная система в романах Толстого. Билеты на два концерта — невероятность, совпавшая с мечтой и удачей. Билет номер десять: История и личность в поэме «Медный всадник»... Чёрный зрачок в жёлтом облаке прожилок был неподвижен, но, когда он вздрогнул, дав сигнал изломанным сосудикам заплестись воняющей плесенью паутиной, Вика побежала, безуспешно стряхивая с рук и плеч липнувшие ворсинки, и проснулась от собственного крика.

Было шесть утра.

7

Вставать не хотелось, но и лежать, непроизвольно соскальзывая в судорожное дыхание никак не оставляющего её сна, не имело смысла. После душа Вика почувствовала себя лучше: ощущение гадливости постепенно уступало место именинному настроению. И первый подарок лежал на столе — билеты. Как будто кто-то подслушал её желание и руками Валентины исполнил его именно в день её рождения.

Слякотные улицы ещё не стряхнули зябкий ночной туман, и стягивающиеся к метро пешеходы, были похожи на серые тени с воткнутыми в плечи меховыми или вязаными головами. Вика развеселилась, осознав себя одной из таких безшеих фигур. Опустив монетку в турникет, она стянула с головы шапку. До начала первой пары оставалось сорок минут. Сидящая в центре пустой аудитории, у самой кафедры, Регина выглядела непривычно грустно и одиноко. Увидев Вику, она убрала сумку с соседнего стула. — Вот, для тебя держу, — сказала она, нисколько не удивившись столь раннему появлению подруги. — С днём рождения! Мажься на здоровье, — она протянула пластиковый пакетик с польской косметикой.

— Спасибо. А ты чего в такую рань притащилась?

— По двум причинам, — ответила та, не меняя выражение глубокой задумчивости на бледном лице. — Во-первых, это последняя лекция Ланды на нашем курсе, и я хотела сидеть не на галёрке, а так, чтобы смотреть ему в глаза, — она вздохнула, — как ты своему скрипачу. А во-вторых вытекает из во-первых. Я почти не спала ночью, долго думала и решила попробовать выйти за него замуж.

— А как это можно пробовать?

— По обстоятельствам. Но к ним надо быть готовой, не расслабляться. Пассивность — удел слабых.

— Ты придумала?

— Теодор Драйзер. Вот, к примеру, взять тебя. Влюблена в этого музыканта, а делать ничего не делаешь. Это — пассивность, просто вопящая о твоей слабости, нерешительности и заниженной самооценке.

— Да как я могу быть влюблена в человека, с которым даже не знакома? Подумай сама. Я чисто платонически... меня просто гипнотизирует манера его игры, в ней есть что-то особенное. Одухотворённость, что ли?

— Нет, ну эту лапшу ты можешь моей бабуле вешать. Она у нас любит читать Жорж Санд, то бишь, Аврору Дюдеван, которая, кстати, только в своих слащавых книжках, а не в реальной жизни, проповедовала эту самую платоническую любовь. А бедного, маленького, чахоточного воробушка Шопена замордовала своей совсем не книжной страстью.

— Регина, ну что ты несёшь, при чём тут Шопен? У тебя с утра с головой нехорошо.

— Ладно, сиди, жди пока он сам к тебе явится, на белом коне, к тёте в коммуналку. Или в общежитие. Ой! Всё, идёт.

Дождавшись, когда Ланда дошёл до их ряда, она встала со стула, эффектно, рывком сняла шубку и, вильнув обтянутой синим трикотажным платьем фигуркой, грациозно скользнула обратно на сиденье.

— Здравствуйте, Илья Михайлович, — незнакомым грудным голосом пропела она.

Погруженный в свои мысли, вечно чем-то озабоченный, Ланда моментально среагировал на этот насыщенный гормонами тембр. Он внимательно посмотрел на Регину, похожую в этот момент на гимназистку перед грехопадением, и ответил: «Доброе утро, э-э-э...»

— Регина, — подсказала та.

Ланда поставил свой разбухший от книг портфель рядом с кафедрой, а «дипломат» — на неё. Разложив перед собой несколько томиков Шекспира, он немедленно углубился в чтение одного из них, не обращая внимания ни на рассаживающихся студентов, ни на Регину. Аудитория быстро заполнялась, и сквозь равномерный гул голосов, Вика едва расслышала шёпот Регины: «Смотри, Кузнецов и с ним какие-то люди». Кузнецов с двумя отстающими от него на полшага сопровождающими, шёл быстро и молча, стараясь не привлекать внимания, но с каждым его шагом, гул стихал, и когда он подошёл к Ланде, в комнате стояла напряжённая тишина. Группа остановилась. Прямо перед собой Вика видела три одинаковые чёрные спины, одна из которых слегка наклонилась вперёд, к Ланде: «До нас, уважаемый Илья Михайлович, дошли нелепые слухи, что вы, кроме, учебной литературы, интересуетесь запрещённой. Вы не против, если мы на время позаимствуем ваш дипломат?» Ланда не успел ответить. Он продолжал неподвижно сидеть в той же позе, сжимая побелевшими пальцами томик Шекспира. Регина слегка подалась вперёд и ногой, с усилием сдвинув стоящий на полу портфель, затолкала его под свой стул, надёжно завесив полами шубки.

— И портфельчик ваш нам тоже интересен,— напомнила другая спина, которая, зайдя за стул Ланды, превратилась в плоский, застёгнутый на три пуговицы живот.

Обычно смуглое лицо Ланды, налилось краской, у левой брови билась жилка.

— Они его до инсульта доведут,— шепнула Регина и добавила уже в полный голос,— вы, Илья Михайлович, свой портфель в библиотеке оставили. Я там его видела час назад.

— Надо же, какая забывчивость,— усмехнулся Кузнецов.

— И какая неосмотрительность,— добавил застёгнутый пиджак.

Он небрежно подхватил дипломат.— Продолжайте лекцию, Илья Михайлович.

Полтора часа спустя в аудитории оставались только Ланда, Регина и Вика.

— Так за чем идёт охота? — спросила Регина, выдвигая портфель из-под стула.

— Благодарю вас,— произнёс Ланда безжизненным голосом. Там Солженицын. Как вы понимаете, это не рекомендованная министерством образования литература. О чём я только думал, придя с этой книгой сюда? И вы из-за меня рисковали, эээ... де-точка, сильно рисковали.

Регина зябко повела узкими плечиками.

— А вы рисковали из-за Солженицына, которого, наверняка, и в глаза не видели и который, как говорит мой папа, оттуда, с сытого Запада даже сухарей не пошлёт тем, кто из-за его книжек может сесть прочно и надолго. Но в любом случае, выходить вам отсюда с портфелем нельзя. Так что давайте его здесь оставим — пусть кто-то из студентов «случайно» найдёт и отнесёт в деканат. Книжку я заберу и спрячу. А потом мы с вами как-нибудь встретимся, ну например — в субботу, в семь у входа в кафе «Космос», и я вам её отдам. Обещаю не загибать страницы. Договорились?

— Да, конечно, — кивнул Ланда, — хотя именно в субботу у меня назначена...

— Тогда до встречи, — улыбнулась Регина, засовывая Солженицына в сумку.

— Ну ты отчаянная! — восхитилась Вика, выйдя в коридор. — Тебя же могут за такое из института попереть. А вдруг кто-то ещё видел! Хотя ты так молниеносно среагировала, что вряд ли кто-то понял, что именно произошло. И потом ты фактически назначила ему встречу.

— Не встречу, а свидание. Но он об этом узнает позже. Теперь ты поняла, что значит быть готовой к обстоятельствам? Главное — чётко знать, чего хочешь и ждать правильного момента. А теперь поехали к тебе.

— Зачем?

— Ну как, зачем? Спрячем книжку. Ты же не думаешь, что я её к себе потащу.

— Но ведь у вас больше для этого места — пять комнат, и мебели — как в музее, а у меня — каморка, и то чужая.

— С ума сошла! В нашей квартире ни самой спрятаться, ни что-то спрятать невозможно. У бабули — синдром навязчиво-вынужденного поведения. Она непрерывно что-то подтирает, убирает, моет, чистит, перекладывает, лезет во все уголки. Коро-че, никакого личного жизненного пространства. Так что у тебя надёжнее. Ты, кстати, когда домой уезжаешь?

— Я остаюсь. Буду деньги зарабатывать — контрольные заочникам делать. У них сессия в январе начинается.

— Странно, то ты дождаться не могла, чтобы домой свалить, отогреться, отоспаться, то ни с того, ни с сего решила остаться. Зачем тебе так срочно деньги понадобились?

— Сапоги на шпильках хочу купить. И чёрный кружевной лифчик.

8

— Кто эта мышка, с которой ты вчера приходила, — спросила Валентина. Она жарила блины, подкладывая их по одному в тарелку мужу, который точно с такой же скоростью их сжёвывал.

— Это вы о моей подружке? Регине? — изумилась Вика.

— Её ещё и Регина зовут? — в свою очередь удивилась Валентина. — Надо же, как имя не подходит. Регина — значит королева. Тут стать должна быть, умение держаться. А эта самая заурядная... да, серая мышка, которой внушили, что она королева. Вела себя довольно бесцеремонно, и с тобой разговаривает покровительственным тоном. Впрочем, это твоё дело. Блины любишь? — поменяла она тему.

— Очень, но я побегу. Сегодня последний экзамен, а вечером — концерт.

— Хорошо, увидимся после праздников. Не забудь полить цветы.

Валентина молча скинула на тарелку последний блин и выключила плиту. Виктор Янович так же молча его съел и отправился в комнату собирать дорожные сумки.

Сессия была позади, а концерт начинался через три часа. Вика сидела в парикмахерской, безропотно отдавшись пожилой, с искривлёнными артритом пальцами, парикмахерше, которая второй час жгла её волосы раскалёнными щипцами, пытаясь превратить кудри в струящийся сэссон.

— Не жалко волос? — поинтересовалась она, вытягивая чёлку. — Люди сами не знают, чего хотят. До тебя одна завилась, как баран, а ты, наоборот, хочешь, чтобы волосы соломой висели. Хотя, с другой стороны, если бы все довольны были тем, что бог дал, мы бы без работы остались. Ну что, нравится? — она протянула зеркало.

— Да, очень нравится! Но главное, чтобы понравилось другому человеку.

— Вот это зря. — возразила парикмахерша, сметая в совок остриженные каштановые кольца. — Главное, чтобы ты себе нравилась, тогда и другим понравишься.

Сначала Вика хотела надеть сшитое на заказ голубое кримпленовое с искоркой платье. Но, посмотрев на себя в зеркало, решила, что сборочки над талией полнят, а голубой цвет нелепо смотрится в промозглый зимний вечер. Чёрный свитерок, не новый, но мягкий, уютный, скрывающий полноту, и серая, со встречной складкой сбоку, юбка. Вика порылась в тёткиных шкатулках. Перламутровые чешские клипсы — как раз то, что надо, не блескуче, но заметно, они так симпатично выглядывают из-под гладких, спадающих на уши волос. Вика жирно, до мохнатости, накрасила ресницы, синим карандашом навела лёгкую синеву под глазами, потом белой пудрой затёрла румянец. Во-о-от, так лучше.

И откуда что берётся? И усталая, и неевшая, а румянец во всю щёку, до неприличия. Не то что у Регины — кожа смуглая, потому даже на морозе нос и щёки не краснеют. Всё, пора. Надо ещё успеть с кем-нибудь поменяться местами, десятый ряд справа — это со стороны контрабасов. Он не сможет её увидеть.

Но поменяться не удалось: на её месте остался сидеть несговорчивый гражданин в старомодном, с широкими лацканами костюме, из нагрудного кармана которого торчал уголок застрявшего там на десятилетия, пожелтевшего платочка.

— Что значит вам очень надо? Не хватало мне, потомку Сергея Павловича фон Дервиза, того самого, между прочим, который почти сто лет назад подарил вот этот самый орган филармонии, — он сделал жест ладонью, указывая на сцену, — выполнять ваши капризы. Что за бесцеремонность? — Он никак не мог успокоиться и всё крутил головой, как бы ища поддержки и защиты от посягательства Вики на его причастность к славному историческому прошлому.

Музыканты, как скользящие по шахматному полю чернобелые фигуры, заняли строго предназначенные им места. Из-за кулис стремительно, словно потеряв остатки терпения, вышел дирижёр: чёрный фрак оттенял не по возрасту седые волосы, слегка приподнятая голова и взгляд — уже нездешний, уже там, в обманчивой лёгкости моцартовской темы. Дежурный поклон, поворот, взмах рук — и вступление скрипок на вздохе.

— Ма-а-ам, мне в туалет надо, — заканючила девочка лет десяти.

— Я же тебе говорила, сходи перед началом. Прямо как маленькая. Девушка, пропустите нас, пожалуйста. Мы мигом. До Andante вернёмся.

А скрипач играл — как и все, подчиняясь воле дирижёра, — и в то же время существовал сам по себе, в своей собственной ауре, а может, в ауре, видимой только Вике или придуманной ею. Так, глядя на разлитый в комнате солнечный свет, вдруг отмечаешь один луч, блик, скользящий по окну или зеркалу, и уже следишь за ним, забывая, что он — всего лишь составная, отголосок, которому суждено исчезнуть с заходом солнца. Последний аккорд растаял где-то высоко над сценой, на уровне медальона-барельефа Николая Рубинштейна. Отгремели аплодисменты, и публика начала продвигаться к дверям. Вика осталась сидеть в пустеющем зале, тупо наблюдая за рабочими, с шумом сдвигавшими стулья и пюпитры к кулисам.

Идти домой в пустую квартиру не хотелось. Ради чего, собственно, было торчать в парикмахерской, топать по снегу в туфельках, да и вообще, оставаться тут на каникулы? Дурость идти на жертвы, когда о них никто не просит.

Она помчалась в раздевалку, схватила пальто и, выскочив на улицу, пошла к служебному ходу. Музыканты выходили из скрипучих дверей и растворялись в неярком свете фонарей. Девушка-виолончелистка на ходу подхватила под руку высокого парня, стоявшего чуть поодаль. Провожая их взглядом, Вика чуть не пропустила скрипача. Сделав шаг навстречу, она остановилась, пытаясь поймать его взгляд. Он посмотрел на неё вскользь, немного удивлённо, потом ещё раз, чуть повернув голову, и прошёл мимо.

— Привет, ты что тут делаешь? — она увидела тучного парня с репетиции. — Ладно, не отвечай, — он посмотрел на её растерянное лицо, — и так понятно, скрипача своего клеишь.

— Никого я не клею, и он не мой.

— А на репетициях смотрел на тебя. Это факт. Знаешь, настоящий музыкант, даже если он не солист, должен играть для конкретного слушателя, следить за его реакцией и купаться в обожании. По всей видимости, он избрал тебя своей музой.

— И не узнал…

— Да-а-а? Ну так, во-первых, тебя сложно узнать с этой причёской. Я тоже думал — ты, не ты? А во-вторых, сейчас он — вне зала, вне музыки, вне привычных ассоциаций. Вот, к примеру, мой зубной врач. Он точно знает, кто я, только когда смотрит мне в рот. А в магазине встречает — и будто никогда меня до этого не видел.

— Спасибо, успокоил, — сказала Вика, — мне сразу полегчало.

— Кстати, его зовут Павел. Павел Ковач. И он действительно очень хороший музыкант. А меня, между прочим, зовут Гена. И я, как уже говорил, учусь в консерватории.

— И как сегодня, валторны тянули?

— Тянули, — без тени улыбки ответил тот. — А ты что, такая же языкатая, как твоя подружка?

— А у тебя что, с чувством юмора плохо? И вообще, что ты делаешь у служебного входа?

— Так. Мимо шёл. Может, пойдём к метро, чего стоять на холоде?

Они дошли до «Арбатской». Вике не хотелось говорить, и она с благодарностью слушала байки и анекдоты, понимая, что Гена пытается поднять ей настроение.

— Я тебе как-нибудь позвоню, сказал он, засовывая в карман куртки листок с телефоном тёткиной квартиры. — Привет подружке и удачи со скрипачом.

В квартире было тихо и темно. Вика включила свет, подошла к зеркалу.

От сырости и моросящего мокрого снега гладкая чёлка стала прежней, кудрявой, словно закрученной в крупные пружины.

— Муза недоделанная, — произнесла она саркастически и пошла ставить чайник.

«Je t' a-aime, je t'ame, je t'aime, je t'a-a-ime», — страдала в телевизоре Мирей Матье; безупречный сэссон обрамлял её обворожительное лицо.

9

В ДЕСЯТЬ УТРА ПРИШЛА РЕГИНА.

— Ты уже завтракала? Завари кофе. Я купила пирожные в Столешниковом.

— А что празднуем? — спросила Вика, не отрывая глаз от её завивки.

— Утраченные иллюзии.

— Что, Ланда не явился?

— Ну как это он не придёт за своей книжкой! Пришёл, смотрел благодарными собачьими глазами. Зашли мы в «Космос», сделали заказ. Он себе — сок, а я — самое дорогое мороженое со всеми печенюшками, фруктами и шоколадками.

— Зачем? Ведь он мог подумать, что ты обжора или транжирка?

— Глупости. Это я хотела проверить, жмот он или нет. И тебе на будущее советую делать то же самое.

— И...?

— По-моему, всё-таки жмот. Мог бы и себе что-то заказать. Короче сидим, разговариваем. Вернее, говорит он, а я слушаю. Час слушаю, второй... Я, Вика, столько нового узнала — о Булгакове, Кафке, Прусте. И вдруг меня стукнуло — вот так всю жизнь слушать рассказы о чужих жизнях? Меня моя интересует, моя личная. И я его так вежливо спросила, а вот ради чего вы, Илья Михайлович, рискуете, запрещённые книжки с собой носите? И знаешь, что он мне ответил? — Регина выдержала паузу. — Он мне Гамлета процитировал: «Век расшатался — и скверней всего, что я рождён восстановить его». Он, значит, будет в диссидента играть, а я — сухари сушить. Ты можешь считать меня мещанкой, обывателем, но мне хочется нормальной жизни: дом, муж, дети, непыльная работа — такая, чтоб не гореть на ней, а для удовольствия, для собственного удовлетворения. Так что давай чокнемся за своевременно разбитые вдребезги иллюзии. — Она откусила маленький кусочек пирожного и зажмурилась, — ой, вкуснотища.

— Так странно видеть тебя кудрявой, — не выдержала Вика, — ты же говорила, что сейчас все носят гладкие волосы.

— Так ведь неинтересно, быть как все. Тебе хорошо, у тебя волосы от природы вьются. А я два часа под колпаком в парикмахерской поджаривалась, чтоб кудри держались. И толку! Вечером вышли из кафе, сверху что-то непонятное капало, то ли снег, то ли дождик — они и рассыпались, обвисли, как сосульки. Это вот остаток роскоши. Да ладно, лучше скажи, ты со скрипачом познакомилась?

— Нет, на концерте он меня не мог видеть, я с другой стороны сидела, а после — прошёл мимо и не узнал.

— Ну ты балда. Надо было привлечь внимание.

— Как? — разозлилась Вика. — Начать кукарекать?

— Проще! Уронила бы сумку, например. Он бы автоматически поднял, ну и слово за слово...

— Да, — обескураженно согласилась Вика, — тебя послушать, всё так просто получается. Но мне это не дано. — Она помолчала. — Кстати, я того парня, помнишь, с клавиром, встретила. Он тебе привет передавал, и телефоны попросил — твой и мой. Его Гена зовут.

— На фиг он мне нужен, — поморщилась Регина, — зануда. Ещё и имя какое-то крокодилье. Можешь взять его себе.

— Спасибо, но мне скрипач нравится, — отведя взгляд, сказала Вика.

— Всё-таки странно. Может, он тебя узнал, но...ты ему не очень приглянулась?

— Ты хочешь сказать, как увидел вблизи, решил не узнавать?

— Ну что-то вроде того. Не расстраивайся, может ты просто не в его вкусе. И знаешь, вот я лично не представляю вас вместе. Он среднего роста, худощавый, ему подходит девушка хрупкая. Это я тебе как подруга говорю.

— И как подруга, всё напоминаешь мне о моих формах, потом приносишь пирожные, и сама же их поедаешь.

— Это я в тебе силу воли воспитываю.

— А с чего ты взяла, что у меня нет силы воли? — улыбнулась Вика, — У меня её — на двоих.

Она собрала оставшиеся, просвечивающие нежным кремом, с чуть подтаявшими шоколадными спинками эклеры, и стряхнула их в мусорное ведро. Регина торопливо придвинула к себе блюдце с недоеденным пирожным, — Совсем с ума сошла. Ты знаешь, какую очередь я выстояла!

— Знаешь что, мне надо к вечеру закончить контрольную по английскому для одного заочника. Он хорошо платит. А потом я буду собираться — тётка приезжает, надо возвращаться обратно в общагу. Так что ты иди, ладно?

«А ведь она права, — подумала Вика, закрывая дверь за Региной. — И что это я возомнила? Чем такая, как я, может ему понравиться?»

10

Вечером неожиданно, тремя днями раньше, вернулись Валентина с мужем. Не глядя друг на друга, они разошлись по комнатам. Потом по очереди выходили на кухню, заваривали одинаковый чай в разных чайниках, молча мыли чашки и поспешно скрывались каждый за своей дверью, избегая невольных коридорных встреч. Ближе к полуночи без стука зашла Валентина. Села на укрытый пледом диван.

— Ты, я вижу, времени не теряешь, — она кивнула на учебники и словари, — много заработала?

— На сапоги уже хватит. Вопрос только, где их взять.

Они помолчали. Вика опасалась задать вопрос. Валентина его ждала.

— Мы разводимся.

— Я думала, вы просто поссорились.

— Чтобы ссориться, надо или любить, или ненавидеть. А у нас ни любви, ни ненависти. Одна привычка. Каждый живёт своей жизнью. Так удобно и комфортно — ни эмоциональных встрясок, ни скандалов, ни разочарований. Если бы ещё не эта грудастая массажистка из Дома Творчества... Больше всего я ненавижу пошлость. Ну переспал бы с актрисой, поэтессой, директрисой, докторшей на худой конец. Но опуститься до банальной самки. Хотя как мужчину его можно понять. Ты бы видела её бюст! Но унизить меня до такой степени — это слишком. Короче, завтра он съезжает.

— Куда? — машинально спросила Вика.

— К маме, к другу, к этой одалиске в белом халате — меня не касается. Вся квартира до войны принадлежала моим родителям. Потом её превратили в коммуналку. Ещё хорошо, что две комнаты оставили, потому что тогда бабушка была жива. Так что, если хочешь, можешь переехать ко мне в меньшую комнату. Вход отдельный, из коридора. И тебе, и мне удобно. Плату возьму символическую.

Вика растерялась. А если через месяц вы помиритесь, мне тогда что делать?

— А я потому и предлагаю тебе этот вариант, чтобы пресечь и его попытки вернуться, и свои возможные колебания по этому поводу.

— Ответственная у меня роль, но какая-то непривлекательная. А можно подумать?

— Думай... До утра. Если не тебе, сдам кому-то другому.

Она резко встала и пошла к двери. Вика непроизвольно залюбовалась её ладной фигуркой. Со спины, в обтягивающих трикотажных брючках и коротком, до талии свитерке, Валентина выглядела лет на двадцать.

В коридоре зазвонил телефон.

— Вика, тебя,— крикнула Валентина.— Скажи своим молодым людям, чтобы не звонили по ночам. Тем более, что ты тут на птичьих правах.

Разбуженный звонком Виктор Янович, застыл в дверном проёме, но, поймав ледяной взгляд жены, юркнул в темноту комнаты. Двери обеих комнат хлопнули синхронно. Вика взяла трубку.

— Да, я слушаю.

— Это Павел. Из оркестра. Ну вы, наверное, догадываетесь, кто я.

— Да,— прошептала Вика вмиг пересохшими губами.

— Извините, что звоню так поздно. Пока добрался домой после концерта, а с утра репетиция. Надеюсь, не разбудил?

— Нет.

— А я вот подумал, почему бы нам не встретиться вне концертного зала. К примеру, в пятницу, часов в шесть, в парке Горького, у катка. Вы придёте?

— Да,— выдохнула Вика, и ей показалось, что рваный стук упавшего куда-то в желудок сердца, заглушил её голос.

11

— ДА, КЛАССНЫЕ САПОЖКИ, — сказала Регина, — даже из коробки вынуть жалко, не то, что носить. Каблук — что надо. И название фирмы музыкальное, скрипичное — Stradivari, made in Austria. Прямо как по спецзаказу для тебя. Где взяла?

— Целый день в ЦУМе отстояла. И ушла ни с чем, потому что размер закончился. Вышла оттуда, просто плакать хотелось. И тут ко мне подошла женщина и перепродала свои на двадцатку дороже. Представляешь, как повезло! Я их сегодня надену. Меня скрипач на свидание пригласил.

— Тебя? Шутишь! — рассмеялась Регина.

— Нет, я серьёзно. Позвонил и назначил свидание. Вот Валентина слышала.

Для большей убедительности Вика махнула рукой в сторону коридора. — Ты представляешь, он всё-таки заметил меня, обратил внимание. Я ему понравилась.

— Неуже-е-ели? Почему тогда он прошёл мимо, не узнал тебя после концерта?

— Ну, может темно было, и причёску я изменила, а может, спешил.

— К девушке своей, или жене, — подхватила Регина. — Ты ведь даже не знаешь, может он женат, может у него трое детей. Это первое. А второе, почему ты так уверена, что это именно он звонил? Ты голос его до этого когда-нибудь слышала? Ты вообще спросила, откуда у него твой телефон?

— Нет, но тогда кто это?

Регина соболезнующе покачала головой: — Мало ли. Может кто разыграть хотел, а ты в эйфорию ударилась. Сама говорила, что не влюблена, и тут же всякий здравый смысл потеряла. Ты спустись на землю. Припрёшься, как дура, курам на смех в новых сапожках, при параде, и кому-то доставишь огромное удовольствие.

— А если всё-таки это был он, а я не пришла...

— Ничего, — оборвала Регина, ещё раз позвонит. Нет, ты делай, как понимаешь. Моё дело — предупредить.

Вика молчала. Она спускалась на землю, а счастье ожидания, жившее в ней последние несколько дней, наоборот, покидало её душу, и сердце уже билось на положенном ему месте ровно и безразлично. Она натянула сапоги, встала перед зеркалом. Из собранных в тугой пучок волос выбилась кудрявая прядь цвета ржавчины. Карие глаза, вздёрнутый нос с нелепыми, не исчезающими даже зимой веснушками, потрескавшиеся губы. Вика чуть сгорбилась, — впалая грудь не так привлекает внимание, — потом сильно стянула по бокам юбку. Да, так было бы лучше, без этого резкого перехода от талии к бёдрам. И длинные, стройные ноги в высоких до колен, безупречно облегающих сапожках. Вот если бы у неё была шубка трапецией, как у Валентины, позволяющая скрыть как недостаток выпуклостей, так и их избыток, тогда другое дело. А её сшитое по фигуре пальто, только подчёркивало всё то, что ей не нравилось самой и, безусловно, не могло понравиться кому-то. Регина как всегда права, у него наверняка кто-то есть, девушка или жена, стройная, изящная, со спадающими на плечи волосами, в облегающих джинсах и приталенной импортной курточке с меховым капюшоном.

— Ой, что-то мне совсем нехорошо, — простонала вернувшаяся из ванной Регина. — У тебя нет фталазола? Видать не пошла бабушкина тыквенная каша с тыквенными пирогами и тыквенным же супчиком. Весь день с унитаза не слезаю.

Она посмотрела на застывшую у зеркала Вику: — А ты чего с лица сбледнула? Неужели так сильно из-за скрипача расстроилась? Ну так сходи на репетицию и спроси, звонил он или нет. Чего мучиться? Проще надо быть.

— С ума сошла. Мало того, что толстая. Так ещё подумает, что дура.

— Между прочим, женщине второе более простительно. Ой я, пожалуй, прилягу. В животе — тыквенная революция. Кстати, вот отличный способ похудеть. Приходи сегодня к нам на тыквенный ужин, и трёх кило как не бывало.

Регина скрючилась на диване, прижав подушку к животу. — Так ты пойдёшь в парк или нет?

— Нет, не пойду. Чего позориться? Скорее всего, это была чья-то шутка. И на репетиции больше ходить не буду. Тем более, я весь их репертуар наизусть знаю.

— И правильно. Зачем тебе этот журавль в небе? — Она, кряхтя, повернулась на бок. — Ты куда?

— На кухню. Чайник поставлю. Мне очень чая с айвовым вареньем захотелось. Мама на праздники посылку прислала. Хотела тебя угостить, но, видно, не судьба. А ты лежи, вот таблетка.

— Знаешь, я лучше домой поеду. Попрошу бабулю риса сварить. — Сморщившись и стиснув зубы, Регина переждала очередной спазм. — Чтобы я ещё когда-нибудь взяла в рот что-то тыквенное! Вызови мне такси, ладно? А то на метро я не доеду.

12

БЫЛО УЖЕ ШЕСТЬ ВЕЧЕРА, а скандал не утихал. Наоборот, он разгорался с каждой вынесенной Виктором Яновичем вещью.

— Скажи, ну зачем тебе этот абажур, если лампа остаётся здесь? — спросила Валентина тихим, дрожащим от злости голосом.

— Если бы ты не надумала сдать мою комнату этой лишенке из общежития, которую, между прочим, именно я сюда впустил, всё бы тебе оставил. Всё! Кроме вещей, привезённых от мамы, естественно. Да, мне не нужен этот дурацкий абажур, и эта купленная в Болгарии подушка, но я их возьму именно потому, что они так дороги тебе. По-твоему, я подлец? Так пусть я им действительно буду. Хоть не обидно. Но ты ещё передумаешь. Потому что кого ты себе найдёшь? Ты же резкая, несдержанная, такая вся бескомпромиссно чёрно-белая. И жёсткая.

— Конечно, твоя массажистка мягче, особенно в отдельных местах, — нервно хохотнула Валентина.

— Что! Как ты могла подумать, что я из-за этого... Хотя да, и это тоже немаловажно! Пусть так! Но она — женщина, слабая, незащищённая, непритязательная, и этим соблазнительная. А ты! Ты... редактор!!

— Звучит, как ругательство.

— Потому что ты всю жизнь всех поучаешь, наставляешь, критикуешь, лезешь со своими рекомендациями. — Голос Виктора Яныча сорвался на визг.

— А что делаешь ты? Сидишь над бухгалтерскими отчётами, тихо их ненавидишь и надеешься, что бесплатные массажи сделают тебя счастливым?

— А тебя осчастливит провинциалка, заселившаяся в комнату мужа?!

Что-то тяжёлое прокатилось по коридору и со стеклянным стуком уткнулось в Викину дверь. Она схватила с вешалки пальто, натянула сапожки и, пробежав мимо часто дышащего, красного от возмущения Виктора Яновича и бледной, в застиранном халате Валентины, выскочила за дверь.

В метро был час пик. Дородная дама с пахнущими ветчиной свёртками в руках прижала Вику к спине военного, от которого шёл сильных дух невыветрившихся новогодних возлияний.

— Девушка, вы выходите? — подтолкнула её ветчинопахнущая тётка.

«Станция Парк культуры имени Горького, следующая — Киевская».

Вика очутилась на перроне. У крайней мраморной колонны, возле которой она стояла три года назад, пересчитывая оставшиеся в кармане копейки, собралась группа цыган — две женщины и мужчина. Вика направилась к ступенькам, но замерла, увидев, как цыган с размаху ударил по лицу старшую из женщин. Та прикрыла лицо ладонями и, стараясь уклониться, пригнулась. Следующий удар пришёлся в глаз. Цыган при этом вовсе не выглядел разозлённым. Он бил её спокойно, даже чуть лениво, при этом объясняя женщине на смеси русского и цыганского причину своего недовольства.

— Ты, Тамилла, знаешь, сейчас зима. Кормиться трудно. А что ты заработала? Лавэ![1] Где деньги, Тамилла? Ты потеряла шувани[2] или просто обленилась? А может, прячешь для себя? Камама ту,[3] но этого не потерплю. Давай иди работай. И не приноси больше такую дешёвку, — он вытащил из кармана часы на жёлтом металлическом браслете и потряс ими перед её носом. Другая цыганка, помоложе, видимо, дочь, молча вытирала кончиком своей цветастой шали кровь с разбитой губы матери. Та кивнула головой и, тоже не говоря ни слова, направилась

---

[1] деньги
[2] дар предсказания
[3] люблю тебя

к лестнице. Поравнявшись с Викой, она задела её плечом, повернулась и сказала:

— Что смотришь? Порча на тебе. Сильная порча.— И, не оглядываясь, пошла вперёд. Капли крови были почти неразличимы на красной метлахской плитке переходного мостика. Вика шла за цыганкой, стараясь не упускать из виду её удлинённую наступившими сумерками фигуру. Теперь они были в нескольких шагах друг от друга: впереди мелькали намокшие от снега концы серой юбки и стёртые каблуки разношенных сапог. Вика почти налетела на внезапно остановившуюся цыганку.

— Чего ходишь за мной? Чего тебе надо? — спросила та, и Вика перестала дышать, почувствовав на себе взгляд чёрных зрачков, окружённых прожилками жёлтой оболочки. Как во сне, этот взгляд её гипнотизировал, и паутинки страха, прорастая в сознание, сковывали сердце и волю.

— Погадай мне,— попросила Вика, протянув пять рублей.

— Не боишься?

— Нет.

— Ай врёшь,— цыганка сплюнула кровавой слюной на снег,— в твоём сердце давно страх поселился.

— И в твоём тоже,— бросила Вика, стараясь не смотреть ей в глаза,— иначе бы не терпела побои. Да ещё в метро, при всех. Что же ты себе получше судьбы не нагадала?

— Не гадания хочешь, а чтоб порчу сняла. А правду сказать боишься. Ты дышать боишься и жить тоже. Вот твоя порча. И снять её вонючей пятёрки не хватит. Сережки-то хоть у тебя золотые?

— Я уже заплатила тебе три года назад. Когда ты с подружками в этом же парке у меня последние деньги вытащила, а я потом две недели на картошке сидела и экзамены сдавала.

— У гаджо[4] своя жизнь, у нас — своя.

— Так и живите своей жизнью, чего в мою лезете?! И этот сон! Я ненавижу свои дни рождения!

Цыганка засунула деньги в карман серой замызганной куртки.— Шапку сними,— сказала она глухим прокуренным голосом.

_____
[4] нецыган

— Что, серьги понравились?

— Молчи, глупая, не зли меня,— огрызнулась та и, положив холодные шершавые руки на голову Вике, сжала пальцами виски. Та вскрикнула от боли и отшатнулась. Цыганка продолжала что-то бормотать.— Дай руку,— сказала и посмотрела на ладонь.— Иди домой. С тем, ради кого пришла сюда, ты разминулась. И больше не встретишься.

Повернувшись к Вике спиной, будто её там и не было, она обратилась к проходящей мимо женщине:— Вижу, проблемы у тебя в жизни, не всё складывается. Давай погадаю, путь верный укажу, беду отведу...

Вика посмотрела на часы. Восемь вечера. Опять пошёл снег. Крупные, мохнатые хлопья, увеличенные светом фонарей, падали на скамейки и тут же таяли, покрывая их неровными тёмными пятнами.

— Эй, ты что тут делаешь? Не заблудилась случайно?

Перед ней стоял Гена. Из-под полосатой вязаной шапки торчали намокшие от снега волосы. Мокрые на коленях спортивные штаны нелепо смотрелись в сочетании с кожаной, подбитой цигейкой курткой.

— У меня тут с цыганкой встреча была, порчу снимала,— объяснила Вика, улыбаясь на всякий случай.

— А, это да. Обычно они снимают порчу вместе с шубой. У тебя всё на месте? Сумка, кошелёк?

— Да, всё в порядке.

— Вот же народ наглый. Вообще я думал их зимой не водится, что они только летом промышляют. Я вот ездил в Румынию к родственникам, так там они роятся у каждого кафе или магазина. Ну как мухи липучие.

— А ты что тут делал?

— На коньках катался. Что ещё? С друзьями. Кстати, скрипача твоего видел. Он ждал кого-то. Так вот, я что хотел сказать, а ты не дала. Пара цыганок к нему подвалила. Наговорили, что станет он знаменитым, что будет у него слава, деньги и всё такое, а в придачу много жён. Он их послал, а они таким матом крыли, что зеки позавидуют. Потом заметил — часы пропали. Он и свалил, злой как чёрт. Слушай, я подружке твоей звонил, хотел на каток пригласить. А она и разговаривать не стала, голос такой, будто я её от чего-то важного оторвал.

— Ты и правда оторвал. Она тыквенных деликатесов объелась. Лучше завтра позвони. Я уверена, она с удовольствием с тобой встретится. Тем более, что Гена — её любимое имя.

Они спустились в метро. На полу под мраморной колонной сидел цыган и задумчиво жевал, аккуратно откусывая небольшие кусочки от белого батона. Его заросшая щетиной челюсть равномерно двигалась. Белые крошки сыпались на чёрные штаны. Цыган методично собирал их в ладонь и отправлял обратно в рот. Он смотрел на останавливающиеся и вновь срывающиеся в темноту тоннеля поезда, на говорливых прохожих, на дочь, пытающуюся в десяти шагах от него продать жёлтые мужские часы нагруженной сетками, сельского вида тётке. Но выражение лица оставалось отстранённым и безразличным, как если бы между ним и остальным миром было стекло.

— До чего же мне нравится эта сутолока, кипение, энергия, — сказал Гена, подталкивая Вику к переполненному вагону. — Москва никогда не даёт почувствовать себя одиноким. Толкнули, отпихнули, и знаешь — народ рядом. Я решил — всё сделаю, но получу место в аспирантуре. А ты?

— А я отучусь и вернусь домой.

— С московским дипломом? Не вижу смысла.

— Понимаешь, я тут никак отогреться не могу. Мне солнца не хватает.

— Тогда да, — протянул Гена и ни с того, ни с сего предложил, — а давай в филармонию на концерт сходим. Начало через полчаса. У меня контрамарки есть.

— Нет, спасибо. Надоело быть музой. И потом, как же Регина?

— Что делать, ей не повезло, поезд ушёл, — вздохнул Гена и прислонился к закрывшейся за его спиной вагонной двери.

О Зое Мастер

Обратила я на неё внимание не так давно, но сразу. Зоя прислала в наш журнал рассказ «Пришелец». Рассказ написан от лица современного американского писателя, задумавшего пьесу о Моцарте. Это был мастерски написанный рассказ, если воспользоваться каламбуром, на который наталкивает фамилия автора. Странный, с погружением в жизнь «вневременной» Вены, с тонкой психологической линией отношений рассказчика со всеми персонажами — живыми или появившимися из небытия… Ещё один рассказ, присланный через некоторое время, также был написан от мужского лица и тоже показался необычным. Он назывался «Зазеркалье» и повествовал о пожилом одиноком фотографе, наблюдавшем из окна за жизнью американской детской школы.

Понравилось, что рассказ не был скроен по привычной мерке, герой не укладывался в рамки хороший-плохой, и мы не знаем, придёт ли он снова в школу с «нестандартными» детьми и пригреет ли бездомного щенка, случайно оказавшегося рядом с его домом. В памяти остаётся его безапелляционный ответ директрисе школы: «У меня на детей аллергия. На детей и собак». Посему под большим вопросом, захочет ли он взять в дом приблудную собаку. Последняя фраза рассказа: «Собачьи лапы чавкали вслед по рыхлому снегу» прямого ответа на вопрос не даёт. Но перед глазами картина: старый и одинокий человек кормит прибившуюся к нему псину, согревает и даёт приют. В этом, наверное, и состоит писательское мастерство, когда мы сами, по воле автора, заполняем лакуны повествования.

Получив от Зои Мастер подготовленный ею сборник прозы, я нашла там много совсем других рассказов. В них просвечивала автобиографическая основа, их героинями были в чем-то похожие девочки и женщины, действие многих происходило в южном городе, с вишней во дворе, с вереницей соседей, каждый из которых «был в своём роде», эдакое своеобразное бессарабское Макондо. Девочки Киры, Риты, Риммы, молодые женщины Маши, Ирины и Вики — авторская мета, своего рода знак: «я здесь». В этих рассказах, как и во всей прозе Зои Мастер, много музыки — во всех смыслах этого слова. И тут нужно сказать то немногое, что нам известно о самом авторе. Зоя Мастер — родилась в Кишинёве, училась в Москве, по первой профессии она музыкант, музыковед. В наши дни живёт в Денвере, штат Колорадо, где много лет преподавала... английский в государственной школе. Теперь работает переводчиком.

Но вот читаю её рассказы — и есть ощущение, что она правильно взялась за писательство, что дело это — её. Говорю о рассказах, а не о повестях, потому что именно в них, как кажется, проявляется главное умение Зои Мастер — концентрированно и поэтично рассказать о человеке, его характере и его судьбе. Некоторые рассказы — настоящие новеллы в смысле неожиданной концовки. Так, если в рассказе «Третий глаз» его герой, — честный интеллигентный Саша, — узнаёт, что его подруга собирается уйти к его американскому экс-боссу, человеку нечестному и непорядочному, но умеющему делать дела, — при всей неожиданности такой концовки она вполне оправдана логикой характеров. А вот в чудесном рассказе «Сыграть Джульетту» — о «городской сумасшедшей» Тоне, вообразившей себя Джульеттой, то, что в самом конце рассказа мы узнаём, что её подруга, от лица которой ведётся повествование, завтра вечером должна играть эту самую Джульетту, воспринимается как авторский приём, уловка.

Но на этом рассказе хочется остановиться. Уж больно хороша центральная героиня — Тоня. Тоня, выросшая при театре (отец — осветитель, мать — костюмерша), одержима мечтой «сыграть Джульетту», при том, что внешне она никак к этой роли не подходит. Отец говорит о ней: «В образ вошла и не вышла». Приехавшая в город детства одноклассница, встречает Тоню — гуляющей по улицам с веером в руке, источающей «запах нафталина и сладковатых духов».

Удивительные подробности. Не знаю, как вы, а я сразу представила эту женщину, я знала таких в моём детстве, полностью «сбрендивших», по мнению окружающих, живущих какой-то своей потаённой жизнью. От отца Тони подруга узнала, что той выпал-таки шанс сыграть Джульетту, когда театральная примадонна, вследствие болезни, вышла из игры. И сыграла она её, полноватая и совсем не «итальянистая», так, что вызвала восторг зала. Для неё же этот вечер был последним в театральной карьере — её сердце и разум не выдержали напряжения. Прекрасный рассказ, в котором много психологических и словесных находок. Вот Тоня рассказывает о своей маме, показывая расшитую ею сумочку: «Видишь, один цветок она бисером вышила, а на втором мы её похоронили».

Назову ещё несколько рассказов, которые особенно мне понравились. Это «День зимнего ангела» и «Пиковая дама». В «Пиковой даме» есть девочка Кира, которая мысли свои записывает в клеёнчатую тетрадку. Да и вся жизнь «Пиковой дамы», соседки Анны Львовны, проходит перед глазами девочки. Соседку называли «Пиковой дамой» потому, что в юности, учась пению, она пела романс Графини из оперы Чайковского. Рассказ из тех, где много вкусных бессарабских подробностей.

В «Дне зимнего ангела» сюжет незамысловат: риелтор Маша под вечер зимнего дня, грозящего закончиться метелью, показывает дома́ русской паре. Выясняется, что они приехали навестить дочь, а завтра уезжают; поездка с риелтором им нужна для времяпрепровождения. Маша высаживает их из машины, на что дама отвечает бранью и угрозами. Маша мечтает скорее вернуться домой, но подруга упрашивает её показать ей дом, стоящий далеко от Машиного дома, а потом быстро уезжает, оставив Машу одну. Начинается метель, мотор глохнет, и дорожная служба не приезжает. Когда-то в детстве Маша видела зимнего ангела. Сейчас таким «ангелом» становится для неё мексиканец Анхель, возвращавшийся с работы и увидевший засыпанную снегом машину.

Он буксирует машину Маши, довозит её до дома — и быстро скрывается, так как его ждёт семья. Читаешь — и сначала переживаешь за бедную Машу, для которой день складывался так неудачно, но вот концовка рассказа — и она оказывается такой неожиданно светлой, что поневоле начинаешь верить, что ангелы бывают на свете, редко, но бывают.

Рассказ «Четыре времени года» — о детстве. В уже сложившийся детский мирок попадает новенькая — Алла, чей отец работал в Индии. Как же интересно рассказывает Алла об этой Индии, словно сама там побывала. Правда, в конце выясняется, что не был там и её отец — всё девчонка нафантазировала, чтобы покорить неуёмного Вадика. Рассказ называется «Четыре времени года», но это метафора, обозначающая эпохи жизни. С отъездом Аллы одна такая эпоха кончается для всех обитателей кишинёвской «квартиры с соседями», которая «похожа на поезд». Последняя фраза: «Но она смотрела вперёд, в новое время года, где уже не было ни нас, ни её прежней».

Книга Зои Мастер разнообразна и не скучна, уверена, что она вызовет интерес у читателей.

А автору хочу пожелать не бояться вступать в «новое время года», несмотря на окрики и гудки сзади. Писатель должен идти своим путём.

Ирина Чайковская
гл. редактор онлайн-портала «Чайка»,
Балтимор

*9 7 8 1 9 5 0 3 1 9 4 4 2 *